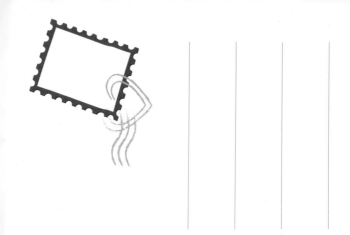

Secret love has echoes 你志有回音

花间佳酿

著

暗恋有回音

Secret
love
has
echoes

湖南文艺出版社
HUNAN LITERATURE AND ART PUBLISHING HOUSE

博集天卷
CS-BOOKY

你在我这儿，可以不用懂事。

你也会发光，不必羡慕别人。

Secret
love
has
echoes

在你不知道的一段时光里，

我也曾暗恋过你。

Contents

目 录

少女今后每个双手合十的愿望里，

都多了一个叫江屹杨的名字。

卷一

初心动

暗恋有回音 ♥

第
一
章

九月末，暑气未消，傍晚倏尔的风依然带着几分燥热。

陶音刚搬来城北几日，对这里还不太熟，她踩着树影斑驳的青石地面，拐过一个街角，目光掠过街边的店面门牌，如果没记错，前面不远处应该有家花店。

她往前走，在经过一家面馆时，店门外围了一群人，还有一位摄影师，看样子像是发生了什么事。

从那些围观人群的闲谈里，她大概弄清楚了缘由。

原来是前两日，这家店的老板见义勇为，救了一个落水儿童，自己却不幸意外身亡，电视台的记者正在里面对家属进行采访。

陶音不自觉停下脚步，视线落到店内。

透明的玻璃门里，一个三十多岁的妇女怀里抱着一个几岁大的孩子，面色凄哀，面对记者的采访她不时哽咽，怀里的小孩子似乎还没了解情况，手里拿着个玩具小汽车在玩。

看了一会儿，陶音垂下了眼。

"请问……"旁边忽然传来一道声音。

陶音抬起头，是电视台的摄影师，见她望过来，二人对视两秒，那摄影师忽地笑了："你是陶辰华的女儿吗？"

陶音愣了下，点头道："我是。"

这人的笑很亲切，可她不记得自己认识这个人。

"我是都市新闻的摄影记者，姓徐，"徐记者看出她的疑惑，解释道，"你应该不记得我了，当年你父亲……"

他顿了下，编排着言语："我在做关于你父亲的英勇事迹的采访时见过你，当时你还小，一晃你都长这么大了。"

徐记者从事新闻工作多年，采访过的事件和人不计其数，却对陶辰华的女儿印象深刻。

当时，小女孩蹲在路边，边哭边安静地抹着眼泪，任谁去哄都不说话，在采访快结束时女孩却突然拽住他的衣角，抽泣着问他："叔叔，我爸爸为什么为了别人家的小孩，不要我了？"

他记得他当时安慰说："你爸爸没有不要你，他也不想发生意外。"

小女孩眼睛哭得红肿红肿的，之后没有再讲话，松开他的衣角，再次低下了头。

孩子那双单纯又带着不解的眼眸，时隔多年徐记者仍记得，再次见面，陶音的模样基本没变，只是长开了些，他一眼就认了出来。

陶音当时才八岁，对这位只有一面之缘的记者根本没什么印象，不过她很快弯起眉眼，微笑着打招呼道："您好，叔叔。"

徐记者温和地问："你这些年过得怎么样，你妈妈还好吗？"

陶音应了声："我和妈妈过得都很好，劳您挂心了。"

徐记者欣慰地点点头，似还想再说点什么，那边有同事突然叫了他一声，他拿上机器，又掏了张名片给陶音："我这边还有事，以后如果有什么需要我帮忙的，可以找我。"

陶音接过名片："好，谢谢叔叔。"

她的目光在这位记者的背影上停了会儿，慢慢收起视线。

这时，手里的电话响了。

陶音接通了电话，听筒里沈慧姝的声音温柔地传出："音音啊，你快到家了吗？"

"还没，"她刚想说遇见了那位徐记者，犹豫了下没开口，目光瞥见前方一块薄荷绿色的牌子，朝那边走去，"我快到花店了，买了花就回去。"

今天是沈慧姝和陶辰华的结婚纪念日，陶辰华在世时，每年这个时候都会买一束白雏菊送给沈慧姝，有一次陶音问他为什么不给妈妈送玫瑰，就因为妈妈喜欢白雏菊吗？

陶辰华告诉她，白雏菊的花语是——藏在心里的爱。他大学暗恋了沈慧姝四年，有幸得偿所愿，想一辈子把她放在心里。

所以在发生那次意外之后的每年，陶音也会在这天替陶辰华买一束白雏菊，送给沈慧姝。

"音音，妈妈公司临时有事，要出趟差，现在就得出发去机场，"沈慧姝叹了声，"今天收不到你的花了。"

"没关系，"陶音笑道，"我买了就等于您收到了。"

"好，那谢谢宝贝了，"沈慧姝柔声道，"天不早了，买完早点回家。"

"还有，回来后记得把门窗锁好，"沈慧姝前几日看了一条入室抢劫的新闻，还是有些不放心，"我一会儿把小区保安电话发给你，你记得存好。"

陶音答应着："知道了，您放心。"

挂掉电话，陶音进了花店。

推门声让正在收银台上打盹的年轻人张开了眼皮，那人打了个哈欠后支着胳膊起身，睡眼惺忪地扯出一抹标准化的迎客笑。

这个年轻人长得还不错，只是因困倦往前伸着脖子，样子莫名好笑，像一只假笑的树懒。

"欢迎光临。""树懒"开口道。

陶音弯了弯唇，轻声道："你好，帮我包一束白雏菊。"

清脆的嗓音落下，年轻人这才朝门口仔细瞧来，而后他眼睛一亮，人也瞬间支棱了起来。

门前十六七岁的少女黑发雪肤，一双小鹿眼瞳孔漆黑，清澈纯净，外面的阳光洒落，给她的眼睛覆上了一层柔光。

陶音往花架上扫了眼，轻声重复："麻烦，一束白雏菊。"

"噢，好，"年轻人反应过来，腼腆地捋了捋头发，笑嘻嘻地走出收银台，"今早刚进了一批，稍等，我这就给你包。"

这店员看起来没比陶音大多少，像是个学生，店员边走边往身上套了件粉红色卡通围裙，尺寸明显不合身，不过裁剪花枝的手法倒是娴熟。

她看了会儿，随意往店里扫了一圈，这才发现墙角处的白色长椅上躺了一个人。

那人穿着黑色半袖，下面是同色系的休闲长裤，脸上扣了个鸭舌帽，一条胳膊枕在脑后，长腿慵懒地搭在长椅边，姿势随意懒散。

一块骷髅头图案的滑板靠在那人的脚边，他整个人沉沉地睡着，透着一股生人勿近的冷然气息。

旁边的花枝蔓上椅背，落在他的黑发边，窗外的光线在他身上晕染出金色的轮廓，使他又少了几分不近人情的气息。

陶音打量着，目光不自觉地落到帽子下的那半张脸上。干净的鬓角，棱角分明的下颌线，让人莫名有股想要掀开帽子看一眼的冲动。

下一秒，那顶帽子竟然很懂事地动了一下，而后"嗒"的一声，掉在了地上。

主人的脸随即暴露在阳光下。

空气似乎静止了几秒。

而后，陶音听见自己轻轻地吸了口气。

映入眼睑的男生，比阳光还要耀眼，薄唇挺鼻，眼皮合着，眼尾的线条微微上挑，流畅好看。只是男生的脸色看起来不太好，像是熬过夜，因为刺眼的光线男生眉宇间微微皱着，倒是没有要醒来的意思。

花架边的店员正背身认真折着花纸，没注意到这边的动静。陶音看了眼地上的帽子，犹豫了下，抬脚走了过去。

她脚步放得轻，弯腰捡帽子的动作也轻，她的视线在男生如鸦羽般漂亮的睫毛上停了两秒，手上的帽子才缓缓落下。

没等盖在他脸上，男生的眼眸却倏然睁开，猝不及防地对上了女生的视线。

男生眼皮半张，漆黑的眸子懒懒地看着她，眼神里是刚睡醒的空洞。

陶音呼吸一窒，手上忽然失了力道，帽子直接掉在了男生的脸上。

与此同时，店员包好了花，朝她走来："顾客，您要的花好了。"

陶音慌忙直起身，往身后走，匆匆接过店员手里的花，去收银台付款，没再往身后看。

付过款，看见手机上显示的金额时，她诧异地抬头。

店员笑容灿烂："新顾客，给你打个折。"

他边说边从柜台小盒子里抽出一张名片插进花束，笑嘻嘻道："以后要常来光顾啊。"

陶音感谢地笑了笑："好的，谢谢。"

在推门离开时，陶音悄悄往长椅的方向瞄了眼，男生的姿势未变，帽子也好好地扣在脸上，像是又睡着了。

"……"

她暗自吐出口气，视线莫名不想移开。

她停了几秒，才出了花店。

等她走后，邵飞到椅子边，手欠地拿开男生脸上的帽子："嘿，兄弟。"

男生没反应。

"……"

邵飞又杵了杵他胳膊。

"你有病？"男生的声音沉静慵懒，透着股不耐烦，手背搭在脸上遮光。

"我说，你说来陪我看店，就是来这儿睡觉的啊？"见他继续一动不动，邵飞也懒得计较，自顾自地说起来，"哎，刚才店里来了个妹子，长得可乖了，说话还温温柔柔的，她冲我一笑，我感觉我心跳都快停了。"

江屹杨被他叨叨烦了，手肘撑着长椅，懒洋洋地坐起身，耷拉着眼皮，面无表情地看向叽叽喳喳讲话的邵飞说道："那你应该去趟医院。"

"？"

"这个月停的次数有点多。"

"……"

江屹杨收回眼，扯回帽子戴在头上，起身去一旁的冰柜前，从里面取出一罐冰镇饮料，手指搭在拉环上，"嗒"的一声将拉环扯开。

冰雾沾在修长的手指上，他仰头喝下几口，眸光顿了下，一张带着几分惊慌的小脸在他脑中闪过，他刚才还以为那是在做梦。

邵飞觉得跟江屹杨聊女孩子根本就是在唱独角戏，最气人的是，这家伙连睡觉都会让女孩子多看上一眼，简直就是全体男生的公敌。

邵飞咂了咂嘴，换了个话题："哎，我跟你说，昨天那场比赛结束后，城北滑板群里都炸了！"

江屹杨垂下眼睫，懒懒地道："炸什么？"

邵飞拍了下桌子，眼里直冒光："你一个业余滑手，把一众职业的给赢了，多厉害啊！这还不炸？！"

江屹杨的嘴角淡淡勾起一个弧度："我还没怎么发挥呢。"

这话听起来傲慢又欠揍，但若是从他嘴里说出来，根本不需置疑。

邵飞从小玩滑板，见多了各路大神大佬，不论是身边的板友还是比赛选手，像江屹杨这样有天赋的他还是第一次见。

十五岁才接触滑板，运动天分与领悟能力得天独厚，在短短两年之内就拿下了区域赛冠军，让多少滑手望尘莫及。

江屹杨胳膊肘搭在冰柜上，低头看了眼腕表，转身拿上滑板："走了。"

邵飞目光追着他："哎，你这就走了啊，陪我打几把游戏再走呗，兄弟。

"好兄弟？

"冠军？"

"忙。"少年只撂下一个字。

回去的路上，又经过那家面馆时，店门已经关了，陶音扫了眼空荡荡的门口，抬脚走了过去。

她从怀里抽出一枝白雏菊，弯腰放在了门口的台阶上，轻声说了句："您和我爸爸一样，是位英雄。"

天边太阳慢慢落下，光线开始变得昏暗，她记得母亲的嘱咐，没在外面多留。

陶音怀里捧着漂亮淡雅的小花，边走边低头欣赏，不自觉地想起在花店的事，又想起那张好看得过分的脸，男生一双眼睁开时，她感觉自己的心像是被撞了下，直到现在还有点恍惚。

同时，她也有些懊恼。

自己帮忙捡帽子弄得像是做坏事一样，至少解释一句"你帽子掉了"，也好啊。

也不知自己在慌什么……

她的视线从花上移开，抬起头目光掠过路边。

距她一米处的香樟树下蹲了个清瘦的中年男人，戴着顶黑色帽子，正低头翻着地上的帆布包，模样有些鬼鬼祟祟的。

她没在意，正打算从那人面前走过。

那男人似听见了动静，朝她的方向望了过来。

与男人对视的一刹那，一股无来由的不安袭来，下一秒，不安的源头逐渐清晰，陶音脑海里蹿出来一张脸。

——是前几日新闻里警方通缉的抢劫犯。

她心里忽地一紧。

虽然不是十分确定，可当瞥见男人包里闪过的类似刀具的银白色光亮时，陶音捏紧手里的花，头皮开始发麻，整个人提起了十二分的警惕。

而后她尽量淡定地收回视线，脚下没停，继续往前方走。

余光里，那男人看了她两秒，很快又低下头弄着手里的东西。

她心里稍稍松了口气。

越过男人后，留意到身后一直没动静，在不引起怀疑的情况下，陶音逐渐加快了脚步。

静谧的空气中她屏住呼吸。

突然"叮当"一声，像是有什么铁质物件落地的声音。

她一个哆嗦，想也没想拔腿就往前跑。

与此同时，身后突然传来一道嗓音：

"喂，前面的女生。"

那男人跟来的速度飞快，听声音像是顷刻间拉近了两人的距离，其间还掺杂着类似轮子滑动的声响，她只顾着奔跑，此刻容不得她有片刻思考。

眼看着就要跑出这个路口，倏然一道高大的身影挡在了她面前。

陶音惊恐之下，大脑趋近于空白。

她没看清来人的脸，视线里只有那顶黑色帽子，情急之下，她猛地举起手里的花朝着那人的头上砸去。

这种情况下，她没时间纠结这男人到底是不是通缉犯，只能先保证自身安全。等她正想跑开喊人求助时，却不期然看见了一张脸。

那人的帽子被打掉，黑发上沾了几片白色花瓣，偏着头，脸上是明显的愣怔。

陶音下意识回头看向身后。

刚才那个中年男人仍蹲在路边，此刻手里正拿着一把美工刀，拆着一个快递包裹……

"……"

因太过紧张，危险一消散，她心底先是一松，喉间不自觉地吞咽了一下，而下一秒，她很快又意识到了另一件棘手的事。

——她打错人了。

陶音慌忙回过头来。

少年背着光，眼眸漆黑如墨，随着转头的动作，发上的花瓣掉落，擦过他英挺的鼻梁。

在视线相撞的瞬间，因长相极为出挑，陶音立刻认出了他。

第
二
章

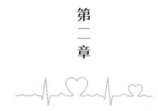

傍晚的光线暗了下来，风里也稍带些凉意，混杂着淡淡柠檬与薄荷的气味。

青石地面上，易拉罐里洒出一片白色泡沫，转瞬间气泡变为水，留下一块深色的印记，旁边的黑色鸭舌帽被风吹得晃了晃。

空气安静了两秒。

"对……对不起！"陶音慌忙开口道歉，因刚才的奔跑，她的气息还有些不稳，"我不是故意的，我以为是……"

说话间她瞥见本应挂在她包上的那个兔子玩偶挂链，此时正被对面的人拿在掌心里。

"……"

"是什么？"清冽的嗓音从头顶传来。

语气淡而生冷。

陶音从这三个字里听出来一股压抑的气息，像在忍着脾气。

帮忙捡东西却莫名其妙被打，换作谁都会恼火。她抬眼，打量着少年的表情，却不如她预想的那般，少年干净的脸庞上没带任何表情，只直勾勾地看着她，带着点审视的意味。

"以为我怎样？"江屹杨又开口道。

陶音平复着呼吸："我以为，你是后面的那个大叔。"

闻言，江屹杨视线抬起，看向树下的那个男人。

他淡淡挑了下眉，目光又落到女孩脸上，等她接下来的解释。

陶音抿抿唇，如实道："我对这边不太熟，刚才走过来看着那个大叔不太像好人，天又快黑了，我有点害怕，听见有人追我就以为是他，所以才会……错手打了你。"

话音落下，江屹杨拨了拨被打乱的头发，声音松松懒懒的："那我看起来，也像坏人？"

"不是的，"她忙解释道，"是我情急之下，没看清人就动了手。"

少年的眼眸漆黑而明亮，像是从溪水中浮出的黑曜石，看人的时候带着几分冷淡，却有着清泉般的干净澄澈。

对视过后，陶音低下头，惭愧又诚恳："真的很抱歉。"

等了几秒，男生淡淡地"噢"了声。

而后没了下文。

他的身材笔直高挑，陶音勉强够到他的下巴，二人这样面对面站着，尴尬的气氛中又平添了几分压迫。

半晌，她听见一声短促的笑声，带着浅浅的气音。

而后陶音瞧见他修长的手指动了动，白软软的兔毛蹭过指缝，接着从头顶飘来两个字："伸手。"

她顿了下，依言伸出手。

棒球大小的兔子落到掌心，银色链子发出几声清脆的声响。

"谢谢。"她握在手里，轻声说。

"不客气。"

陶音琢磨了一下，觉得这人对她的感谢有回应，道歉却接受得模棱两可。

是还在生气吗？

知晓了事情缘由，可莫名被打又不甘心原谅？

"……"

也对，她刚才那一挥的力度可不小，而且还是朝着脸打的。

"……"

思考间她余光瞥见一旁的地面。

陶音灵气的眼眸一转，随即过去弯腰捡起那顶帽子，拍了拍黑色帽面上可忽略不计的灰尘，双手捧着递给他："你的帽子。"

没等对方反应，她又往前挪了一小步，踮起脚尖，伸手把帽子轻轻戴在他头上，郑重又带了点小心翼翼。随着这个动作，少年额前细碎的黑发贴上了他冷白的皮肤。

她瞥了眼，收回手往后退，嘴角抿起笑，带了几分讨好："我真的不是有意的。"

江屹杨眼皮动了动，而后漫不经心地应了声："嗯。"

"……"

看来还是没消气。

刚才离近时，注意到他额角上细细的红色刮痕，她心里的愧疚又加重了几分。

思考了一下，陶音目光落到怀里的花上，她咬了咬唇，往前一递："要不这样，你拿花打回来。"

闻言，江屹杨冷峻的眉眼一低，眸光中不自觉带上了几分打量的神色，声音低沉透着玩味："打回来？"

她看向他的眼睛，认真地点点头："这样，能原谅我了吗？"

这时，身后传来几声声响，树下的那个大叔提着手里的帆布包往这边走来。在经过时，大叔热心肠地捡起地上的易拉罐，扔进一旁的垃圾桶里。

转过头，大叔眼珠子在两人身上滴溜溜地转了一圈，而后露出一脸慈祥的笑容："这小姑娘长得水灵，小伙子就答应了吧。"

"……"

她手举着花，姿态放低，而对面的少年冷然又傲慢。

这一幕确实容易惹人误会。

等那位大叔走出巷口，江屹杨扫过眼前一朵朵白色黄蕊的小花，不动声色地看了她一眼，抬手压了下帽檐，瞥开视线："走吧。"

"嗯？"陶音一愣。

江屹杨转过脚下的滑板，目视前方路口，淡淡地说道："你要去哪儿？"

她顿了下，讷讷地回答："文华嘉苑。"

江屹杨"嗯"了声。

"跟着我。"

话音落下的一瞬，他脚下一动，往前滑开了。

等陶音反应过来，也立即跟了上去。

视线落在前方那道修长的身影上。

他脚踩着滑板，一双长腿比例极好，膝盖稍弯保持平衡，滑行姿态悠闲随意，但滑行的速度不快。

不知是有意还是无意的，少年一路上始终与她保持着几米的距离，直到到了路口。

光线也在这一刻明朗起来，晚霞漫染的天空一片橘红，前方的身影在夕阳中停下。

少年偏过头来，用余光瞥了眼身后的方向。

下一刻，他手插在兜里，朝着广场那边滑走，黑色衣服的下摆被风吹起，他的滑行速度与刚才不同，身影很快消失在陶音的视野中。

陶音站在原地怔了怔。

所以，这是听她说怕天黑，特意带着她出路口的吧。

"……"

陶音绕过广场，又走了一小段路。回到家后，她换上拖鞋来到客厅，拆开淡米色的花纸，将一枝枝白雏菊插进玻璃花瓶里。

娇小的花朵被打掉了花瓣，像是缺了牙齿，看起来有些可怜。

她拿指尖碰了碰。

太粗暴了。

她从小性格温顺，没跟人打过架，没想到第一次出手，竟是这样的误会。

这让人和花都平白遭了殃。

陶音叹了口气，把散开的花纸收拾起来，转身要扔进垃圾桶，却有什么东西掉落在脚边。

她低头看了眼，是那家花店的名片。

陶音弯腰捡起那张名片，眨了眨眼，将花纸塞进垃圾桶，回头拿上桌上的手机，进了房间。

书桌上摆着她前两天去新学校领的课本，她把书摞在一起收到书包里，名片放到桌上，双手攥着手机。

她的拇指摩挲着手机壳边缘，脑海里蹦出男生懒洋洋地躺在花店里睡觉的模样。

他应该是和那家店员认识的吧，不然怎么会那样大摇大摆地在那儿睡觉？如果认识的话，电话打过去她要说什么呢？

说她打了人家觉得愧疚，想要人家的联系方式？

联系方式……

陶音猛然间被自己这个想法吓到了。

怎么就突然间冒出想要人家男生联系方式的念头了？

不是都已经道过歉了，没这个必要了吧……

那张傲慢又清冷的面容浮现在眼前，她恍惚了一瞬，随后敛了敛神。

这只是她的愧疚心在作祟，做了伤害人的事她心里过意不去罢了，没有其他的想法的！

这时，她的肚子咕噜噜地响了几声，陶音又瞥了眼名片，那名片像是烫手一般，她很快把它塞进了书架里，起身去厨房里觅食。

次日清晨，阳光润泽。

吃过早餐，陶音换上校服出了门。

她住的小区离新学校不远，走路过去只要二十分钟。

到了校门口，陶音随着人流进了校门。

前几日沈慧姝提前带她来学校报到，赶上学校开运动会，那天上午刚巧她的班主任唐洪礼有事不在，由教导主任带她领了课本和校服，顺道带着她认了教室的位置。

她穿过一个广场，按印象找到高中二年级所在的C栋教学楼，爬到三楼。

高二十班的教室在走廊拐角，她走到教室门口，往里面扫了一眼。距离上课时间还早，教室里的学生已经坐了大半，大部分学生都在低声晨读，只有一两个吃早餐和闲聊的，学习氛围浓厚。

陶音收回视线，抬脚往前走，去走廊最里头的教师办公室。

办公室的门敞着，她敲了敲门："老师好。"

唐洪礼抬头，见一个小姑娘规规矩矩地站在门口，气质恬静，他严肃惯了的脸笑了笑："陶音，是吧，来，进来。"

陶音走到办公桌旁。

唐洪礼从桌面上的教案里抽出一张资料表："我看了你之前的成绩，语文很好，其他科目也不错，就是数学差了点。"

唐洪礼神色认真："不过没关系，你的数学老师是我，我带了二十年的学生，只要你肯学，老师一定能让你的成绩上来。"

陶音望着这位戴着黑框眼镜，眼里冒出光芒的新班主任，突然想起在网上看过的一句话：

——很遗憾，在最无能为力的科目上，遇见了最不想辜负的老师。

其他科拿高分，说明她不算笨。

可她对数学是真的有些不开窍。

她对上唐洪礼的视线，还是乖巧地点了点头。

时间还早，陶音在办公室里坐了会儿，快上课时，唐洪礼带她去了教室。

进到教室时，上课铃还没响，十班的学生们早已端端正正地坐好，向着走进门的老师行注目礼。

下一刻，这份注目礼又落到她身上。

唐洪礼站在讲桌边，面向学生："给大家介绍一下，这是我们班新来的转校生。"

陶音上前一小步，简单地做了自我介绍，教室里响起掌声，还有个男生喊了句"欢迎"，她顺着声音望去，看见了一张眼熟的面孔。

唐洪礼也看了眼，开口问："邵飞，你的校服呢？"

邵飞无奈地指着他后桌的男生："老师，体委早上喝豆浆时喷我校服上了，衣服脏了穿不了。"

那个体委立刻承认错误："老师，这件事怪我，我不应该在喝豆浆的时候听他朗诵英语。

"我以为他要吃我的早餐。

"后来才听清，他说的是'What's（是什么）'。"

大概过了两秒，静谧的教室里顿时响起一片笑声。

陶音也弯了弯唇。

唐洪礼无奈地摇摇头，注意到最后排的一个空位，眉头皱起："这都几点了，江屹杨还没来？"

话音刚落，教室外头铃声响起。

持续了十几秒，铃音落下，与此同时教室门口冒出个男生。

陶音顺着光看去。

少年长身鹤立，一身蓝白校服穿得整齐又落拓，从头到脚透着股干净的气质，单肩书包背在肩上，注意到女生的视线，少年眼睫一低。

似有意外，他眉头淡淡挑了下，又没什么情绪地瞥了眼。

在经过唐洪礼时，江屹杨懒洋洋地说了句"老师早"，直接奔着教室后排的位置走去。

"下次早点来。"唐洪礼板着个脸，抿着唇叹了声，转过头对陶音说，"你的位置在那儿，过去坐吧。"

陶音还没从再次见到男生的意外中反应过来，她愣了几秒，才往第一排那边的空位走。

两人的位置都在靠窗的那列，陶音走在他身后，闻到了一股似有若无的凛洌清香，她视线不由得往上移了移。

男生的发尾干净利落，发色是纯粹的黑，脖颈处的皮肤一片冷白。

她只看了一眼，很快移开了目光。

讲台上，唐洪礼让人把卷子发下去："上周的月考成绩不太好，最后一道大题只有一个人答对了，类似的题目我都讲过了，怎么就不会举一反三呢？"

唐洪礼边唠叨边掰了段粉笔，转身在黑板上开始写解题思路。

陶音的同桌是个蛮开朗的女生，叫苏敏敏，卷子发下来后被搁在两人桌子中间，苏敏敏微笑着小声问："你数学怎么样啊？"

陶音摇摇头，轻声道："不好。"

苏敏敏同病相怜道："我数学也不好，最后一道大题我连举一都没弄懂，更别说反三了。"

陶音往卷子上瞄了眼，那道大题光是题干就有五行字，顿时头疼。

她翻开练习本，手不小心碰掉了笔，弯腰捡起时她目光不经意扫到身后。后排的学生都在低头记着答案，只有江屹杨一个人靠在椅子上，眼皮耷拉着，模样透着几分漫不经心。

没想到自己竟然跟他是同学。

她心里有股说不出的微妙情绪，收起视线，回身坐好。

唐洪礼洋洋洒洒写了半个黑板的答案，刚停笔就被门外一个老师叫了出去。

教室里没了老师，开始有嘀嘀咕咕的讲话声。

邵飞把从江屹杨桌上扯来的卷子上的答案抄完，又还给他，胳膊搭在后桌沿上，笑嘻嘻地说："那个转校生就是我昨天跟你说的那个妹子，没想到竟是转来咱班的学生，怎么样，看着是不是很温柔？"

江屹杨没抬眼，手里的笔有一搭没一搭地敲着桌面，若有所思地笑了声："还行吧。"

第三章

见他那副漠不关心的态度，邵飞嗤笑了一声，瞥见他的额角，随口问："哎，你这脸怎么弄的，让猫给挠了？"

一旁作为猫控①的体委林浩耳朵一立，很快转头问："你家养猫了？"

"……"

江屹杨掀起眼皮，懒得解释："路边的。"

"路边的，"邵飞琢磨了一下，一脸惊讶，"你跟流浪猫抢吃的了？"

江屹杨额角一抽，语气不耐道："你脑子能正常点？"

他视线不经意掠过前排那抹纤细的身影。

女生坐姿端正，低着头，安安静静的，马尾下的脖颈线条柔和。

体委林浩还想问点什么，这时唐洪礼回到了教室，他意犹未尽地闭了嘴，邵飞也慢吞吞地转回了身，话题止于此。

教室里顷刻间又恢复了安静。

课间休息时，陶音收拾了课本放到教室后面的书柜里。走到后排时，邵飞看见她，热情地跟她打招呼："嘿，还记得我不？"

"记得，"陶音唇边漾出一抹笑，"好巧。"

说话的间隙，她目光不自觉地落在了后面那桌人身上。

男生的位置在外侧，此时男生正懒洋洋地趴在桌子上，枕着胳膊在睡觉，课桌下的空间对他来讲有些逼仄，他一条腿直接伸到了外面。

注意到她的视线，邵飞转身碰了碰江屹杨的胳膊："兄弟，把你那修长又美丽的腿收收。"

男生不知是睡得死，还是懒得理人，半晌未动。

---

① 指极喜爱猫咪的一类人。——编者注（后无标记皆为编者注）

邵飞："你挡着道了。"

江屹杨这才有了反应，慢悠悠地把腿挪开了。

男生那只白色球鞋很干净，陶音注意到上面有几道很长但浅浅的划痕，看不出是怎么弄的。

她收起视线，冲邵飞点点头，而后抱着书本从过道过去。男生还在睡，她脚步稍稍放轻，经过时，校服裙边轻轻擦过他的膝盖。

陶音放好书回来时，江屹杨已经支起了半个身子，手拄着脑袋，漫不经心地在跟旁边的男生闲聊，谈笑间透着肆意和慵懒。

她脚下忽地顿了下，一种莫名的、类似于紧张的情绪漫入心间，她的手指不自觉地蜷曲，在经过他身边时，带了点淡淡的不自在，耳朵里飘进几句男生的讲话。

"那只猫是被人丢弃在路边的吗？"林浩穷追不舍地发问，"那你领回家养了吗？"

"他那个记仇的性子，被挠了还领回家，能有那好心？"邵飞吐槽了一句，又想起了什么，说，"哎，你昨晚练滑板到几点啊？你爸电话都打到我那儿去了。"

"幸亏我灵机一动，说你学习学饿了，出门买夜宵手机忘带了，这才帮你瞒过去。"

"嗯，"江屹杨扯了扯嘴角，散漫道，"懂事。"

邵飞："……"

回到座位上，陶音从课桌里拿出英语课本。刚才那几人聊的什么她没太在意，她只记住了邵飞说的那句——"他那个记仇的性子"。

中午放学，陶音跟苏敏敏去学校食堂吃完午餐，苏敏敏有事去了趟教务处，她去学校超市买了罐可乐，便回到了教学楼。

午休时间学生们基本不在教室，走廊里很安静，陶音上到三楼的楼梯拐角时，不期然撞上了一个人。

男生个子很高，身姿笔挺，自上而下带着几分压迫感。

陶音心里那股紧张的情绪又涌了出来，她抬脚往楼上走，与男生视线相撞后，友好地跟男生点头打招呼。

陶音的视线不经意瞥见他的额角，那伤口大概是碰了水有些发炎，红肿的伤痕因男生的皮肤白皙，看起来格外明显。

"那个，你这里，"陶音停下脚步，指了指自己脸上对应的位置，"要不要处理一下？"

江屹杨站在下层的台阶，此时与她平视。

闻言，他淡漠地挑起一边的眉毛，淡淡地说："哪里？"

"……"

所以，这是记上仇了吗？

"我昨天打到的那里，"陶音好脾气地说，"我下手确实挺重的，可是这个伤口不大，好好处理的话应该一两天就能愈合了。"

她想了想，又说："你能告诉我校医务室在哪儿吗？我去给你拿点药。"

对视半晌，男生突然笑了，接着略显傲慢地说："不用，你那点力气，跟挠痒痒似的。"

陶音盯着那道伤口，不以为意。

江屹杨瞥她一眼，似看出了她的想法，扯了扯嘴角。"要是真觉得抱歉，"江屹杨伸手拿过她手里的可乐，掂了掂，"用这个抵了。"

陶音手里一空，眨了眨眼："那你不记仇……

"呃，不生气了？"

没等他再开口，陶音抢先一步道："那就好，这样我就放心了。"

"那江同学你喝吧，"她指了指男生手里那罐可乐，"我就不打扰你了。"

话说完她便往教室方向走去。

回到教室里，陶音趴在桌子上，却一时间困意全无。回想起男生身上那股冷然的压迫感，她自己在跟他讲话时总有种想逃离的冲动。

她是在怕他吗？

陶音缓缓坐起身，扫了眼空荡荡的教室，目光停在最后一排，她想了想还是去了趟医务室拿了擦伤药。

结果，一整个下午，她根本找不到单独相处的机会把药给男生。江屹杨课间不是没在教室，就是身边围了一堆人，就连放学也是结队走。

直到回家路过那片广场，金光洒落，在广场一侧的滑板公园，她见到了那抹熟悉的身影。

男生的校服系在腰间，从五米长的台阶上一冲而下，脚下的滑板在空中翻了几转，而后他稳稳踩板落地，衣角扬起又落下。

动作一气呵成，在空中留下一道漂亮的弧线。

旁边几个没穿校服的滑手，吹着口哨给他大声叫好。

江屹杨脸上扬起一抹肆意的笑，转板回身的同时，他随手往后抓了下额前的头发，眉眼间是少年独有的意气风发。

陶音不太了解滑板，但刚刚入目的画面，让她觉得惊艳。

瞧着再一次被人群包围的那道身影，她往广场四周扫了眼，看见不远处长椅上的那个纯黑色的书包，抬脚走了过去。

陶音从自己的书包里翻出那袋药，趁没人注意，悄悄放到了他的书包旁边。

第二天下了早自习，陶音课间去厕所，经过后排时留意了一下江屹杨脸上的伤。

伤口比昨天好了许多，开始有结痂的迹象，不知道是不是用了药。

趁着男生没注意到她，陶音又悄悄打量了他一眼。他懒洋洋地靠在椅子上，像是没骨头，垂着眼皮玩手机，一副对凡事漠不关心的模样，与昨天在广场上的那副神态判若两人。

突然他放下手机，抬手搓了搓后颈，慢腾腾地抬起了眼。

陶音心里一紧，很快别开视线，从他身边走过。

学校外新开了家砂锅粥店，中午放学，苏敏敏拉上陶音去吃。店面不大但很干净，两人选了一个靠里的位置。

苏敏敏要了份排骨粥，她点了鱼片粥。餐馆上菜的速度很快，没多会儿粥就上了桌。

陶音舀了一勺，放进嘴里，鱼片软糯鲜香，入口即化。

女生之间的友谊建立得很快，仅两天的工夫，她们已经熟到可以互相吃对方碗里东西的程度。

苏敏敏咽下鱼片，舔了舔唇："明天我们还来，我要吃鱼片的。"

陶音点头："那我试试红豆的。"

她们快吃完时，店里进来了一个人，那人往里面的位置扫了眼，接着一脸惊喜地走过来。

"陶音，"那人开口叫她，"还真是你。"

他说话间在隔壁桌坐下："你突然就转校了，我都没好好送你，对了，我给你发信息你怎么不回啊？"

陶音抬头看了眼，低声道："最近忙。"而后收回视线。

"哦，也对，"张宇东用理解的语气说道，"刚到新环境总要适应一段时间的。"

张宇东拖着椅子往她身旁凑近了些："最近我舅舅家有些事，这几天我就住在城北，你要是有需要我帮忙的地方，别客气，直接跟我说啊。"

"也没什么需要帮忙的，谢谢。"陶音说完话，看苏敏敏抽了张纸巾擦嘴，她挪开椅子起身道，"我们吃完了，要走了。"

张宇东身子退开些，笑嘻嘻道："好，那有事联系，记得回我信息啊。"

出了饭店，苏敏敏有点八卦兮兮地瞄了她一眼："你之前学校的同学吗？"

陶音点头："嗯。"

"人挺热心的呢。"

"嗯。"

以前在附中时，张宇东对她的意思她能感觉到，因为张宇东没直接表态，陶音对他也一直用疏远的方式委婉地拒绝。

陶音以为搬来城北后二人便不会再有交集，没想到今日会恰巧在这里碰到。而让她更没想到的是，第二天一早，张宇东竟然到学校门口等她，还带了早餐和一袋子零食。

陶音干脆直接地跟他表明了自己的态度。

这天下午，大课间扫除，她正拿着湿抹布擦黑板，身边收拾讲桌的女同学叫孙雨菲，突然转过头问她："陶音，我今早在校门口看见你和一个男生在聊天。"

孙雨菲不动声色地打量她，笑了笑："是你男朋友吗？"

陶音知道她说的是张宇东，立刻否认："不是。"

孙雨菲意味深长地"哦"了声，又说："看你和他关系挺亲密的，还以为是你男朋友。"

陶音进班级没几天，和孙雨菲是第一次说话，两人不熟，也不好跟她解释太多，只笑笑再次否认："不是的，只是以前学校的同学。"

孙雨菲点点头，没再说什么。

扫除过后是一节体育课，班里几个女生约了一起打排球。陶音排球打得还不错，半场下来，几个扣球连续得分，还打了一记漂亮的发球得分。

少女脱了校服外套，里面是一件白色半袖，她腰身纤细，跳起扣球的动作轻盈且有力，连甩起的长发也令人赏心悦目。

引来操场上路过的男生频频侧目。

"看不出来，厉害呀，音音！"苏敏敏光顾着夸她，对面来的球没接住，球直接落在了地上，她抱歉地跟队友吐了吐舌头。

球滚到了场外，陶音转身去捡，不远处孙雨菲和几个外班的女生站着聊天，见她往这边来，几个人突然闭了嘴，看她的眼神也莫名有些奇怪。

陶音没多想，觉得可能是她们对转校生有些好奇罢了。

等她走远了，几个女生又聊起来。

"她转来第一天就给江校草送可乐了？"

孙雨菲点头："班上的同学亲眼看见的。"

那个女生又问："那江校草收了？"

"收了，人家长得漂亮呗，"孙雨菲阴阳怪气地说，往排球场上瞟了眼，撇撇嘴，"漂亮是漂亮，就是人品不太行。"

"怎么说？"

孙雨菲说道："她不是附中来的吗？我今早看见一个男生在校门口给她送早餐，她说是普通同学，结果我问了我在附中的朋友，才知道那个男生在附中挺出名的，听说追了她一年，她呢，就一直接受着男生的好意，却不答应人家。"

"啊，那不是一直钓着人家嘛！"

"是呗，"孙雨菲"哼"了声，"现在又惦记上我们校草了……"

"孙雨菲。"一道冷淡的嗓音传来。

几个女生没注意到身后突然站了个人，被吓了一跳。

江屹杨手里拿了个篮球，低头看过去："你在吃口香糖？"

孙雨菲一时没反应过来，愣了下后，意识到江屹杨竟然在主动跟她讲话，她下意识站直了些，把头发别到耳后，抿起一抹笑道："对，葡萄味的，你要吗？"

"不要，我就是想提醒你，"江屹杨瞥开眼，没什么情绪地说，"嚼口香糖的时候少说话，不小心咽下去了会粘住肠子。"

孙雨菲笑了："不是，江屹杨，你不会连这都信吧！"

"都这么说。"

"都这么说不代表是真的呀，传言不能信的。"

江屹杨对上她的视线，居高临下地道："是啊，传言不能信。"

他的话未言尽，意思却十分清楚，摆明了是听见了这群女生刚才的话。

孙雨菲的脸色霎时间一阵白一阵红，旁边的几个女生也全都面面相觑，不敢出声。

"还有个事，"江屹杨修长的手指转了转篮球，走了两步停下，侧过头道，"那瓶可乐，是我跟她要的。"

"你们别传错了。"

第
四
章

下了体育课，女生们去超市买水。陶音的转学资料中少了张表，被老师叫去办公室补填，回到教室时，她的书桌上搁了一瓶桃子味汽水，她朝旁边笑了

笑: "谢谢。"

"不客气。"苏敏敏说完，眼睛一眨不眨地盯着她喝水的动作。

察觉到那股明晃晃的视线，陶音转过头问: "怎么了?"

苏敏敏一脸正经: "刚才在小卖部里，我听见别班的女生说，你刚来的第一天，江屹杨跟你要可乐了?"

陶音眨了眨眼道: "对，是有这回事，是因为我之前……"

"音音,"苏敏敏握上她的手腕,"你别害怕，有什么事就跟我说，除了我俩这关系，我身为班级的生活委员，也有义务帮助同学解决生活上的问题。"

"嗯?"陶音没太明白她的意思。

"江屹杨这人看起来确实不好惹，但遇见这种事你不能被他吓住。"

陶音: "……"

苏敏敏语重心长道: "有一次就有第二次，他这次跟你要可乐，下次指不定还要抢你什么东西。"

听到这儿，陶音恍然大悟，又觉得好笑: "你误会了，他不是抢……"

"做了一年多的同学，我竟然没发现他是这种人。"苏敏敏愤愤不平地说，但其实说到底她也不了解江屹杨，只是班级组织活动时会和他说上几句话，次数少到可以掰手指头来计算。

"不过，江屹杨家境那么好，为什么偏要抢你一罐可乐?"苏敏敏突然意识到了奇怪之处，她摸了摸下巴，上下打量起陶音。

陶音佩服苏敏敏清奇的脑洞，见她这副眼神看自己，怕是又不知道要想到哪儿去了。陶音刚想解释，就见苏敏敏摇着脑袋叹了声:

"你就是长得太软了，看着就好欺负。"

"……"

"我跟你说，就是吧，并不是所有男生看见软妹都会激发起保护欲的，相反，就有那种特别的人，莫名就想欺负你一把,"苏敏敏头头是道地分析,"而且我听说江屹杨家里管他很严，估摸着是产生了什么逆反心理，偏偏就想做一些……"

听苏敏敏越说越离谱，陶音及时将她拉回，将事情的前因后果一五一十地告诉了她。

听完后，苏敏敏愣了半晌，忽地笑了，惊讶地问道："还有这种事？"

又想起体育课上陶音扣球时的力度，平心而论道："那别说，江屹杨还挺大度的，就要了你一罐可乐。"

陶音不置可否。

想起刚刚苏敏敏的话，陶音喝了口汽水，似随口一问："江屹杨，他家里管他很严吗？"

苏敏敏点头："书香世家的公子哥。他父母都是名牌大学教授，往上几代都是读书人，这种家庭家风严苛也不奇怪。"

"只是，"她说着往后排瞥了眼，笑道，"看不出来吧，一个书香子弟往那儿一坐，看起来那么不好惹。"

陶音的座位跟江屹杨在一列，往后看时有人墙阻隔，只能窥见男生肩膀处的衣角。

"除了出身好，人家家里还很有钱，"苏敏敏回过头，一脸羡慕地继续说道，"他外公有一家上市公司，据说在江屹杨还在他妈妈肚子里时就给他分了股份，人还没出生，就是个小富豪了。"

"哎，真是好命。"

陶音把手里的汽水搁在唇边，轻轻噢了声，想起了什么，又开口道："他是不是挺喜欢滑滑板的？我之前在滑板广场见过他。"

话一出口，陶音就意识到自己是不是打听得过多了，而苏敏敏似乎没察觉到她的小心思，认真回答她："好像是，而且听说还挺厉害的。"

"邵飞那么爱自夸的人，在滑板这方面对江屹杨却佩服得五体投地，可见他是真不一般。"

这时外头走廊里的铃声骤然响起，英语老师抱着教科书走进教室，两人的话题也止于此。

晚上放学，陶音因为值日扫除，走晚了点。避开了放学蜂拥的人流，校门口的小广场边是少有的恬静。

傍晚夕阳正盛，日光碎金般流淌，倏尔的风里吹来些花香。她踩着地面上的方格子往前走着，倏地抬头，瞥见前面围栏处的身影，脚步顿了一下。

江屹杨单手插兜背靠围栏，低头低睫，视线落在手里的手机上，随着这个动作露出一截冷白的脖颈，他整个人透着股散漫。

然而他一身校服却穿得周正服帖，端端正正，刻在骨子里的贵气是掩盖不住的。

她脑袋里不由得浮现出课间苏敏敏说过的话。

江屹杨慵懒不羁的外表下，书香底子犹在。

陶音安静地从他身前走过。

男生耳朵里塞了耳机，眼中只有掌心里的方寸，对周遭漠不关心，神色专注。

晚风轻柔拂过，吹动他额前的碎发，陶音顺着他的视线悄悄瞥了眼他手机屏幕上播放的视频，人影晃动，像是一场比赛直播。

她视线又一抬，瞧见男生的嘴角无谓地勾了勾，带着几分不以为意的傲慢。

陶音眼睫颤了下，很快移开了眼。

入秋的傍晚稍带清凉，可她却感觉周围的空气里仿佛浮荡着闷意，要深深呼吸几下，才能平缓胸口间那股莫名的不舒服。

她脚步加快，没去琢磨这种异样的感觉。

出了校门口，拐过街角，她刚回过神就见迎面走来一个人。

张宇东穿着一件牛仔外套，下面是一条破洞裤，手里拎着一杯奶茶，和往常一样，脸上的神态透着几分自信，全然没有被人拒绝的失落。

"今天放学怎么这么晚啊？"张宇东说话间把奶茶递给她。

陶音没接，见他这副样子，她语气平和却单刀直入："我早上说得已经很清楚了，你别再浪费时间了。"

她说完抬脚绕开张宇东。

"不浪费，是我自愿的，"张宇东跟上来，挠了挠后脑勺，一脸看透的模样，"我明白，你们女生得矜持点，多让男生追几次才肯同意。"

陶音有些无语，视线落在前方，声音淡了几分："你误会了，我没这个意思。"

她想了想，再次表态："只是不喜欢。"

张宇东毫不在意地说："嘻，也先别这么早下结论，说不定你心里有我，只是你自己还没意识到呢。"

以前在附中时张宇东并没有像这般纠缠，可能是因为她转学后让他觉得机会渺茫，才会如此穷追不舍。

陶音停下脚步，转过身面向他，态度坚决，不带一丝犹豫，一字一顿地说道："没有，我很清楚，请你不要再跟着我了。"

话音落下，她抬脚往前走，张宇东情急之下去拦她，刚碰上她的手腕，就被陶音甩开。

张宇东似乎没料到，笑了笑说："力气还挺大。"

与此同时，他再次朝女孩的手上抓去，男女生的力气悬殊，陶音这次没挣脱开，天生柔和的眉眼间染上愠怒："放开。"

对面的人置若罔闻，只自顾自地说："我这么优秀，我不知道你还有什么不满意的地方，喜欢我的女生也不少，你别不珍惜啊。"

见他如此难缠，陶音干脆抬起另一只手朝他打去，却一下子被抓了个正着。

张宇东得意地笑了笑，刚要开口，下一刻手上却突然落下一道力量，与此同时一道冷厉的声音传来。

"松手。"

他抬眼看向这个突然冒出来的高大男生，愣怔了下。

陶音也顺着声音，蓦然抬头。

张宇东刚要张嘴斥其多管闲事，手腕上逐渐加重的力度却让他疼得说不出话来，直直松开了手。

"你谁呀？"张宇东揉着手腕打量男生一眼，见他穿着七中校服，挑了挑眉，"陶音的新同学？"

江屹杨侧过身子，把女孩挡在身后，眼神淡漠，反问道："你谁？"

他眼神平静，校服穿得规矩，端着几分好学生的清俊长相，但一开口的气势迫人。张宇东好歹也是在社会里摸爬滚打过的不良少年，此时却被对面的人压得怔了片刻。

摸不清男生的身份，张宇东也不想在人家学校附近惹事，只得悻悻地开口道："我是陶音在附中时的同学，我俩关系挺好，来看看她。"

江屹杨冷笑："关系挺好，就扯人手腕？"

听见这话，张宇东目光在两人脸上打量一圈，觉得二人不熟识，他琢磨了下，又改口道："其实我俩是对象关系，她刚才这是跟我闹别扭呢。"

陶音刚从江屹杨的突然出现中反应过来，听见这句，她下意识要解释，就听身前的男生懒懒地开口道："不是你追人追不到，就死缠烂打？"

江屹杨从街角那边过来，就看见了两人，离得不远，也大致听清了他们的对话。

不知是对少年摆明了要出头的态度产生了危机感，抑或被他不屑的语气伤害了自尊心，张宇东突然气急败坏，仰起头道："怎么，你也要追她？"

"你误会了，"江屹杨勾了勾嘴角，下巴稍抬，傲慢中又带着几分蔑视，语气没温度，"我是她哥。"

"……"

少年的声音寡淡沉静，透着一股不容置疑。

话音一落，陶音猛地抬头看向挡在自己身前的背影，越过平直流畅的肩线，从这个角度望去，只能看见男生的下颌以及侧脸的轮廓。

她豁然间福至心灵，似察觉到了他的用意，随后抬手轻轻拽了拽男生的袖子，小声道："哥，他不是我男朋友。"

女孩的声音里带着淡淡的委屈，往他身边凑近了些："我没早恋。"

江屹杨回过头，垂眸看了眼胳膊上的那只手，两根纤细白净的手指正捏着他的衣袖，一截手腕纤白漂亮。

他视线上移，在她脸上扫了一圈。

还挺机灵。

他低声"嗯"了声："乖。"

明知是配合着演戏，陶音却被这一声"乖"弄得心跳漏了半拍。

江屹杨回过头，掀掀眼皮，一本正经地道："我妹还小，上大学之前，家里不允许她谈恋爱。"

张宇东只知道陶音是单亲家庭，再具体的情况他不是十分了解，一看眼下这情况，想也没想就信了，他立刻换了副嘴脸，笑呵呵地说："哥，我可以等……"

"谁是你哥？"江屹杨冷冷地瞥他一眼，继续说，"还有，最重要的一点是——"

江屹杨的个子比对面的男生高出一截，稍稍俯身道："想追我妹，首先得过我这关。"

江屹杨淡漠地勾起嘴角，上下打量一眼张宇东，语气极为轻蔑："就你？长相普通。

"个头一般。

"穿衣品味差。

"性格有暴力倾向。

"看起来一无是处。"

"所以，"江屹杨漫不经心地挑挑眉，撂下两个字，"淘汰。"

而后他手插兜里转过身，脖颈低下来，对女孩说："我们回家。"

第
五
章

两人一左一右走在街边，日光倾落，路面上的影子被夕阳拉长，铺描着少男少女的轮廓。

陶音跟他道过谢，一路上谁都没说话，安静地走了一阵子，他的脚步不快，她刚好跟得上，只是无由来地有些拘谨。

过了会儿，江屹杨忽然开口，声音干净深沉："教你个法子。"

闻言，陶音抬头看向男生。

街边的香樟树被吹得沙沙作响，江屹杨双手插兜，一双眼望着前方，阳光穿过树叶，在他肩头落下点点斑驳的光影。

声音也随着风声传来。

"在挣脱不开对方的情况下，先试着用言语缓和，再找准时机出手，要狠，"他侧眸，眼里似笑非笑，"就像你今天扣球时那样。"

陶音眨了眨眼，莫名觉得他说的是——"就像你打我时那样"。

"……"

陶音心里虽这么猜测，但对他的好意依然很感激，她点头应了声。

一路到了广场附近，陶音瞥了眼男生的侧脸，低声说："那我先走了，今天谢谢你……"

没等她说完，江屹杨偏头看她："不回家？"

陶音愣了下，答道："回。"

半秒她反应过来，有些不可置信地问："江同学……你要送我回家吗？"

"人还在后面跟着，我好人做到底，"江屹杨的视线往身后扫了眼，声音懒洋洋的，"总不能让你白叫了我一声哥。"

男生漆黑的眸子带了点零星的笑意。

陶音愣怔一瞬，不动声色地朝身后看了眼。

张宇东果然跟了过来，虽然被江屹杨数落了一通，老实了很多，但鬼鬼祟祟地跟着不走，估计是起了疑心。

陶音收回视线，也确实不想再被纠缠，抿抿唇说："那就麻烦你了。"

说完她想了想，又直白道："可我感觉，我们这样子好像不太像兄妹。"

"是不像。"

江屹杨低头，若有所思地看向她："你能别离我那么远吗？"

陶音这才意识到，两人之间隔了好几人的身位。

"……"

她默默向江屹杨靠近了几步。

她边走边小声解释："我家里就我一个孩子，不太清楚兄妹一般都是怎么相处的。"

江屹杨说："我也不清楚。"

话音落下，拐过一个路口。前面不远处站了一个男生，没多会儿他身边冒出个女孩，张开手臂把后背冲向男生，声音软绵绵的："哥，书包太沉了，坠得我肩膀疼。"

男生拿下书包，自然地拎在手里，责怪中透着宠溺："沉就少放些东西，本来个子就不高。"

女孩回："可我有哥哥帮忙拿呀！"

闻言，男生撇嘴笑了笑。

这一幕落在两人眼中，像是对二人之前谈话的解答。

空气里沉默了片刻。

倏地，江屹杨转过头，淡声问："沉吗？"

陶音愣了下。

江屹杨："书包。"

"……"

"噢，不沉，"陶音很快摇摇头，双手捏紧书包肩带，"我背得动。"

他嗯了声，回过头去。

他似乎只是问问。

那对兄妹走在两人前面，路过一家便利店，女生撒娇地摇着男生的胳膊："哥，我要吃糖。"

而后那对兄妹在两人的注视中进了便利店。

这时江屹杨又开口，执行任务般地问："吃东西吗？"

"……"

陶音瞧着男生这副样子，抿抿唇，忍不住说："江同学，你好像只学了个皮毛。"

闻言，江屹杨盯着女孩清凌凌的眼眸，瞳孔清透，有光点落在她上翘的睫毛上。

他长眸一垂，悠悠地开口："你想摇我的胳膊？"

"……"

"没，"陶音被他说得脸颊有些发烫，慌忙道，"我不是这个意思。"

瞧见女孩脸上的局促，江屹杨淡勾了下唇角，目光掠过便利店玻璃，低沉的嗓音夹着笑："进去吧，陪我买点东西。"

说完他抬脚往便利店方向走。

陶音暗吁了口气，跟在他身后进了便利店。

江屹杨推门而入，收银台前一个男生正在结账，男生抬眼看过来，脸上一惊，走过来一把钩住江屹杨的肩膀："这么巧啊，杨哥。"

男生留着干净的寸头，这个季节像是不怕冷一般，上身只穿了件白色背心。

"巧什么，我是看见你才进来的，"江屹杨拍开寸头男生的手，回过头来跟她说，"我去买瓶水。"

"噢。"陶音答应了声。

寸头男生注意力随即落在她身上，眼里冒出好奇："这位可爱的小同学是……？"

江屹杨不假思索地道："我妹。"

"啊，是杨哥的妹妹呀，"寸头男生热情地跟她摆摆手，"你好呀，妹妹。"

"……"

陶音点头："你好。"

寸头男生看着她的脸，眨了眨眼，突然笑了声："杨哥，别说，你妹跟你长得还真像。"

"……"

"……"

江屹杨挑眉看了他一眼，没搭腔，径直往里面走。

陶音也往食品区那边去。

"哎，杨哥，"寸头男生跟在江屹杨身后走到冰柜前，盯着他的脸问，"刚才那场比赛直播你看了吗？"

江屹杨从冰柜里取出一罐饮料，没什么情绪地嗯了声。

"我真是服了！裁判眼睛是瞎了吗?!"寸头男生突然怒吼起来。

便利店里安静，陶音被他这突如其来的一声吓了一跳，脚步都顿了一下。

"你小点声。"江屹杨眉心皱了皱，懒懒地瞥了他一眼。

"噢噢，"寸头男生挠了挠后脑，抱歉地瞅瞅她，"不好意思啊，妹妹，吓到你了。"

陶音微笑着摇摇头，越过两人去了里面的零食货架。

寸头男生回过头来，继续说："就那第一名滑的是个什么玩意，裁判给那么高分，眼睛瞎就别来当裁判啊，我都想给他们颁个'身残志坚'奖！"

店里灯光足，落在男生冷然的眉宇间，那双漆黑的眼底透着股凌厉，哂笑了声："裁判眼睛可不瞎。"

陶音背对着他们，目光扫见货架上有她常吃的奶油味糖果，随手拿下一条，注意力放在两人的谈话里。

闻言，寸头男生动作顿了顿，很快反应过来："啊，那杨哥你的意思是，那家伙是买的？"

"不然呢，"江屹杨手指有一搭没一搭地抠动着饮料罐拉环，声音寡淡，"第二名滑手两个空中转体，全场唯一连续的绝招，不值这场比赛的冠军？"

听见这话，寸头男生手拍了下冰柜门把手："我就说呢，原来是用这种下三烂的手段，"随即又嗤了声，"真是脏了奖杯！"

江屹杨不置可否。

陶音大概听懂了情况，脑海里联想起江屹杨在学校看比赛时的样子，难怪会露出那种表情。

江屹杨抬眸，视线转向身后。

见女孩站在货架前发愣，他向后稍侧过身，肩膀倾斜，垂眼问："买完了？"

"噢，"陶音回过神来，对上他的视线，抿抿唇，"买完了。"

到收银台，江屹杨点开手机去付款。

他个高腿长，身形极好看，站在收银台边，低头低眼，神情淡漠，修长的手指在手机屏幕上轻滑几下，将手机递出去："一起付。"

店员小姐姐跟他对视一眼，脸蓦然红了起来，拿扫码机扫码收款的动作里透着几分慌乱。

陶音动了动唇，下意识想说不用，身后寸头男生却突然塞过来两罐饮料，嬉皮笑脸地说："对，哥哥一起付。"

"……"

她卡在喉咙里的话又咽了回去。

出了超市，江屹杨嗓音冷淡，对寸头男生道："下个月区域对抗赛，帮我报个名。"

"×！杨哥，你要比？"

江屹杨嗯了声。

寸头男生激动得直拍手："我杨哥一出马，贿赂评委又如何，绝对秒杀那个肮脏货！"

江屹杨没再对此说什么，只抬了抬下巴："你先去广场那边等我，我先送我妹回家。"

他说得自然又磊落，陶音差一点就觉得自己真是他妹了。

寸头男生笑嘻嘻地点头，跟她热情地道了别，往广场的方向走去。

江屹杨手里的饮料没喝，擒在手里，余光瞥见藏在路边树干后面的张宇东，心里嗤笑了声。

他还真是执着。

他回头，单手钩过陶音的书包，言简意赅："给我。"

陶音也注意到了后方那抹身影，顺着他的动作抽出两条胳膊，书包轻飘飘地落在了他的手中。

而后他换了一只手拎，靠陶音这侧的手习惯性地插进裤兜里，抬脚往前走。

陶音与他并肩而行，偶尔说上几句话，可那种不自在感还在，男生即使给她拎着书包，身上那股生人勿近的气场却半点未消，气氛有些别扭。

她瞄了眼身侧的人，想了想，撕开手里的糖果包装纸，犹豫地问："这个糖挺好吃的，你要不要吃一颗？"

她扯开的力度大了点，最上面的两颗糖掉到了地上。

陶音刚要去捡，就见男生已经弯下了腰。

正方形的小糖块有一颗恰巧掉落在了她的脚边，她穿着校服裙子，陶音看见，男生在靠近她的小腿时，不动声色地别开了脸，视线落到别处。

陶音轻轻抿了抿唇，因他这个照顾女生的绅士举动，心里冒出一丝异样的感觉，手指无意识地蜷紧，糖纸被捏皱，空气仿佛变得胶着。

江屹杨直起身，摊开手掌，把糖递给她。

陶音长睫颤了颤，抬头问："不吃吗？"

他盯了她一会儿，眉梢一挑："不是只给我吃一颗？"

"……"

"两颗都给我？这么大方。"

江屹杨看出了女孩刚才故作亲近的想法，随口配合地逗了逗她。

他略微弯着腰，一双眼低着，鼻梁从这个角度看显得尤为高挺，唇边弯起一抹笑："那再给一颗？"

男生的用意也十分明显，陶音心领神会。

可在他的注视下，陶音突然有点不自在，她尽量表现得淡定地从手里挤出一颗糖，放在他的掌心里，而后转身往前走。

陶音想起他刚才的样子，不自觉地说："江同学，你不像在逗妹妹。"

陶音直白评价："像在逗小孩。"

江屹杨懒懒地跟上，剥开一颗糖扔进嘴里，另两颗收进衣服口袋，不以为意地道："是吗？"

陶音也往嘴里塞了颗糖，淡淡的奶油味夹着糖果自身咸甜的口感充斥在口腔，慢慢地化开来。

半晌，从身旁传来一道清冽的嗓音，带着似有若无的浅笑："是像。

"你确实像小孩。"

"……"

到了文华嘉苑，陶音刷了门卡，两人进到小区里，她住的那栋楼在小区大门的斜对面，江屹杨送她进了单元楼。

楼门内，江屹杨递给她书包，抬了抬下巴："上去吧。"

"今天谢谢你了。"陶音接过书包，抱在怀里，想了想又说，"你哪天有空，我请你吃饭吧。"

"就顺道的事，不必放在心上。"江屹杨低头看了眼手机。

知道他还要去滑板广场，陶音也没再耽搁他的时间，道了别便往楼梯间走。

拐过隔墙，陶音按下电梯键，等待的时间她又往回退了几步，发现江屹杨仍站在原地。

暖黄色的光线将他的黑发染上些许亚麻色，他低头看着手机，不时瞥向外面，顺着他的视线，陶音看见了徘徊在小区门口的张宇东。

陶音靠在墙边，没出去也没上楼，只悄悄地望着他。

大概过了十分钟，小区外头的人影才离开。

江屹杨嘴角掠过一抹笑意，漫不经心地将手机收回兜里，抬脚离开。

少年背光而去，挺拔的身形中透着股慵懒，却有股莫名的吸引力，周遭的事物像是失了颜色，陶音的眼眸中只留那道背影。

那背影耀眼夺目。

陶音感觉心脏里有股温柔却躁动的跳动。

频率越来越快，似在确认着什么。

嘴里糖果的味道早已消散，却有一丝甜味不知从哪里冒了出来。

她慢吞吞地上了楼。

她回到家中，沈慧姝出差未归，客厅里空荡荡的。陶音坐在沙发上发愣了半晌，视线落在怀里，指腹轻轻擦过书包肩带。

在青涩懵懂的年纪，陶音第一次有了少女心事，悸动的情愫来得猛烈，似乎抵挡不住。

这一整晚，她的脑海里都在反反复复地浮现一个人，她躺在床上蒙上被子，也压制不下这种陌生又慌乱的情绪。

久久不能平息。

…………

不出意外，这一宿她睡得不好。

次日清晨，陶音顶着两个黑眼圈起了个大早，吃过早餐便匆匆出了门。

路过昨日那家便利店，她推门进去。这个时间便利店才刚营业，店里面安安静静的。

她走到货架边，拿了两条糖果，又挑了几袋零食，到冰柜前，目光透过透明玻璃一排一排扫过，找到了那罐浅绿色瓶身的饮料。

她在收银台付过款，出了超市，一路到了学校。

陶音进到教室时，其他同学都还没到，陶音走到最后排的一个位置，把一袋子零食塞进课桌里，然后回到自己的位置上，若无其事地拿出英语课本，翻到要预习的那页。

没多久，教室里陆陆续续进来了人。在渐渐哄闹的人声中，有人叫了声江屹杨的名字，她下意识回头看去，就见江屹杨一副没睡醒的模样，走到位置上懒洋洋地拖开椅子，书包扔在桌面上当枕头，坐下倒头就睡。

他这一睡直到下了早自习才醒。

陶音走到教室后面的书柜，借着整理书本偷偷观察男生。

江屹杨大抵是见多了这种事，不甚在意地从零食袋里拿出那张小字条，眼睛瞥过上面的字，停了两秒，又放了回去。

而后他扫了一眼袋子，从里面拿出那罐饮料。

邵飞从教室外进来，见到这一幕，倒是意外。以往江屹杨从来不碰女生送的东西，这次倒是稀奇，他笑嘻嘻地坐在江屹杨身前，打量他一眼，暧昧地说："怎么，江大校草这是要被人拿下啦?

"哪个女生这么厉害！"

江屹杨修长的手指转了一圈饮料罐："你想多了。"

邵飞无趣地挠了挠头，疑惑地问："我说，从高一开始就有那么多女生追你，你就没有一个看上的? 不想在大好的青春时光里谈个轰轰烈烈的恋爱?"

陶音轻轻关上书柜门，站着没动，竖起耳朵听着那边的动静。

半晌，她听见了男生否定的答案。

而后，男生没什么情绪地补了句："浪费时间。"

第
六
章

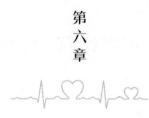

中午，陶音和苏敏敏吃饭，二食堂的糖醋排骨做得好，学生们蜂拥而至，两人出来得早，排在队伍前面。

其间苏敏敏回头打量她一眼，笑道："看你一上午都神情恍惚的，我还以为你会没胃口呢。"

"就是昨晚没睡好，"陶音随口解释了句，收回往前探的小脑袋，勉强挤出一抹笑，"但也不能辜负美食呀。"

二人话音落下，队伍里出现一阵骚动。前排的两个女生不住地往后看，脸上是按捺不住的兴奋，压低着声音："喂，是十班的江屹杨！"

陶音闻言回过头。

排在队伍尾部的男生个子很高，相貌太过出色，在人群里一眼就能捕捉到，站在那里没一会儿就引来不少人的侧目。

"脸是真帅，就是一出现就影响秩序，"苏敏敏吐槽了句，"前面的女生都不知道动了，再好看又不能当饭吃。"

说完她朝后又看了眼，改了口："好像真能。"

"……"

"那个词叫什么来着，诱色可餐。"

陶音收回视线，淡笑了下："秀色可餐。"

排到了两人，排骨剩得不多，打菜阿姨开始了表演。苏敏敏端着盘子，撇撇嘴："倒不如直接给我半勺，手抖得我心一下一下地凉。"

陶音用视线扫了眼队伍后方："还有那么多人在排队，怕不够分吧。"

两人在空位坐下，吃了一会儿，身旁有人经过，陶音抬起头往他手里瞥了眼，低下头继续吃。

邵飞跟在江屹杨身后抱怨："我说这人要是命好，是不是什么事都顺啊？连排骨都是最后一份。"

江屹杨放下银色餐盘，拉开椅子笑了声："你命不好？跟着你杨哥什么时候少你肉吃？"

邵飞眼睛一亮，餐盘往前一凑，嘻嘻笑道："分我一半？"

江屹杨抬眉："赏你一块。"

"……"

但江屹杨的排骨还是被邵飞不由分说地抢走了半份。江屹杨拧开矿泉水喝了两口，目光不经意扫过斜前方。

陶音正低头吃着饭,人对于落在自己身上的注视总是敏感,察觉到不对,她一抬起头,就见江屹杨一双漆黑长眸正望着自己。

江屹杨神情松散,明显是随意一瞥。

她的身子却倏地一紧,眨了眨眼,嘴里的一块骨头就那么含着,没办法当着他的面吐出来。

一秒。

两秒。

男生悠悠移开了眼。

陶音松了口气,忙抽了张纸巾吐出骨头,低下头,若无其事地继续吃。这下,她的注意力根本不在食物上,筷子只夹着西红柿炒蛋。

苏敏敏发现她的异样,边吃边问:"怎么不吃排骨?"

陶音:"我觉得醋好像放多了,有点酸。"

"还好呀,"苏敏敏瞧了瞧她,笑问,"那你不吃了?"

陶音盯着盘子,余光里的人懒散地靠着椅背,随时都有可能看过来。

她纠结了一下,狠心摇摇头:"不吃了。"把剩下的都给了苏敏敏。

周五放学,傍晚的滑板广场上聚集了很多人,很是热闹。

陶音望了眼,走到那边。

平面场地上几块滑板叠成一个障碍物,几名滑手站在场地一端,江屹杨也在其中,他脱了校服,穿着一件白色短袖,额发自然垂落,黑发黑眸,整个人利落又纯粹。

他身边站着之前在超市遇见的寸头男生,看样子是有活动。

她在围观人群里看见了邵飞,走过去问:"是要比赛吗?"

邵飞转头见是她,笑道:"也不算,就是闲着无聊,偶尔弄点东西来玩玩。"

陶音哦了声,目光又落到江屹杨身上。

傍晚的日光柔和,映得他五官立体分明,与此同时她看见了他眼角眉梢的那抹笑意,长眸里熠熠发光。

男生对于眼前事物的喜欢抵挡不住,也毫不掩饰。

他专注且自信。

不自觉地，陶音也弯了弯唇角。

看见她这副神情，邵飞突然凑过来问："感兴趣？"

"嗯？"陶音一怔。

这问话猝不及防，她忽地有股被抓包的心虚，声音都透着一丝紧张："不是，没有……"

"感兴趣平时可以过来玩呀，"邵飞开始热情地招募板友，"你就住在这附近吧？这里玩滑板的女孩子太少了，平时就我们这群男的，你要是愿意来学，这里这些滑手都可以做你的免费老师，随便你挑。"

原来是在说滑板，陶音心里一松。

而后她想问"也包括江屹杨吗"，但意图太明显了，她目光扫过对面，问道："那边不是有很多女孩子吗？"

"那些啊，"邵飞笑得暧昧，"都是奔着江屹杨来的。"

"喏，那个波浪长发没穿校服的，是我们学校高三文艺班的学姐，追了江屹杨有一年了。"

陶音望过去，对面的女生化了淡妆，明媚艳丽的长相在人群里很显眼，她看向男生的眼睛里亮如星星，爱慕写满了脸。

邵飞："毕竟是校花，还挺有毅力，也不知道以后能不能追得到喽。"

话音落下，那边的比赛马上就要开始，陶音也缓缓收起视线，关注着场地内的情况。

第一个滑手准备好后，向前一冲进入缓坡，在障碍物前带板跳起，很轻松地越了过去。第二个是寸头男生，他往上加了一块板，同样顺利地跳了过去。

"可以啊，李明司。"邵飞喊了一声。

李明司往这边滑过来，满面笑容："老子练这个练这么久，再过不去可就太倒霉了，不过你怎么没上啊？"

"我昨天打篮球脚崴了，顺便给江屹杨做一天小跟班，"邵飞抬起两条胳膊晃了晃，"拿衣服拎包。"

"那是你的荣幸，"李明司说完，注意到邵飞身旁的人，热情地打招呼，"嘿，江妹妹也来啦！"

陶音："……"

"江妹妹？"邵飞一脸茫然，"你说谁呢？"

李明司一怔："杨哥的妹妹啊，你不认识啊？"

"那个，这件事其实是个误会。"陶音笑了笑，那边还在比赛，她把事情缘由简单说明了下，面前的两人听完，愣了半晌。

是李明司先开了口："啊，原来是这样啊，倒是符合我杨哥见义勇为的个性！"

而后他眼睛又往陶音脸上扫了一圈："可我觉得你跟我杨哥说不上是哪里，就莫名长得还真挺像的。"

闻言，邵飞大大咧咧地说："没血缘关系怎么像，夫妻相啊？"

话一出口，邵飞意识到不对，挠了挠后脑，笑嘻嘻地道歉："陶音，我乱说的，你别介意啊。"

陶音心里不自觉地被拨动了下，但面上不显，装作不在意地摇了摇头。

场地里第四个滑手平稳落地，障碍物已经往上加了三块板，这时又搭了两块上去，高度看起来不太好跳。邵飞歪下头，声音透着股兴奋："对一项运动的喜欢，往往只需见一次大神的表演，等会儿看江屹杨秀一把超高 ollie①。"

她不懂那些术语，只看着场地，犹豫着问："这么高，不会出危险吗？"

邵飞摆摆手："不会，小意思。"

话音落下，江屹杨脚下已经滑出。

他的速度很快，在一些人还没反应过来时，他直接起跳，空中他的姿态轻松流畅，看起来丝毫不费力，越过障碍物后稳稳落地。

一个高远飘的动作行云流水，干净利落。

陶音目光微怔。

全程不过十秒，却惹人惊艳。

"帅啊！杨哥！"

人群里顷刻间欢呼起来，邵飞顾不过来，把挂在胳膊上的衣服直接递给了陶音，转头打起了口哨。

------

① ollie，即豚跳，指滑板运动中双脚带板起跳时做出的腾空动作。

陶音低头看向手里的白色校服，熨帖又体面干净得不像是经常在户外运动的男生的衣服。她把衣服折好，轻轻拿在手里。

她抬起眼，场地里的男生踩住板尾，刚刹住了板，他的身形修长清瘦，但肩膀很宽阔，露出的手臂上是明显的肌肉线条，少年气里掺杂着不容忽视的荷尔蒙。

就在此时，那个高三学姐忙小跑到了江屹杨面前，抬手轻轻把长发掖到耳后，将手里的一杯果茶递给了他，脸上是害羞又有些忐忑的表情。

所有人的目光都落在了两人身上。

众人十分有默契地没出声，画面里的气氛暧昧。

陶音也紧紧盯着那两道身影，她看见男生似乎犹豫了一下，但最终还是接了。

她感觉胸口里有一股酸涩涌了出来。

人群里立即响起一片起哄的声音，江屹杨恍若未闻，没什么情绪地道了声谢，抬脚走开。

那位学姐身后的几个朋友见状跑上来，几个人笑着在嘀咕些什么。

场内第二轮开始。

陶音瞥开眼，没再看那边，只盯着手里的校服，再抬头时，却见江屹杨朝她这边走来。

他走近后，将手里的滑板递给李明司，伸手扯过邵飞手里的包单背在肩上。

李明司诧异地问："杨哥，你不再玩一轮了？"

"他爷爷今天办寿，"邵飞接过话，"家里估计来了很多有头有脸的人，他不到场哪儿能行？"

江屹杨："回家陪老人吃顿饭，晚点再回来。"

话音落下，他抬了抬眼，看了一眼身旁安安静静站着的女孩，对视间，少年朝她伸出掌心。

他薄唇动了动："谢谢。"

男生一双眼低着，眼尾的线条浅淡又好看，看人时眸子里天生透着一股疏离感。

陶音反应过来，抿抿唇，忙把手里的衣服递过去："没事。"

江屹杨接过，扭头跟一旁的两个男生说："走了。"

与此同时，他将手里的那杯果茶随手塞给了邵飞。

他人走后，李明司回到场地，邵飞把果茶放到身后的长椅上，从兜里掏出手机，走回来问她："怎么样，刚才那一跳有没有动心？"

陶音将视线从那杯果茶上移开，突然被这么一问，她一时不知道该怎么回答。

邵飞以为她在犹豫，继续说："那这样吧，你先加一下我们这个滑板群，多了解了解再说？"

陶音思考了下，加了群。

后面的活动她没太注意看，结束后她回到家，吃过晚饭后就去房间里温习功课了。

写完一份英语卷子，她翻出数学作业，盯着上面的题干开始头疼，不自觉地恍了神。

白天时的画面浮现在脑海里。

他只收了果茶但没喝，应该是顾忌着女生的面子，毕竟那么多人在看。

她不由得又想起少年那句不想恋爱的原因。

陶音用笔戳了戳脸颊："浪费时间……"

突然一道铃响将她的思绪拉回，是沈慧姝打来的，说是乘明早的飞机，中午之前到家。挂掉电话，陶音盯着眼前的卷子，收了收神，开始专心做数学题。

一张卷子磕磕绊绊做了一个多小时才写完，她停下笔时，大概是费了太多的脑细胞，她感觉有点饿，扫了眼墙上的挂钟，起身套了件外套下了楼。

小区对面有条小吃街，到了晚上很热闹，陶音买了盒章鱼丸子，沿着街边逛边吃，走到一处街角，再往前就是滑板公园的方向，她抬头望了眼。

广场那边耀眼的白炽灯将一切建筑物照得明亮，夜间看起来比白日里更漂亮，只是时间晚了，四处空荡荡的。

她刚要转身往回走，却不期然瞥见一抹人影，在一处凹陷的场地里飞起又落下。陶音愣了下，下意识走了过去，在距离广场几米外的暗处停下脚步。

少年一身黑衣，卫衣帽子戴在头上，随着跃起转体的动作，陶音看清了少年的面容，每一次落地滑下的声音很响，回荡在静谧的广场里，一遍又一遍。

不知过了多久，陶音手里的丸子已经吃完了，一阵凉风袭过，陶音收紧外套，夜里气温下降明显，留久了容易感冒。

她搓了搓掌心，暗暗想着再待十分钟就回去。

她再一抬头，眼前的那道身影在跳起时滑板卡在了边缘上，脚下失衡，不小心摔在了地面上，看样子像是擦到了手背。江屹杨没太在意，起身捞起板又冲向场地。

陶音紧张的情绪一过，很快往身后的某一个方向跑开。

江屹杨练累了，到长椅边休息，从包里翻出水，拧开仰头喝了几口，这时身后传来了脚步声，很轻却急促。

他擦了下唇角，回过头。

见到来人，他语气平静地随口打招呼道："这么晚，怎么来这儿？"

"噢，我……"陶音抿抿唇，缓了口气，而后道，"我白天在这里丢了东西，过来找找。"

女孩鬓边的头发滑下了一撮，灯光下的她皮肤白皙透亮，脸颊微微透着红，鼻尖也红红的，气息有些不稳，像是很着急的样子。

江屹杨抬了抬眉，想问丢了什么，就见陶音的目光落在他拿着水瓶的手上，微睁大了眼。

"你的手受伤了。"

他懒散地笑了下："没事……"

他话还没说完，陶音已经从衣服口袋里掏出一片创可贴，她的眸子清澈透亮，有股小孩子般的干净纯粹，伸手递给他："给你。"

江屹杨看了眼，视线又一抬。

四目相对间，她心里一跳，很快低声解释："我出来顺便去了趟药店，身上刚好有这个。"

江屹杨转过身，黑色帽子下的脸半逆着光，抬手接过："谢了。"

少年的手指不经意碰到了她的指尖，与他运动后的皮肤温度不同，女孩的指尖一片冰凉。

"你丢了什么？"他问。

陶音温暾地说："就是一个小东西，小挂件。"

江屹杨拧上水瓶，放到长椅上，侧眸看她："那个兔子？"

陶音眨了眨眼，忙道："对，就是那个兔子。"

"我刚才从那边过来，没看见，"她指了下对面的平地场，"可能是白天被人捡走了，也不是很重要，天挺晚了，我就先回去了。"

临走前陶音又看了眼他的手背，微微皱眉："手都出血了，你快贴上吧。"

"好。"

江屹杨答应了声，却没有下一步动作。

陶音站在原地，一动不动地盯着他伤口的部位，气氛莫名有了股僵持的意味。

像是他不贴，她就不走。

安静的空气里传来一声短促的轻笑。

是很轻的气音。

江屹杨撕开手里的创可贴，规规矩矩地贴在伤口处，抬眼看她，扯了扯嘴角："贴了。"

陶音抬眼，视线从那只骨节分明的手上移开，对上他投来的目光。

少年身上带着刚运动完的气息，似将周围的空气也带热了几分，有风从他身上掠过，夹杂着一缕冰凉的薄荷味道，跟他的眼眸一样，有股澄澈的气息。

唇角的笑意却让她反应过来，自己刚才那番举动的异常，她的脸颊忽地发热，假装淡定地答应了声："嗯，好。"

她脑袋有点发怔，下意识又说："那你要记得，注意伤口别碰到水了。"

"嗯。"男生又答应了声。

陶音没再看他的表情，估计他一定觉得这人莫名其妙的。

她匆匆道了别，便离开了。

她是一路小跑着回去的，不知是因此，抑或身体里悸动的情绪，她瓷白的额头上覆了一层薄薄的细汗。

陶音回到家里洗了把脸，脸颊上的温度才退去了些，回到房间时，桌上的手机发出一连串的消息提醒，她点开看了眼，滑板群里有几十条聊天记录。

陶音拇指在屏幕上滑着。

我家里有只白毛垂耳兔，又软又萌。

你那只不行，不符合杨哥个性，我这只是安哥拉兔，黑灰毛，特别酷。

兔子当然要温顺可爱的，要酷的还不如养只猎犬。

陶音随意往上翻，大多是在讨论兔子，其中掺杂着几条回答。

没看见，杨哥。

我走得早，没注意。

不像啊，你还有那种东西。

杨哥喜欢兔子？

陶音一怔，原来他也喜欢兔子。

她手指又滑了几下，看见一个昵称为 JYY 的人发的内容。

有人捡到一条兔子挂链吗？

陶音心里一颤，扫了眼那人的头像，是那块骷髅头滑板。

群里还在七嘴八舌地讨论，没多会儿又堆积了几十条消息。她盯着那个头像，点了进去，拇指落在发送好友申请上时，带着不自觉的紧张。

大概十几秒，对方通过。

她手指捏紧，忙在编辑框里打字。

陶音：江同学，我是陶音。

陶音：我的挂链找到了，谢谢你帮我问。

JYY：你也在群里？

JYY：没事。

隔壁滑板群里静了片刻。

陶音进去一看，是江屹杨回复了句：

找到了。

没多会儿，有人接着上面的话题。

杨哥，你到底是喜欢酷的，火辣的，还是软的？

我感觉杨哥还是配酷辣的带感。

JYY：你们讨论的是兔子？

JYY：软的。

你们看看，我就说嘛，杨哥这种禁欲系的不就得来个软绵小娇妻？

哈哈哈，老李，你这是偷你女朋友言情小说看了吧，真骚！

JYY：别说脏话，群里有女生。

这条消息一发出，群里立刻噤声，而后又是一阵爆发。

有妹妹来啦！哪个哪个？

欢迎妹妹！！！

邵飞：你们能冷静点吗？我好不容易拉进来一个女孩子，别给吓着了。

陶音：你们好。

妹妹好啊！

呜呜呜，太不容易了，终于又有女生了。

陶音觉得好笑：玩滑板的女生这么稀少吗？

邵飞：也不算少，就是最后都摔走了。

JYY：也有坚持下来的，玩得不比男生差。

陶音盯着屏幕里的那行字，眸子里突然闪了闪。

群里开始有人打听陶音是哪里人、多大了、有没有男朋友之类的，都是一些有的没的的问题。

邵飞：哎哎，你们想干什么？这是我同学。

同学咋了？问问还不行啊？

邵飞：江屹杨同学。

邵飞：你问。

群里的人瞬间老实了很多。

江屹杨这三个字还真是有力度，陶音莫名有股抱上大佬大腿的错觉。

后来江屹杨没再发言，她没多会儿也退出了群聊，躺在床上盯着天花板，时间很晚了，她却睡意全无，想了想又从床边摸起手机，翻过身把自己卷进被子里。

她打开购物软件选了几块好看的滑板，扔进了购物车。

周六上午，沈慧姝飞机晚点，陶音准备完了午饭，下楼去接。

外头天气千变万化，早上还是大晴天，此时天空乌云遮日。没多会儿，小区门口停了辆黑色轿车，沈慧姝从车里出来，同时，驾驶位走下来个男人，到后车厢帮沈慧姝拿行李。

陶音愣了下，而后走上前。

沈慧姝见她过来，笑着介绍："音音，这是妈妈公司的同事，叫林叔叔。"

男人一身西装，相貌端正，面容温和。

陶音礼貌地点点头："林叔叔好。"

"你好，音音，"男人语气和蔼，透着几分亲近，"你和你妈妈长得很像。"

天色越发昏暗，空气里透着大雨前夕的闷意，沈慧姝开口："天快下雨了，你也早点回去吧。"

男人："我帮你把行李拎上去吧。"

"不用了，行李不重，"沈慧姝拉过行李箱，温声道，"你快走吧，一会儿下雨路上就该堵车了。"

闻言，男人只好答应了声。

男人走后，陶音和母亲上了楼。陶音去厨房把菜热了下，端到餐厅，两人坐下来吃饭。

窗外雨滴淅淅沥沥地落下，玻璃上一片雾白，屋里开着灯，空气有些湿凉。沈慧姝问了几句陶音这一周的生活，过了一会儿，她淡淡地开口：

"刚才那个林叔叔，妈妈在考虑。"

陶音手里的筷子顿了下，但似乎也没意外，抬头笑了笑，问："林叔叔，他对你好吗？"

很早以前陶音就表示过，不会反对沈慧姝再婚。

当年陶辰华去世后，家里虽收到了抚恤金和被救孩子家长的补偿，但陶音的奶奶白发人送黑发人，因伤心过度一病不起，当时所有的钱都用在了老人身上。这么多年沈慧姝含辛茹苦将她抚养大，在物质上从未亏待过陶音，其中的艰辛可想而知。

她也不想让母亲这么辛苦。

沈慧姝莞尔："嗯，他对妈妈挺好的。"

说完二人低下头吃饭。

沈慧姝这人性格温和，有什么情绪也不太表露，陶音盯着母亲看了眼，之后点点头，拿起汤勺给沈慧姝添了些汤："那就好。"

吃过饭，想着旅途疲累，陶音让母亲回房休息。她把餐具收拾到厨房后，瞥见客厅里那束放干了的白雏菊，想了想，她默默地收了起来。

在经过沈慧姝房间时，她隐约听见里面有动静，便轻轻推门进去，见母亲坐在床边，手里拿着陶辰华的相片，抹着眼泪。

见她进来，沈慧姝擦了擦脸，脸上是一贯的温柔："别担心，我就是突然想起了你爸爸。"

陶音在她身边坐下，视线落在相框里男人英俊的面容上："您想起爸爸什么了？"

"想起，你爸爸和我第一次说话时的模样。"沈慧姝手指轻抚相框，慢慢回忆着，"那时是在校庆上，我的表演服弄脏了，他帮我借了件衣服。当时你爸爸作为学生代表，面对场下无数师生发言，他口齿流利，侃侃而谈，但交给我衣服时，说起话来却磕磕巴巴的。"

沈慧姝笑了声："想想就觉得有趣。"

陶音目光落在母亲含泪微弯的眼角上，安静半晌，轻声问："妈妈，您不喜欢林叔叔，是吗？"

房间里一片寂静，嗒的一声，有眼泪掉在相框上的声音。

"但他对我是真心的。"沈慧姝摸了摸陶音的脑袋，"还有件事，妈妈一直没跟你说，前些日子妈妈工作上出了些问题，被公司降了职，薪水比不上以前了。"

沈慧姝叹了口气："你林叔叔他条件很好，我想给你好的生活。"

没想到会是这个原因，陶音鼻尖泛酸，摇摇头："您再婚的原因只能是您自己愿意，不可以因为我。

"而且，家里不是还有积蓄吗？节省一些就是了。

"还有，钢琴我也可以暂时不学了，高二学业重，练琴会分散精力的。"

沈慧姝皱了皱眉，犹豫良久，眼里的泪再次滑出："只是这样，就委屈你了。"

陶音摇了摇头，握上母亲的手："是您这些年辛苦了。"

沈慧姝摸了摸陶音的脑袋，弯着唇角，轻轻叹了口气。

第二天沈慧姝一早去了公司，厨房里留了煮好的面，陶音吃完早餐，瞥见晾在阳台上的白雏菊花枝，脸上划过一抹笑。

母亲有收藏干花的习惯，每年都不例外。

陶音收回视线，扯过衣架上的小包，背上出了门。

昨天的一场雨下到了夜里，早晨推门出去，空气里弥漫着泥土的湿气，夹杂着清新的草木香。

陶音走过两条街，进到一家新开的奶茶店。店里装修干净亮眼，暖黄色的桌椅添了几分温馨，她走到柜台处，店里似乎刚开门，里面的人正在收拾卫生。

"您好，"陶音轻声开口，"请问店长在吗？"

闻言，柜台里的人转过身，是一个三十出头的男人，他礼貌地点头："我就是。"

陶音微笑道："请问，您这里还招员工吗？"

"是在招店员，"老板上下打量她一眼，"不过看你的样子，还是个学生吧。"

"嗯，高中生，"陶音低头从包里翻出身份证递了过去，"十八岁，到了可以打工的年龄。"

店长低头看了眼，笑了笑："今天刚满的十八？"

她盈盈一笑："对。"

"年龄倒是没问题，"店长又看了她一眼，小姑娘面相好，看着人也规矩，想了想说，"那你什么时间能过来？"

陶音思考了下："我只有周末有时间，可以吗？"

"可以。"店长爽快答应，将身份证还给她。

之后陶音填了张个人资料，换上店服，开始临时试岗。上午人不多，到了下午才陆陆续续开始有了客人。

门口进来了人，陶音抬头，是昨天滑板广场上那个学姐和她的朋友。

两个女生走到柜台，视线落在饮品单上，李月妍扫了一圈，想起昨日那杯果茶被江屹杨塞给了别人，她情绪有些低落，随口问："哪个卖得最好？"

陶音推荐了一个新品。

她戴着白色帽子，侧头打单子时另一个女生看见她的脸，小声跟李月妍说："是她，昨天帮江屹杨拿衣服的那个女生。"

闻言，李月妍这才注意到眼前的人，犹豫了下，问："你是七中，高二十班的？"

陶音抬起头。

店里的光线柔和，陶音穿着一件白色半袖，外面套了件米色围裙，头发拢成低马尾，耳边落了几缕发丝，乌眸红唇，皮肤白腻柔泽。

"对，我是。"陶音唇边习惯地漾起一抹微笑。

李月妍怔了下，又不动声色地打量了她一眼，回了个微笑："挺巧，我们也是七中的。"

奶茶做好，两个女生走后，陶音视线落在刚打出的小单子上，两个女生买了三杯水……

她从口袋里摸出手机，点开滑板群，里面挺热闹的，好像还有小型的比赛活动。

她又看了会儿，收回了手机。

到了傍晚，陶音站久了有些疲累，抻了抻胳膊，这时一道开门声响起，从门外进来个人，她扫了眼，心脏一跳。

江屹杨拿了块黑色滑板走进来，像是嫌热，袖口被他拉到肩膀，手臂线条流畅且有力，头上的鸭舌帽压得低，只露出他下半张脸，脖颈皮肤一片冷白。

陶音忙收回胳膊，手指不自觉地捏紧衣角，待人走近，她清了清嗓子："欢迎光临。"

帽檐抬起，露出一双冷峻的眉眼，看见她后，少年挑了下眉，悠悠道："在这儿打工？"

"嗯。"她点点头，"喝点什么？"

陶音的声音里透着只有自己才知道的紧张，突然间，她觉得自己好像比陶辰华要有出息，至少她没磕巴。

江屹杨低眼扫了下，随口道："柑橘柠檬。"

而后他视线一抬，对上女孩清透的眉眼，声音低沉，夹杂着凛冽的质感："少糖。"

陶音感觉呼吸一窒，对上那道目光，她心跳加快，"好，那……那你……"

"你需要，加冰吗……"

"……"

江屹杨无谓地扯了下嘴角，吐出两个字："加冰。"

陶音应了声，开了单子忙转过身，往杯子里夹柠檬片的同时，她想，父亲当时一定觉得自己又笨又糗。

这时店长从后面探出头说："小同学，今天你生日，就早点下班吧。"

陶音扣上盖子，应了声，回身把柑橘柠檬水递给男生。

江屹杨接过水，视线落在桌上的饮品立牌上，语气懒散："这个好喝吗？"

"好喝，底料很多，"她想了想，琢磨着男生的口味，"只是少糖的话，味道可能会差一些。"

"嗯，"江屹杨目光扫过她的眉眼，"那要一杯正常糖的。"

加了半杯料的奶茶做好后，陶音思绪有些乱，男生一般不喜欢喝这些的，难道，是还给那个学姐的吗？

"……"

她心里一时间酸溜溜的，递过奶茶，低声道："好了。"

对面的人没接，下一刻，在陶音有些失神的目光中，那杯被男生擒在手里的果汁碰上温热的奶茶，泉水般清澈凛冽的嗓音从头顶落下，带着浅浅的气音，低沉又好听。

"生日快乐。"

卷二

双手合十的愿望

暗恋有回音 ♥

第
八
章

傍晚的天边一片橘红，棉花似的云朵透着几分热烈，同她的心情一样，躁动，闷热，火烧火燎，又带着丝丝的甜。

一阵晚风过境，陶音手里捧着奶茶，余温透过掌心传来，她穿着单薄的外套，却丝毫不感觉冷。

虽然江屹杨只是随手送了一个礼物，不带任何情感，只是同学间的，抑或对那个创可贴的回礼。

可她依然很开心。

光线透过云层洒下，四周变得明朗起来，恍然间，她似乎明白了当年父亲为何暗恋母亲四年却迟迟未开口。

原来，有些喜欢要藏在心里，才能靠得更近。

她回到家，餐桌上摆了一桌子热气腾腾的菜，还有一个草莓蛋糕。沈慧姝见她回来，从厨房里探出头："不是说要晚点才回来吗？再等会儿啊，还有两道菜就好了。"

她打工的事没同母亲讲，只说是和朋友出去玩。陶音换上拖鞋，往房间方向走："电影不好看，就提前回来了。"

进到房间，她把奶茶放到桌上。想了想，她从兜里掏出手机，点开购物车，从里面选了一块滑板下了单。

饭快好时，陶音走到餐厅，弯腰咬下一颗草莓，鼻尖蹭上了一点奶油。

"哎，你这孩子，"沈慧姝端着盘子，无奈地笑了笑，"还没许愿呢。"

她吞下草莓，舔了舔唇，拉开椅子坐下。屋里光线昏暗，蜡烛被点亮，在烛光的掩映下，陶音许下一个愿望。

从十八岁这一天起，少女今后的每个双手合十的愿望里，都多了一个叫江屹杨的名字。

…………

新的一周来临。

早自习期间，陶音一边早读，一边趁着和后桌说话的间隙往后排偷偷望上一眼。

和上周一样，那个位置空到了下早自习，直到铃响，男生才从教室门口进来，不紧不慢，优哉游哉的。

陶音合上书本，转过头轻声问："那个，江屹杨他一般都不上早自习的吗？"

苏敏敏是个大大咧咧的女生，没发现同桌的那点小心思，直言道："学霸都这样，都不用学习的，上课随便听一听，考试就能拿前几名。"

"而且呀，他数学每次考试几乎拿满分，"苏敏敏用羡慕又不平的语气说道，"你说气不气人！"

陶音温暾地点了点头，若有所思地随口应了声："气人。"

想起那晚练滑板练到很晚，夜色下少年清瘦不知疲倦的身影，她刚想说点什么，旁边突然有人经过，干净的气息里融和了一点薄荷的冷香。

她和苏敏敏的位置在第一排，前方正对着饮水机，江屹杨在两人的谈话间倏然出现，微弓着腰，手里握着个白色杯子接水，手指修长干净。

日光透过玻璃滤出一道柔光落在他的黑发上，校服下的后颈露出一点冷淡的棘突。

江屹杨垂着眼，视线落在水流上。

毕竟在背后谈论人不免会心虚，两个女生正襟危坐，下一刻，苏敏敏悄悄拉了拉陶音的袖子，忍不住凑近问："咱俩刚才说的话，他没听见吧？"

陶音也压低着声音："……应该没有吧。"

话音落下，水流声也戛然而止，江屹杨侧眸看过来："听见了。"

"……"

"……"

他慢腾腾地拧上杯盖，眉梢微挑，眼里透着几分玩味："要不这样，我下次故意考差点，让两位……"江屹杨将目光定在陶音脸上，"消消气。"

"……"

上课铃声骤然响起，唐洪礼夹着本书走进教室，学生们都噤了声，教室一片安静，男生也走回了座位。

"我×，我怎么感觉更气了，这就是学霸才有的傲慢吗？"苏敏敏拍了拍胸口，又说，"不过，他应该没生气吧，刚才转过来的一瞬间，我是真的被吓了一跳，邵飞经常说他这人爱记仇的。"

"生气不至于吧。"陶音眼睫动了动，相反，她莫名感觉江屹杨今天的心情似乎不错。

第二节课大课间，在上节物理课难懂的内容与老师催眠的声线下，学生们抵挡不住困意，教室里已经倒了一半。

陶音抽出一张数学卷子，第一堂课有道大题她一直没弄明白。她琢磨了一会儿，头开始泛疼，突然间想起了什么，她回头扫了眼。

最后排的男生靠在椅子上，难得没睡觉，看起来精神状态还不错，陶音想了想，拿上卷子往后面走。

"江同学。"

江屹杨的视线从手机上移开，掀起眼皮。

他是内双眼皮，睫毛很长，漆黑的瞳孔看人时有种淡淡的疏离感，但此时意外地露出些许柔和。

陶音怔了下，温暾地说："我仔细想了下，觉得不应该让你故意考不好，人还是应该从自己身上找问题，所以……"

她把卷子往前递了下，声音细软："你能给我讲道数学题吗？"

女孩微抿着唇，像是有点紧张。

江屹杨突然笑了，放下手机，拿起桌上的笔，在手指间转了转，漫不经心道："行。"

旁边的椅子空着，他起身坐去里面，把位子让给她。

陶音尽力平缓着被那声笑而扰乱的心跳，坐下来，把卷子放在桌面上："最后一道大题。"

"嗯。"江屹杨很轻地应了声，翻出一张草稿纸。

班上偶尔也有向江屹杨来问题的，他一向耐心解答，时间久了，不少同学对这位平日里看起来高高在上的少爷的看法有所改观。

这般近的距离，陶音没办法把心思放在题目上，总不由自主地往他身上瞟。江屹杨的位置靠窗，光点随着笔尖变动晃过他英气干净的面容，时而落在他的眼角，染出几分平易随和。

陶音思绪飞走一瞬。

所以，他并没有看起来那般难以接近，难怪他在男生群体里人缘那么好。

她的视线一低，那笔尖清晰利落地划在纸上，随着演算的动作，男生手背上的青筋若隐若现。

男生讲题的声音又低又缓，飘进她的耳朵里，她意外地没有因听见那些数学名词而下意识地头晕。

就在她新奇地发现这种变化时，视线里的笔尖停下，江屹杨抬眼看她："这一步懂了？"

陶音："……"

懂什么，她根本没听……

她窘迫之余，随意扯了个借口："江同学，你讲得太快了。"

"快？"

"嗯。"陶音一本正经地点头，怕他会觉得自己麻烦，又带上几分奉承的语气说，"你那么聪明，这题可能一看就懂了，我要想跟上你的思路，还是不太容易的。"

她说话时唇角微弯，眼里明显是讨好的意味。

江屹杨没说话，只垂眼看她。

陶音："……"

陶音："要不你再讲一遍，慢一点，看看我能不能听懂。"

江屹杨转了一圈笔，语气懒散："我再讲一遍。"

"好。"

"你别溜号。"

"……"

接下来江屹杨讲题又慢又细致，饶是陶音这种对数学不开窍的，竟也把整道大题完全听懂了。

这次不带拍马屁，陶音真心感叹了句："江同学，你真厉害。"

江屹杨低着眉，语气无半点谦虚："还行。"

陶音把卷子轻轻折起来，又打量了眼身旁，瞥见男生的眼角眉梢，她犹豫了下说："你今天看起来心情挺好的，是有什么开心的事吗？"

"嗯。"

她抿抿唇，鼓起勇气问："什么事啊？"

没等江屹杨开口，前桌的邵飞睡醒了，听见两人的对话，接过话茬："他呀，这世上只有滑板能让他开心。"

"这不昨天收到了块滑板，是著名滑手尼克尔的签名限量款。"

陶音："尼克尔？"

邵飞打了个哈欠，声音含糊道："是他偶像。"

原来如此。

邵飞揉了揉眼睛，又想对此说点什么，目光往后看去，落在女孩清丽的脸庞上，赞美脱口而出："咦，今天怎么这么漂亮呀！"

陶音愣了下，而后腼腆地笑了笑："是吗？"

她今天扎了个丸子头，额头饱满，细软的绒发落在白皙的皮肤上，看起来清爽又亮眼，盈盈一笑时，眼睛弯成好看的月牙。

此时，江屹杨的目光也落在了她脸上，沉默半秒，低声开口，带了点漫不经心：

"是挺漂亮的。"

男生的声音很轻，却犹如有什么东西敲在她心上，她心跳怦怦加快，恰这时林浩回到了教室，陶音怕露出异样，连忙起身回去前排。

江屹杨坐回自己的位置，摁亮手机。

邵飞诧异地看向他："兄弟，我没听错吧，你竟然夸女生了！"

江屹杨没抬眼："怎么，我不能夸女生？"

"可你之前别说夸，连看都不看一眼，今天这是……"邵飞正说着，注意到眼前人落在手机上的视线，顺着看了眼，明白了他的异常，"得，还是你偶像厉害！"

整整一天，陶音都因男生随口的一句夸赞晕晕乎乎的，偶尔苏敏敏问她怎么了，她才勉强收敛起脸上不受控的笑容，过了一会儿，嘴角又翘起。

晚上放学，邵飞邀她一起去广场上玩滑板，她走在两个男生身后，邵飞偶尔回头同她聊天，她在讲话的间隙，不时瞥向安静走路的江屹杨。

男生手插兜，肩膀平直宽阔，漆黑的短发干净利落，稍垂着头，似乎在想事情。

几人到了滑板广场，几个男生围过来，陶音跟他们一一打招呼，男生们仍很热情，但不像那日在群里那般肆无忌惮地讲话，有的跟她说话时还会脸红。

人群散开后，李明司搭上江屹杨的肩膀："杨哥，贾广凡这小子扬言说要在对抗赛给你比下去，我们要不要放个狠话灭灭他威风，贿赂评委拿了个冠军，他还真以为自己厉害啦！"

江屹杨轻嗤一声："没必要浪费口舌。"

他脱下校服，随手挂在邵飞肩上，拿上滑板往碗池方向走："赛场上见真章。"

陶音望了眼少年走开的背影，问李明司："你刚才说的比赛，是什么时候比啊？"

李明司回头："这周末，陶妹妹有空可以来给杨哥加油呀！"

"好，"陶音眼睛亮了下，想了想又说，"我也会给你们俩加油的。"

邵飞摆摆手："我们俩不比，只有江屹杨一人。"

"我有伤在身，"邵飞示意自己的脚，又指了指一旁，"他成绩不行。"

李明司："……"

"城北区一共两个名额，说的跟你没伤就能有资格参赛似的，"说到这儿李明司想起件事来，"不过陶妹妹没在滑板协会，去看比赛的话还得买观众票，这次比赛关注度很高，估计票价会被炒得很贵啊。"

邵飞不以为然："江屹杨不是有两张家属票吗？给陶音一张就行了呗。"

"对啊，我怎么没想到呢。"

闻言，陶音温暾地问："那江屹杨他家里人不去看比赛吗？"

"嗐，江屹杨他父母不太喜欢他玩滑板，平时又忙，估计不会去的。"邵飞递给陶音一块滑板，笑道，"这你就不用担心啦。"

她买的滑板还没到，临时用邵飞的学些基础动作。

陶音一点基础也没有，却意外有些天分，没多会儿就练会了上板滑行，而且滑得还挺稳。

李明司和邵飞看在眼里，邵飞一半真心一半吹捧地夸："你看看，当初我多慧眼识珠，一下子就看出了你的天赋！这轻盈的上板动作，这脚下的控板平衡感，说是个成熟的滑手都有人信！"

李明司："可不是！再练上几日啊，估计参加比赛都没问题。"

陶音被两人夸张的吹嘘弄得有些想笑，一分神，脚下没站稳掉了板，她便顺势休息了会儿，目光掠过不远处在长椅边喝水的江屹杨，视线停住。

邵飞话虽如此，但若是江屹杨有别的安排，她还是得提前买票的，考虑到票价可能会很贵，陶音思考了下，踩上板朝长椅那边滑去。

听见背后传来声响，江屹杨回过头。

二人猝不及防地对视。

陶音第一次在他眼前滑滑板，下意识有些紧张，到了地方停下时，脚下突然变得不利落，身体不受控地向后仰去。

这时她却被一只有力的手臂给拉了回来。

他的手隔着一层校服攥住她的胳膊，陶音能感受到那掌心淡薄的温度，神经瞬间紧绷，下一刻等她站稳，男生很快松开了手。

"刹板还得练。"江屹杨目光随意地扫过她的脸，一副散漫的语气。

"噢。"她答应了声，被他握过的地方还有些发麻，像是有电流袭过。

她定了定神，想起正事，抬头问："江同学，这周末的比赛，你家里人会去吗？

"我听说参赛选手有两张家属票，如果你没有安排的话……"

江屹杨低眉看她："想要？"

陶音没犹豫，直接点点头。

"行。"

她心里刚一喜，就听男生又开口道："不过有个条件。"

江屹杨上下扫视她一眼，扯了扯嘴角："把刹板练好，票就给你。"

陶音愣了下，轻声问："怎么样才算练好？"

"随时能停住，别摔。"

闻言，她淡皱起眉。

其实刚才她是在情急之下照猫画虎地踩板停下的，她还没正式学，可那一下她就已经感受到了难度。

沉默片刻。

陶音想了想，问："如果周末之前，我没练好呢？"

"那票，"江屹杨瞥了眼她，语气不甚在意，"我就给别人了。"

第
九
章

陶音抱着板慢吞吞地往回走。

邵飞靠着栏杆正低头玩着手机，她想了想，开口问："邵飞，你觉得我下周之前能学会刹板吗，是很熟练，想停下就停下的那种？"

邵飞抬头眨了眨眼，毫不犹豫地道："没问题！"

而后他又补了句："你多有天赋啊。"

不管这句话几分真几分假，反正陶音是信了。

她点点头，撂下板踩上去，朝一块空地滑去。

那边江屹杨休息过后，正准备回去，身旁突然冒出来个男生，讲起话来客气谦和："杨哥，我一个朋友下周想去现场看你比赛，能不能跟你讨张票？"

江屹杨随口道："想多少人去都行，票钱我出。"

"就一个人，其实是我那个表姑家的妹妹，"男生挠了挠头，笑道，"而且哪儿能让杨哥你出钱，我想着主办方不是送了参赛选手两张票吗？"

这个男生在这片广场玩滑板有半年了，其间一直有意无意地在他面前提起他的那个妹妹，暗藏的心思不难看出。

"这恐怕不行。"江屹杨脸上挂着笑，语气却疏离，"家属票，不方便给。"

接下来的几天，陶音每晚会去滑板广场练两个小时，逐渐她开始对邵飞的话起疑。

她似乎并不是那么有天赋。

周四晚上，放学后，她在路边随意买了点小吃垫垫肚子，回家里取上滑板便去了广场。

随着夜深，广场里的人影逐渐稀少。

灯光从头顶倾洒，地面上的影子显得单薄无力。

陶音蹲在地上，双手托腮，低头盯着眼前的滑板，语气沉沉："你怎么那么难踩啊？"

她伸出手指戳了戳板尾："你乖一点，我踩你你就停下，不好吗？"

粉色轮子往一旁滚了一小段路，像是无声的拒绝。

"……"

每晚广场里江屹杨都是最后一个离开的，他从碗池场地出来，意外地发现还有人没走，抬眼看去就见一个小姑娘蹲在那里，缩成一小团，形单影只的。

她一身米白色连帽运动服，从后面看像是一只泄了气的小动物。

江屹杨走近后，听见她自言自语的话，以及那个托着脸戳东西的举动，眼睫颤了下，心里像是被一根羽毛轻轻挠了下，有股说不上来的感觉。

而接下来，小姑娘很快又把滑板扯回到身前，站起身拽了拽衣服，二话不说踩上板继续练习。

他站在原地看了会儿，在陶音第三次歪歪扭扭勉强刹住板的同时，抬脚走了过去。

"踩板尾时别犹豫，要敢踩。"

男生低沉的嗓音传来，陶音下意识地回头。

"你的动作，脚下位置都对，"江屹杨低眉看她，"只是要胆大一点。"

话音落下，他钩过女孩的滑板，给她演示了一遍。滑板在他脚下被完全掌控，刹板的动作干脆利落。

随后他悠悠地滑回来，抬了抬下巴："再试一次。"

陶音接过来板，按照他说的，踩板尾时用力果断，果然一下子就刹住了，只是身体没保持住平衡，趔趄了下摔到了地上。

江屹杨走到她身边，半蹲下来，胳膊闲闲地搭在膝盖上，语气却十分正经："还有，别怕摔。"

这样自上而下地俯视，让江屹杨身上又多了几分严格的意味："想学好滑板，都是要摔出来的。"

陶音抿抿唇："我知道，没怕摔。"

她撑着胳膊，自顾自地从地上爬起来，拍了拍衣服，低声道："我只是怕时间来不及。"

江屹杨也站起身，扯扯嘴角："没自信？"

"也不是……"

"那还有什么好担心的？这不还没到周末。"

像他这种天之骄子，估计还在觉得时间绰绰有余，可是她毕竟没那么厉害，万一真的练不下来……

陶音瞟了眼对面的少年，用商量的语气说道："在周末之前，如果我的板刹能练成像你刚才一半干脆，你能不能通融一下，把票给我？"

他轻笑了声："可以。

"给你一半的票。"

"……"

她垂下头，目光有些恍惚，心底还有些说不上来的失落，像是有一团棉花堵在心口，不轻不重。

除了被拒绝，还掺杂着其他的情绪。

她动了动腿，这两天她练得挺拼的，摔得多了，膝盖戴着护膝都磕肿了，还有些发疼。

她用极小的，只有自己能听见的声音嘀咕了句："好严格，也好小气。"

饶是江屹杨耳尖，也没听清她说了什么，只听到浅浅的气音。

她还真爱自言自语。

夜里凉风习习，树枝摇曳，发出阵阵声响。

江屹杨从兜里掏出手机，看了眼："今天挺晚了，还继续练吗？"

"嗯，练。"她点点头，目光坚定。

"家里没门禁？"

沈慧姝这几天加班，她晚一点回去也没关系，而且这里和小区只隔了条街，附近门店灯火通明，也不危险。

陶音回道："我晚点回去没关系。"

江屹杨将目光落在她脸上两秒，动了动唇，像是有话要说。

片刻后他只淡淡地嗯了声。

少年离开后，陶音揉了揉手心。

刚才摔的那下还蛮疼的，而且，在江屹杨面前她总会不由自主地紧张，甚至还会想躲开他，怕自己滑得笨手笨脚的样子被他瞧见。

陶音望着那道背影，可他就这样走了，她心里还觉得空落落的。

气温越来越低，她缩了缩脖子，时间紧任务重，少女敛起思绪没再矫情，继续一遍一遍地练习。

半个小时后，她感觉进步了一点，这才收起滑板打算回家，一转身却不期然撞见一道身影。江屹杨仍坐在长椅上休息，一条长腿撑在地上，手里把玩着手机，神色漫不经心。

他倏地抬起头，与她对视过后，起身朝她走来。

陶音感觉心脏慢了半拍，呆呆地看着他走近，心里隐隐透着期待，忍不住问道："你一直没走？"

她长长的睫毛轻眨了眨："是在等我吗？"

江屹杨掀起眼皮，亮出手机屏幕："打了把游戏，才结束。"

"噢。"

江屹杨的家住在这附近的一片别墅区，路上也要经过那条美食街，两人并肩而行，转了个弯，街边小摊的暖黄色灯光透着几分烟火气，各色小吃飘香四溢。

陶音晚上吃得少，此时被勾起了味蕾，她瞟了眼身旁的少年，唇边漾出一抹笑："你想吃点什么吗？我请你。"

江屹杨看她："为什么请我？"

陶音愣了愣，其实是她想吃，但又觉得自己吃不太好，礼貌地问了句而已，而话到嘴边，她又改了口："为了提前感谢你的票。"

"贿赂我？"

"……"

她顺势道："管用吗？"

她盯着少年的眉眼，等着他反应的同时，那边章鱼烧的味道喷香入鼻，陶音顺着气味转过头，抬脚往摊位的方向走。

"老板，两盒章鱼烧，"说完她很快回过头，轻声问，"忘记问了，你吃章鱼吗？"

江屹杨点点头，他个子很高，站在女孩身后，微微俯身往摊位里看，打量着一个个被烤得金黄的小丸子，嘴唇一张一合："吃。"

江屹杨明显一副没吃过这种东西的样子。

因为他弯腰的动作，此时靠她有些近，陶音目光从那张清俊的侧脸下移，落在他的脖颈间，少年的喉结明显，线条极为好看。

一种介于男生与男人之间的张力，扑面而来。

她忽地脸一热，忙移开了眼。

而后她又想起了什么，去翻兜里的手机，再一抬头，耳边传来了扫码付款的声音。

陶音一愣。

"……"

想要张票，还真难。

面前的盘子里吱吱作响。没多会儿，章鱼烧烤好了，陶音先接过一盒，想着是男生付的钱，把这盒先给他，转身的瞬间她脑袋里突然冒出个想法。

少女双手捧着盒子，眉眼弯弯，满满的欲言又止。

江屹杨顿了顿。

其实不论她能不能练好，那张票他都会给，只不过对她一个滑板初学者来说，安全是首要的，很多人没有耐性，基础的滑行刹板没练好就去学技巧，后果可不只是轻伤。

他一向说一不二，但此刻望着女孩脸上写满的意图，那双清澈的眸子里掠过的灵动，却突然有点想改主意了。

松口，也不是不行。

江屹杨在心里酝酿了下，等女孩跟他开口，或者是有讨好的意向，他便答应了。

陶音笑得亲和："你的比赛是在周日上午是吧。"

"嗯。"江屹杨单手接过章鱼烧。

"你周六晚上还来练吗？"

他拿起竹签叉上一颗丸子，慢条斯理地道："还来。"

女孩眼睛一亮："那你可不可以……"

"可以给……"

"周六晚上再检验成果？"

……你。

见他发愣，陶音心里打鼓，想了想很快又说："我不会耽误你练习的，就在你休息的时候。"

这样她就又多了一天的时间。

"哦，"江屹杨淡声道，声音听不出来情绪，"行吧。"

这时另一盒丸子装好了，女孩似乎心情很好，也很容易满足，端着盒子戳上个丸子咬了口，笑道："谢谢你请客。"

女孩眼里像是嵌了颗星，莹亮璀璨。

两天的工夫一晃而过。

周六傍晚，陶音从奶茶店下班，到了广场，大家都很有默契地把专业的碗池场地空出来。

陶音过去看了会儿，听身旁的邵飞和李明司聊明天的比赛。

李明司："听说贾广凡那家伙明天要出三个绝招。"

"他出八百个能怎样？"邵飞语气中满是不屑，"没一个标准的动作！"

话音落下，少年一身黑灰色运动服，从碗池边缘跃起、腾空、单手抓板，速度极快地完成了一个空中转体。

邵飞："江屹杨一个翻转540都快足两周了，那能一样吗?!"

"杨哥那是没的说，"李明司顿了下，犹豫道，"就是明天的评委不是还有那个姓胡的……"

"他敢给江屹杨故意压分？"邵飞不以为然道，"除非他这辈子不打算干这一行了，上次有人投诉没把他弄下来，这要是再来一次，光是江屹杨那些粉丝就能把那姓胡的给骂死！"

陶音将目光落在场地里，若有所思，看起来这次比赛好像还挺复杂的。

但不知为何，她就是莫名地相信江屹杨。

因为是周六，来这里玩的人很多，她四处望了望，找到一块空地滑过去练习。

到了晚上，广场里只剩下两个人。

陶音留意着少年，见他练习告了一段落，悄悄朝他滑近。

江屹杨仰头喝水，注意到安静地站在身旁的女孩，侧过头："练好了？"

她点点头。

"那来吧。"

脚踩上板，在开始滑之前，少女突然抬头，笑了笑："江评委，给几次机会？"

江屹杨眼眸动了动，觉得她求人的样子还挺有意思的，他舌尖抵上牙关，挑眉道："看我心情。"

"我感觉你心情还挺不错的。"陶音顺势说，话音落下，她脚下一动，滑板稳稳地滑动。

静谧的广场里她身姿轻盈，在加了一点速度后，听见男生低沉的嗓音，猝不及防地叫了一声"停"。

陶音的身体像是练出了记忆，后脚下意识踩上板尾，适度用力，刹车的动作平稳又迅速。

连她自己都没想到能做得如此干净。

她愣了下，倏地回过头问："通过了吗？"

下一刻，夜色中不远处的少年，如期点了下头。

陶音感觉身上的血液像是在翻涌，有种莫名的成就感从心里油然而生，她转过板，单脚滑回少年身前，长发落在肩后，皮肤泛着莹白，脸上是遮也遮不住的高兴。

女孩笑吟吟地朝他伸出双手。

江屹杨勾了勾唇，从身后椅子上的书包里拿出笔记本，抽出一张票，放在女孩细白的手心里。

她的目光一瞬不瞬地定在那张蓝色金边的门票上，样子透着几分虔诚。

他失笑："这么珍惜？"

"当然了，"陶音把票收好，眉眼间露出几分得意，"凭本事得来的。"

江屹杨眉眼舒展，视线扫过女孩裤腿上淡淡的灰印，低声道："嗯，是有本事。"

见他要走，陶音忙叫住他。

"那个，"她顿了下，突然无由来地害羞，轻声开口，"明天的比赛，加油。"

少年敛起眸子，有些诧异："明天你不去？"

当然去了，不然她辛辛苦苦要票来做什么，难道是倒手卖个高价不成？

江屹杨瞧出来她眼里的意思，懒洋洋地道："那明天再给我加油。"

他又补了句："记得声音大点。"

陶音没太明白，温暾地问："观众席离比赛场地很远吗？"

"那倒没有。"

"那为什么要声音大点？"

少年扯了扯嘴角，语气傲慢："粉丝太多。

"声音小了，听不见。"

周日天气晴朗，气温比前几日偏高。

滑板比赛地点位于临市中心，乘公交车半个钟头。陶音提早到了地方，在门口检过票，进了比赛场。

整个场地露天，中央偌大的碗池赛道陡阔壮观，四面是能容纳几千人的观众席，距离比赛开始还有段时间，观众席上已经快坐满了。

她的位置在南侧第三排，找到位置坐下，周围人头攒动，身旁几个女生低头盯着手机，兴奋的低声细语飘入耳间："你看，这是我上场比赛抓拍的照片，怎么样，还不错吧。"

陶音顺势看过去，女生手里的手机侧了下，她刚好看清，是一张江屹杨的照片。

照片上江屹杨站在场边，手里握着矿泉水瓶，头稍稍偏向镜头的方向，阳光下男生的侧脸白皙得像是曝光过度，只是画面略显模糊。

一女生直言道："你这拍照技术有待提高啊。"

那个女生立即解释："哪里是我拍照技术的问题，你不知道，江选手比赛时一向不往观众席上看，能趁着他转头的工夫近距离拍上一张，已经很不容易了。

"而且，照片再糊也抵挡不住江选手的帅气！"

随即有人附和道："那是当然！"

听她们兴高采烈地讨论了会儿，陶音的注意力从江屹杨的几个粉丝那边移开，四处扫了眼。

这时，参赛选手从专用通道进来，观众席上一阵欢呼躁动，数江屹杨入场时最为热烈。

耳边的尖叫声与掌声不断："看，江屹杨出来了！"

"×，太帅了，不枉我花大价钱从黄牛手里抢到了票。"

陶音蓦然间明白了，江屹杨那句粉丝太多，所言不虚。

她在一群议论声中看向徐徐走来的少年。

少年身穿白色运动上衣、黑裤子，整个人干净又落拓，身高比其他选手高出一截，在一群男生里极为出挑。

他戴着顶帽子，视线落在前方，手里拎着的滑板背面有个龙飞凤舞的签名，想必就是他那块限量版滑板了。

阳光有些刺眼，周围的观众都很有先见之明地戴着帽子，陶音手放在额前遮光，待到江屹杨走近，刚才那几个女生像是突然被噎了声，只安静地盯着眼前俊朗英气的少年。

他单手插兜，在一众炙热的目光中不疾不徐地走着，即将经过南侧区时，他像是想起了什么，脚步顿下，倏地朝观众席上看了眼。

光线太足，陶音微眯着眼，没太看清江屹杨的视线，只听见身旁女生的吸气声，余光里女生慌慌忙忙举起手机，结果因太过着急，手机没拿稳，"啪嗒"一声掉在了地上，等她捡起时人已经走远了。

那女生叹息一声："看到了吧，想拍一张静态的正脸照有多难。"

"不过，他刚才是在看谁呢？"

"不知道，反正是朝这边看过来的，应该是有朋友来吧。"

陶音顺着这个方向往后望了眼，在隔壁区的斜后方瞧见了邵飞和李明司，还有在广场上见过的几个滑手。

她回过头，目光追随着江屹杨的背影，直到他进了选手休息区，遮阳伞盖住了他的身影。

陶音收起视线，无聊地看着对面的观众，烈日当空，她的眼睛被光晃出了重影，又缓缓低下头。

忽然一道影子落在身边，她抬眼一看，是位工作人员，手里还拿着一顶帽子，那人微笑开口道："这是江选手让我给您送来的。"

她下意识看向选手休息区，却只能瞧见伞下那双懒散地搭在椅边的长腿，一双手在膝盖边，慢条斯理地系着黑色护具。

陶音回过头来，接过帽子："谢谢。"

她指尖轻轻捏了捏帽檐，原来他刚才不经意瞟到她了。她意外的同时也感叹男生的细心，心里蓦然冒出一丝甜味。

男生的帽子尺寸偏大，她调整了下扣带，正准备戴上，与此同时她敏感地察觉到周边氛围的异样，手里的动作顿了顿，抬起头来，就见身旁几个女孩正齐刷刷地朝她投来打量的目光。

陶音今天穿了一件浅蓝色上衣，下摆扎进白色半身裙，及肩长发散落在背后，日光下她的皮肤白皙如凝脂，此时被晒得微微透出了些红晕。

她清丽的少女气息中又添了抹娇媚。

陶音明显看见几个女生在看清她的脸后，露出的那抹多疑又掺杂着吃醋的眼神，而后就听离她最近的那个女生开口："这帽子，是江选手给你的吗？"

紧接着那女孩又问了句："你是江屹杨什么人啊？"

女生的声音不算大，但江屹杨这三个字引得周围的人全部看向了她，霎时间，陶音感觉如芒在背。

"同学。"她答。

那个女生似乎对她的话存疑，倒也没再说什么。

现场的广播里传来声响，比赛即将开始。

整个赛程分两轮，滑手需要在一分钟内按照既定路线完成一套滑行动作，取最高分作为最终成绩。

此次比赛的选手中只有江屹杨一位业余滑手，其他人全部是职业滑手。他的出场顺序靠后，仍待在休息区，碗池场地边缘已有人在做准备，几秒后那名滑手出发。

陶音往场地里望去，滑手的动作流畅，虽然没有特别厉害的招数动作，但整套滑行完成度很好，最后的分数也还可观。

掌声中又传来女生的讨论声："你猜，这次江选手会领先第二名多少分？"

另一人答："这可不好说，他太厉害了，每次都在刷新自己的分数。"

一人插言道："别忘了，这场还有贾广凡呢。"

那几人安静了会儿，而后陶音听见有人嗤了声。

这个名字她不是第一次听见了，在几名滑手比过后，贾广凡站在了碗池边，他长得人高马大，登场后扬着下巴往场地里斜斜地扫了眼。

陶音注意到在他出场时观众席上鸦雀无声，只有西侧区响起寥寥掌声，饶是如此，贾广凡的脸上仍带着一股不知名的底气。

准备时间结束，贾广凡滑入赛道，他的滑行速度不算快，以至于有些动作因滞空时间不足完成度不高，即使是陶音一个外行也瞧出了他在空中转体时存在的失误。

一分钟结束，贾广凡滑回碗池上端，待分数出来，观众席上一片嘘声。

贾广凡在滑行流畅度、技术动作完成度以及观赏性上很明显不及前面选手的情况下，仍获得了目前为止全场的最高分，分数水得不能再明显了。

"看到了吧，有贾广凡在的比赛，你就不能按正常的打分规则算分，人家用的是单独的一套评分标准！"有人嘲讽道。

另一人接道："他这次还敢这么明目张胆，看来是给足了评委养老钱，这也太放肆了！"

"没事，他再猖狂也舞不到江屹杨头上，等着江屹杨一会儿虐死他！"

一阵嘈杂的议论声中，少年的身影出现在赛道边，观众有本能的兴奋，又闷着股对贾广凡的愤愤不平，全场掌声与尖叫声空前绝后。

陶音手指捏紧，随着周围激烈的呐喊声心潮澎湃，喊出的加油声瞬间被淹没在声浪中。

在全场的注目下，江屹杨身子一倾，冲向了赛道。

他的速度极快，迅猛之势犹如一头猎豹奔向蓄谋已久的猎物，在一面池壁腾空而起，抓板空翻一气呵成！

他平稳落地后又跳向一条陡峭的滑行道，斜过滑板用背面擦行而过，向下的同时滑板在空中翻了几翻，再次被少年踩在脚下，朝另一面池壁滑去。

接连多变的技巧动作让人目不暇接，阳光下的身影迎风而起，肆意耀眼。

剩下最后十秒，江屹杨以一记漂亮的540转体结束了第一轮比赛。

在全场的喝彩声中，陶音的目光落在那道身影上，这是她第一次亲眼看江屹杨比赛，只觉得挪不开眼。

江屹杨赢得了满场掌声，但分数不如预期。

江屹杨拿出的是比上一场比赛更高难度的一套动作，然而分数却比上一场要低。

很明显，他被压分了。

观众席瞬间响起一阵愤懑不公的嘈杂声，隔壁区邵飞和李明司直接爆了粗口。

陶音来看比赛之前了解过打分规则，她望了眼评委区，按照这个分数来看，估计被贾广凡收买的不止一位评委。

与观众的态度不同，江屹杨倒是显得没什么情绪，神情淡漠，径直走回休息区，准备下一轮比赛。

第二轮比赛开始，这一轮贾广凡上次那个失误的动作倒是顺利完成了，分数直接水过了江屹杨第一轮的成绩，西侧区那边估计是他的亲友团，有人毫无脸皮地叫好，甚至大言不惭地喊出了"第一名！"。

"水货也敢出来叫嚣，真不要脸！"

"来吧，姐妹们，"身旁女生忍着怒气开口，"上网，开骂！"

"就算今天让这货拿了冠军，也得让大家都知道他赢得有多不光彩！"

赛场里与观众席上陷入剑拔弩张的气氛，待江屹杨再次出场时，躁动才消减了几分。

赛道边，少年身姿挺拔，目光透着股坚定，沉静的气场浑然天成。他似乎有一种可以安定人心的魔力，陶音感觉紧张气愤的心被缓缓安抚。

她见过少年恣意昂扬的姿态，见过他在深夜里不知疲倦的身影和他眼眸里的那束光。

天赋、努力、对滑板最纯粹的热爱，是少年此刻的底气。

陶音深深地吸了口气，目光紧盯着下方的身影。

在全场的屏息注目下，江屹杨滑入赛道，跃起、腾空、抓板，上来就是一段高难度的串联。

在滑向南侧区的一面池壁时，在超长的滞空中，江屹杨单手抓板，纯白的衣角迎风扬起，极快地完成了一个转体动作。

与此同时，陶音听见身后的邵飞大喊了声："×！720转体！"

"江屹杨厉害！"

话音刚落，在众人惊讶的目光中，江屹杨滑向另一面，接连又完成了两个高难度转体，动作行云流水。

最重要的是，江屹杨的动作干干净净，不存在一点不足周数的问题。

比赛时间到。

一分钟前，所有人为他紧张、生气、不甘心；一分钟后，他以一套堪称完美的滑行动作还给现场一片惊艳。

全场静默一秒，下一个瞬间爆发出山呼海啸般的欢呼声。

广播里分数报出，江屹杨是实至名归的第一名。

滑板比赛虽然是一项受主观影响的竞技项目，但难度动作是有一定基础分值的，江屹杨这一套动作下来，贾广凡就算买通了全部评委，主观分再压低，也无法撼动江屹杨第一名的位置。

陶音激动得连呼吸都有些不稳，眼角蕴出点点湿意，目光一瞬不瞬地望向赛场里那个意气风发的身影。

周遭的事物在这一瞬间生生失了颜色，化作他的背景板，只有他是彩色的。

她喜欢的少年太耀眼了，纯净且赤诚。

领奖台前，江屹杨从一侧上台，友好地同第三名握过手后，旁边的贾广凡瞅了瞅他，朝他伸出手，在明显存在不合理打分的情况下，贾广凡似乎没觉得不对，一副道貌岸然的模样。

江屹杨掀起眼皮睨他一眼，轻视的意味明显，那只伸出来的手就那样被晾在半空中。

场面极为尴尬。

贾广凡似乎没怎么在意，用只有两人才能听见的声音说："你不是书香门第出身吗？怎么连这点礼貌都不懂啊？"

江屹杨薄唇上挑，冷冷地道："握我的手，你配吗？"

贾广凡脸色变了下，怕江屹杨真的给他撂在这儿，还想要回点面子，干脆直言道："这么多人看着呢，还有媒体直播，何必弄得这么难看？"

少年嗤笑一声："你还在乎这个？"

"里面都是肮脏的，"他扬起下巴，眼锋扫过眼前人，语气极为轻蔑，"还要什么面子？"

话音落下，少年没再分一个眼神给对方，在众人注视下踏上领奖台。

观众席上传来一片解气叫好的声音。

贾广凡脸色铁青，极为难堪地收回了手。

颁奖嘉宾将一尊漂亮的金色奖杯颁给江屹杨，他托起奖杯，朝观众席的方向轻轻举起，观众席随之又传来一阵骚动，有女生兴奋地大喊了一声："江屹杨，我爱你！"

一阵哄笑声中，领奖台上的少年低眉轻笑了下，轻狂中又带了股反差的内敛。

"我×，这一笑太酥①了！我没了！"

"啊啊啊啊，我要嫁给江选手！"

"是心动啊！！！"

确实好心动。

陶音抬手摸了摸头上的帽子，唇角弯了弯。

比赛结束，散场后，陶音随着人群出了赛场。待观众都离开，江屹杨还没从里面出来，她站在大门外又等了会儿，这才见到他的身影，他身后跟着邵飞和李明司。

邵飞笑嘻嘻地钩着他的肩膀："兄弟，你今天可太厉害了，厉害得我都想叫你一声亲哥！"

李明司见邵飞这么殷勤，觉得自己这个头号迷弟不能输："爸爸，从今天起我就叫你爸爸！

"江爸爸！"

江屹杨扯了扯唇："免了，你叫了我还得养你。"

阳光落在男生俊逸的眉眼上，他撩起眼皮，不经意地朝陶音看过来，两人的视线在半空中相撞，陶音感觉心脏颤了下，抿了抿唇，朝他走去。

"谢谢你的帽子，"陶音把帽子还给他，"还有，恭喜你。"

江屹杨没接，长长的睫毛垂下，散漫溢出来："刚才，有给我加油吗？"

陶音愣了下，眨了眨眼："当然有。"

"那我怎么没听到？"

"……"

她想说：你粉丝那么多，就算自己喊破嗓子你也听不见吧。

---

① 形容人很温暖，很迷人。

瞧见男生眼里明显的笑意，眼角眉梢透露着好心情，陶音也不由自主地浅浅地笑了下。

"你没听到吗？"她眉眼微弯，"观众席上喊得最大声的那个就是我。"

话音落下，李明司眼睛一亮，惊奇地道："×，陶妹妹，原来那声响亮的'我爱你'是你喊给江爸爸的！"

"……"

陶音刚想解释，就见男生眉梢轻挑，用漫不经心的腔调说道："你喊的？"

"……"

她感觉自己给自己挖了个坑，撞上男生那双深长的眼睛，讷讷地道："这句不是。"

他笑道："那哪句是？"

"下一句？"

闻言，陶音很快想起他口中说的下一句，是一个更疯狂的粉丝喊的："江选手，娶我吧！"

暧昧的话在脑海里飘过，她一时羞赧，白皙的脸颊泛起一片绯红，低下头不说话了。

看出她的局促，江屹杨也没再逗她，清朗的声线多了几分正经："我开玩笑的。"

"今天心情好，"他目光掠过女孩被光点晕染的眉眼，手指捏着帽檐，把帽子戴回她头上，声音放轻。

"你别介意。"

有了帽子的遮掩，落在她脸上的目光被隔断，恰这时李明司岔开了话题，陶音暗自松了口气，悄悄收起那抹不自然。

"哎哟，我肚子快饿扁了，咱们快去吃饭吧，"李明司嚷嚷着，而后瞧了瞧她，"陶妹妹也来吧，今儿我爸爸请客。"

闻言，陶音看了眼江屹杨。

江屹杨也正看着她，嘴角微弯，语气随意自然："一起吧。"

她轻轻应了声："好。"

附近有一片商业街，李明司簇拥着几人往那边去："爸爸，咱们吃火锅好不好？"

"天这么热，吃什么火锅啊，"邵飞瞥他一眼，转身摘下江屹杨肩上的包，笑道，"哥，吃烤肉。"

李明司不甘示弱，忙凑过来："爸爸，你儿子想吃火锅。"

江屹杨单手插兜，脚步放缓，懒懒地转过头看向女孩："你想吃什么？"

陶音愣了下，而后道："我都可以。"

"你定一个吧，"江屹杨笑了笑，"这俩人我偏谁了都不好，怪麻烦的。"

见状，邵飞和李明司立刻审时度势地换了个拍马屁的对象。

邵飞："陶音，你今天口红颜色挺漂亮，特别衬你脸色。"

"我今天没涂口红。"

"……"

"人家天生皮肤好，"李明司忙接过话，"那句话叫什么来着，'肤若凝脂，颜如卧……卧蚕'。"

江屹杨："渥丹。"

他说这话时往女孩脸上扫了眼，陶音余光瞥见，手指捏了捏背包肩带。

"那卧蚕是什么东西？"李明司也没管，继续奉承道，"陶妹妹，烤肉太油了不健康，咱吃个番茄锅美容养颜，多好。"

邵飞直言道："陶音，咱俩可是同学，你不能向着外人啊。"

这两人像对活宝，吃个饭也能闹腾成这样，瞧着还挺有意思。陶音思考了下，正想开口，就听李明司无比认真地叫了她一声：

"妈妈，我可不是外人啊，妈妈！"

陶音被吓得轻咳了起来，调整好气息后，忙道："我吃烤肉。"

"哈哈哈，马屁拍错地方了吧，"邵飞大笑起来，"你以为谁都想要你当儿子呢？"

李明司："……"

火锅虽没了，但话必须呛回去，李明司仰起头道："除了陶妹妹，哪个女生不想要我当儿子？"

他往江屹杨身旁凑了凑："子凭父贵，懂吗？"

"懂懂懂，"邵飞点头笑道，"走，叔叔带你吃烤肉去。"

李明司："滚。"

到了商场，上到三楼，陶音跟着几个男生进了一家烧烤店。三个男生好像不是第一次来，进店里直接奔着最里面的一桌位置走去。

邵飞和李明司习惯性地坐在一排，江屹杨走到对面，脚步停下侧过身，示意她坐去里面。

陶音擦过他的身边，进了里面的位置。

江屹杨在她身旁坐下，餐厅的沙发椅背很高，男生生得高大，她坐在里面有种与外界隔离的感觉，像是被他环住，淡淡的薄荷气息无形中将她包裹。

她感觉有些口渴，桌上摆着一扎柠檬水，她伸手倒了一杯，喝了口。

冰凉的液体顺着喉咙流入，她躁动的心绪似也静了几分。

对面的两个男生一直闲话不断，叽叽喳喳地插科打诨，她得以稍稍从身旁人身上抽回些注意力。

这时服务生拿了菜单过来，江屹杨推到她这一侧。

陶音不太饿，简单地点了一些素菜。

"你也太给杨哥省钱了。"邵飞笑了下，说完，跟服务生点了几份肉类和海鲜。

李明司笑嘻嘻接道："醉蟹和卤虾各要一份。"

江屹杨拿过菜单扫了眼，淡声道："姜枣茶，樱桃泡芙。"

闻言，邵飞诧异地抬起头，刚想说"你还吃这玩意"，倏地意识到可能是给女生点的，话又咽了回去。

江屹杨合上菜单，似又想起什么，对服务生说："再要份章鱼。"

没多会儿，菜上齐。

面前盘子里的樱桃泡芙小巧精致，飘着淡淡的奶香，陶音夹起一个咬了口，樱桃馅落在舌尖，酸酸甜甜的味道充斥在味蕾间。

余光里的男生正倒着一杯姜枣茶，陶音低着头，盯着盘子，却默默关注着男生的举动，下一刻那杯姜枣茶落在了她眼前。

杯身上弯曲的手指骨节分明，干净好看。

她心脏轻轻跳了下，接过杯子，温热从掌心化开来，她道了声："谢谢。"

对面李明司瞧见，笑道："爸爸，我也要一杯。"

"喝你的啤酒吧。"邵飞斜他一眼。

"我自己喝也没意思啊，"李明司捅捅邵飞的胳膊，"要不，你陪我喝一杯？"

邵飞低头烤着一块牛排，拒绝道："我中午不喝酒。"

李明司无趣地碰了碰啤酒杯。

邵飞手顿了下，笑道："要不，你叫我声爷爷，我陪你喝一杯。"

李明司嚼着一条明太鱼，眼里露出明晃晃的嫌弃："我叫你爷爷，那岂不是让你占了我江爸爸的便宜？不可能！"

说完，李明司似想到了什么，眼睛一亮："杨爷……"

"哎，别说，这称呼比叫爸爸听着更顺耳啊！"

邵飞嗤笑了声："我看你干脆改姓江算了。"

李明司没理邵飞，又自顾自地嘀咕了句，而后眼珠子瞟去对面，露出丝丝暧昧，托腮道："陶妹妹，那我叫你一声奶奶，你肯答应吗？"

没等她反应，李明司继续说："我杨爷这么帅的男的，不会入不了你的眼吧！"

他问得太直接，陶音愣了下，一时不知道该怎样回答。

李明司见状说："不是吧不是吧，我杨爷这是要被嫌弃了，平生第一次啊！"

这时江屹杨也转过头，视线落在女孩脸上，饶有意味地看向她。

"……"

她不好意思应下来，但也不想扫江屹杨的面子，想了想说："答应可以。

"只不过要在前面加个字。"

李明司笑问："陶奶奶？"

陶音抿了口姜枣茶："姑奶奶。"

话音落下，对面的男生们发出一阵笑声，邵飞乐得直捧腹："陶音，没看出来呀，你长得那么乖，倒是会占人便宜。"

"服了服了，"李明司举起杯子，"敬你一杯。"

身旁的男生也在笑，肩膀微微发颤，喉咙里发出浅浅的气音，而后他把一个青色瓷盘推到陶音这边，歪下头来，眉眼稍扬："吃章鱼吗？"

"小姑奶奶。"

"……"

餐桌上的食物被消灭过半，男生们的话题从喝酒、游戏，最后又聊到今天上午的比赛。

邵飞感叹道："兄弟，别的不说，今天你那个720转体一亮相，当时我感觉我整个人都炸了，本来我还捏了把汗，没想到你还憋了个大招呢！

"平时也没看你跳过，是临场发挥出来的？"

"不，"江屹杨撂下杯子，"早有准备。"

他修长的手指转了一圈杯沿，淡淡开口："还记得上届冬奥会，短道速滑500米决赛那场比赛吗？"

"是那届奥运会我国获得首金的那场？"

"没错。"江屹杨敛起眉眼，"在有失公平却无能为力的情况下，我们能做的只有一件事。"

他扯了扯唇："拿绝对实力远远甩开对手，让对方只能看着你的尾灯，连毛都摸不到。"

邵飞若有所思："所以你是在参赛前，就做了这个打算？"

江屹杨挑眉不语。

陶音听着两人的讲话，脑海里回忆起在滑板广场江屹杨擦伤手的那次。现在想来她好像见过江屹杨跳 720 转体的动作，只是那时她什么都不懂，只感慨着少年利落洒脱的身姿。

这时李明司伸出手里的手机："看，这场比赛上热搜了！"

桌上几人的视线朝手机屏上望去，与此同时，江屹杨的手机响了，他垂眸看了眼，手指滑开接通键，起身离开了座位。

邵飞望着他走开的身影，叹息了声："唉，估计是他家老爷子打来的。"

闻言，陶音问道："江屹杨的爸爸吗？"

邵飞点头，边吃边道："应该是在网上看见他的比赛了，江屹杨他爸这人传统又有点固执，你不知道，江屹杨小时候喜欢滑冰，也是很有天赋的那种，当时省队的主教练都找上门了，但他爸一心想让他走读书这条路，继承家族传统。

"后来呀，他就被迫放弃了滑冰，我记得那时候江屹杨还消沉了好一阵子呢。"

"如今，滑板这条路估计也……"邵飞顿了下，继而又笑了笑，"不过谁也说不准。

"万一大少爷就一身反骨了呢？"

…………

没多会儿，江屹杨回来了，他坐下后长腿闲散地摆在桌子下，脸上是一贯的漫不经心，似乎是留意到身旁的视线，他转过头来。

对上女孩打量中又带了点不明情绪的目光，他笑问："怎么了？"

男生的声音干净慵懒，落进陶音耳朵里，她心中一跳，反应过来自己的眼神似乎太过明目张胆了，温曛地说了声："没什么。"

见吃得差不多了，江屹杨去前台结账，几人从商场出来，叫了辆车回去。

车里男生们聊着一会儿去网吧玩，到了滑板公园附近，众人下了车，江屹杨又临时改了主意，没同男生们一起。

午后阳光热烈，路边一丛野生山茶花含苞待放，空气里浮动着一阵阵淡雅的清香。

陶音安静地走了一会儿，抬头看向身旁的男生。

阳光透过树叶，在他的眼角眉梢落下斑驳光点，他长睫微微下垂，嘴角浅浅的弧度透着几分懒散。

她目光下移，落在他宽阔的肩膀上，顿了顿，突然开口：

"江选手。"

江屹杨偏头看她，挑挑眉。

她唇边随之漾起一抹笑："我能看看你的奖杯吗？"

江屹杨单手插兜，脚步停下，取下肩上的纯黑色单肩包，从里面拿出奖杯递过去，倏地，他的手又停在半空中："有点沉。"

他笑道："你拿住了。"

"……"

陶音点点头，双手接过。

奖杯不算大，但通体镀金，还真挺有重量的，她上下欣赏了一圈，又抬起头问："我能拍张照吗？"

江屹杨抬了抬下巴，示意她自便。

陶音掏出手机，在阳光下按下拍照键，金光熠熠的奖杯将画面闪得有些糊，带着淡淡的光晕，却意外很漂亮。

拍好后，陶音将奖杯还回去，望向男生清俊的面容，犹豫着轻声问："你以后，想要转职业选手吗？"

江屹杨漆黑的眸子透着股沉静，答道："想。"

他将包挂在肩上，抬脚往前走。

男生身上的散漫劲退去了几分，望向前方的眼睛里眸光微敛："我会走职业选手这条路。"

他的态度无一丝犹豫。

陶音心里莫名松了口气，跟上他的脚步，抿唇笑了笑，抬头望向男生的侧脸，心里的话脱口而出："那你以后的比赛，我都会去现场给你加油的。"

闻言，江屹杨悠悠看过来，眉宇间透着几分打量的意味。

陶音撞上他的目光，心里蓦然一慌，说出的话结结巴巴："我的意思是，今……今天看了现场，我发现，滑板比赛还挺好看的……

"所以，以后要是有机会的话，我想……"陶音还在欲盖弥彰地解释，却听见一声轻微的晒笑声从头顶传来。

"惦记我的家属票?"

"……"

少女纯粹温柔的心思不敢直白表露,只得藏在心底,她低下声来,淡淡地道:"是啊,毕竟票还挺贵的。"

她缓缓低下头,一边走,一边轻轻踢了下路边的小石块:"你要是有多余的票的话,在你心情还不错的情况下,可不可以考虑给我一张?"

想了想她又说:"条件你开。"

男生道:"随便开?"

"也不要太难了吧……"

虽然这些话并不是她的本意,但若是就此能要来免费的票,倒也还不错。可身旁的男生没立刻回应,她忽然又觉得自己似乎有些强人所难了。

陶音在心里暗叹了下,又开口:"你要是不想给也没关系的,我……"

"行。"

陶音抬头,对上男生深沉的长眸,他扯着一抹懒散的笑,随意又勾人。

"我考虑一下。"

第十二章

周末过后,新的一周来临。

十月中旬,秋日里的气温不冷不热,舒适宜人。

周二下午最后一堂课,唐洪礼在放学前,简单开了个班会:"这周五,学校组织秋游,高二和高一两个年级去近郊的狮山公园爬山。"

话音一落，教室里爆发出一片兴奋的欢呼声，除了能出去玩，最主要的是这次学校竟然好心地没占用周末时间，学生们乐得忘乎所以。

"好了好了，安静一下，"唐洪礼笑着扫过教室里这番闹腾的景象，目光落在前排，"班长，你负责去订这次秋游的班服。"

班长刚要答应，那边苏敏敏突然举起手："老师，能不能换个人选班服啊，班长那品位实在不行，上次秋游，硬是把朝气蓬勃的高中生穿成了刚入学的小学生一样。"

闻言，班长推了推眼镜，不解道："小黄鸭多可爱啊！"

"可不，"邵飞的声音从后排传来，语气无奈，"可爱得有人找我问路，都直接管我叫小朋友了。"

一旁的人接话："那是因为你没长开，人家找江屹杨问路怎么都叫弟弟？"

"叫弟弟，"邵飞笑了，"那哪儿是来问路的，那是姐姐们过来搭讪的。"

"那这样吧，"唐洪礼及时把话题止住，也不耽误放学时间，"这次的班服就由苏敏敏你去订。"

闻言，苏敏敏乐呵呵地应下。

班会结束，唐洪礼夹着教科书走出教室。

陶音收拾着课本，想了想，开口问："敏敏，你们上次秋游的集体照还有吗？我想看看。"

"有啊，"苏敏敏拉上书包拉链，掏出手机，"等着，我这就把一窝呆萌小黄鸭发给你。"

教室里，学生们陆陆续续离开，陶音在座位上磨蹭了会儿，趁着身边无人，点开那张照片。

画面里，是少男少女青春朝气的面容，数最后一排靠边的男生尤为瞩目。干净的短发，一张俊脸上没什么表情，印着卡通图案的白 T 恤套在他身上，与男生冷然的气质有些违和，可又有股说不出的契合感。

陶音盯着照片，半晌，抿了抿唇。

还挺可爱。

她长按照片点了保存，背上书包出了教室。

走廊里没几个学生，陶音一抬眼瞧见拐角处邵飞正站在那里，身上挎着两个书包，黑色的是江屹杨的，他的对面站了一个女生，陶音稍走近点，看清了那是谁。

李月妍手里拿着两个小袋子，笑意盈盈："我听说你们这周要去爬山，这个季节山里有蚊虫，我准备了药袋给你和江屹杨。"

"学姐真是消息灵通啊，还这么贴心，"邵飞扫了一眼递过来的那两个袋子，给江屹杨的那个袋子里有点鼓，明显还装了别的东西，他可不敢接，笑呵呵地道，"不过，我们俩大老爷们皮糙肉厚的，不怕虫咬，学姐这份心意我会替你转达的。"

李月妍似乎是预料到了，笑了笑说："这药也不占地方，带上以备不时之需。"

她瞄了眼那个黑色书包，说："要不，你就先替江屹杨收了吧，不说是我送的也行。"

邵飞忙摆摆手："学姐，你可别难为我了，这我可不好办。"

瞧着李月妍不达目的不罢休的架势，邵飞眼珠转了转："学姐，你不知道，以前上初中那会儿，我就擅自替江屹杨收过一个女生的礼物，结果被江屹杨他爸发现了，误会他早恋，把他狠狠揍了一顿。"

邵飞声情并茂地叹了口气："打得那叫一个惨啊，当时江屹杨气得差点跟我绝交。"

"所以呀，我可不敢再替他收东西了。"

"学姐，"邵飞嬉皮笑脸地道，"还是等他一会儿出来，你自己给他吧。"

李月妍微微皱眉，她当面给要是能给出去，干吗还费尽心思拐这个弯？她慢慢收回手，脸上挤出一抹笑："下次吧，我一会儿还有事，得先走了。"

"哦，好，那学姐再见。"

陶音站在走廊栏杆旁，目光落在楼墙处挂下来的吊兰上，余光瞥见人走了，她抬脚朝楼梯的方向走。

"江屹杨的爸爸，对他这么严苛吗？"

邵飞刚点开手机游戏登录界面，闻言，抬头看她，同时游戏音乐声响起，他随口道："嗯，挺严的。"

恰这时江屹杨从卫生间出来，听见话音，扯过书包挂在肩上问："聊什么呢?"

陶音下意识地回头,男生清清冷冷的气息落在身侧,校服敞开着,里面的单衣洁白干净。

"聊你初中那会儿,被你爸误会早恋。"邵飞的手指在手机屏幕上飞快跳动,头也没抬地说。

"哦。"江屹杨淡淡地应了声,想起初三唯一一次月考他成绩掉落到年级第二,江父以为他因早恋成绩下滑,与他沟通后发现是误会,后来便也没说什么。

江屹杨不明白那件事有什么可聊的,也没在意。

出了教学楼,几人一道回去,半路邵飞被他表姐叫去帮忙照看花店,只剩下江屹杨和陶音两人一左一右走在街边,江屹杨单手插兜脚步放缓,倏地,迎面走来一人。

"江屹杨,好久不见啊。"那人熟稔地拍了下他的肩膀,二人像是熟识。

江屹杨也朝对方点了点头。

看样子,这两人应该是要聊上一会儿。陶音不想自己先走,她瞥见路边商店门前的自助盲盒机,自顾自地过去玩了会儿。

扫码付过款,机器里掉出来一个正方形小盒子,她取出来拿在手里看了看,应该是动漫周边玩偶之类的东西,还没等她拆开,男生那边意外地很快结束了聊天。

江屹杨慢悠悠地走来,低头瞥了眼,随口问:"抽到了什么?"

"还不知道,"陶音以为他好奇,递给他,"要不,你来拆?"

江屹杨对这种东西不是很感兴趣,但看见女孩伸手递过来,他还是接了。

他手指利落地拆开盒子,瞧见里面的东西,淡淡地挑了下眉,拿了出来。

那是一个丘比特射箭的小玩偶,胸前嵌着一颗红色爱心,江屹杨随手把看时似乎是不经意触碰了某个按钮,丘比特发出响亮清脆的声音:

"哔!哔!I love you(我爱你)!"

"……"

江屹杨愣了下,而后轻笑了声,转头看向陶音时目光突然偏了下,一辆自行车速度飞快地擦过陶音身后,他伸手攥住女孩的胳膊,把她拉向一边。

陶音还没反应过来，身体顺着突然传来的力度一个不稳跟跄了下，脑袋撞上了他的胸口，她下意识地去扶男生的手臂稳住身体。

男生的胸膛有点硬，磕得她额角生疼，扑过去时她还能感受到男生瘦且有力量的骨骼，与此同时男生身上凛冽的气息铺天盖地般袭来，她感觉脸颊开始发烫。

忽然间靠得如此近，两人都愣怔了片刻。

陶音一时没敢抬头，因这意外又亲密的触碰，她紧张得全身紧绷，心脏怦怦直跳。在心绪混乱间，她听见头顶传来一声似有若无的吐气声，微乎其微，又像是错觉。

下一刻，她敛了敛神，忙从他身前抽开，拉开两人的距离。

这时从不远处传来一道男人的声音，低沉冷淡：

"江屹杨。"

陶音蓦然抬头，见一个穿着十分得体的中年男人走了过来，那人个子很高，几乎和江屹杨持平，气质凌厉中又带着几分儒雅。

"爸。"江屹杨开口。

江林堂走近后，目光从男生身上掠过，落在一旁的女孩身上。

"这是我同学，陶音。"江屹杨介绍道，语气懒洋洋的，随手把丘比特还给了她，好巧不巧地又碰到了按钮，爱情之神的声音再次响起。

清脆又欢快。

"……"

空气里安静了两秒。

陶音忙接过玩偶，同时礼貌地跟对面带了点压迫感的男人点点头："叔叔好。"

"你好。"

江林堂的语气倒是温和，但停留在她身上那抹打量的目光让她不得不想起邵飞的话。

江屹杨他爸该不是误会了吧。

她在心里直打鼓。

"你们俩在这儿做什么呢？"江林堂看了眼陶音手里的小玩具，"这个东西是……"

陶音心里一紧，霎时间灵机一动，为了不让江屹杨挨揍，她决定豁出去了。

"这个是我送给江同学的礼物，"陶音乖巧地笑了笑，"刚才他是怕我被车碰到，随手拽了我一把而已，没有别的意思。"

她继续说，声音里带着紧张："叔叔，不瞒您说，其实我在追求江同学。"

话音一落，江屹杨转过头，对凡事都无谓的脸上难得愣怔了一下，漆黑的眸子里闪过一抹不可思议。

陶音鼓了鼓气，顶住头顶那股压力，又开口道："但是江同学他一心只有学习，从来没有理过我半分，是我一直在纠缠着他。"

饶是江父一向处变不惊，这时也停滞了几秒，才接上话："哦，是这样啊。"

陶音从这听起来平静的声音里，莫名感受到了几分不相信，她抿了抿唇，语气自然而然地流露出几分伤感："我之前也送过江同学很多礼物，但都被退了回来，他每一次拒绝我都很干脆，说起来我还挺伤心的。"

说完，她又悠长地叹息了声。

声音中掺杂着少女被拒绝的心碎，透着几分可怜。

江屹杨落在她身上的眼眸敛了敛，舌尖舔了下上颌。

说成这样应该可以了吧，陶音在心里思忖。

就在她纠结着要不要再补上几句时，江父却不期然开口，声音透着几分严肃：

"道歉。"

陶音诧异地抬头，眨了眨眼。

江林堂淡皱着眉，对江屹杨重复了句："跟这位小同学道歉。"

"……"

"你可以不喜欢人家，但拒绝人的时候要懂得给女孩子留些情面。"江林堂微微叹息了声，又温和地看向她，"抱歉，小同学，是我教子无方，让你伤心了。"

江父说完，一记严厉的眼神扔给江屹杨。

见状，江屹杨稍收敛起懒散的模样，态度端着几分正经，偏头看向女孩，在只有她能看见的角度，意味深长地挑了下眉，而后低声开口道：

"对不起，之前是我做得太绝情了，没顾及你的感受。"

"陶音同学，"他漆黑的长眸似笑非笑，拖着尾音说，"你能原谅我吗？"

陶音完全处在状况之外，见江屹杨这般快地入戏，她立即神思回笼，跟上他的节奏，清了清嗓子，回道："没关系，我知道你也不是有意的。

"我……是可以原谅你的。"

"……"

回到家中，陶音脑海里回味着刚刚自己那临场发挥的演技，同时又感觉江父为人似乎还挺通情达理的，而且礼貌又绅士，她实在想不出这样的人会出手揍人。

她摘下书包，扔在沙发上，坐下来低头看了看手里的丘比特，蓦然觉得，似乎有哪里不太对劲。

…………

另一边，江家父子回了家，江母云清容今天下午没有课，晚饭她亲自下了厨，见两人一起回来，她笑得温柔："老江，你去接小屹了？"

江林堂松了松领带："路上遇见的。"

"哦，"云清容看向进门后若有所思的少年，笑道，"小屹，去洗洗手，今天做了你喜欢的蒸鲑鱼。"

"好。"少年淡淡地应了声。

餐厅里，阿姨把菜端上餐桌，江屹杨不吃香菜，家里做的菜也一向不放，云清容把放了葱姜丝的蒸鱼推到他面前，关切地问："怎么了，是学校有什么不顺心的事吗？"

江屹杨抬眼，微笑道："没有。"

话音落下，他似突然想起来什么，拿起桌上的手机，给邵飞发了条微信。

JYY：你今天跟陶音说了什么？

邵飞：陶音？什么时候？

JYY：走廊里。

江林堂见他一直低头看着手机，似乎情绪不太对，思考了下，问："上周的周考成绩怎么样？"

江屹杨："老样子。"

江林堂嗯了声，又开口道："其实，我也不想把你管得太严，除了出去乱玩滑板，其他的只要不耽误你的学习，你自己决定。"

云清容："哎哟，这吃饭呢，你就别老提这些了，这孩子学习成绩向来不需要操心，你又不是不了解。"

这父子俩只要一提到滑板，每每都会僵持起来，经常饭吃到一半就不欢而散，不过，这次江屹杨倒是没什么反应。

云清容稍松了口气，而后又想起刚才江父的话，问道："什么其他的，他还有其他喜欢的东西吗？"

江林堂："刚才在路上碰见了他的一个小女同学。"

云清容眼睛微亮，江屹杨从小身边就没出现过女孩子，也从来没见他对哪个女生有过兴趣，她有点好奇地问："是什么样的女孩子？"

江林堂平和地说道："挺不错的。"

闻言，云清容更加来了兴致，正想再问点别的，就听江父又低声道："他把人家拒绝了。"

云清容："……"

餐桌另一边，江屹杨的注意力落在手机里，对两位长辈的对话也没在意，突然手机振动两声，他拿起来扫了眼，目光定在邵飞发过来的两行字上。

他静了几秒，倏地，笑出了声。

而后他低下头，肩膀颤动，手肘抵在桌面，单手扶额，笑声逐渐加深。

江林堂："……"

云清容："……"

翌日，风朗气清，白云悠悠，是很适合爬山的天气。

早晨七点，师生们在学校广场集合，高二十班的队列在一排栀子树旁。

苏敏敏踩上一旁的石级，抻着脖子往广场里扫视一番，得意扬扬地道："放眼整个学校，就数咱们班的班服最好看，绝对是今天狮山里最亮丽的一道风景线！"

十班的班服上衣是天蓝色，白色双 Z 翻领；下面是浅色休闲裤，清新又亮眼。

女生在队伍前面，陶音偷偷往后面望了眼，江屹杨在人群里，稍垂着头，像是在听旁边的男生讲话，偶尔扯扯嘴角以示回应。

刚上高二，他的身形已经有了其他男生未有的成熟落拓，同样的衣服，他穿出了股贵气。

她不敢多看，只两眼便回过头。

"好看是好看，"班长正在清点人数，听见这话走过来说，"班费也让你给花光了吧，让你订班服，谁让你去买套装了？"

"别这么小气嘛，班长大人，"苏敏敏笑呵呵地奉承道，"而且旁人虽不说，班长你穿这身衣服，是真帅！"

闻言，班长斯斯文文地推了推眼镜框："那倒是，刚才我一路走来，隔壁班的女生偷偷看了我好几眼。"

"除了帅之外，她们看你其实还有一个原因，"苏敏敏嘴角抽了抽，一双手朝着班长脖子伸去，"你领子窝衣服里了。"

"像只呆鹅。"

"……"

说完，苏敏敏哈哈大笑起来，是完全不给留面子的那种，引得周围人都看了过来。

陶音拿胳膊杵了杵她，而后也没忍住跟着笑了起来。

陶音今天扎了头发，露出一截细白柔美的脖颈，纤细的肩背透着少女独有的亭亭玉立，肩头笑得微微颤动，带了点俏皮。

江屹杨闻声望过来时，目光垂落，在那道身影上停了一下。

十分钟后，学生们依次上了校车。陶音坐在前排靠过道的位置，正低头扣着安全带，身旁的同学一个个走过，倏地，一个米色抽绳的小袋子从天而降，掉落在她怀里，与此同时一道熟悉的气息从鼻尖飘过。

陶音下意识地抬头，只瞥见一抹干净的发尾和那个纯黑色的背包。

邻座的苏敏敏正翻着包里的零食袋，其他位置的同学都在兴奋地聊天，没人注意到刚刚这一幕。

她拎起袋子看了看，袋子布料很软，捏上去时里面的东西发出细细碎碎的声响，也瞧不出来装的是什么。

应该是江屹杨不小心掉到她这里的吧。

陶音往后瞧了眼，男生的位置与她隔了好几排，传话有些麻烦，她回过头靠上椅背，从包里翻出手机。

陶音：你刚才有东西掉我这里了。

JYY：给你的。

陶音盯着屏幕上的字，愣了下，打开袋子后，她清澈的眸子顿了顿。

袋子里面是一颗颗奶油味糖果。

这时手机又传来消息。

JYY：谢礼。

陶音不解：什么？

JYY：感谢小姑奶奶帮我免了一顿揍。

"……"

陶音：举手之劳。

车子发动后，她后知后觉地盯着男生发过来的、有股说不出的亲昵感的称呼，脸上不自觉微微发烫，心里忽地冒出来一个按捺不住的想法。

这想法像是萌芽勃生般越发强烈。

纠结半晌，她决定试探一下。

她指尖落在手机屏幕上，点了几下。

陶音：还有，你怎么又这样叫我？

JYY：不喜欢？

陶音正犹豫着怎么回。

对方又发来一条消息。

那不叫了。

…………

两个小时后，校车行驶到了狮山脚下。

在山下广场拍过集体照，学生们以班级为队伍上山。学生们一路沿着石级而上，边看风景边玩闹，走走停停，到了后面队列都分散了，陶音和苏敏敏不觉间赶上了排头。

江屹杨跟几个男生恰在前方。江屹杨站在一棵古树下，有几缕阳光穿过松枝落在他的发梢处，给他的头发晕染上几分柔泽，他偏过头向下俯瞰，侧脸的轮廓干净英挺。

陶音目光一停，抿了抿唇，拿起挂在脖颈间的相机，在拍风景时偷偷将他的身影也拍了进去。

她心里有股做了坏事般的紧张。

行至半山腰处的休息区，苏敏敏去买水，陶音去了趟卫生间，出来时听见两个在洗手台的游客在聊天。

"听说度假山庄后面有一片木芙蓉园，正是花期，可漂亮了，等会儿我们去逛逛。"

"有吗？刚才上山时没瞧见呢。"

"围墙挡住了，绕过去就行了。"

两名游客走后，陶音过去洗手。陶音从卫生间出来，苏敏敏还没回来，她目光不经意瞥见度假山庄一侧的围墙，闲着无聊走过去看了看。

围墙很长，绕过去估计时间来不及，围墙不算太高，她踮起脚尖，仰头朝里面望了望，什么也瞧不见。

而后她又蹦了两下，隐约瞄见了一片青木和深红色枝叶。

"看什么呢？"

一道低沉的嗓音从身后传来。

因为熟悉，陶音心里下意识紧张起来。

"里面有什么？"江屹杨走到她身前，垂眸问。

"木芙蓉花。"

闻言，江屹杨抬眼望去，长眸在看见了里面的景象后，目光顿了顿。

见他这般反应，陶音更好奇了，眼睛微亮："好看吗？"

"嗯，"他视线没动，只轻动了下眼睫，"好看。"

而后他懒洋洋地转过头来，笑问："你想看？"

"……"

"绕进去浪费时间，还是不了。"她摇摇头。

"不用进去，"说完，江屹杨抬了抬下巴，"坐上去看，视野更好。"

话音落下，少年在她身前弯下身，好心地说："我托你上去。"

陶音呆愣了片刻，视线落在男生宽阔的肩膀上，呼吸开始发紧，忙摇了摇头："这样不好吧，会弄脏你衣服的。"

"没事，上来吧。"

男生倒丝毫不介意，陶音纵然有些害羞，却也没扭捏，抿抿唇，双手扶着墙壁的间隙感慨着男生的好心，抬脚轻轻踩了上去，同时她的另一只脚被江屹杨用掌心托住，他稍一用力便把她轻而易举地托了上去。

陶音坐在墙上，笑着道了声谢，很快转过头去。

目之所及却让她直接愣住了。

眼前只有一片红绿交接的枫林，哪里有什么木芙蓉花？

"……"

意识到被骗，陶音回过头，视线相对时，恰看见了江屹杨嘴角极快地弯出一个弧度，而后又收敛了几分。

"……"

陶音微微绷着脸，语气淡淡的："江屹杨，你耍我。"

男生抬头看她，眼角随之弯起："哪儿有，我又没撒谎。"

他朝枫林的方向抬了抬眉，语气有点欠揍："不是挺漂亮的？"

"……"

陶音突然对江屹杨的看法有了改观，以往觉得他这人一本正经的，是个清清冷冷的公子哥，谁知却蔫坏又狡猾。

然而陶音在心里吐槽时，目光对上那双漆黑含笑的长眸，少年笑起来宛若星河般漂亮，她一时间又很不争气地耳根子一下红了起来，羞涩多于气恼。

怕被瞧出异样，她稍稍挪动身子，双腿垂在墙边，瞥了眼他，声音故意含上了点愠怒："我要下去了。"

"你把肩膀递过来。"

女孩抿着唇，小巧的下巴微抬，不知是因为生气还是别的，白皙的脸颊泛起了红晕，像一颗粉嫩的桃子。

女孩不客气地命令他的语气，让他心里莫名产生一股类似于熨帖愉悦的感觉，很微妙，也很陌生。

江屹杨顿了顿，走到女孩腿边，没有弯腰的动作，只悠悠地伸出手："扶你下来。"

陶音望过去，男生的手长得很好看，掌心白皙，骨节分明，她下意识地蜷缩了下手指，一时没太好意思伸手。

江屹杨等了会儿，忽地笑了："还是，你想踩我？

"小朋友。"

"……"

同苏敏敏会合后，两人随着队伍往山上爬，半山腰的路面有些陡，陶音在注意着脚下的同时，手心里的温度依旧滚烫，挥之不去。

握住男生的掌心时，她感觉自己连指尖都是麻的，而且那股酥麻感像是能通过手臂传进心里，扰得她心跳到现在都还紊乱，久不能平。

走着走着，她又想起了什么，陶音瞄了瞄身旁累得开始喘息的苏敏敏，开口问："敏敏，我问你件事。"

苏敏敏转过头来。

陶音放低声音："要是有人管你叫小姑奶奶、小朋友，这样的称呼，你觉得这人对你的印象如何？"

苏敏敏手叉着腰，眼珠转了一圈，想了想："叫小姑奶奶，我感觉这人应该是觉得我很不好惹，很霸气的意思。"

陶音眨了眨眼，脑袋里自顾自回想了下与江屹杨认识以来，二人相处的情景。

确实，她滑滑板做尾刹时还真挺霸气的，拿花打他时看起来也很不好惹……

"……"

"那叫小朋友呢？"她又问。

"小朋友的话就很简单了呀，"苏敏敏一副了然的神情，"觉得我笨、幼稚、没长大、像小孩子呗！

"你干吗问这个，有人这样叫你了吗？是谁？我去揍他！"

"……"

"没有，"陶音摇了摇头，"就是我在一个帖子里看见的，随口问问。"

"哦。"

她低下头，盯着脚下的云白石级，想起江屹杨偷偷笑她时的那副模样。

那么轻而易举就被一个眼神给骗了。

好像，还真挺笨的。

第十四章

爬过山，下午是自由活动时间。

学生们在山下湖边的一片草地上三三两两地坐下来吃午餐，陶音拿出包里的一个保温杯，还有两个便当盒，便当盒里面是她今早亲手做的三明治。

苏敏敏也带了很多零食，两个女生饭量小吃不完，陶音看了眼隔壁，邵飞的旁边坐着江屹杨，江屹杨吃着一份寿司，速度不慢，但吃相很好。

她思考了下，叫了声邵飞："我这里还有一盒三明治，你们要吗？"

邵飞低头一看，干净的玻璃盒里是两排色泽鲜艳的三明治，上面涂了花生酱，看起来让人很有食欲，他毫不客气地接过："要，谢谢啦。"

邵飞打开盒子，放到众人中间，随后拿起一个咬了口，笑道："味道不错啊，陶音，你这在哪家店买的？"

她温声道："我自己做的。"

"自己做的？"邵飞一惊，"这么厉害！"

陶音随意笑了笑："还好，做三明治挺简单的。"

沈慧姝工作忙，经常在外出差，陶音从初中起便学着自己做饭，除去这个原因，其实她还挺喜欢下厨的。每次沈慧姝忙了一天回家，见到家里热腾腾的饭菜，疲惫总会消去几分。

陶音的余光里，江屹杨从透亮的玻璃盒里拿出一块，咬了口，细细咀嚼，而后又吃了第二口，看样子还蛮合他胃口的。

陶音低下头，悄悄弯了弯唇角。

这下，她在他心里的形象应该挽回一些了吧。

午后阳光穿过云层洒下，照得人懒洋洋的，风夹着草木香吹过，湖面上一片细碎的金光。

学生堆里不知道谁先起的头，众人唱起了歌，十班的文艺委员是个文静的小姑娘，歌声甜美，一开嗓，周围人全部安静下来。

邵飞杵了杵江屹杨的胳膊，笑道："你看林浩那傻样吧，看姜恬看得眼睛都直了！"

江屹杨勾了勾唇。

过了会儿，草地上的人群散开，陶音与苏敏敏收拾好东西，刚起身，就见林浩走过来，他笑着说："下周日我过生日，两位一起出来玩吗？"

"好啊。"苏敏敏随口答应。

"那个，"林浩脸上突然带了些腼腆，"到时候，你们能不能顺便帮我约一下姜恬？"

苏敏敏一愣："你干吗不自己约？"

林浩挠了挠脑袋："我约了，她说到时候看时间，我想着你们两个不是跟她一个学习小组的，关系也挺好的嘛，这不是比我好约嘛。"

"约倒是可以，"苏敏敏故作犹豫，瞅瞅他，"但不能白让我们帮忙吧。"

"那边，"山脚下不远处有一片游乐场，苏敏敏指了指，"你请我们玩。"

闻言，林浩眼睛一亮，忙点头应道："没问题！"

游乐场里，一片花圃前面摆了几个射击游戏的小摊子，长桌上是各种五颜六色的玩具、饰品、挂链，还有一排十分少女心的、毛茸茸的发箍，比以往见到的奖品要精致许多。

那边，林浩屁颠屁颠地去付款，苏敏敏兴致勃勃地举起了游戏枪，打了一轮没中几个，又跑去玩别的。

陶音在摊位前微微弯腰，扫了一圈桌面上的小奖品，看中了一条贝壳手链，她抬起头："老板，这条手链需要打中多少个气球？"

"这个简单，"老板笑呵呵地道，指了下身后的背景板，"这一排打破十个就行。"

这种射击气球的游戏一般都带着猫腻，她以前玩过，商贩会故意不把气球充足气，这种情况下是无论怎样都打不破的。

陶音接过老板递过来的枪，瞄准被系在背景板上的气球，试了几次，气球倒是没问题，只是枪有些不准，瞄准的没中，反而打中了旁边的。

她接连又打了几次，逐渐摸出了门道。

她再次端起枪，按照一定倾斜的角度。

"砰"的一声，一个紫色气球被击破。

陶音弯起嘴角，眼睛里亮晶晶的。

接下来小摊老板瞧见女孩一发发命中，轻微地皱了皱眉。

二十发打完，刚好射破十个气球，小摊老板苦着脸把奖品递给了她。

这时江屹杨不知何时站在了她身边，扫了一眼她手里的手链，懒洋洋地道："看不出来，挺厉害的。"

少年眉眼漆黑，薄唇颜色浅淡，从她的角度看过去，下颌骨的棱角干净利落，陶音愣了下神，温暾地道："还可以。"

她擅长的事情不算太多，话音落下，陶音莫名很想在男生面前展示一番，犹豫了下，说："江同学，你打得怎么样？"

江屹杨长睫稍垂，视线停在她脸上，饶有意味地说道："也还可以。"

闻言，陶音卷翘的睫毛眨了眨，抿唇笑道："那，要不要来比试一把？"

江屹杨挑挑眉："和我比？"

男生的神色松弛，一副气定神闲的模样，难不成他很厉害？

她在心里打鼓。

"……"

江屹杨打量着少女脸上微妙的表情，扯了扯嘴角："怎么，怕了？"

"没有，"陶音清了清嗓子，"每人二十发子弹，谁打得多算谁赢。"

"好。"

陶音先开始，有了上一轮的经验，这次她发挥出色，只有两个没瞄准，一共击中了十八个气球。

头一次玩得这么好，连她自己都感到意外。

而后换到江屹杨。

他低头握着枪杆，慢条斯理地上子弹，陶音站在一旁，盯着他的动作，脑海里一阵天人交战。

要不要提醒他一声这枪有问题？

她若是这样赢了，是不是不太地道？而且江屹杨也未必能打得过她，胜之不武总归不太好。

小摊老板往板子上系着气球，陶音朝男生身旁靠了靠。

江屹杨垂眸，留意到女孩的举动，见她像是有话要说，他稍俯下身，迁就着她的身高。

陶音也顺势往前凑近了点，小声说："这个枪不太准，你要往左边偏一点。"

她的声音细细软软地刮过耳郭，江屹杨眼睫颤了下，与此同时鼻息间闻到一股淡淡的清甜气息。

反应过来她的话，他眸光微动。

陶音往后退开，江屹杨将目光落在她脸上，女孩的皮肤在阳光下白出几分透明感，乌眸红唇，神情带着几分坦然。

"我就是想光明正大地赢你。"

他打量她一瞬，笑了下："嗯。"

而后少年直起身子，双手端上枪，头稍偏着，随着这个动作，他耳后的脖颈线条冷淡又勾人。

"砰"的一声，气球被击破。

陶音眨了下眼。

虽说她是把窍门告诉了江屹杨，不过她没想到江屹杨竟能第一枪就打中，看来还真是有两下子。

没关系，才一枪而已，只要他失误三次……

接下来，陶音一瞬不瞬地盯着板子上接连被打爆的气球，她脸色逐渐暗淡下来，轻轻咬着下唇。

早知道他枪法这么准，她就不那么好心了。

"……"

周围逐渐围来看热闹的人，江屹杨在击中第十七个气球时，手上停了下，瞧了一眼身旁脸色已经变得不太好的女孩，嘴角弯了弯，回过头手指扣动了下扳机。

陶音目光怔了怔，下一个瞬间她眼睛转而一亮。

他打偏了！

空气里紧接着又传来两声枪响，与此同时围观的人群里爆发出了惋惜声。

"哎哟，太可惜了，还以为能全命中呢。"

惊喜来得太快，陶音一下子没了反应，江屹杨漫不经心地收起枪，朝她看来："你赢了。"

他一本正经地道："还是你比较厉害。"

陶音唇边抿起浅浅的弧度，脸上是谦虚又掩盖不住的开心："只比你多一枪，差不多吧。"

这时，因为保住了镇摊之宝的一等奖，小摊老板的惊喜不亚于陶音，他忙把两个精美的马克杯捧过来。

陶音接到手里，看了眼："还挺漂亮。"

两个马克杯是黑白款，杯面上印着金色的纹路图案和一串字母，她仔细看了眼，而后对比了下两个杯子。

小摊老板乐呵呵地道："你们运气好，这情侣款杯子就剩这一对了。"

陶音抬头讷讷地道："情侣款的……"

她悄悄瞟了眼身旁的男生，回过头说："不好意思，老板，我们不是那种关系，能换一个奖品吗？"

"哦，那行，"小摊老板抓了抓脑袋，指了下桌面右边一侧，"那边的杯子随便换。"

陶音抿抿唇，看向他："这杯子我还挺喜欢的，你要是介意的话，就再挑一个吧。"

江屹杨对上她的视线，而后朝桌子上扫了一圈，目光又落回到她手里："不换了。"

他遵从内心伸出手："就这个看着还顺眼。"

秋游过后，某天下过一场冷雨，天气逐渐转凉，傍晚的温度比白日里降了几摄氏度。

周日晚上，林浩生日请大家去唱歌，位置定在市大剧院附近的一家KTV。陶音从奶茶店下班，回家换了套衣服，打开衣柜，桌上的手机传来一阵连环振动，她拿起来点开。

是苏敏敏发来的消息。

宝贝宝贝！你出门了吗？

没有的话，好好打扮一下再出来啊。

穿条好看的裙子！

陶音回复：怎么了吗？

一时说不清，你先听我的，来快一点啊。

她盯着手机屏幕，将手里的米色卫衣又挂回衣架，手指托着下巴往衣柜里扫了一圈，最后拎出一件毛衣和短裙换上了。

下楼时，手机又振动了声，她以为是苏敏敏在催她，掏出一看是邵飞的短信，说路过她家，没走的话就顺道一起过去。

陶音回了个消息，踩着一双黑色小皮鞋嗒嗒嗒地下了楼。

到了小区门口，她四处扫了眼。

少女身穿白色荷叶领毛衣，黑色小短裙，一双腿秀美笔直。

长发散落在肩头，被风吹得飘动。

她往街边一站，引来不少路人侧目。

邵飞坐在街对面的计程车里，看见她，摇下车窗招手喊她。

陶音闻声望去，小步跑了过去。

"今天好漂亮啊，"邵飞由衷地夸了句，而后拇指往后指了下，"上车吧。"

陶音到后车位，手搭上车门时瞧见里侧位置上坐了个人，进到车里看见是江屹杨。他坐姿闲散，长腿在车里显得有些束缚，黑色外套领口立着，气息中平添了几分冷淡，但脸上的神情还算温和。

夕阳的余晖映在他的侧脸上，他棱角分明的五官挑不出一处死角。

在她坐好后，少年朝她身上打量了一眼。

视线像是羽毛一般，自上而下扫过，缓慢又平静。

随着少年的目光，陶音下意识背脊绷直，手指不知不觉地蜷了下，心跳加快。

江屹杨视线下垂，落到一处，眉间轻蹙了下，抬起眼问："穿这么少，不冷？"

"你懂什么，"车子发动，邵飞回过头来，"这样穿才好看。"

江屹杨沉默了，没搭腔。

半个小时后，车子开到大剧院附近，往会所去的那条街堵车，几人就此下了车。

刚拐过街角，邵飞就接到了林浩打来的电话。

"姜恬没吃晚饭，你怎么不出来亲自给她买吃的？有你这么追人的吗？"邵飞顿了顿，趁势又说，"顺路买点倒是可以，那你一会儿给我开瓶红酒。"

电话那边说了什么，邵飞笑呵呵地挂掉了电话，视线沿着街边扫向前方，嘟囔了句："这附近哪里有卖吃的的地方，看着也不像有超市啊，还得要甜的。"

闻言，陶音随手指了下："前面有一家甜品店，味道不错，我去给姜恬买吧。"

她晚上也没来得及吃，本来还不饿，下车时又有些饿了，顺便也买点甜品。

邵飞点头笑道："那麻烦你啦。"

少女在两道视线中朝街斜对面的方向轻步跑开，裙摆微动，收腰的毛衣勾出纤细的腰线，轻盈的步伐中带着几分活泼。

邵飞摸着下巴，表情有些贼却不招人讨厌，带着几分纯粹的欣赏："我觉得，陶音比那个追你的校花好看，人笑起来也亲切，还有点可爱，一点也不假。

"不像那个校花，只有用得上我时才故作亲昵。"

他边说视线边一寸寸下移："腰也好看。"

身旁的男生眉间拧了下。

"腿也……"

邵飞话还没说完，脚下突然被什么东西绊了下，整个人直接向前踉跄着扑去，差一点就摔了个狗吃屎。

他正莫名其妙，稳住身子回过头来，见江屹杨正垂眼看着他。

江屹杨声音没温度："看路。"

第
十
五
章

甜品店在这条街开了十几年，陶音偶尔路过都会来光顾，店里重新装修过了，换了个年轻的店员。陶音打包了两份玫瑰饼和新品舒芙蕾，外面还有人等，她没像以往多留，很快出了店。

到了 KTV，几人由服务生领上电梯，到了三楼的包厢。

几人推门而入，包厢里光影流转，沙发上男男女女坐了十几号人。林浩是学校篮球队的，除了十班的同学他还邀请了篮球队队友和啦啦队的几个女生。

见门口有人进来，一众人目光齐齐望过去，除了被林浩端茶倒水伺候着的姜恬以及正在吃水果的苏敏敏，其余几个女生脸上瞬时露出一抹羞涩。

陶音扫了一眼，看见了那个叫李月妍的学姐，她穿着一条低领颈带连衣裙，脸上精致的妆容有股多于其年龄的妩媚，她坐在偏中间的位置，十分惹眼。

李月妍在见到最后进门的江屹杨时，泰然的神色也含蓄了些。

"哎哟，你们总算来了。"林浩嘴上抱怨着，眼睛朝邵飞挤了挤。

邵飞接到信号，笑呵呵地过去道："这不是奉你的命，给我们美丽又温柔的文艺委员大人买吃的去了嘛！"

邵飞双手捧起浅色纸袋："特意按您的嘱咐，甜的。"

"拿来吧，"林浩端着下巴拎过袋子，扭头换了副嘴脸，腼腆地道，"姜恬同学，先吃点吧，要是不喜欢吃我再出去买。"

"这个就可以了，谢谢。"姜恬客气道。

那边苏敏敏朝陶音招手，陶音过去坐下。

江屹杨被班上男生拉去坐在沙发上，和她之间隔了几个人。

陶音落座时视线不经意扫到对面，李月妍正看着她，眼睛里带着一股不明的神色，而后很快别开。

苏敏敏也捕捉到了这一幕，往嘴里塞了一块桃子，对陶音笑道："宝贝，你可真给我争气。"

陶音转头看她，心思灵慧："你是因为李月妍，才让我打扮的？"

"我就是看不惯她。"苏敏敏道，"你不知道，高一我在啦啦队时，她托我给江屹杨送东西，江屹杨没收，她就觉得是我故意不想帮忙，借着她啦啦队队长的身份公报私仇，找了个机会把我从啦啦队里除名了，这个仇我现在还记着呢！

"仗着自己漂亮，表现出一副很了不起的样子，你看她收拾得跟要走红毯似的，不知道的还以为她是今天的主角呢。"

苏敏敏继续说："而且，她以前在啦啦队时跟林浩关系哪儿有这么好，她今天来还不是因为江屹杨？"

陶音又看了眼李月妍，从她进门到现在，李月妍含笑聊天的同时已经往江屹杨的方向瞥了数次。

人到齐了，林浩作为寿星先唱了一首歌，而后十分偏心地给姜恬一连点了好几首，其他人则心照不宣地玩着各自桌上的小游戏。李月妍一直想找机会坐去对面，奈何江屹杨身边一直围着人，她根本没机会。

邵飞喝了半杯红酒，又开了罐啤酒，拿了骰盅邀请大家一起玩真心话大冒险。

按照游戏规则，大家摇骰子，谁的点数大谁赢，同时输的那人输了几点就要接受几个惩罚，为了提高趣味性邵飞又加了一项规则，提问的人以转酒瓶的方式决定。

游戏从男生这一侧开始，一开局班长就输了一点，酒瓶转到苏敏敏。

苏敏敏："班长，上次我逃课去听演唱会半路被抓回来，是不是你跟班主任告状？"

班长推了推眼镜。

"不能说谎。"

话音落下，班长倒了杯酒，一饮而尽。

苏敏敏："班长，绝交了。"

下一个人是江屹杨。他似乎并不怎么喜欢玩，随意摇了下，输了三点。

邵飞幸灾乐祸地说："哎！江屹杨可不喝酒啊，朋友们，机会难得，放肆问啊！"

酒瓶转到李月妍，江屹杨自然而然地看了女生一眼，灯影映得男生的五官更加英俊。李月妍瞧见他望过来，虽然只是淡淡一瞥，心跳却已不由得漏了一拍，她捋了下耳边的头发，微笑着问："江屹杨，你喜欢什么类型的女生啊？"

她的心思众人皆知，也不必避讳。

恰一首歌停，包厢里安静下来，众人默不作声，女生期待，男生好奇。

江屹杨声音平静："未来女朋友那类型的。"

"……"

好巧不巧，瓶子第二次依旧转到了李月妍。

李月妍不气馁："那你希望未来的女朋友，是什么样的？"

"我喜欢的那样的。"

"……"

两句废话把女生的追求拒绝得不留情面，连努力的方向都不给。

苏敏敏低头啃着一块西瓜，笑得肩膀一抖一抖的。

酒瓶再次转动，蓝色瓶口慢慢停下，冲着一个方向。

邵飞："这家伙狡猾，陶音，你问个他躲不开的。"

陶音的视线与江屹杨漆黑的长眸撞上，她在心里犹豫了下。

虽然她也很想知道江屹杨究竟喜欢什么样的女生，但江屹杨明显不想回应，估计问了他也不会回答。

瞧着陶音欲言又止的样子，江屹杨扯了下嘴角："想问什么随便问。"

陶音琢磨了下，而后开口："你下次滑板比赛是在什么时候？"

一首歌响起，与此同时邵飞的声音传来："陶音，你也太乖了！"

慢悠悠的旋律回荡在整个包厢，江屹杨的声音也似软了几分："还不确定。"

他从沙发里直起身，胳膊搭在膝盖上，视线越过别人，直直落在她脸上，眉眼稍稍垂下："定了告诉你。"

二人对视间，一种微妙的气氛在房间里蔓延开来。

李月妍的唇微微抿着，突然开口，对一个篮球队的男生说："张也，别愣着了，到你了。"

那个男生闻言才反应过来，去执骰盅，游戏继续。

骰盅到了女生这一边，陶音输了一点。

瓶口转到江屹杨。

江屹杨手里把玩着手机，有一搭没一搭地磕着桌面，袖口处露出一截干净的手腕，漫不经心地朝她瞥来。

他的视线意味不明，其他人也很好奇江屹杨会问些什么。

半晌，就听他悠悠开口："将来想做什么？"

邵飞："×，江屹杨，你怎么问得也这么正经？"

女孩眉间舒展，直接道："建筑设计师。"

骰盅继续往下轮，其间陶音去了趟卫生间。

邵飞又开了罐酒，突然想起了什么，随口说："我刚想起来，我之前去老唐办公室时，偶然听老师们谈起陶音的爸爸，好像就是一位建筑设计师，哎，苏敏敏，你知道吗？"

闻言，苏敏敏放下果盘，拇指指了个方向，骄傲地说："对面的市大剧院，本市标志性建筑，陶音的爸爸是总设计师！"

邵飞一惊："这么牛呢！"

"嗯，可不，"苏敏敏点点头，说完又轻叹一声，"不过，天妒英才，她爸爸在她很小的时候就去世了。"

闻言，邵飞惋惜地"哦"了声。

包厢里灯光昏暗，江屹杨低着头，额发遮住眉眼，看不出情绪。

陶音从卫生间回来时，邵飞已经喝得烂醉，晃晃悠悠地抢走林浩手里的话筒唱歌，包厢里一阵鬼哭狼嚎。

陶音回到位置上，问道："怎么回事？"

苏敏敏笑道："他刚刚输惨了，输了五点，又被问题难住了，干脆自罚了五杯。"

这时歌声戛然而止，邵飞看向林浩与姜恬，眼神里透着醉酒后的恍惚："我说姜恬，你就从了林浩这货吧，俗话说文体不分家，你俩一个文艺委员一个体育委员，这天生就是一家人……"

"呜……林浩，你捂我嘴干吗！"邵飞扒拉开林浩的手，"你个尿货，你要是不敢表白，我替你……"

林浩回过头："姜恬同学，你别介意，他……他乱说的。"

姜恬脸皮薄，脸颊羞红，摇了摇头。

林浩把邵飞扯向一旁，摔到沙发上，低声道："江屹杨，你管管他，别让他再乱讲话了，把我的节奏都给打乱了！"

话音落下，邵飞不知听见了什么，一个鲤鱼打挺从沙发里翻起身，接着，以一副意味深长的眼神看向江屹杨。

"兄弟，有件事憋在我心里很久了，"邵飞打了个酒嗝，安静了下，而后开口，"你是不是……"

"喜欢男的？"

"……"

"你要真喜欢男的，那我可得小心点了，万一你……"

"喜欢男的也轮不到你。"江屹杨踢了邵飞后膝处一脚，把歪倒的人再次按在沙发上。

江屹杨一抬眼看见陶音正看着自己，一双清冷的眸子眨了眨，带着隐隐的探究意味……

"……"

江屹杨唇边藏着点揶揄的笑意，舔了舔唇角，垂下头，似在回复邵飞的疑问：

"我喜欢女的。"

散场后，几个喝醉的男生被林浩拖回了家，苏敏敏和姜恬跟班长顺路回去，其他人也自行离开了。

KTV对面是一片观景湖，湖水被远处高楼的霓虹灯映得五彩斑斓，在夜色笼罩下，华丽壮观的大剧院比白天温婉了几分，镂空的栏杆发出暖黄色的光，给深秋的夜晚添了抹温暖，夜里奔波的行人不禁慢下脚步。

陶音不自觉地走到湖边，双手搭在栏杆上，眺望对面。

江屹杨跟了过去。

"听说这是你爸爸设计的。"

陶音抬头看向男生，笑着点了点头。

江屹杨："很厉害，也很漂亮。"

陶音回过头，湖面吹来微风，撩动她的长发，她轻声开口道："大剧院刚建完的时候，周围并不如现在这般繁华，每天夜里这里只有剧院的灯光，那时这栋建筑就像是黑暗中的光，即使微弱，也能给人带来安全感。"

她笑了笑继续道："所以，我也想成为一名优秀的建筑设计师，像我爸爸一样，我要设计出不仅实用还能让人感到温暖的建筑。"

江屹杨垂眸，视线望向身旁。

她的脸迎着风，眉眼弯弯，眸子里清澈透亮，温柔又坚定。

"不过……"

陶音忽然叹了口气，语气透着几分苦恼："首先，要考上一所厉害的大学，我的分数还差好多。"

"确实，"江屹杨说，"偏科太严重。"

"……"

上次月考，陶音的语文和英语成绩均是年级第一，数学却差到连及格线都不到。陶音被唐洪礼叫到办公室问话时，江屹杨正好去领奖状，二人的对话被他听了个正着。

唐洪礼的态度比较温和，只是问陶音是听不懂还是有其他原因，一旁的江屹杨也不知道是怎么回事，领完奖状也不走。

陶音撑不住了，只好坦白是自己脑袋不好使，不开窍。

陶音瞄了眼江屹杨，少年的瞳孔漆黑如墨，薄唇挺鼻，夜里的灯光洒在他身上，淡化了他身上的疏离感，晕染出了几分柔和。

她抿抿唇开口："江屹杨。

"你上次全科成绩，好像是语文的分数最低吧。"

他眼皮动了动："怎么？"

"要不，我们互补一下？"陶音说着，秀气的眉毛微微扬起，"你帮我补数学，我帮你补语文，怎么样？"

江屹杨侧过身，抱着手臂靠在围栏上，轻轻挑眉："你上次的语文分数比我高多少？"

"……"

陶音沉吟片刻，温暾地说："虽然我只比你多了两分，但你要知道成绩越高想进步就越难，所以我帮你把语文提高 2 分，要比你帮我把数学考及格难度大。"

"江同学，"她弯唇笑道，"你是划算的。"

江屹杨稍低下头，似笑非笑："可是，你脑袋不是不开窍吗？我教起来应该挺累的吧。"

"……"

毕竟自己有求于人，陶音忍了忍，奉承道："江同学，你这么厉害，我相信你是可以的。"

她心一横："榆木疙瘩也能让你给撬开。"

闻言，江屹杨低头笑了几声，肩膀微颤，懒懒地掀起眼皮，夜里水面上的凉风吹来，女孩的裙摆随之飘动，他目光掠过，下一刻他伸手拦住一辆正行驶来的计程车。

"教你倒是可以。"

而后他拎着女孩后脖颈的毛衣，往车子的方向走："不过要先上车。"

卷三

靠近

暗恋有回音 🖤

第
十
六
章

车子一路开到小区大门外，陶音下了车，想了想她又弯下腰看向后车窗里的男生，用确认的语气道："那我们说好了，下次月考之前，我有不会的问题都可以去问你。"

江屹杨稍歪着头，对上她的视线，唇边带着笑意，漫不经心地道："我说话算话。"

夜色静谧，路边的香樟树沙沙作响，月光洒落，给夜晚笼上了一层柔光。

"好，"陶音听到答复，弯了弯唇，"那明天学校见，江同学。"

少女声音清脆，温柔的声线如从山涧轻淌而过的溪水漫过心尖，弥留一股润甜。

江屹杨慵懒的神色顿了下，喉结滚了滚。

将近夜里十一点，气温已经很低了，陶音缩了缩脖子，直起身往小区大门的方向小步跑去。

车子启动，江屹杨将视线落在后视镜里，直到那道人影消失。

十一月的天气阴晴不定，刚冷了几天，气温又回升到穿单衣的温度。

周五傍晚的休息时间，学生们跑去外面活动，大片的阳光透过窗子慷慨地洒进教室里，空气里浮荡着窗台上文竹淡雅的香气。

江屹杨垂眸，笔下娴熟地写下一串公式，而后把习题纸推去旁桌，笔尖圈下重点，耐心讲解着。

陶音全神贯注，认认真真地听了一遍。

盯着江屹杨落笔的动作，她静了半晌，抬起头。

"嗯……江同学，"陶音抿抿唇，"榆木一般撬一次是撬不开的，你最好再试一次。"

闻言，江屹杨低笑了声，同时拿笔轻敲了下她的额头，抽出一张白纸重新写解题思路，耐心地又给她讲了一遍。

他这次换了个解法。

陶音盯着纸上字迹娟秀的算式，突然开了窍，思路一点点顺了下来，最后整道大题都弄清楚了。

打量一眼她的神色，江屹杨懒懒地道："开窍了？"

她眉眼弯弯："是老师教得好。"

男生嘴角扯着抹弧度，手指转了一圈笔："嘴还挺甜。"

江屹杨又从书桌里掏出一本练习册，翻开一页："再做一道。"

陶音乖巧地点点头，笔尖在题纸上划动。

这道大题的解题思路比较复杂，其间她停笔思考了一分钟。

待她再次落笔，笔尖在纸上流畅地写下剩余的步骤，最后落下一个小点，题解完了。

江屹杨眼眸抬起，勾了勾嘴角："不错，都学会举一反三了。"

教室里的光线充足，他单手撑着下巴，睫毛上沾上光点，笑了下揶揄道："看着有点笨，没想到脑袋还挺灵光的。"

陶音抬头，水灵灵的眸子眨了眨："我看着笨吗？"

女孩单纯地一问，带了点淡淡的无辜，让江屹杨心底莫名冒出一丝慌乱的情绪，他下意识开口道："也不是……"

"我们女生管这种笨呢，叫作呆萌，"陶音打断他的话，把桌上的卷子折起来，自顾自地说，"也就是可爱的意思。"

"江同学，我可以理解为你在夸我吗？"

江屹杨顿了半晌，舔了下唇角："就是可爱，我口误。"

陶音没想到江屹杨会顺着她的话说，这次换作她开始心慌了。

不知道从什么时候起，陶音感觉江屹杨似乎跟她有了几分熟悉，心情好的时候会逗逗她，这还是江屹杨第一次表露出放软的态度。

她清楚地感觉到自己的心跳在加快，不动声色地避开了男生的视线，低头时秀发落在腮边，遮住她微微发红的脸颊。

陶音安静地翻了一页练习册，她心不在焉地盯着上面的题。男生的存在感太过强烈，把陶音好不容易收起的心绪一下子扰乱了。

笔轻磕着桌面发出的声响、校服上好闻的味道、偶尔朝她脸上瞥来的目光此刻都被无限放大。

"……"

陶音似乎高估了自己的意志力。

她敛了敛神，逼迫着自己把注意力放在数学题上，不然她在某人心里的形象可就真成笨蛋了。

这时，走廊外面传来急匆匆的脚步声，邵飞还没进教室就开始嚷嚷道："江屹杨，你干吗呢？大伙儿都在篮球场等你半天了……"

踏进教室的一刻，邵飞脚下一顿，直直地站在原地。最后排的位置上，阳光在两道身影上镀了一层淡金色的轮廓，映入眼帘的画面竟如此柔美绚丽。

邵飞莫名有种不应该踏入教室的感觉，心里涌出抹不忍心打扰这二人的异样情绪。

江屹杨朝教室后门淡淡地瞥了一眼，又收回视线盯着陶音，低声道："我先去打球，你有不会的再问我。"

"好。"陶音忙应道，他离开一会儿，自己刚好可以收收心思做套卷子。

江屹杨拉开椅子，往门口走。

邵飞打量着从眼前走过的少年，若有所思地看了眼女孩恬静纤细的背影，而后跟着江屹杨出了教室。

时间一晃而过，很快到了十一月下旬。

临近期中考试，班里的学习氛围变得浓厚。一天放学前的自习课，唐洪礼占用了些时间给大家复习了几道典型例题。

其间教务主任有事找他，唐洪礼刚把一道关键大题讲到一半，他往教室里扫了眼，开口道："江屹杨，你来给同学们把这道题讲一下。"

说完唐洪礼夹着教案出了教室。

江屹杨懒懒地拉开椅子，朝讲台上走去。

学校秋冬季的校服是白上衣黑裤子，普普通通的衣服穿在他身上也极为好看。江屹杨上了讲台，手指捏住一根粉笔，在黑板上落下浅浅的摩擦声。

他侧过身子，将解题过程仔细讲了一遍，脸上是一副慵懒的神色，没什么特别的情绪，不像唐洪礼那般激情高亢，但他思路清晰，讲起题来有条不紊，沉着的嗓音透着股耐心。

少年话音停下，垂眸扫了眼讲台下面，视线悠悠地落在第一排。

陶音盯着黑板，琢磨着最后一个方程，笔杆末端戳着脸颊，思考时习惯性地蹙起眉头。

教室里安安静静的，几秒后，陶音对上江屹杨的视线，点点头："懂了。"

她的眼角微弯，即便背着光，她清透的眸子仍透着一抹亮色。

"江老师，我还没懂，"邵飞突然举手，"你再讲一遍呗！"

粉笔被扔进粉笔盒，在空中划出一道弧线，江屹杨撂下一个字："懒。"

江屹杨下了讲台，从陶音身边经过时，校服拉链轻轻蹭过陶音的手背，冰冰凉凉的触感，陶音手指下意识蜷了蜷。

旁边的苏敏敏突然凑近，拽拽她胳膊："宝贝，你真听懂了啊？"

"懂了，"陶音笑了笑，"这题不算难。"

苏敏敏："我记着，你前两天不是还对这种类型的题很头疼？"

"昨天江屹杨给我讲过了，解题方法弄清楚了就不难了。"陶音说着从书桌里摸出一张卷子，在本子上整理错题。

苏敏敏盯着她，犹豫了下，开口问："音音，我看江屹杨最近好像总是给你讲题，班上已经有人好奇你俩的关系了。"

陶音抬起头，愣了愣："有这种事？"

苏敏敏点点头："毕竟江屹杨在学校这么受欢迎，跟某个女生走得近些，难免会被关注，前几日还有女生暗暗向我打听呢。"

闻言，陶音慢慢低下头，心里隐隐有些担忧，不知道这样的传闻会不会对江屹杨造成影响。

还有，他会不会生气，甚至反感自己。

"……"

见她皱着眉头，苏敏敏试探着问："所以，你们俩……"

"没有，"陶音很快摇头解释说，"是我求他给我讲的，只是同学间的帮助而已。"

"嘻，我就说嘛，"苏敏敏突然松了口气，脸上露出笑容，"咱俩这关系，你要是有情况了怎么会不告诉我呢？宝贝，不瞒你说，我之前被人问时还挺伤心来着。"

陶音笑了笑："放心吧，我有情况了肯定第一个告诉你。"

苏敏敏突然感觉舒坦了许多，目光扫过黑板，又开口道："不过，我之前也见过其他同学找江屹杨请教，但他似乎对你不太一样，那种感觉就像……你的私人家教。"

"你想多了，"陶音不以为然，"我们是有交换条件的，我也帮他补语文。"

话音落下陶音才想起来，江屹杨到现在还没来问过她一道语文题。

"哦，是这样啊。"

陶音顿了下，而后"嗯"了声。

教室前排开了一扇窗，风吹进来，桌面上的练习册被吹开了几页，练习册的每一页都落着江屹杨秀气的字迹。

陶音盯着那些字迹看了会儿。

放学前的最后一节自习课，学生们的心难免有些散漫，教室里充斥着一片讲话声，数后排男生那边最闹腾。

"江老师，你偏心，陶音懂了你就不讲了，你兄弟就不用管了啊？"邵飞一副嬉皮笑脸的样子，又说，"你这算不算重色轻友？"

江屹杨靠着椅背，掀起眼皮道："我讲得这么细致，你还不懂，你这算不算是猪脑子？"

"不给讲就算了，还人身攻击！"邵飞说完这句，又拉上一旁眉头紧皱低头沉思的林浩，"你看，林浩也没懂，那我俩都是猪脑子？"

恰这时姜恬去后面书柜拿东西经过三人身边，听见这话，朝三个人看去。

林浩忙甩开邵飞拉扯自己的手，气势汹汹地道："谁说我没懂，这题不用别人讲，我自己就能做出来。

"只有你是猪脑！"

邵飞不语。

江屹杨没再闲聊，拿起笔在一张卷子上批批改改，邵飞蹭了蹭鼻子，不经意扫了眼那卷子。卷子上的字写得清秀小巧，明显不是江屹杨的字。

邵飞凑近了些，暧昧地问："陶音的卷子？"

江屹杨："嗯。"

闻言，邵飞刚想再说点什么，唐洪礼恰在这时回到了教室，教室里瞬间鸦雀无声，学生们都规规矩矩地坐好，邵飞的话卡在喉咙里，也只能咽回去。

放学了，学生们陆陆续续离开，陶音要做值日，走得晚了点。学校附近有一家书店，她最近只顾着补数学，把其他科目落下了，于是她去书店挑了几本理综的习题集便回了家。

回去的路上，陶音顺便去了趟超市买些零食。

陶音从食品架上拿了包薯片，之前总吃的那个牌子的糖果出了新口味，她不是很喜欢吃薄荷味的东西，却因为某种原因拿了一条。

这时超市门上的铃铛响了几声，又进来了人，熟悉的声音从货架的另一边传来，透着凛冽的质感，清冷又好听。

"老板，薄荷味的汽水还有吗？"

"有的，"老板指了下冰柜，"在最下面那一层。"

江屹杨打开柜门，躬着身子，从底层拿出一罐冰镇饮料。

邵飞从上层拿了瓶可乐，摸着下巴瞧向江屹杨，眼里流露出捉摸不透的神情："兄弟，我好像发现了一件了不起的事。"

"你发现不明天体了？"江屹杨垂眼，不甚在意地说道，抬脚往收银台走。

邵飞把他往回拽，贼眉鼠眼地说道："哎哎，比发现不明天体还要不得了呢。

"兄弟，你是不是……

"对陶音有点意思啊？"

货架后，听见这话的一刹那，陶音心脏狠狠一跳，手上的薄荷味糖果差一点掉在地上。

江屹杨回过头来，原本懒怠的神色明显愣了下。沉默良久，他语气平静地问了句："什么意思？"

他漆黑的眼眸定在空中的某一点，若有所思。

"还能什么意思？"

"喜欢人家的意思啊！"邵飞瞅着他那副模样，挠了挠头道，"你对陶音明显跟对别的女生不一样，总照顾她不说，还不厌其烦地给她补习，这还不是喜欢人家？"

江屹杨微微抬眸，没搭腔。

"……"

见他这反应，邵飞也有些疑惑了，毕竟他也没见过江屹杨喜欢女生时的样子，思考了下，又开口问："那是我猜错了？

"你没那个意思？

"只是拿她当朋友？"

这时超市门外拥进来一拨学生，直奔着饮料冰柜来，人多拥挤，江屹杨让开些位置，无意识地往收银台走。

陶音怕被发现，往货架边缩了缩，安安静静地待在角落里，心跳却异常猛烈，身体里的某种情绪一下子到达了制高点，她感觉自己都快窒息了。

她的手指不由自主地蜷缩在一起，糖果的包装纸被她捏得皱了皮。

过了几秒，她听见男生开口，极轻地"嗯"了一声：

"朋友吧……"

第
十
七
章

　　陶音攥紧的拳头一点点松开，少年的身影随着一道铃铛响声消失，超市里刚刚拥进来的学生们在聊着打球和游戏，没多会儿也离开了。

　　所有的声音戛然而止，空气异常安静。

　　陶音脚下动了动，走向收银台结账。

　　"一共十五元。"收银员边把零食装进袋子边说道。

　　她垂着眼，盯着里面那条薄荷味糖果，没反应。

　　"同学，这些一共十五元。"收银员重复了一遍。

　　"哦，好。"陶音这才回过神，从衣服口袋里掏出手机付了款，拎着袋子出了超市。

　　傍晚，余晖落尽，天边只有一片暗淡的青灰色。陶音慢吞吞地走在路上，深秋的落叶被风吹得打了个旋，又静静里躺回地面。

　　陶音目光暗淡，扫了一眼，眼睛里泛着空洞。

　　在超市里的十分钟，犹如坐过山车，一瞬间将她抛入云端，又让她在下一个瞬间跌至谷底。

　　江屹杨这些日子对她的那点不同她不是没有怀疑过，只是她根本不敢多想，怕自己自作多情，空欢喜一场，也生怕自己流露出异样被发现，最后和江屹杨连朋友都做不了。

　　但这不代表她能忍住不期待，不贪心。

　　冷风吹得她眼睛发酸，喉咙里像是被什么东西堵着，十分干涩。

　　不知不觉间，她又走到了滑板广场附近，陶音习惯性地往那个方向望了眼，只站在原地，没有如往常那样靠近。

　　…………

今日来滑板广场里玩的人不多，一处缓坡练习场地里，少年漫无目的地滑行。

一旁的李明司往那边看了几眼，到邵飞身边好奇地问："我杨爷今天这是怎么了？缓坡有什么好练的，还滑了那么多遍。"

邵飞眯着眼，也察觉到不对劲，凝思半晌，自言自语道："我一般看事情挺准的，但你爷爷的心思太难猜，嘻，费脑筋。"

李明司没反应过来，问："你说什么呢？"

邵飞又要开口，兜里的手机突然响了，掏出来接通，是他表姐要和闺密去逛街，又让他帮忙看花店，挂掉电话他抓着李明司："我自己太无聊了，你跟我去店里打游戏呗。"

李明司直接拒绝："我还得练滑板呢。"

邵飞："你又不是江屹杨，就你这滑板多练一天能练出花来？"

李明司想了想觉得也有道理便答应了，两人本想问江屹杨要不要同去，就见他从一道坡上跳下，一个侧身转弯滑向了另一处场地。

这是又要下碗池练习了，这下根本叫不动了，两人也不打扰他，拿上滑板远远打了声招呼便走了。

碗池里，江屹杨神情恍惚，头一次在练习滑板时集中不了注意力，他以为做一些有难度的转体动作就能提起些兴致，结果心还是乱。

这种状态他还是第一次有，他感觉难以理解，而且莫名其妙。

就在他分神时，滑板滑出碗池，他脚下一时大意，没控制好平衡，轮子卡在了边缘处，人摔出碗池场地外，手肘磕在坚硬的地面上。

他不甚在意地撑着胳膊起身，拍了拍身上的灰尘，耳边有轻而急促的脚步声，江屹杨慢悠悠地抬眼。

看见来人的刹那，心里混乱的感觉像是被按了暂停键。

"你怎么样？"陶音因跑得急促，还微微喘着气，"摔得严重吗？"

江屹杨眸光动了动："没事。"

闻言，陶音秀气的眉头松了松，目光扫过他的手肘，又很快把背上的书包摘下来，拉开拉链，在里面翻了翻，掏出一片创可贴给他。

"你手肘磕得还挺狠的，你看看有没有出血。"

江屹杨盯着她清丽小巧的脸庞，似笑非笑道："你随身带着创可贴吗？这都第几次了，我一受伤你就出现。"

陶音对上江屹杨漆黑的眼眸，顿了顿，男生似有若无的打量又让她心底漫过一丝紧张，她低下头小声解释道："因为我也经常摔，所以身上常备着创可贴。"

她手又往前递了递，仍没抬头："你用不用？"

"用。"江屹杨接得很迅速。

而后他撸起衣袖，露出一截线条流畅的手臂，手肘处如陶音所料，蹭破了一块皮，但不严重。

陶音抬眸打量了眼正低着头的江屹杨，他的额发自然垂落，眉骨坚挺，眼皮的褶皱浅而流畅，是一双冷淡又薄情的眼型。

可少年偶尔与人对视时，眸子里的专注又会给人深情款款的错觉，像是毒药，只看上一眼，便戒不掉了。

这样的男孩子不知道要被多少女孩子放在心里，甚至惦念很久，她不过是其中一个而已。

陶音感觉喉咙里酸涩得不行，她低头用力眨了眨眼，生生把眼角那股湿意逼了回去。

陶音再抬头时，见他已把伤口贴好放下了袖子，自己也把书包背上，低声道："我先走了。"

见她转身，江屹杨垂在裤边的手下意识抬起，扯住她的胳膊。江屹杨也不太清楚自己为什么会有这个突然的举动，但看见女孩那双较平时黯然的眸子，话脱口而出："心情不好吗？"

陶音愣了愣，压下心底的情绪，挤出抹干瘪的微笑："没有，今天做了太多卷子，头有些疼。"

她瞥了眼被江屹杨握在手里的胳膊，抿了抿唇："我要回去了。"

江屹杨盯了她几秒，手指动了动，松开了手。

陶音回到家，晚饭有她喜欢的虾仁滑蛋，她吃了几口，却觉得没滋没味的，怕沈慧姝担心，她又硬吃了几口，借口说不怎么饿便回了房间。

陶音从书包里拿出一套化学习题，在白纸上写着有机方程，但没多会儿她的注意力就开始飞散，映入眼帘的题目像是天书，竟一点也看不下去。

她叹了口气，把纸揉成一团扔进了垃圾桶，又抽出一页白纸重新写，落笔的瞬间脑海里情不自禁地浮现出一张清晰的面孔，不由自主地连落下的字迹也成了那人名字的首写字母。

她写了一遍又一遍，字母铺满了纸张。

她盯着那些字母发呆良久，随后把纸夹进习题册放进了书包里，转而从书桌抽屉里取出一个日记本，翻到新的一页，笔尖轻轻落下。

——今天江屹杨又给我批了一套数学卷子，我答得不错，分数过了及格线。

——他在黑板上讲的题我一遍就听懂了，他应该会觉得我挺聪明的吧。

——今天的创可贴又少了一片，不过还好是轻伤。

——今天，他说，我们只是朋友……

笔尖顿住，陶音的目光停在淡黄色的横格纸上，半晌笔尖又落下。

——朋友，也好。

至少有一个可以正大光明靠近他的身份，陶音觉得这对暗恋来说算是幸运的，是占了便宜的。

至少，在他有了喜欢的人之前，他不会刻意地去疏远自己。

第二日陶音起晚了，她匆匆吃了早饭，走路去学校肯定来不及，现在坐车路上可能会堵，她想了想，去房间里抱上滑板出了门。

路上行人不多，她滑得也顺畅，到了学校门口，她利落地刹住板，抬手看了眼手表上的时间，没有迟到。

她弯腰抱起滑板，往门卫室的方向走。

"大爷，我想把滑板寄存在您这儿可以吗？我放学再来取。"

保安大爷长得和善，随即答应了："可以的，小同学，别忘了来取就行。"

陶音把滑板递给保安大爷。这时有两个女同学边走边看向陶音，小声议论的声音从陶音身后传来：

"看，听说那个女生就是十班的转校生。"

"就是跟校草传绯闻的那个？"

"对。"

"哦，从背影看好像长得不错呢。"

"看样子还会玩滑板，难怪呢。"

陶音跟保安大爷道了谢，回过身刚巧与两个女生的视线对上，两个女生很快收回了眼往前走，却仍在低声议论：

"别说，我感觉还挺般配的。"

"校草不是你男神吗，你不伤心？"

"男神只能远观，况且我也喜欢漂亮的小姐姐。"

陶音走在后面，多多少少听见了几句，她没想到自己和江屹杨的传闻已经传到了外班，她微微皱起了眉。

一路走到教学楼三楼，不知是不是她太敏感了，身边经过的学生似乎都在有意无意地看她，她心里暗感不妙，这样下去可能不太行，也不知道江屹杨有没有听见那些传闻。

她见过不少男女同学因被传出绯闻为了避嫌而互相疏远的，陶音不想自己与江屹杨的关系变僵，她仔细思考了下，觉得应该暂时与江屹杨少一些接触比较好。

恰这时迎面走来一人，那人英挺高挑，令陶音心下一跳。

这个时间走廊里的学生很多，她步伐加快，在与江屹杨打照面之前从教室后门溜了进去。

江屹杨双手插兜，见到不远处的女孩，刚想开口说"你头发乱了"，就见她逃跑般地钻进了教室。

他目光顿了顿，而后不知所以地笑了下。

这一整天的课间休息，陶音除了去厕所，其他时间都安静地坐在座位上，有不懂的题目也硬着头皮自己琢磨。

放学后，陶音做完值日从教学楼出来。她边走边想着一道几何题，一抬眼瞧见校门口站了两个人。

邵飞没正形地靠在墙边，嘴里抱怨着："体育部也不远，林浩取个东西怎么这么慢，他是乌龟吗？"

江屹杨站姿慵懒，肩背却挺直，低头看着手机，在抬眼时不经意瞥见了不远处的陶音，他沉默几秒，将手机放回兜里道："不等了。"

邵飞从墙边直起身："我也不想等了，这货八成是在啦啦队碰见姜恬了，走走走，傻子才在这儿等他。"

话音落下，邵飞一扭头瞧见陶音，随即招手道："才出来啊，刚好咱们一起回家。"

陶音走到两人身边，看了眼江屹杨，又很快收起视线，抿了抿唇："我家里有点事，着急回去，就不一起了。"

她说完跑去门卫室拿上滑板，而后跟两人道别："那我先走了。"

邵飞笑着摆摆手："好，明天见。"

女孩滑着滑板的身影渐行渐远，江屹杨眸色沉沉，若有所思。

次日，上午第二个课间休息，陶音坐在位置上盯着一道几何题发愁，她怎么想也想不通，翻本子时不小心弄掉了笔，她弯腰将笔捡了起来。

陶音起身时本能地往后排瞥了眼，后面的同学都没在位置上，她恰与江屹杨的视线相撞。

江屹杨懒洋洋地靠在椅子上，长眸一眨不眨地看向她，那样子像是盯着她的背影看了很久。

少年手里的笔有一搭没一搭地敲着桌面，似在等着什么，嘴角似有若无的弧度透着股耐性。

陶音心里一跳，忙转回了头，埋头在卷子里。

江屹杨停下手里的动作，眉梢挑了挑。

中午，陶音吃过午饭回到教室时只有班长在讲台上整理着作业本，陶音瞥了眼，她记得上次考试班长的数学成绩也很好，于是走过去问："班长，能给我讲道数学题吗？"

苏敏敏咬开一盒酸奶，闻言插话："音音，你怎么不问江屹杨啊？"

陶音随口解释："他这不是不在。"

苏敏敏打趣道："可班长这头呆鹅估计给你讲不明白。"

班长："苏敏敏，我上次数学成绩可是过了百的。"

苏敏敏嘴里叼着酸奶盒，含糊地挑衅道："过了百也是头呆鹅！"

"……"

知道苏敏敏还在因林浩生日那次真心话赌气，班长也没与她计较。

而苏敏敏似乎还没解气，又说："哎，班长，你说为什么别人戴眼镜就很好看，你戴起来就显得呆呢？"

班长迅速捕捉到这话里的关键点，抬起头推了推眼镜问："你觉得谁戴眼镜好看？"

苏敏敏愣了下，班里戴眼镜的男生不多，她忙在脑海里搜罗了一圈，而后道："就隔壁班的学委季言宇，人家戴着就很斯文，长得也白白净净的，和你完全不一样！"

班长："……"

苏敏敏看似乎气到了班长，心情大好，愈加放肆起来："人家长得斯文，篮球打得也不错，名字也很好听。"

"季言宇，"苏敏敏一字一顿地说道，"比你周书文的名字好听多了！"

陶音在心里衡量了一下，其实班长的名字也挺好听的，而且班长相貌端正，并不呆。

陶音笑了笑，拽了拽苏敏敏："差不多行了，你就是欺负班长让着你。"

苏敏敏撇撇嘴，倒也没再继续说，径直走到座位边。

班长脸色不太好，却好脾气地对陶音说："陶同学，你哪道题不会？我给你讲。"

陶音取了卷子，两人坐在讲台边的空座位上，她指了指最后一道大题："这道几何题。"

班长低头看了眼，目光透过眼镜片瞥向正去接水的苏敏敏，清了清嗓子说："这道题不难，前几步算出来了，后面的问题就迎刃而解了。"

闻言，陶音微笑地点了点头。

班长拿起笔从第一步开始讲。其实陶音已经弄懂前面几步了，只剩最后一步没明白，但她仍跟着班长的思路耐心地听着。

这时外面有学校社团的同学来找苏敏敏，苏敏敏拿上社团的资料表出了教室。

　　见苏敏敏离开了，班长讲完第三步时突然停下，挠了挠后脑："那个，抱歉，陶同学，最后一步我也没太懂，本来想着下午有时间去问问老师的。"

　　"哦，没事，"陶音愣了下又说，"那班长你问过老师后再给我……"

　　话音未落，一道高大的身影忽然落在班长身后，一只骨节分明的手拍了拍他的肩膀低声道："班长让一下。"

　　陶音蓦然抬头，直直撞上少年投来的视线，少年长长的睫毛下，黑岩石般深沉的眸子里透着股深意。

　　江屹杨："我给她讲。"

第
十
八
章

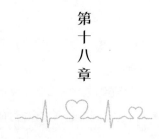

　　江屹杨站在那里，此时有种居高临下的傲慢，而身上散发的气息却令人生畏，像在故意收敛着。

　　班长见势忙起身，把位置让给他，眼睛在两人身上转了一圈，想起那些传闻，十分有眼力见儿地抱上讲台上的作业本出了教室。

　　教室里空荡荡的，有股说不上来的异样气氛，陶音对上江屹杨的视线，又微妙地躲开，心里冒出一股背叛约定的心虚感，她感觉后颈发烫。

　　江屹杨盯着她垂下的眼睫，女孩卷翘的睫毛微微发颤，他在心里叹了口气，说出口的话也软了几分："是最后一步不会？"

　　陶音点点头，样子乖顺。

　　他沉默一秒，拿起笔在练习纸上写下解题思路，他边写边讲，声音低沉缓慢，如大提琴曲般悦耳。

也不知道江屹杨有什么魔力，一道难懂的题目就这么轻而易举地被他讲通了，而且翻回头一看，似乎还挺简单。

江屹杨打量着她微弯的眉眼，勾了勾唇："懂了？"

"嗯，懂了。"

他眼眸微敛，倾身用手指敲了敲桌面："这套卷子是昨天发的。"

陶音抬头。

"你不会，"他的语气中透着股耐心，"怎么不来问我？"

"……"

陶音眨了下眼，扯了个借口："我想问的时候，刚巧你都不在。"

江屹杨："我这两天下课都在教室。"

"……"

陶音："我怕总去问你，会耽误你的学习时间。"

"之前怎么不怕？"

"……"

江屹杨不知道为什么，心里有些郁闷，又有些无力。

他动了动唇刚想再说点什么，身旁的女孩突然从椅子上站起身，一声不吭地往她的座位上走。

陶音手里捏着卷子，脑袋里思绪乱飞。

应该没有人敢在江屹杨面前提那些传闻吧。

如果自己直接告诉他，他会不会因为介意，以后都不再理自己了，就像对其他女生那么冷漠疏离？

陶音在椅子上坐下，秀气的眉头蹙成一团。

但是他多聪明啊，普通的借口怎么可能搪塞过去？

…………

江屹杨瞧着她的一举一动，以及一副愁眉苦脸、不知道在想什么的样子，莫名觉得有些好笑，他起身跟了过去。

陶音低着头，视线里出现了那双熟悉的白色球鞋，她沉思一瞬，没有再回避："江屹杨，你可能不知道学校里现在关于我们俩的传闻。"

江屹杨没想到是因为这个，他不以为意地道："所以呢？"

她抬眼看向男生，见他那双漆黑的眼眸清澈深沉，透着淡淡的疑问。

原来他已经知道了。

陶音心下一松，看来之前的担心都是自己多虑了。

她悄悄弯了弯唇，边收拾着桌面上的习题册边说："我想着，我们暂时少些往来，其他人发现是误会，那些传闻自然就会消失了……"

说话间，陶音的手一滑，习题册没拿住掉到了地上，她弯腰去捡，江屹杨比她先一步捡起。

与此同时，册子里夹的一张纸掉了出来，悠悠地飘落到江屹杨脚边，他长手一伸捡起那张纸，直起身子后随意扫了眼纸上的内容，目光停住。

陶音正诧异着一张纸有什么好看的，窗子边的浅蓝色帘子被风吹动，正午刺眼的光线透进来，白纸上的字迹透过光在纸的背面若隐若现。

电光石火间，她意识到那张纸上写了什么，整个人怔住了，一颗心直接提到了嗓子眼，嘴唇动了动，却根本说不出话来。

半晌，江屹杨把纸翻过来，正面朝上放在她面前："这是……"

陶音盯着白纸上"JYY"三个明晃晃的字母，大脑中先是一片空白，紧接着闪过一个不久前刚听过的名字，她仿佛抓住了一根救命稻草般喊道：

"季言宇！"

江屹杨挑眉。

"我写的是季言宇，"她说，"就是隔壁十一班的学习委员，戴着眼镜斯斯文文的那个男生。"

想了想，她又补了句："打篮球也很厉害的那个……"

她的眼睛清透，脸部皮肤白皙得能看清细细的绒毛，此时她的脸颊因着急泛着红晕，模样透着几分纯真。

江屹杨怔了良久，长垂的睫毛下眸色沉了几分，声音听不出来情绪："你写他的名字做什么？"

陶音移开视线来掩盖心虚，说话却磕磕巴巴的，似因被戳破了心事而害羞："还……还能做什么？"

江屹杨喉结滚了下："是我理解的那个意思吗？"

陶音低着头不吭声。

"怕和我有传闻，也是因为他？"

"……"

事情发生得太突然，走向已经无法控制，这么解释也顺理成章，她也只能默认了。

在她点了头之后，陶音能感觉到落在自己头顶上的那股视线强烈又直接。

她抬头瞄了一眼，江屹杨的唇角下压，下颚紧绷，一双眼漆黑不见底，充斥着莫名的情绪，紧紧锁着她。从这个角度看去，又平添了一股压迫感。

她心一慌，很快又低下头。

不知过了多久，走廊里传来学生们嬉笑打闹的声音，下一刻教室里拥进来一拨人，与此同时少年抬脚从她的身旁走开。

陶音重重地吐出一口气，额头抵在一摞书上，平复了好久后，在心里把自己骂了一遍：

也太蠢了，这么重要的东西也不知道要收好，要不是她反应快，恐怕她的那份心思就藏不住了。还有，江屹杨刚才的样子怎么那么奇怪，是在生气吗？

她抬起头，手托着腮，仔细琢磨了下。

其实，江屹杨的情绪一般不怎么外露，大多数情况下陶音都不太能看懂他在想什么，但刚刚不难瞧出，他一贯漫不经心和肆意懒散的态度不见了，像是在压着某种情绪。

陶音手指点了点脸颊，突然一顿：

难不成，他与隔壁班的学习委员有什么过节？

而自己作为他的朋友，却还在写人家的名字，背地里喜欢人家，刚刚还把那个学习委员给夸了一通。

"……"

陶音耷拉下脑袋，郁闷地叹息了声。

午休时间快结束了，学生们陆陆续续从外头回来。邵飞手里抓着一个篮球，大大咧咧地回到座位上，湿发贴在耳边："今天中午这场球打得可真过瘾，我都多久没中过三分球了，林浩，你快给江屹杨讲讲，我刚才有多帅！"

"就进一个三分球给你嘚瑟的。"林浩从后面拖开椅子，进到里面的位置。

"我又不是你们校篮球队的，打成这样已经很厉害了好吗！"邵飞撇撇嘴，随手把球扔到桌子底下，"对了，今天晚上是和哪个班比赛？"

林浩："十一班。"

"噢，小意思。"邵飞不在意地说。

林浩拿毛巾擦了下汗，瞥了他一眼："别大意，十一班的季言宇可是校队的，实力不差。"

林浩这么一说，邵飞突然想了起来："就是之前带着十一班把体育班打赢的那个人？"

林浩点头。

"啊，"邵飞挠了挠眉毛，"那还真有点难打啊！哎，跟他们班的赌注是什么？"

"替对方班级打扫一个月的室外卫生。"

"一个月！"邵飞一惊，而后整个人瘫在椅子上，"这么长时间啊，这是摆明了看我们打不过，故意的啊。"

林浩也觉得一个月确实太久了，他突然注意到身旁一直没有说话的江屹杨，想起平时他在体育课上玩篮球的那几下子，不难看出他是很有底子的。

林浩收起毛巾，提议道："江屹杨，要不下一场比赛，你加入帮帮忙？"

没等江屹杨反应，邵飞先开了口："江屹杨的篮球打得确实厉害，从初中就打得好，不过他自从玩了滑板，就不怎么碰球了。"

"连谈恋爱都觉得是在浪费时间，他哪儿舍得把晚上练滑板的时间腾出来打球……"

"我打。"

江屹杨掀起眼皮，淡淡说道，深色的眸子里有种摄人心魄的侵略性。

看得邵飞心一抖，反应过来后，他脸上又惊又喜："江屹杨，不是，杨哥，你是认真的？真打啊？"

江屹杨磨了磨后槽牙："真打。"

放学后，球赛地点定在学校的室内篮球馆，除了两个班的学生，学校里不少女生也闻风而至，江屹杨从高一起就没正经打过球赛，这回参赛可算是奇观了。

外面天色暗淡，篮球馆里灯光耀眼，宽敞又漂亮。

苏敏敏和陶音来得早，找了靠前的观众席坐下，几个十一班的女生与她们相隔几排，显得很兴奋，女生们的议论声传了过来：

"怎么办，我该给谁加油呀？我不想我们班输，更不想我的男神输。"

"你能不能有点班级荣誉感？"

这时两队球员陆续进场，引起观众席上一片骚动，有女生情不自禁地尖叫起来，陶音顺势望过去，一眼就看见了刚入场的江屹杨。

即便江屹杨站在一群高大的男生中也极为出挑，他穿着一身白色球衣，膝盖上绑了护膝，右手戴着白色护腕，个子比旁人高出一截，短发漆黑利落，整个人干净又落拓。

他不疾不徐地朝场内走，脸上挂着抹漫不经心。

陶音还是第一次看他穿球衣，少年气融合着雄性荷尔蒙，一眼望去只觉得挪不开眼。

他走进场内时，女生们的呼喊声更甚："好帅啊！班级荣誉感是什么？我现在眼里只有我男神！"

场内的声音很大，江屹杨从头到尾没朝观众席上看一眼，在与对方球员碰面时，他抬起眼看向其中一个穿着红色球衣的男生，眼底划过一丝深意。

季言宇见江屹杨的视线落在自己身上，像是带着目的，他愣了愣。他没同江屹杨打过交道，一时弄不懂这人是什么脾气。

他只记得以前在全市初中篮球联赛上，江屹杨带领的那支校队拿了冠军，那时他受了伤没上场，还一直因为没机会与江屹杨比上一场而惋惜。

此时见江屹杨眼里似乎也不带明显的挑衅，季言宇随即礼貌地上前，朝他伸出手："第一次和你打球，很期待。"

江屹杨眼睫一低，扫过那只手，而后抬眼淡淡一笑，随意握了下："我也很期待。"

不知为何，江屹杨的态度也算礼貌，甚至还在笑，季言宇却莫名感觉后颈一凉。

比赛即将开始，两队球员蓄势待发，气氛一严肃起来，硝烟瞬间弥漫全场，随着一声哨响，观众席上一片此起彼伏的加油呐喊声。

江屹杨虽不打球赛，手却不生，球到了他的手下显得灵活自如，他平日里也偶尔与班里几个男生玩，团队配合还算默契。

开场的十分钟里，他控场能力极强，带领着球队夺球、进攻，一连拿下好几分。

对方球队似乎没预料到，开场就被打得措手不及，瞧着比分的差距一点点被拉大，季言宇渐渐没了平日的沉稳，他接到球，气势也猛了几分，越过邵飞的拦截，直接投进一个三分球，把十班连续进球的局势打破。

十一班的同学们开心地喊了起来。

陶音坐在观众席上，随口问了句："对面那个球员是谁啊？"

"季言宇。"苏敏敏说。

陶音一愣，随即又打量了眼这位自己随口编出的"爱慕对象"。

男生长得白白净净的，即便没戴眼镜看着也是一副文质彬彬的好学生模样，就是看起来太瘦了，人显得有些单薄。

她收起视线，又看向十班的队伍，不期然地与江屹杨的视线相撞，少年的眼眸与他的发色一样，似墨一般黑得纯粹。

对视了一会儿，他别开了眼，往自己球员那边走。

"一会儿配合我。"江屹杨走到林浩身边说，声音里带着冷意和几分轻狂。

林浩没见过江屹杨这个样子，江屹杨平时对凡事漠不关心，此时眉眼间却有几分发狠，他顿了下，而后连忙应着。

第二阶段比赛开始，林浩接到球便传给江屹杨，江屹杨的动作矫健流畅，闪开对方的拦截，一路运球到篮下，他的投球精准无比，无一失手。

十分钟里，江屹杨在对方的篮板下，一声声球砸进篮筐的声响让十班的同学和在场女生一片沸腾！

其间，季言宇也不甘示弱，抢回了两个球，却被江屹杨在篮下接连盖帽，被死死压制住。

最后的五秒钟，江屹杨单手运球，站在线外手臂一扬，以一个漂亮的三分球结束了上半场比赛。

"我×，江屹杨，你太牛了！"邵飞跑过来，直往他身上扑，其他球员也齐齐围了过来。

相较于其他人的兴奋，江屹杨显得没什么情绪，胸膛起伏喘着气，拿护腕擦了下颌的汗。

他长眸抬起，朝观众席的某个方向看了眼。

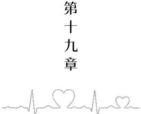

第
十
九
章

中场休息时，苏敏敏去了趟卫生间，陶音被姜恬拉着去场内给篮球队员发水和毛巾。

邵飞边走边掀起衣角擦汗，他要了两条毛巾，随手递给身后正走来的江屹杨一条，江屹杨没接，而是径直朝里侧椅子走去。

陶音正发着矿泉水，一抬眼一道身影落在身前，男生的额发湿润，贴在冷白的皮肤上，身上带着运动后的热气，还有一点点薄荷的冷香。

江屹杨看了她一眼，淡淡地吐出两个字："毛巾。"

陶音愣了下，点点头，手里递过去的水瓶又放下，从身后袋子里取出一条干净的白毛巾给他。

江屹杨悠悠接过，往脖子上一搭，又看她道：

"水。"

"……"

这位大少爷还真讲究先后顺序。

陶音弯下腰又去给他拿水。

江屹杨将水瓶拿在手里，握了握，挑剔道："不冰。"

陶音看他："水都是常温的。"

他眼睫一低，抬了抬下巴："那瓶看起来要凉一点。"

"……"

陶音不知道江屹杨在抽什么风，瞥了他一眼，好脾气地指了下箱子里其中一瓶水问："是这瓶吗？"

江屹杨眼角弯了下："旁边那瓶。"

"……"

陶音从他手里抽回那瓶不凉的水，又把他点名要的那瓶递到他手里："喏，喝吧。"

江屹杨舔了舔唇角，拧开瓶盖，仰起头喝了几口，喉结滚动的线条极为好看，鬓角的汗珠顺着下颌骨滚落。

陶音看了一眼，慢慢挪开了视线，去一边帮姜恬收拾东西。

江屹杨拿毛巾擦了下汗，目光在女孩的背影上停了会儿，转身去跟队员讨论下半场的比赛战术。

邵飞见他过来，打趣地说："怎么，陶音递的毛巾比我的香？"

江屹杨在椅子上坐下，声音平静又自然："嗯。"

邵飞对他的直接感到意外，愣了几秒，咧嘴一笑想说什么，身旁林浩和队友突然凑了过来谈论起比赛："我们目前虽然大比分领先，但下半场也不能大意，季言宇这人还是有两下子的，也懂得临场应变策略。"

林浩语气严肃："下半场比赛，他们估计会派人紧盯着江屹杨。"

不远处十一班的队员围成一圈正积极地讨论着，江屹杨瞥了眼，淡声道："下半场我们打配合，我来做防守。"

"好，那就这么定了，"林浩也是这么想的，应了声而后笑呵呵地转了转手里的篮球，"那个江屹杨，到时候你记得给我传几个球，姜恬在呢，我也想露两手。"

江屹杨抬了抬眼皮："行。"

对方球员研究好应对策略后才往休息区走，他们的位置就在十班休息区的隔壁，陶音随意看了眼走过来的几个高大男生，季言宇表情淡定，看起来似乎对下半场比赛很有信心。

她刚要收回眼，脚边倏地滚过来一个篮球，正好撞到她的白鞋上，陶音顺着球滚过来的方向望去，就见江屹杨坐在那边，长腿撑着地，胳膊懒散地搭在膝盖上。

二人对视的一瞬间，江屹杨抬起手朝她勾了勾手指，示意她把篮球送过去，神色霸道又傲慢。

"……"

江屹杨身后几个男生也都齐齐看向她，表情有些愣怔地等着看她的举动，她忍了忍，弯下腰捡起篮球朝那边走。

陶音站到江屹杨身旁，双手捧着把球递过去。

江屹杨手指轻轻一拨，球落到手里，唇角微扬："谢了。"

而后他回过头，继续跟队友说话。

陶音有种被人使唤了的错觉。

她盯着男生转过来的后脑以及干净好看的发尾沉吟一秒，觉得这么多人在呢，给他个面子也无妨。

她抿了抿唇角，转身安静地走开了。

休息时间快要结束时，江屹杨拿下脖子上的毛巾，折好轻放在椅子上，水也放在一块，起身往场地内走。

林浩跟在后面，捅了捅邵飞的胳膊，小声问："江屹杨刚才干吗拿球扔陶音？"

邵飞盯着前面男生高挑的背影，眼睛眯了眯，凝思了会儿，豁然间福至心灵，笑了："啧。"

林浩："？"

邵飞："啧啧。"

"……你学鸟叫呢！"

"这家伙真是，"邵飞嘟囔了句，"之前还不跟我说实话，真不够意思。"

林浩听不懂他在说什么，球赛马上开始了，他也没心思去在意那些。

陶音和姜恬回到了观众席上，这时苏敏敏也回来了，怀里抱着一堆零食。陶音扫了眼问："怎么去这么半天？"

苏敏敏把零食分给她和姜恬，笑道："这不在走廊碰见班长买吃的，顺便讹了他一顿。"

场下哨响，下半场比赛开始。

苏敏敏咬了一口果脯，看向场内："哟，林浩打主攻啦。"

"嘿，这球进得帅呀！"苏敏敏说完，看了眼姜恬，"是不是呀？"

姜恬脸一红，细声说："他是校队的，打得一直挺不错的。"

十班进球后，季言宇恰在篮下，他瞬间抢夺了控球权，越开对面的几人，冲着对方篮板奔去，势头很猛，却在最后的防线上被江屹杨拦截。

季言宇一个极快的假动作也没晃住他，江屹杨脚下的动作比季言宇还快，他截下球一个转身，又抛给了林浩。

十班又拿下一分。

观众席上一片掌声。

陶音听着耳边的呐喊声，盯着场内的身影，突然之间想起了什么，她扭头问苏敏敏："敏敏，江屹杨和那个季言宇之前是不是有什么过节？"

"嗯？"苏敏敏嘴里嚼着东西，含糊地说，"没有吧，那个季言宇是个规矩的好学生，是出了名的好脾气。"

"而且江屹杨虽然看着厉害，但从高一到现在他从来没主动惹过事，这俩人能有什么过节呀？"

闻言，陶音淡淡地"噢"了声，注意力又落在球赛上。

下半场比赛十班一直保持着领先的优势，团队配合相当默契，防守做得极好，没给对手一丝破绽可寻，最终以大比分领先拿下了整场比赛。

对方球员虽然失落，倒也输得心服口服，赛后季言宇还过来祝贺，约着什么时候再打一场。

回到更衣室时，邵飞还在夸隔壁班的这位学习委员：

"这个季言宇球打得确实不错，这一场他们那队的分几乎都是他拿的，打球规矩，人也挺大气的。

"是不是，江屹杨？"

江屹杨垂着眼打开衣柜门，没吭声。

他单手揪住后脖领脱下球衣，从后面看去，他宽肩窄腰，身背笔挺，线条流畅且有力，而后他往身上套了一件 T 恤。

邵飞瞅了瞅他，不解地道："我说，赢了比赛你看起来怎么还是心情不好？"

"今天这场你毫无疑问是全场最佳呀，多秀呀，"邵飞嬉皮笑脸地凑近了些，"而且，还有陶音在场下看着……"

这时另一排衣柜那边的男生换好衣服，过来商量着一会儿去吃饭庆祝。这么多人在，邵飞也不好继续说破江屹杨的那点心思，转而换了话题："今天江屹杨功劳最大，吃什么你定。"

"我不去了。"江屹杨淡淡地道。

邵飞一愣："别啊，那多没意思。"

"对啊，你这个主力不到，我们吃得不尽兴啊。"

"家里有事，"江屹杨回身在长条椅上坐下，低头去解腿上的护膝，"得回去了。"

几人见此，也没再劝他。

临走时，邵飞看了他一眼："那我们先走了。"

江屹杨"嗯"了声。

邵飞皱了皱眉，而后跟着几人离开了。

更衣室里安静下来，室内光线暗淡，江屹杨将护膝撂在一旁，瞥见那条白毛巾时眼眸顿了顿，将毛巾拿在手里，目光在其上停留。

篮球馆门口，陶音本来同苏敏敏、姜恬往校外走，路上发现丢了东西又折回来找，最后在场馆观众椅下找到了。

陶音从场馆里出来，经过走廊更衣室门外时碰见一人，皎洁的月光透过大玻璃窗洒落，给那人身上覆上一层清辉。

男生侧脸的线条清隽矜贵，他低垂着眼，浑身透着股冷然的气息，有股拒人于千里之外的淡漠，一如初次见时那般。

似乎察觉到有人，男生朝这边看来。

四目相对的瞬间，陶音清楚地看见江屹杨的眼里顿了下，而后那眸中冷淡的神色退去，露出一点笑意。

她心脏轻轻跳动了下，缓缓往前走。

"怎么才走？"他单手插兜低声问，身上的散漫劲又流露出来，眼底却有种说不出的情绪。

"有东西落下了，回来取。"陶音轻声答，也没有过多琢磨他这态度的变化，目光垂下，落在他的腿上。

下半场因为江屹杨的防守，对面迟迟攻不破困局，对方一个球员急躁之下腿撞到了他的膝盖处，也不知道有没有受伤。

"你的腿没事吧？"女孩轻声问。

江屹杨知道她在担心什么，他戴了护膝，那点小碰撞根本无碍，但在开口时他顿了下。

他抬了抬眼："有事。

"还挺疼的。"

陶音抬头，男生的眉眼微敛，一副一本正经的模样。

"那……那你受伤了，"陶音往他身后的更衣室里扫了眼，"邵飞他们人呢，怎么不管你？"

"他们嫌我麻烦，先走了。"

江屹杨的男生缘非常好，陶音有一瞬间存疑，但想起刚刚他那副郁郁寡欢的样子，又觉得有可能，陶音瞅了瞅他，还怪可怜的。

陶音叹了一声："他们也太不讲究了。"

江屹杨："嗯。"

"那你上过药了吗？"她又问。

"上过了，"江屹杨垂眸看她，"不严重，就是走路慢些。"

他缓声开口："你陪我吗？"

陶音对上他的视线，眨了下眼："当然，我这人可是很讲究的。"

江屹杨扯了下唇角。

两人并肩而行，走廊地面上被月光投下两道浅浅的身影，江屹杨确实走得很慢，她瞄了一眼，主动开口道："还疼吗？我扶你吧。"

话音落下，没等他反应，陶音直接去挽他的胳膊，却发现这样他似乎也借不上什么力，想了想又说："要不，你搭我肩膀吧。"

陶音满心都是他的伤势，也没想太多，江屹杨却犹豫了下，扫了眼少女清瘦纤细的肩膀，没有下一步动作。

陶音也不扭捏，抬起少年的胳膊就往自己肩上搭，随着这个动作，两人之间的距离一下子拉近，她的脸靠近男生的胸膛，凛冽的气息扑面而来，身上的重量也让她瞬间意识到这个行为有些亲密。

她略略抬起头，恰对上江屹杨的视线。

他低头，俊逸的脸近在咫尺，漆黑的眼眸怔怔着似被凝住，之后又如水墨般晕染开来，不知道是不是光线太暗，衬得他的神色也柔和了几分。

而后陶音看见他懒懒地笑了下，一丝微妙的情绪划过眼底，低声道："那就辛苦你了，陶同学。"

温热的吐息拂过她的耳垂，低沉的嗓音惹得她心里一阵酥麻，她耳根一热，很快低下头：

"……没事。"

随后头顶又飘落一道轻笑声，带着浅浅的气音，接着肩上的那条胳膊动了动，调整了下姿势，收了几分力道，只轻轻搭着。

从篮球馆出来，两人沿校园里的一条小道而行，夜里路灯昏黄，透着几分温馨，晚风吹过，女孩的一缕发丝蹭过他的衣领，轻轻柔柔地刮过他脖颈的皮肤。

江屹杨眨了下眼，忽然开口问："我今天……球打得怎么样？"

陶音不明白他为什么突然问起这个，这好像不需要问，陶音笑着夸道："很厉害。"

他"嗯"了声，又开口道："和那个人比呢？"

她愣了下，抬头看向男生。男生目视着前方，语气淡淡的，陶音瞬间反应过来他的意思，也察觉出了什么，说："还是你厉害一些。"

话音落下，男生唇角极小弧度地弯了下。

陶音眼眸转了转，犹豫了下开口问："你跟那个季言宇之前是不是有过过节啊？"

苏敏敏与江屹杨也不太熟，倒是不可能事事俱知。

他侧过头来，脸半逆着光。

半晌，他模棱两可地回了句："之前没有。"

恰这时两人走出路口，不远处教学楼里出来几个男生，江屹杨回过头不经意看了眼，神色微变。

陶音边理解着他的话，边望了过去，还真巧，竟遇上了季言宇。

这时身侧男生的脚步似乎慢了点，陶音下意识低头去看他的腿，迁就着他的速度慢慢走。

察觉到她的动作，江屹杨垂眸看向她。

女孩的头垂得很低，在夜色下看不清脸，像是在躲避着什么，他眉宇间微微蹙起，一股极为强烈的情绪从心底涌了出来，压制不住。

这股冲动让他想做些什么。

但他将视线扫过女孩纤细瘦弱的脖颈，脑海里闪过写满了少女心事的那张纸，到底还是心软了。

他在心底叹了口气，一双眸子里流出抹温柔，将胳膊拿了下来，声音低而轻，带着几分不易察觉的落寞："不用扶了。

"我自己走吧。"

第
二
十
章

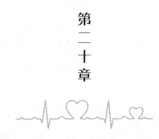

少年的脸侧向另一边，暗光下显得有点冷，眉眼低垂着，看不出来情绪。

"你的腿……"

"不疼了。"

深秋的夜晚透着几分凉意，天空几颗星泛着莹莹微光，两人到了校门外，江屹杨叫了辆车顺路送陶音回家。

一路上他靠在座椅上垂眼玩手机，没怎么同她讲话，看着心不在焉的。陶音不时偷瞄上一眼，察觉到他似乎不太想理人，也安安静静地待着，心里却有点闷。

江屹杨这一天都莫名其妙的，让人摸不透。车子行过一盏盏路灯，光线忽明忽暗，她淡淡拧着眉，琢磨自己是不是哪里得罪他了。

车程只有十几分钟。到了地方，她瞅了身旁的人一眼，道过别便下了车。

轻轻的一道关门声响，男生顿了顿，忽地打开车门，长腿一伸跟了出去。

"陶音。"

声音低沉，带着一丝不易察觉的急促。

陶音茫然地回过头。

江屹杨走到她身前，墨蓝色的外衣混在漆黑的夜幕中，长眸微垂，暗色中也能看见他眼里闪烁不定的光。

顿了一秒，他低下脖颈："下周一考试，周末这两天有不懂的题可以随时问我。"

她下意识问了句："随时吗？"

"嗯，随时，"他唇边勾起弧度，嗓音里透着一丝纵容的意味，"发信息，或者给我打电话都可以。"

闻言，少女似拨开云雾，脸上扬起一抹明快的笑容，点了点头："好。"

鬓边发丝柔软，随风抚过脸颊，少女乌眸红唇，乖软中透着灵秀，还有一股不自知的可爱。

江屹杨的眼底划过一丝波痕，垂在裤边的手指动了动，想帮她拨一下头发，半晌，他手插进兜里，朝女生身后抬了抬下巴。

"回去吧。"

江屹杨到家时已经是晚上七点半，家里阿姨给他开的门。听见玄关处的动静，云清容从客厅里望了眼："小屹回来啦。"

他走进客厅，家里来了客人很热闹，是云清容的堂姐，来城北谈生意，顺便过来住两天。

沙发上的小男孩叫许明轩，是云清容堂姐家的小儿子，他一见到江屹杨就放下手里的飞机模型，跳下沙发，跑过来拽他的胳膊："哥，你可回来了。"

沙发上的女人容貌与云清容有几分相像，她笑容慈祥，和江母一样，不太像这个年纪的女人，她打量一眼江屹杨，会心笑了笑："小屹一年不见又长高了些。"

江屹杨点点头："堂姨。"

小朋友按捺不住，拽着他往楼梯的方向走："哥，我都等你半天了，快上楼陪我打游戏。"

堂姨："嘻，这孩子就跟他哥亲。"

江屹杨："那我先上楼了。"

云清容应了声，想起什么又问："晚饭吃了吗？我让阿姨留了菜，给你送到房间？"

"不用，"江屹杨也没什么胃口，随口道，"在外面吃过了。"

上了二楼，进房间后，江屹杨给许明轩打开游戏机，让他自己先玩，而后从衣柜里扯了件衣服，去浴室洗澡。

小孩子性子皮，根本待不住，待他从浴室出来，发现许明轩已经自己玩起了滑板，看见他后孩子圆圆的眼睛眨了眨，笑得开心："哥，我滑得怎么样？"

江屹杨瞥他一眼："不怎么样。"

江屹杨把毛巾搭到脖子上往一旁走，丝毫不在意是否打击到小朋友的内心，还补了句："挺差的。"

许明轩撇撇嘴，他知道江屹杨有多厉害，也见过他是怎么练的，倒也不气馁，继续在房间里滑来滑去。

敲门声响起，云清容端着一盘切好的水果进了房间，放到桌上后，她看了眼窗边窝在椅子里的江屹杨。

少年的样子懒散，靠着椅背，神色淡淡的，与往常无异，但仔细一看略有不同，少年的眉宇间透着一股似有若无的颓意。

云清容顿了顿，过去轻声问："有什么事吗，最近学习压力大？"

"没有，"江屹杨拨了拨半湿的头发，稍直起身子，不紧不慢道，"今天打球有点累了。"

闻言，云清容放下心来，笑笑说："我明天要和你堂姨去郊外逛逛，你一起去吗？"

"下周有考试，我还得复习。"

"那行，学习也要注意休息，别太累了，"云清容嘱咐了句，又说，"我先下去陪你堂姨说话了。"

云清容走后，许明轩脚踩住地板，停下滑板瞅了瞅江屹杨："哥，你很累吗？"

江屹杨淡淡地看了小朋友一眼。

许明轩对这个哥哥向来是又怕又喜欢，他纠结一秒，十分体贴地说："那我不耽误你休息了，我去外面玩。"

小孩子说完抱起滑板往门口走，走到一半，脚步顿住，又折回来叼了块桃子，才出门。

房间里安静下来，江屹杨又懒懒地靠回椅背，半抬起眼皮望向窗外，月色很美，柔光如流水般透过窗户静静地泻进房间里。

心底的情绪也在这一刻蔓延开来，无限扩张，他试着不去想，但没办法，他脑海里不住地浮现女孩朝他笑时的模样。

远处的夜灯零零碎碎，他的目光垂落，有些失神。

良久，少年手指蹭了蹭鼻梁，嘴角不自觉地上扬，轻轻笑了声。算了，既然喜欢了，单向也无妨。

翌日清早，熹微的晨光透过窗帘缝隙洒进房间里。江屹杨昨夜睡得晚，起得却早，他睁开眼后先摸过手机看一眼，又放了回去。

洗漱过后从房间出来，下楼吃早餐时，在餐厅看见一道小身影，他扯了扯嘴角，去餐桌边拿起一块三明治，问："你怎么没出门？"

"我不想去郊外玩，我想在家跟你待着，就跟我妈说肚子不舒服，"许明轩嘴里啃着一个鸡翅，眼珠子一转，笑嘻嘻地说，"哥，你带我出去玩滑板呗！"

"那你失算了，"江屹杨倒了杯牛奶，往楼上走，"你哥今天要学习。"

许明轩看着那道走开的高大背影，嘴里的鸡翅突然不香了。

江屹杨在房间里待了整个上午，其间许明轩偶尔礼貌地敲敲门进来拿玩的东西，没有一次见他在看书。

江屹杨不是低头摆弄着手机，就是一边转笔，一边盯着手机，像里面有什么宝贝一样。

中午时，许明轩终于等到他下楼，坐在餐桌边，祈求地说："哥，你都闷在房间里一上午了，外面天气这么好，咱们一会儿出去透透气呗。

"不走远，就去附近的那个广场。"

江屹杨原本不为所动，但听见后面这句，他手中筷子一顿，半秒后他勾了勾唇。

接着他松了口："行，出去走走。"

许明轩高兴得差点从椅子上跳起来，忙低头扒拉着碗里的饭，吃完后一溜烟从餐厅出来跑上了楼。

江屹杨回房间里换了件衣服，出门时，许明轩已经脚踩上一块滑板，兴致勃勃地在大门口等着了："出发，去滑板广场！"

许明轩的滑板都是江屹杨教的，他的基础滑行玩得都挺溜，江屹杨双手插兜跟在后面，外面风清气爽，倒是适合出来晒晒太阳。

就快到滑板广场附近时，江屹杨突然叫住许明轩，许明轩滑回他身前，不明地抬头。

江屹杨目视前方，抬脚往前面一家店走："给你买杯水。"

许明轩一愣，抱上滑板跟上说："买水？"

"哥，我不渴。"

"你渴。"

"……"

江屹杨推门而入，奶茶店里的空气中飘浮着淡淡的香甜气味，江屹杨往柜台扫了眼，却没如愿看见想见的人。

他脚步缓了缓，走到柜台前："请问，平时周末来打工的女孩今天没来吗？"

"那个小同学呀，她要考试了，怕耽误学习，这周就不过来了。"店长解释道，打量一眼少年。

陶音长得漂亮，偶尔有男生借着买奶茶想要她的联系方式，店长也见怪不怪了。不过眼前这个男生倒是生得极好，穿着一件白色卫衣，气质干净出挑。

从他进门这么一会儿工夫，店里的女生都忍不住偷看他一眼。

店长好奇地问："你找她有事吗？"

他略沉吟："没有。"

身后的许明轩慢吞吞地蹭到柜台边，想着这也是他哥的一片好意，要了一杯杧果椰汁。从奶茶店出来时，江屹杨睨了眼吸溜吸溜喝着果汁的小鬼，淡笑了下，问：“好喝吗？”

“还不错。”

他弯下腰，手指敲了敲杯子：“一分钟内喝完。”

许明轩瞪眼：“？”

“喝完回家。”

“……”

入秋的季节，天黑得比往常早了些，傍晚时分陶音和苏敏敏两人对过一套英语卷子，苏敏敏看了眼墙上的挂钟：“挺晚了，我该回去了。”

陶音合上笔记本：“吃完晚饭再走吧。”

“不吃啦，我最近在减肥，”苏敏敏拉上书包拉链，撇撇嘴，“周书文那头呆鹅总说我胖。”

陶音往她身上看了一圈：“你哪儿胖了？我觉得刚好啊。”

“我也觉得我不胖。”苏敏敏又道，“但我还是要瘦成一道闪电，堵上他的嘴，让他没话说。”

陶音笑了笑，送她出门。

陶音吃过晚饭，回到房间里又复习了会儿语文，她揉了揉有点发酸的脖子，看了眼时间，已经快八点了，还有两篇古诗词没背完。

她想了想，起身去洗了个热水澡，缓解一下疲累，也顺便放松会儿大脑。

洗完澡出来时，桌上的手机振动两声，她用毛巾擦着头发，过去拿起手机来看了眼。

苏敏敏发来几条语音：

“音音，你知道我刚才回去路上碰见谁了吗？”

第二条语音自动播放：

“是十一班的季言宇！

“我上公交时，卡里余额不足，身上又没带零钱，他正好在后面，就帮我付了钱。”

苏敏敏的声音透露出一股少女的娇羞与兴奋：

“音音，我感觉我要恋爱了！”

啊?

陶音愣了下,回了个消息:"怎么就……这么突然?"

苏敏敏:"没办法,心动就是一瞬间的事。而且我趁势要了他的微信,他居然给我了,你说,他是不是也对我有意思?"

没等陶音回复,苏敏敏又发来一条语音,带着十分肯定的语气:

"我觉得他就是对我有意思!

"啊啊啊,爱情来得太快就像龙卷风,挡也挡不住!"

…………

陶音听着那道开朗的声音,被她的情绪感染几分,也不由得跟着笑:"那你打算跟他交往吗?"

苏敏敏声音终于冷静了几分:"还不能那么快,我要让他追一阵子。"

陶音:"噢。"

苏敏敏:"这件事你要替我保密,先不要告诉别人啊。"

陶音答应了声,而后怔了下,似乎想起了什么。

她坐在床上,头发擦得半干,盯着手机思考了会儿,给江屹杨发了条微信。

陶音:江同学,有件事我想拜托你。

江屹杨应该是刚好在看手机,几乎是秒回。

JYY:嗯。

陶音眨了眨眼,估计他是在忙,也没空问是什么事。

陶音抿了抿唇:我喜欢季言宇的事,你能不能帮我保密?

想了想,她又补一条:我只想安安静静地喜欢他,不想被别人知道。

大概过了半分钟,江屹杨回了条语音,他的声音在手机里依然好听,低沉中夹杂着一种颗粒质感,尾音微扬,透着一丝不明的情绪。

"没想过表白?"

陶音听着这句话,眼里闪过一丝恍惚,低头在手机里敲出两个字:不敢。

几秒后,陶音收到回复。

JYY:"保密可以,但你能跟我说说,你喜欢他什么吗?"

陶音没想到江屹杨会问这个,她在篮球赛上第一次见季言宇,根本不了解这个人,她仔细回想了下,清了清嗓子说:"长得可以,学习不错,性格看起来也好。"

JYY："没了？"

陶音："……没了。"

JYY："就这？"

他的声音吊儿郎当，陶音甚至能猜出他此刻的表情，明显是在看不起她的眼光。

"……"

陶音也不知道从哪里涌出来一股不服气，同时也带着一点小私心地试探："那你喜欢什么样的女生？说来听听。"

问完后，陶音本以为江屹杨估计不会回答，抑或又用废话搪塞过去，却没想到他竟然老老实实地回了，声音慢了几分。

"性格乖一点，偶尔有点小脾气，认定的事情会很努力，心思单纯，坦荡，"说到这里，他忽地笑了声，"也有点好骗。"

陶音听着听筒里的笑声，微微皱了皱眉。

总结了下就是性格好，比较单纯的女生，好像是大多数男生会喜欢的那一类型，估计又是在敷衍她。

而后听他又说了句："长得也好看。

"很好看。"

陶音："……"

呵，男人。

她在心里吐槽过后，又想起她见过的追求江屹杨的女生里向来不乏好看的女生，她对这个"好看"仔细琢磨了下。

试着又问："是哪种好看？有类型吗？"

陶音捧着手机，目不转睛地等着回复，心里透着紧张，性格什么的努力一下倒是可以改一改，长相就没办法了，基本上一局定生死。

这时江屹杨却莫名其妙问了句：能视频？

她愣了下，下意识回复：能。

消息发出去后她才想起自己刚洗过澡，头发蓬松散乱，她低头一看，睡衣领口的纽扣不知何时开了一颗，隐隐露出雪白的锁骨……

她忙回：等一下。

消息刚发出去，手机就跳出了视频邀请，而下一秒对方却突然挂断。

陶音眨了下眼，立即放下手机，跑去浴室对着镜子梳了几下头发，拿了个小头绳把头发绑了起来，理了理衣领，才回到屋子里。

她到书桌边，随便翻开本书坐好。

手机安安静静的，像是和那头的人一样透露着耐心，她抿了抿唇，点了视频通话。

手机响了两声，对面接通。

江屹杨似乎也在学习，他手撑着下巴，脸侧一盏台灯开着，他的五官沐浴在暖色的光线里，格外地英气干净。

他长眸漆黑，睫毛在眼睑处投落一小片阴影。

少年掀眸看向她，停了一瞬。

接着视线从她的眉骨、眼睛、鼻梁，滑落到她自然上翘的唇角，一寸寸扫过，漫不经心的神色里流露出一种莫名的专注。

最后再次对上她的双眼，他低笑道："可爱的。"

第
二
十
一
章

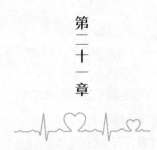

陶音被他看得有些不自在，卷翘的睫毛颤了颤，在瞥见他唇角那抹笑后，她的心跳漏了一拍。

下一秒，心脏扑通扑通跳个不停。

室温不高，稍带点凉意，她穿着单薄的睡衣，却感觉身体在一点点变热，脸上也是，像是在发烧。

她下意识想避开视线，又怕显得不自然，只好把手机靠在一摞书旁，低头翻过一页笔记，佯装在学习，稍回过神后，才意识到他说了什么。

陶音在心里琢磨了下，偷偷瞄了眼桌面上的小镜子，打量起镜子里自己那张巴掌大的脸，小鹿眼，鼻子秀挺，嘴唇是红润的颜色。

刚洗过澡的皮肤透着水灵灵的光感，两颊晕染着点点粉红。

还挺可爱的吧。

她正这么想着，就听男生的声音传来：

"倒也不是可爱，我就喜欢。"

陶音挪回视线，看了过去。

江屹杨的睫毛长而垂，越发显得干净纯粹，见她望过来，那双眸子笑了下："遇见喜欢的，她怎么样都可爱。"

他说这话时声音很轻，陶音却觉得有什么东西重重砸进心里，她形容不出这种感觉，像是亲眼看见一个原本冰冷的东西被融化开，眼角无来由地泛起湿润。

与此同时，还有一丝羡慕掺杂着点点酸楚从心底蔓延开来。

到底是怎样的人，才能得他如此对待？

她垂眸，淡淡地应了声："噢。"

陶音盯着书本上的古诗词，手指无意识地卷着纸张边缘。

江屹杨顺着她的视线扫了眼，问："在复习什么？"

"语文。"

"一天都是？"

"没有，上午复习的英语。"

她低着头，听见手机里没了动静，估计江屹杨应该要挂掉视频了，等了会儿也没听他开口，陶音敛了敛情绪，又抬起头。

少年还是那个姿势，懒散地撑着下巴，不知道在发呆，还是在看她，对视过后他悠悠地开口："明天复习数学？"

她点点头："嗯。"

"那正好，"江屹杨手放下，挑了挑眉，"一起吗？"

陶音一时没反应过来，怔了下。

江屹杨看着她的表情，以为是在犹豫，淡笑道："我给你画重点，保证你及格。"

少女心事迂回，只要他靠近一点点，她心底就能冒出小小的欢欣。

"真的？"

少女一双剔透的眸子弯起，整张脸对着镜头，五官的细微之处可以看得很清，柔软的唇带着水光，笑起时还能看见一小点舌尖，是偏粉一些的颜色。

江屹杨喉结上下滑了滑，不动声色地移开眼，声音低哑："真的。"

第二日，凌晨下了场雨，早上的空气潮湿寒凉，空气里弥漫着泥土的气息，陶音推门出去时，呼气都成了白雾。

她打了个哆嗦，又掉头穿了件外套才重新下楼。坐上公交车没多久，太阳出来后，天气才稍稍暖和了些，她盯着玻璃上的白雾，还在感慨一朝变冷的天气，兜里的手机突然振动，她掏出来看了眼。

JYY：出门了吗？

陶音：在路上了。

JYY：介不介意，我带上一个小鬼？

陶音一时没明白他的意思。

JYY：表弟没人管，不会耽误你学习。

陶音很快回复：嗯，不介意。

陶音下了公交车，到了图书馆门外，远远地就看见了江屹杨，他站在一棵梧桐树下，单手插兜，肩上背着纯黑色书包，阳光穿透树叶抖落一地细碎的金辉。

少年在低头看手机，英气干净的侧脸光影斑驳。

他的身旁站了一个小男孩，长得白白净净的，应该就是他说的表弟了。

陶音抬脚走过去，恰这时一个女生走到两人身边，攥着手机说了句什么，江屹杨没什么反应，倒是那个小男孩开了口。

而后陶音看见那个女生脸上的羞涩转为遗憾，失落地走开了。

江屹杨懒懒地瞥了眼许明轩："还有点用处。"

许明轩早上偷偷跟着江屹杨出门，半道上被发现，虽然最后江屹杨同意让他跟着，但江屹杨一路上的情绪似乎不太好，刚才幸亏他有眼力见儿地帮他哥拒绝了一个女生，这才在江屹杨脸上看到了一点缓和的表情。

许明轩在心底松了口气，一抬头看见不远处缓缓而来的女生，他定了定，嘴唇微微张开，拽了拽他哥的袖子："哥，这个姐姐长得很好看，你要不要考虑一下……"

闻言，江屹杨将视线从手机上移开，看见来人，嘴角上扬："嗯，考虑一下。"

陶音到了男生身前，清澈的眸子弯了弯："等多久了？"

他垂下眉眼："没多久。"

陶音视线一低："这位小朋友就是你弟弟吧。"

"嗯，那个小鬼。"江屹杨语气里透着几分无奈。

陶音弯下腰，朝小朋友微微一笑，唇角落出一个浅浅的梨涡："你好呀。"

许明轩睁了睁眼睛，耳根子肉眼可见地红了起来，磕巴了几下："你……你好，姐姐。"

风吹动树叶，哗哗作响。

江屹杨睨了许明轩一眼，又抬眸："外边冷，进去吧。"

图书馆刚建不久，馆内原木色的装修淡雅舒适，时间还早，人不多，三人上到二楼的自习室里，陶音找到一个空位置放下书包。

许明轩看了看，自然而然地跟了过去，忽地后脖颈上落下一个力道，轻而易举地捏住他。

接着许明轩被江屹杨像拎着小鸡崽子似的拖到对面的座位，下一刻他看见他哥扯下背包，把旁边的那个位置占了，而后低头跟女生说了句："等我一下。"

等他走后，许明轩眨了眨眼，盯着陶音直好奇："姐姐，你是我哥什么人啊？"

陶音笑了笑："同学。"

想起江屹杨刚才说的那句考虑一下，许明轩又不解地问："只是普通关系的同学吗？"

她点点头，神色坦荡。

许明轩还想说什么，犹豫了下，最后也不敢多嘴。

几分钟后，少年手里拎着热饮返回，倾身往陶音手里塞了一杯："握着。"

她怔了下，轻声道："谢谢。"

冰凉的手指贴着杯面，温度透过掌心传入身体里，心里也暖融融的。

江屹杨坐下后，又随手把一杯牛奶推到对面。

许明轩以为他哥是出门玩滑板才跟出来的，哪里想到会来图书馆，此时他也只能干巴巴地喝着牛奶，瞪眼看着对面两人。

许明轩闲着无聊，又蹭下椅子，去书架上找了本少儿读物回来看。

陶音暖过手，身上也暖和了些，随后从书包里拿出书本翻开，打算让江屹杨给她画重点，这时一只修长冷白的手捏着一本册子，放到她桌面上。

"我昨晚整理过重点题目，"他说，"都在这里，你直接看就行。"

闻言，陶音翻开一看，总共有十几页的知识点和例题，她愣了愣："这么多呢。"

江屹杨温声道："也不算多，一多半都是我给你讲过的，复习起来也不难，不用怕。"

陶音抿了抿唇，心里的话脱口而出，声音低低的："我的意思是，这么多页，你得整理到多晚啊……"

昨晚两人视频，江屹杨有一搭没一搭地跟她闲聊，还问了她几道文言文翻译，视频通到将近十点才结束。她手指翻了翻，落满字迹的笔记一页页映过眼眸，这些东西估计要弄到半夜吧。

她正想着，头顶响起一道散漫的轻笑声，低沉的嗓音传来："答应了让你及格……"

陶音抬眼。

江屹杨歪下头，挑挑眉："我不得负责？"

听到后面两个字，陶音心里有一瞬想歪了，意识到后，她在心里吐槽自己：人家这么辛苦地帮她复习，她却在想这些有的没的。

这要是让江屹杨知道了她的想法，估计以后都不会再帮她了。

她移开视线，故作自然地说："那我可要努力了，不能浪费了你的一片苦心。"

室内开着空调，她开始感觉有点热了，便脱了外套挂在椅子上，敛起心绪，握上笔，从第一页认认真真复习。

对面的小孩看见书里有趣的地方，不时笑上几声，因为看得愉快，他翻书的动静也没轻没重，纸张发出清脆的声响。

其间，陶音起身去了趟卫生间。

江屹杨掀起眼皮，看向对面的小孩，手指敲了敲桌面："是不是挺无聊的？"

许明轩摇摇头："没有，这漫画书还挺好看……"

他朝不远处抬了抬下巴："无聊的话，那边有影音厅，可以看喜羊羊。"

"哥，我早就不看喜羊羊了。"

"那两只熊也有，去吧。"

"……"

看出来江屹杨就是在故意撵他走，他也不敢不听他哥的话，捧着漫画书委屈巴巴地从椅子上跳下来。

江屹杨勾了勾唇："就在那边待着，别乱走。"

许明轩乖乖地道："哦。"

陶音从卫生间出来，正好看见许明轩耷拉着脑袋往影音厅去的背影，这小孩子一看就是挺顽皮的性子，不过似乎还挺怕他哥的。

她的目光又落在少年身上，少年低着头，许是嫌热，也脱了外套，穿着一件单衣，后颈的骨头突起明显，透着冷淡的气质。

回到位置附近时，她那一侧的过道刚好经过几个人，狭小的空间显得拥挤，陶音干脆从两个位置中间进去，抬脚时却不小心踢到椅子腿，被绊了一下，身子忽地扑向男生的肩背，手撑在他的肩膀上。

江屹杨下意识抬起胳膊，护了她一下。

陶音稳住后，立刻直起身子，把手从他肩上拿下来："对不起。"

江屹杨乌发黑眼，看向她："对不起什么？"

"……"陶音顿了一秒，"我撞到你了。"

"我又没疼。"

听见这句，陶音手不自觉地揉了揉肋骨的位置，男生的骨骼硬朗，瘦且有力，撞一下没怎么样，她却撞得生疼。

江屹杨注意到她的举动，轻声问："疼了？"

陶音慢慢坐下："有一点。"

他的视线随之下垂，稍俯下身："那我是不是应该给你道歉？"

少女抬眸，微微抿唇："也行。"

闻言，江屹杨低笑了声，夹杂着浅浅的气音："你倒是会占便宜。"

图书馆里很安静，他的声音也放得低，听起来莫名亲昵。

而后他目光下移，看了眼女孩刚刚揉的地方，唇角压了压，手指不自觉地蹭了几下。

对面的小朋友不在了，这次她的注意力更加集中，效率很高，没多会儿就看完了两页题。她翻过一张草稿纸，流利地写着演算步骤，笔尖落在稿纸边缘时，手背不经意擦过男生的手，很轻的触碰，却能感受到皮肤的温度，相较于女生的细嫩，男生的手还有一点点粗糙。

陶音心里一慌，转头看了眼江屹杨。

他像是没感觉到，低垂着眼，左手手指慢条斯理地翻过一页书，眉宇间认真又流露出几分温和。

他看起来似乎复习得挺愉快的。

陶音收回视线，想了想，悄悄把椅子往旁边挪了挪，与他拉开些距离，谁知江屹杨耳朵倒是尖，随即侧过头来打量她一眼："离那么远做什么？"

他的声音不高不低，情绪莫测。

陶音抿抿唇，如实道："我写字不注意总碰到你，怕影响到你。"

女孩的态度客气又带着小心翼翼，江屹杨沉默了下，倾身凑近，单手拖着椅子，把她往回拽："不影响。"

少年盯着她，伸手把那本化学书挪开，让出些桌面来："你若地方不够用，可以占我的。"

图书馆二楼的位置陆陆续续被坐满，周围的人都在学习，陶音也没再闹别扭，点点头，把草稿纸挪过去一些。

再次低头，她的注意力却不由自主地飞散，不断往少年身上飘，江屹杨的袖口微微撸起，露出一截骨节分明的手腕，白皙干净，手背淡青色的血管明显。

她一时间感觉挨着他的胳膊，都有些发麻。

似乎是留意到她的目光，江屹杨垂下眼皮，好脾气地问："还想再过来点？"

那岂不是要霸占他半张桌子了？

陶音抬眼，四目相对的一瞬，她忙瞥开眼。

陶音摇了摇头："我可没那么霸道。"

半晌，他轻轻笑了声，凛冽的嗓音里透着股懒散。

两人的距离比之前更近，温热的吐息拂过，陶音感觉耳朵发痒，她抬手摸了摸耳垂，不小心钩下几缕头发，绑着的头发被弄乱了。

她随手扯下小皮套放到一旁，动作里带着不易察觉的慌乱。

第
二
十
二
章

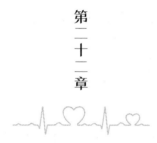

随着她的动作，男生漆黑的眼眸扫过桌上的粉色的小皮套。

到了中午，为了节省时间，陶音决定去一楼便利店买些即食食品解决午餐，到了收银台的餐柜前，想着人家给她补习，她回头看男生："吃什么？我请。"

江屹杨扫了眼，反问道："就吃这些够吗？这附近有餐厅，我带你去吃。"

陶音摇摇头："太麻烦了，还要走过去，等餐也要时间。"

她说完目光下移，看了眼跟在江屹杨身后的许明轩，笑了笑："要不，你带着表弟出去吃吧，小孩子还在长身体。"

空气里弥漫着鱼蛋的汤汁香味，还有热腾腾的车仔面，许明轩嗅了嗅，正在纠结着是在这里吃，还是去对面的比萨店，就听他哥说了句："这小鬼身体快长完了，随便吃点就行。"

许明轩："……"

三份车仔面煮好，便利店玻璃旁刚好空出来一张桌子，几人到了那边。

刚吃一会儿，许明轩就开始闲不住，一双眼珠子滴溜溜地转，最后盯着对面女生卷翘漂亮的睫毛看了会儿，笑道："姐姐，你长得这么好看，一定有很多人追你吧？"

陶音戳了一颗丸子，如实道："也没有很多。"

她这人表面给人的印象很乖软，似乎很好说话，但若对方表露出那个意思，她会毫不犹豫地保持距离，即使是委婉的回绝态度也会很明确。

那些男生大多表白之后便望而却步了，除了之前那个张宇东。

想到这儿，她不由自主地想起江屹杨替她解围的那次，下意识看了眼身旁。

男生也在看她。

男生胳膊肘拄着桌面，手指摩挲两下叉柄，漆黑的眼里划过一丝意味不明的神色，悠悠地重复了句："没有很多……

"那就是有。"

"……"

她很轻地"嗯"了声。

前两天就有一个别班的男生放学在校门口等她，问跟江屹杨的绯闻是不是真的，听到她否认后，那男生高兴得直接表白。

平时她偶尔也会收到告白短信，总不能说谎。

她悄悄瞄了一眼江屹杨，他的眼里似乎暗了几分，没什么情绪的样子，陶音很快低声补了句："但是都被我拒绝了。"

闻言，许明轩圆圆的眼睛一亮："那就是说，现在还没有男朋友？"

她摇头笑了笑。

小朋友本是为了他哥着想，结果再次踩上了雷点："姐姐，那你现在有喜欢的人吗？"

"面都凉了，"江屹杨语气不善，耷拉着眼皮看许明轩，"你不吃，还不让别人吃了？"

"……"

许明轩莫名其妙，也不知道是哪里又得罪他哥了，努了努嘴，低下头乖乖吃饭。

陶音看着许明轩一鼓一鼓的脸颊，觉得有点好笑，目光又扫过江屹杨，他穿着宽大的外套，身形格外好看，似乎这车仔面很合他胃口，他吃得安静专注。

……………

吃过午饭，回到二楼自习室，陶音的手机电量不足，去这一层的服务台租充电宝，工作人员给她做登记，旁边等待的一个女生红着脸和同伴讨论：

"我跟你说，刚才我路过瞄了一眼，那个男生也太正了，那张脸真的绝了！"

"有那么帅？"

女生拼命地点头，紧接着又叹气一声："唉，就是可惜人家已经有女朋友了，不然我就上去要微信了。"

陶音耳边听着八卦，登记好，拿上充电宝，把位置让给两个女生，转身往回走，到了学习区那一侧，恰看见一个穿着毛线裙的女生正奔着江屹杨的方向去。

然而还没到他身前，那女生脚步却顿住，脸上的柔意退去，代之以失望的神色默默走开。

陶音缓下的脚步又抬起，少年坐姿随意，手撑着脸，随着离近，她看见少年骨节分明的手腕上套了一个粉色的小皮套。

她长长的睫毛颤了颤。

是她的小皮套……

江屹杨抬头，见女孩站在桌边发愣，似没看见她眼中的诧异，帮她把椅子拖开："发什么呆呢？"

陶音愣愣地坐下来，眼睛仍盯着他的手腕，温曛地说："你怎么戴着我的……"

江屹杨懒散地笑了下，透着几分吊儿郎当："你一不在我旁边坐着，总有女生过来，挺麻烦的。"

少年观察着她脸上的细微表情，又低声开口："行吗？"

陶音："嗯？"

"我戴着。"

他的眼眸漆黑且深沉，陶音手指蜷了蜷，内心泛起一丝小暗喜，轻咳了声，故作勉强地点点头："行吧。"

她挠了挠耳边的皮肤："那就让你戴一会儿。"

她低下头看书时，嘴角不受控地弯了弯，怕被发现又很快压下，视线不时往身旁瞥。

小皮套带着绒毛，上面还嵌了一对小珍珠，戴在男生手上，跟他清冷的气质十分不搭，却莫名有股反差的可爱。

看着看着，陶音突然间像是意识到了什么，忽地抬起头，犹豫着说："江同学。"

江屹杨侧头看她。

她一脸看破的神情："你约我一起学习，该不会是……想利用我来挡桃花的吧？"

"……"

江屹杨舔了舔唇角，手指轻敲了下她额头："你有点良心。"

又敲了敲那本重点习题册，意思不言而喻。

陶音摸了摸额头，余光瞥见周围有女生往这边投来的目光，像是在讨论她跟江屹杨的关系，在看见男生稍带亲昵的举动后，露出确认的模样。

陶音在心里"啧"了声。

画重点是真的，利用也是真的。

他还不承认。

下午四点，从图书馆出来，回家的路上经过滑板广场，许明轩央求了江屹杨好久，江屹杨才同意让他下车去玩。小朋友在图书馆憋了一天，兴奋得像兔子一样溜去了广场。

前面没多远就到家了，陶音便也在这儿下车，目光掠过还被男生戴在手上的小皮套，犹豫了下，她低声指了指："我的东西，你还没还我。"

"噢，"江屹杨安静了两秒，淡淡地道，"忘了。"而后摘下来还给她。

陶音拿到手里捏了捏，柔软的绒毛上还带着他的体温，触感温热。

她抿抿唇："那明天见了，江同学。"

"等一下。"

她脚下一顿，回过头。

江屹杨将目光扫过她的眉眼，开口道："我要去趟超市，一起吧。"

陶音微微一怔："好。"

傍晚的气氛恬静安逸，一缕余晖从背后洒落，将两人的影子拉得斜长，让她莫名想起了与江屹杨第一次并肩走在这条路上的情景，回忆着与江屹杨相识的这段时间，思绪不由自主地流淌。

少年出生在罗马，样样出色，每时每刻都是那么耀眼，肆意夺目。

他是人群里最亮的那颗星。

她盯着地面上相隔不远不近的两道影子，突然之间，心情无来由地有些失落。

"想什么呢？"江屹杨的声音低沉。

陶音迎上他的目光，男生的个子很高，跟他对视时女生需要仰起头，光从他的背后投来，给他的身上镀了一层金色的轮廓。

她微眯着眼："我在想，像你这样有天赋的人，想做什么事都能做得很优秀，真让人羡慕。"

她唇边漾起抹笑："像是会发光。"

江屹杨垂眸看了会儿她，目光扫过她抱着笔记本的手，细白的指间皮肤上，因长时间写字留下的磨痕明显。

他的语气里染上几分温和："努力也会。"

江屹杨在超市门外停下，微俯下身与她直视，抬起手揉了揉她的脑袋，举动亲昵，言语间却很正经："你也会发光，不必羡慕别人。"

手上的动作轻柔，像是无声的安慰和鼓励。

陶音睫毛颤了颤，心底似被轻轻触碰，因他的一句话而点亮，清澄的眸子里泛起波澜，点了点头："嗯。"

被适时喂了口鸡汤，失落的情绪一扫而光，她移了一小步，站到江屹杨后面一点，指着自己，声音清甜："你看，我身上有光吗？"

少女歪着脑袋，眉眼弯弯。

江屹杨看着她，顿了两秒，才说："有。"

而后他单手插兜，正面向她，十分配合地伸出手指遮住眉眼，声音含笑：

"太亮了，还很刺眼。"

陶音直接笑出了声，唇边的梨涡若隐若现。

江屹杨弯了下唇角，也跟着笑起来。

女孩抱着怀里的笔记本，看了看他，神色轻快："那我先走了，明天的考试，加油。"

他"嗯"了声："你也加油。"

周一考试，上午语文，下午数学。

陶音和苏敏敏分在了同一个考场，刚好是前后桌，早上她进到教室里时，瞧见苏敏敏托着脸，正盯着窗台上鱼缸里的金鱼发呆，人看起来没什么精神。

她坐到前面的位置，回过头来："怎么了，昨晚熬夜复习了？"

"没有，"苏敏敏无精打采地说，慢吞吞地望过来，"你说，加了我微信都快两天了，季言宇怎么不主动找我呀？"

见苏敏敏似乎是真上心了，陶音认真地思考了下："估计是忙着复习呢，考试结束了说不定就联系你了。"

"真的吗？"苏敏敏情绪只稍稍好了一点，低声说，"希望不要是我自作多情了。"

上午的语文不算难，学生们出考场时脸上基本都带笑，吃午餐时只偶尔听见有人在讨论作文。

陶音往外挑着小馄饨里的香菜，对面苏敏敏推了推她的手臂，小声说："音音，季言宇在那边，他刚才坐下时往这边看了眼，也不知道有没有看见我。"

闻言，她扭头看过去，季言宇坐在隔几桌的位置，戴着眼镜，脸上挂着笑与同学讲话，有股如沐春风的温和。

季言宇长相也干净斯文，难怪苏敏敏会喜欢。

她又打量了两眼，突然间感觉一道炙热的目光落在自己身上，与此同时一道身影倾落，带着凛冽的薄荷气息，隔断了她的视线。

她的眼眸被眼前的人占满，宽阔的肩膀，利落流畅的下巴，一双漆黑的眼睛，目光笔直。

视线交汇间，江屹杨淡淡地开口："'可堪孤馆闭春寒'的下一句是什么？"

陶音下意识地回："杜鹃声里斜阳暮。"

江屹杨将视线在她脸上停了会儿，平静地"嗯"了声。

见他这反应，陶音觉得不可思议："你没答上来？"

"答上来了。"

"哦。"

苏敏敏咬着筷子，不动声色地往对面两人身上瞅，除了她，周围的人因为学校里的绯闻，也好奇地频频投来探究的目光。

这时邵飞端着盘子也坐过来，意味深长地笑了笑："江屹杨，你就这么坐在陶音身边，不怕你俩的绯闻越传越真啊？"

虽然是开玩笑，陶音仍忍不住心尖一颤，匆匆移开眼，低头吃饭。

江屹杨恍若未闻，目光从女孩白净柔和的侧脸滑落，看了眼她专心吃的那碗小馄饨，低声问："不吃香菜？"

"嗯。"她应了声。

江屹杨弯唇："我也不吃。"

对面邵飞忍着笑，刚吃的一口饭差点没喷出来，他还从来没见过江屹杨这么上赶着的样子，哪里还是那个眼高于顶的大少爷，看来这回是真栽了！

下午的数学考试结束，陶音最后交的卷，从考场里出来，有几道题她感觉心里没底，问苏敏敏："最后一道选择题，你选的什么？"

苏敏敏："我转笔转的 C。"

"……"

这时苏敏敏去了趟卫生间，恰好姜恬从隔壁考场出来，姜恬的数学不错，陶音过去问。

"选 C，"姜恬说，"这题我确定。"

陶音眼睛一亮，又问："那第六道，那道函数题呢？"

"那道选 B。"

陶音其余的选择题都答出来了，只有这两道不是很确定，一听自己竟然全答对了，她高兴得张开手臂去抱姜恬。

江屹杨从走廊另一边走来，远远看见那道身影，眼角不自觉地弯了弯。

陶音看见他，刚好有一道大题还想问，她小步跑过去，仰起头："最后一道大题还记得答案吗？"

"当然，你想问哪道都行，"他挑眉笑，"我全记得。"

而后他又说："需要解题步骤吗？"

陶音忙点点头，除了最后的结果，步骤也是有分值的。

江屹杨随即扯下背包，抽出张白纸，到窗台边垫着做演算，笔尖流利且迅速，女孩站在身侧，随着他的笔尖流转，脸上笑意一点点加深。

待他写完，陶音有些发愣地抿抿唇，感觉血脉在上涌，一双眼如嵌了星般发光。

"江同学，我好像不仅能及格，还能过百！"

话音落下，少女开心地挥起胳膊蹦跶了下，江屹杨随之弯下腰，张开手臂，像是要迎接什么，眼前的人却忽然转回身，扑向身后。

姜恬被她抱得踉跄了下，替她开心，也跟着笑。

窗外的桂花残香随着微风飘了进来，女孩们的一串欢笑声回荡在走廊里，听得人心情愉悦。

江屹杨停在半空的手抬起，挠了挠眉，又插进裤兜，低低笑了声。

这时邵飞从江屹杨身后走来，江屹杨刚才的小动作被他看得一清二楚，邵飞凑近他肩膀，嬉皮笑脸道："江同学，需要我给你个拥抱吗？"

江屹杨斜眼瞥他，朝着窗子抬了抬下巴："需要我送你下楼吗？"

第
二
十
三
章

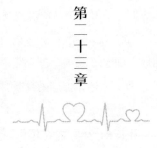

期中考试成绩出来得很快，周四下午，学校教学楼一楼的公告栏里贴了成

绩排行榜。

看成绩的学生围了好几排，人头攒动，人群里有人发出惊叹的语气："我×，江屹杨又是年级第一，真厉害！"

旁边的人随即接话："他不一直是第一名，有什么好大惊小怪的？"

"不是，我就是觉得江屹杨这人看着挺懒散的，还玩滑板，好奇他哪里来的时间学习。"

有女生不以为然："这才叫天之骄子，尔等凡人不懂，况且人家学习的时候还要通知你一声？"

听见这话，陶音在心里默默点头。

那女生弯眉，声音里软了几分："还有，你忘了江屹杨他家什么背景？书香门第！学习怎么会差，聪明的脑子是会遗传的，看长相就能看出来。"

"聪明还能从长相看出来？"

女生："当然，长得越好看，人越聪明。"

那人笑了声，直白道："我说你是不是还在觊觎江校草呢，人家可是有女朋友了。"

那女生被说得脸红："我知道……我这是欣赏，不是觊觎。"

这时苏敏敏捅了捅陶音的胳膊，小声笑道："音音，说你呢。"

"……"

没想到传闻都已经传到这种地步了。

陶音走神一瞬，视线顺着榜单一点点下移，看见自己名字后，她愣了下，眼里很快划过一丝惊喜。

她竟然进了年级前二十！

所有科目考完，她知道这次自己考得不错，却没想到竟然能进步这么多。

苏敏敏："音音，你好厉害，不愧是有学霸倾囊相授啊，进步就是快！"

陶音开心之余，心里觉得应该找个机会好好感谢一下江屹杨。

回到教室时，大课间休息，学生们跑去外面活动，她走到后排，拍拍男生肩膀，没等她说话，江屹杨见是她，脸上一笑：

"恭喜，第 17 名。"

陶音弯唇："那还要多亏你帮我复习，我在想要怎么谢谢你才好。"

江屹杨手托着腮，似笑非笑地看向她："那你想好了吗？"

"嗯……"陶音灵气的眼眸动了动，思考着说，"请你吃饭？"

江屹杨眼眸里掠过一丝不明的神色，而后皱了皱眉。

见他似乎不满意，陶音想了想又说："那我请你去玩？"

"玩什么？"

她脑袋里想了一圈男生喜欢的项目，笑笑说："打电竞？"

男生没搭腔。

陶音："台球？"

江屹杨："不想玩。"

她眼眸一亮："那滑冰怎么样？"

"累。"

"……"

还挺挑剔。

江屹杨扫过她漂亮的眉眼，挑眉笑道："你平时都喜欢玩什么？我参考一下。"

她喜欢的？

那都是女生的爱好，不明白有什么好参考的，不过她还是认真地回答："逛街、去游乐园、看电影……"

"可以。"

陶音："嗯？"

"看电影可以。"

她微微一怔，想了想又觉得有些不妥，犹豫着说："可是，我们俩孤男寡女的……"

闻言，江屹杨忽地笑了声："怎么就孤男寡女了，电影院里没别人了？"

"不是，"陶音一怔，讷讷地道，"我的意思是一男一女的，是不是不太好？"

男生似乎没懂，不甚在意地说道："怎么不好了？"

陶音盯着那双漆黑含笑的眸子里透露出的不以为意，她心里有些发闷。

江屹杨这么聪明，不可能不懂的。

除非他从来没把自己当作女生看待，自己在他那里就跟邵飞他们是一样的，所以才会一点也不觉得有什么问题。

不需要避讳，流言蜚语他也毫不在意。

这一瞬间，她感觉自己好矛盾。

怕他在意，又怕他一点也不在意。

"……"

她眉头轻拧了下，声音里多了几分认真："江屹杨，你是不是还不清楚，我们俩在学校都被传成什么样子了？"

瞧见她的神情，江屹杨微微愣了愣，唇边笑意敛了几分。

半晌，他低声问她："很勉强吗，和我看电影？"

陶音避开他的视线，一时也不知道该怎么解释，声音也放低："也不是勉强，只是觉得要是被人看见了，那就更说不清了。"

空气里安静片刻。

江屹杨勾了勾唇，轻笑一声，眼皮掀起，脸上又浮现出散漫："行吧，那就请我吃饭。"

一副漫不经心，无所谓的样子。

陶音迎上他淡笑的目光，心情有些复杂，恰这时快到了上课时间，同学们都往教室里拥，她点头答应了声："那你想好要吃什么了，再告诉我。"

之后陶音便匆匆回到座位上。

坐下后没多久，书桌里的手机振动，她拿出来看了眼。

JYY：三明治可以吗？

陶音卷翘的睫毛垂下，微微轻眨。

陶音：可以。

JYY：要你亲手做的。

陶音：好。

陶音：明天早上带给你。

这时苏敏敏回到教室里，无力地坐在椅子上，嘴里的棒棒糖嘎嘣一声咬碎："音音，我刚才在超市碰见季言宇了。"

陶音将视线从手机上移开，抬头看她："然后呢？"

"然后我就问他，加了微信这么多天，怎么不找我聊天，"苏敏敏撇撇嘴，

"你猜他说什么？"

"什么？"

"他说他不随便找人聊天，尤其我还是个女生，怕会引起不必要的误会。"

闻言，陶音目光平静："这不挺好的？"

苏敏敏："啊？"

"……"

陶音没什么情绪地说："把你当女生了，才会有下一步的可能性。"

苏敏敏嘴唇动了动，而后叹气笑了笑："音音，你这安慰人的角度还真特别，别说还挺管用，我突然间没那么难过了。"

"那就好。"陶音弯唇，声音淡淡的，眼眸里掠过一瞬间的落寞。

第二日的清晨天幕微亮，空气里带着几分晚秋的凉意，陶音背着书包往学校的方向走，到校门口时，不期然瞧见一道身影。

江屹杨校服外面套了一件黑色运动服，脖领立着，双手插在裤兜里，脚下漫无目的地踩着一块石子，额前碎发遮住少许眉眼，样子像是在等人。

江屹杨身形高挑笔直，透露着干净凛冽的气息。

陶音脚步缓了下，目光在他身上停了会儿，提了提书包肩带，过去打招呼："这么巧。"

江屹杨侧头，利落的下颌蹭过黑色衣领，视线落在她脸上，眉梢微挑："巧什么，我在等你。"

他说话时懒洋洋的，声音里带了点鼻音，陶音下意识反应过来，说道："你不用来这么早的，早餐我放到保温盒里，不会凉。"

江屹杨扫过她的眉眼，目光落在她肩上，手从裤兜里拿出来，钩过她的书包："放这里了？"

"嗯。"陶音点头，刚想去帮他把餐盒拿出来，江屹杨胳膊垂在裤边，单手拎着她的书包往校门里走。

她愣了下，快步跟上。

男生侧过头，轻笑了声："你给我带了多少？包还挺沉。"

清风微凉，路边的银杏树掉落一地金黄，踩在脚下有几分柔软，陶音仰起脸："除了三明治，我早上还特意做了海苔鸡蛋卷，还给你买了牛奶。"

本来是要请一顿饭的，男生说要吃三明治，她总不能真的只给他做一份三明治那么简单，那也太没诚意了。

闻言，江屹杨若有所思，看她："那你几点起的床，耽误你睡觉了吗？"

"没有，我做东西很快的，"陶音不以为意道，指了指书包，语气带着淡淡的得意，"这些二十分钟就搞定了。"

男生扯了扯嘴角："这么厉害。"

陶音脸上划过笑，目光扫过地面，随手捡起一片银杏叶，指腹轻柔地抚过上面的纹路，像是在自言自语："我在厨艺这方面还挺有天赋的，我第一次下厨，做得就蛮不错的。"

江屹杨随口问："什么时候？"

她捏着树叶蹭了蹭下巴，回忆了下："好像是初一吧，记不太清了。"

他眼眸顿了顿："那么小。"

她"嗯"了声。

江屹杨眼眸敛了敛，不由得想起陶音的家庭情况，想起他之前查到的当年陶辰华发生意外的新闻，那时她只有八岁。

陶音低头摆弄着扇形的小叶片，没多会儿树叶在她手里化作一只小蝴蝶的形状，落在她雪白的掌心里，十分漂亮。

察觉到身旁没了动静，她抬头看了眼男生，见他神色沉沉，一副若有所思的样子，轻声问："你在想什么呢？"

江屹杨盯了她一会儿，神色透着股认真："我在想，我也应该学学厨艺了。"

陶音感到诧异，江屹杨这家庭条件估计连保姆都是请最好的，哪里还需要他亲自下厨？

"学霸都是这样的吗，学无止境？"她打趣道。

"不是，"他眼里依稀含笑，语速不疾不徐，"我是想学好了，以后做给我女朋友吃。"

与他对视几秒，陶音低下头："噢。"

江屹杨："那你能教教我吗？"

她教他。

然后他再做给他女朋友吃?

这事怎么听怎么亏。

陶音咬了咬唇,心里郁闷又吃味,干脆没理他。

江屹杨见她低着头没反应,也没在意,瞥见她手里的东西,懒洋洋地道:"折得挺好看,给我的吗?"

陶音:"您脸皮真厚。"

"……"

江屹杨也不知道自己哪儿得罪这个小姑娘了,他舔了下唇角,倾下身:"那我厚脸皮地跟你要,行吗?"

陶音瞥了眼男生伸出来的手,故意晾他半晌,才把折的小蝴蝶塞给他。

…………

时间还早,教室里空荡荡的,几个位置上放着书包,学校食堂供应早餐,估计这些人去吃早餐了。

陶音把书包里的餐盒拿出来放到他桌上,牛奶有两瓶,陶音拉上书包拉链后,随手拿走一瓶,刚要转身往座位上走,江屹杨拽住她后背的衣服:"你不吃?"

陶音回头,白皙的脸颊边绒发显得柔软,眨了下眼:"我吃过了。"

江屹杨垂眸,手上稍用力,把她拽到自己的座位上:"那坐这儿把牛奶喝完。"

"……"

她怀里抱着书包,顺着力道坐下。

拧开瓶盖的瞬间,陶音突然意识到自己是不是太听话了,又莫名想起男生说过喜欢乖一点的,她手指握了握温热的玻璃瓶,抿了一口牛奶。

江屹杨打开餐盒,仔细看了眼才开动,他的吃相很好,速度却不慢,陶音瞥了眼盒子里没多久就被他解决了一半的食物,弯了弯唇。

她安静地把牛奶喝完,起身把瓶子扔到后面的垃圾桶里,回来时小腿不小心被拖把上凸起的木刺剐到,木刺尖利,直接穿透校服裤子划到皮肤,她疼得"嘶"了一声。

江屹杨迅速拖开椅子，起身到她身边："怎么了？"

"没事，腿不小心被剐了一下。"

话音落下，江屹杨拽她手腕让她坐下来，而后蹲下身，不由分说地掀起她的裤腿，陶音脚踝上面一点的小腿侧面有道划痕，不深不浅，渗出血津，因女孩皮肤雪白，此刻看起来有点触目惊心。

他轻微地拧了下眉，抬头问："带创可贴了吗？"

陶音怔了下："带了。"

陶音转身从书包里翻出一片，弯下腰打算贴到伤口上，手里却倏然一空，创可贴被江屹杨拿走。

"我来。"

男生半蹲在她身前，低垂着头，从她的角度可以看见男生白皙的后脖颈，发尾利落干净，手上撕开创可贴的动作干脆利落。

陶音心里一跳，少女的羞涩让她下意识躲了一下："我……我自己来吧。"

"别动。"江屹杨低声说，握着她的鞋面，往自己这边移。

男生手上的动作轻柔，温热的指尖不经意擦过她的皮肤时，像是带着电流，陶音浑身一阵酥麻，陶音感觉耳根发烫，手指不自觉地蜷了蜷。

贴好后，男生又抬头问："疼吗？"

她下意识摇摇头，半秒后又点点头。

短暂的害羞过后，一股强烈的火辣感从小腿下方传来，她嘟囔了句："这创可贴怎么贴着这么疼？"

"带药的，"他轻声说，"你不知道？"

她买的时候也没留意，之前的创可贴都给他用了，她还真不知道。

江屹杨伸手把她的裤腿放下："先贴着，校医务室开了，我再去买擦伤药。"

这时教室后门几个男生进来，邵飞走在前面，看见江屹杨蹲在陶音身前，正往下放女孩的裤腿，脑子里闪过一堆带颜色的废料，低声说了句："我×！厉害！"

而后他极迅速转过身，把还没进门的几人往后推，"砰"的一下关上了门。

陶音："……"

江屹杨："……"

第
二
十
四
章

空气里飘过异样的暧昧和尴尬。

陶音不自然地抿了抿嫣红的嘴唇，小声说了句："谢谢你。"

而后她从椅子上迅速起身，抱上书包匆匆回到前排。

江屹杨抬眼："……"

走廊里传来脚步声，不一会儿陆陆续续进来了人，教室里泛起嘈杂的声音，刚才被推出去的几个男生脸上带着不同程度的怪异，好奇邵飞的举动，但知道教室里是江屹杨，都面面相觑，也没敢多问。

邵飞叼着一袋豆浆，坐在椅子上回过身，脸上露出贼兮兮又震惊的表情，尽量压低声音道："兄弟，速度太快了！这是到哪步了啊？"

江屹杨冷冷地瞥他一眼，一脚踹向前面凳腿："你脑子里能干净点不？"

邵飞被他这一脚踹得差点跌坐在地上，扒着桌角稳住后，讪讪地道："那你俩这是……"

江屹杨声音低沉："什么都没有。"

他说完又抬眼："你乱传话了？"

"没没没，"邵飞赶忙摆手，笑呵呵道，"我哪儿敢呀，这点分寸我还是懂的，放心放心。"

江屹杨视线一偏，越过几人，看向前排女生的背影，散漫的目光里划过不明的情绪。

下了早自习，陶音去了趟卫生间，回来时看见书桌抽屉里放着收整干净的餐盒，旁边还有一个白色塑料袋，拿出一看，里面装着碘伏和药。

她眼睫颤了颤，脑海里浮现出男生蹲在她身前的模样。陶音仔细回想着，想找出一丝男生面对异性才会流露出的敏感小心，或者与对朋友稍许不同的态度，然而似乎都没有。

那双漆黑的眼里虽有关心的成分在，手上的动作却显得自然而然。

她回过头，看向隔了好一段距离的江屹杨，他靠着椅背，胳膊搭在桌子上摆弄着手机，一双眼未抬，不知道在看什么。

清隽的脸上没什么情绪。

…………

这个季节的天气阴晴不定，上午还是天朗气清，到了午时，天空暗云压下，起了风，教室外头的梧桐树被吹得树叶飞落。

教室里很安静，有午睡的同学，陶音正盯着窗外摇曳的树影发呆，苏敏敏从广播社团回来时手里捧着手机，回到座位上，拽了拽她的袖子："音音，你快看！"

苏敏敏把手机递到她眼前："我刚才去社团听几个女生八卦才知道，江屹杨在学校论坛里回复了你们俩的绯闻！"

"这传闻都被传了一个多月，他怎么突然想起来澄清了？"

陶音愣怔地接过手机，目光停留在屏幕里，拇指一点点往下滑。

七中的学校论坛里前几个热度高的帖子有三个都是关于江屹杨的，一个是女生给他建的滑板帖，一个是表白帖，还有就是陶音和江屹杨的绯闻帖。

她点进去，第一条帖子的发帖时间是一个月前：

我今天路过十班，看见江校草在给他们班的转校生讲题，侧脸帅爆了！而且超温柔超有耐心！啊啊啊！想魂穿小姐姐！

啊啊啊，我为什么不在十班，近水楼台就是方便！

陶音继续往下滑。

姐妹们，今天我看见江校草跟转校生放学一起回的家，俩人还有说有笑的，别说还挺般配！

都看见了吗？中午食堂里还有那么多空位，江校草主动坐人家身边了，这是官宣了吧！

这个帖子才一个月已经盖了几百层楼，陶音翻到后面时，看见了江屹杨用实名登记的账号留言了简短的几个字。

不是那种关系。

他本人一回复，贴吧下面一时炸开一片，众人喜忧参半。

我×！江校草竟然露面了，还亲自澄清，姐妹们，我们又有机会啦！

啊，怎么这样，呜呜呜，我才刚开始关注，正主就来拆台了，呜呜呜呜呜。

苏敏敏把脑袋凑过来一起看，觉得有趣，笑了笑："没想到你俩还有粉丝呢，不过说实在的，这一条条看下来，还真像是真的，就比如那天在食堂，江屹杨对你好像……"

说到这儿，苏敏敏其实也困惑了很久，犹豫了下问："音音，江屹杨他……是不是对你有点意思啊？"

陶音眼眸低垂，熟悉的话飘进耳朵里，她摇摇头，矢口否认："没有，只是朋友。"

外面突然传来几声轰隆隆的雷鸣声，紧接着大雨倾盆而下，地面上泛起一片白烟。

苏敏敏"噢"了声，目光被外面的情景吸引，感慨道："十一月份还下雨，真是少见。"

教室里，其他学生也在讨论这突如其来的一场大雨，纷纷去窗边观望，一时间教室里闹哄哄的。

陶音心绪不免也被打断，朝外面望去。

这场雨下了整整一个下午，直到傍晚放学才停，陶音今天值日，之后去苏敏敏的社团帮忙整理了会儿资料，从教学楼里出来时，天色已经很黑了。

学校门口的路面积水，又正逢下班高峰，交通拥堵严重，她踩着湿漉漉的地面，低着头避开水洼，往公交站方向走，再一抬头时差点撞上了人。

一道短促的轻笑声传来，那人开口，嗓音干净凛冽：

"走路不抬头的。"

陶音心里一颤，撞上少年的视线。

他的睫毛长直却不翘，眉骨深挺，就是这样一双眉眼，看人时总带着一种疏离感，若是盯着人看，便有股不自知的专注在里面。

她敛了敛神，轻声问："你怎么还没走？"

"打不到车。"江屹杨漫不经心道，说话时视线一直落在她脸上。

陶音不动声色地移开视线，看向路边："这个天气车不好打的，坐公交吧。"

少年"嗯"了声。

天空雾蒙蒙一片，街边的车灯刺眼，两人并肩站在公交站台下，气氛异常安静。

不远处公交车的影子若隐若现，上车后两人往后面走。这一站上车的人多，后面的乘客全部上来后，车厢里几乎是人挨人的拥挤。

江屹杨侧过身子，将她挡在靠窗的角落，手撑着扶杆与她保持距离。

男生身形高大，陶音待在他身前，背靠着一层雾白的玻璃，像是与外界隔离开来，未受一点侵扰。

她的脸挨着少年胸前的衣襟，鼻尖还能嗅到他衣服上淡淡的，类似于草木清香的味道。

这般近距离，不知是怕她觉得尴尬还是别的，一路上，江屹杨有一搭没一搭地跟她闲聊，和往常一样，但又带了点微妙的不同。

二人心照不宣，谁都没有提及他在贴吧里澄清的那件事。

待下了车，站台这一片的地势低，路面下方积了厚厚一层水，下车的乘客边挽裤腿边抱怨着蹚水离开。

陶音踩在站台边，眉间轻蹙，水波里晃动着人影，她四处望了望，正想找一条能避开水的路，身旁的男生倏然开口："我背你。"

她转头的瞬间，就见江屹杨已经扯下肩上的书包挂在身前，弯下身子，宽阔的后背对着她。

周围有人看得一脸羡慕。

陶音却被吓得后退一步："不，不用的，我自己能走。"

江屹杨偏过头，暗色下的侧脸多了几分深邃，望向她时浅浅地扯了下唇："陶音。"

他声音里平添了几分无奈："我都已经在学校里澄清了，你还这么避着我。"

他突然把话说开，陶音一时没反应过来。

半晌，陶音温暾地说："不是，我没想要避着你。"

"那就上来，"他说，"水太脏，你腿上的伤口容易感染。"

伤口不深，上过药后便不疼了，他不提醒，陶音都快把腿上有伤的事给忘了。与他对视一眼，瞧出他眼里不容反驳的态度，她抿抿唇，趴在他的背上。

江屹杨稍一用力，背起女孩，调整了下姿势，抬脚走下站台。

他脚步很稳，所过之处漾起一层涟漪。

陶音用胳膊搂着他的肩膀，上身伏在他平坦的后背上，能清楚地感受到男生硬朗的骨骼，瘦且有力，很结实，和女生很不一样。

她的脸就挨着男生的后脖颈，微弱的光线下也能看清男生修长的后颈线，以及薄而好看的耳型，再往下是男生棱角分明的下颌，喉结的线条也明显。

男生宽大的手掌正托着她的腿。

漫漫夜色里，她所有的感官被无限放大，背脊不由自主地变得僵硬，连呼吸都开始小心翼翼。

她在心里吐槽自己：人家就单纯背你一下，心无杂念的，你自己在这儿偷窥人家不说，还去注意这些有的没的。

陶音正尽量让自己净净心，男生突然偏过头来，脸差一点蹭到她的鼻尖，低声问："你很紧张吗？"

江屹杨笑了下："都听不见呼吸了。"

"……"

"胳膊也是僵的。"

"……"

陶音那点心思被戳破，心脏不由自主地跳起来，她怔了怔后，压着声音，努力让自己看起来随意："是紧张啊！

"我这不是怕你万一脚滑，把我摔了下去怎么办，那我不成落汤鸡了？"

江屹杨沉默一秒："噢，也对。"

话语落下，他忽然双手一松，陶音心里一惊，叫了一声，手臂下意识去搂紧他的脖子，整个人牢牢地挂在他的背上。

江屹杨极快地托住她，往上颠了颠，喉咙里发出低沉的笑声，夹杂着气音，听起来很愉悦："那你搂紧了。"

"……"

这人太坏了。

她嘟囔了句："江同学，你幼不幼稚？"

男生笑了声。

被他这么一逗，气氛瞬间轻松了不少，前方路面的水稍浅了些，她瞄了瞄他的侧脸，之前一直压在心里的纠结按捺不住，似随口一问："江屹杨，你以前背过女生吗？"

"没有。"

"那男生呢？"

他顿了下，似乎在回忆，而后答："初中那会儿，邵飞逃课翻墙把腿摔折了，背过一次。"

她眼睛一亮，看他，脑袋一热直接问："那你觉得背邵飞跟背我，有没有什么不一样的地方？"

"你太轻了。"

她歪了下头，完全没有意识到话题的走向，又问："还有呢？"

路灯暖色的光线映在水中，江屹杨视线停落一瞬，舌尖舔了下上颌，稍转过头悠悠道："比如？"

"啊，"她恍惚一瞬，话脱口而出，"就是，一些男女有别的……"

江屹杨："男女有别？"

他说话拖着尾音，天生低沉的嗓音里带着磁性，听起来透着似有若无的暧昧，陶音忽然间察觉到自己在说什么，她这么一问很难不让别人瞎想。

"你究竟想知道什么？"见她不吭声了，男生又开口，声音里带着淡淡的笑，吐息温热又清晰。

陶音忽地脸颊发烫，真想找个地洞把自己埋起来，但话都说到这份儿上了，总要解释清楚，她心一横，干脆直接道："江屹杨，我想知道……

"你是不是一个正常的男的？"

她的声音不大，但在这静谧的夜色下，显得异常清晰。

话音落下的刹那间，她感觉到男生身子明显怔了下，步伐也缓住，最后停在水里。

空气里弥漫着尴尬的气息。

半晌，男生沉沉开口："陶音。"

"今天这话若换作别人问，"他回过眸，眼里闪过一丝警告的意味，声音里却透着纵容，把她往上颠了颠，"人现在已经不在我背上了。"

"……"

"知道吗？"

"哦。"陶音脸往下埋。

他叹了口气："还有，有些话不是小姑娘能问的。

"懂吗？"

"嗯。"

地面上的水逐渐变浅，江屹杨在小区门口将她放下，陶音全程低着头没敢看他，匆匆道了别，便进了小区。

上楼回到家里，她踢掉鞋子，换上拖鞋一溜烟跑进了房间，扔下书包，人扑到床上拿被子紧紧蒙住脑袋。

太丢人了！

她脑袋是抽风了吗？

她想问的是：你是不是没把我当作女生？

然而话到嘴边时，不知是怕听见肯定的答案还是别的，紧张的情绪漫上心间，她脑子一抽，开口时却变成了：你是不是一个正常的男的？

她问的那是什么话啊！

她捂着被子滚了滚。

没法见人了……

另一边，江屹杨回到家里，在玄关处换下已经湿透的白球鞋，云清容过来问："怎么回来这么晚？"

江屹杨扯下书包，拎在手里："送同学。"

云清容眼里闪过诧异，笑问："男同学女同学？"

江屹杨眼睫微垂："女同学。"

"是上次你爸爸遇见的那个？"

"嗯。"

江母似乎还想再问些什么，江屹杨笑了笑："我上楼洗澡了。"

江母低头，扫过他湿漉漉还在滴水的裤腿，只好作罢。

洗过澡，江屹杨躺在床上，脑海里浮现出少女临别时的模样。

路灯下，少女因意识到说错了话而害羞得低着头不敢看人，耳尖上染了明显的绯红，似沾了一片娇艳的花瓣。

她跑开时像个受了惊的小兔子。

江屹杨眸光里软下来，手抓了下额前的碎发，弯唇轻笑了声。

也太可爱了。

第二十五章

伴随一场冷雨，十一月收起了尾巴，气温骤降。

周六下午，陶音从奶茶店下班，道路边的香樟树枝清早凝结的冰霜已融化，草地上泥土湿润。

她怕冷，早晨出门时套了件白色羽绒服，午后也没觉得热。她路过滑板广场，那里的滑手们像是跟她过的两个季节，她目光扫过，一眼瞧见少年的身影。

江屹杨一件黑色卫衣，下面是同色系白条纹运动裤，从一处坡面场地滑下时，额发被风吹动，袖口撸上去一截，露出流畅的小臂。

她感慨了下人和人的体质差距，瞥见休息椅那边的李明司，他裹了件灰色大衣，穿得倒是厚一些，脚踩着滑板正低头玩手机。

陶音吸了吸鼻子，抬脚走到那边。

她低头扫了眼游戏界面，随口问："怎么没去练滑板？"

李明司一抬头见是她，随即笑道："陶妹妹好久没见啦，这不是天冷嘛，懒得练，而且我又不像杨爷有比赛。"

陶音一愣："江屹杨他有比赛吗？"

"嗯，下周，"李明司边打游戏边说，"就是一个赞助商举办的小比赛，以往我杨爷从不参加这种商业性质的比赛，这次也不知道为什么，倒是报名了。"

闻言，陶音望向那道黑色身影。

恰这时江屹杨转身的间隙，瞥向这边，下一刻他脚下横剎住滑板，朝她滑来。

男生打量她一眼，嘴角上扬："下班了？"

"嗯。"陶音应了声。

她皮肤雪白，穿了件厚厚的羽绒服，长发披散着，巴掌大的脸显得越发精致小巧，她仰起脸，一双眸子瞳孔清透。

陶音眼睛眨了下，问他："你下周有比赛？"

江屹杨盯了她一秒，拎起椅子上的矿泉水，拧开喝了口："有。"

这时邵飞滑过来，李明司刚输了一把游戏，见他来了忙嚷嚷着让他帮忙打辅助，邵飞眼珠子滴溜溜地扫了眼站在一旁的两人，从包里掏出手机，紧接着揪着李明司的脖领，朝另一边长椅走去："走走走，乖儿子，咱去那边打。"

李明司被拽得趔趄："×，就让你帮个忙，还得占我个便宜！"

周边安静下来，男生的唇边沾了水，用修长的手指蹭了下，陶音看了眼，低声道："之前不是说，有比赛的话会告诉我的吗？"

"今天刚报的名，"他垂着眼皮，懒散地道，"正打算告诉你。"

陶音对上他的视线，男生漆黑如黑曜石般的眼眸似笑非笑，神色透着股漫不经心，只回望着她，似乎没有再开口的意思。

她又等了会儿，微抿起唇。

看来江屹杨是把之前答应会考虑把票送她的事给忘了。

抑或，考虑过了但不想送。

陶音收起视线，垂下眼。

心里失落之余还有股闷意。

都认识这么久了，关系也算挺熟了，想从他那里要张票怎么还是这么难？

"……"

她在心底叹了口气，从兜里掏出手机，几根细白的手指从羽绒服袖口里伸出来，指尖滑开屏锁，在屏幕上点着："比赛叫什么？"

江屹杨回应她的同时，没遗漏她脸上瞬息间微变的小表情，他低下头，低沉的嗓音里依稀含笑："做什么？"

"买票。"

"买票做什么？"

"……"

陶音好脾气地说："你忘记了，我说过的，你有比赛我会去现场给你加油的。"

她略略抬起眼，观察着他的反应。

"噢。"男生略一勾眼，回答得淡淡的，没什么情绪。

"……"

陶音确实很想看江屹杨的现场比赛，自己买票也没关系，可江屹杨这个态度让她心里有点不开心。

思考一瞬，她喃喃地道："但我看你似乎并不需要，你粉丝那么多，给你加油的又不差我一个，我去不去都无所谓。"

她生气时习惯抿着唇，细嫩的脸颊微微鼓起。

"还是算了……"

"怎么无所谓，"江屹杨扯了扯嘴角，倾低身子，与她直视，"你不去，我留的票给谁？"

这个季节的滑板比赛不多，知道她喜欢看，江屹杨才去参的赛，瞧见她脸上流露出忍着脾气的小模样有点有趣，他心里蠢蠢欲动地想去逗逗她。

见她发了脾气，江屹杨见好就收，弯眸笑了笑："你不去票就浪费了，我也需要你加油。"

他的态度转变得太快，陶音的神情略微茫然，反应过来后，她觉得江屹杨好像是故意的，她没吭声，瞅了他一眼。

女孩的情绪很好懂，心里在想什么几乎写在了脸上，江屹杨舔了下唇，声音又软了几分："去吗？

"这次比赛在室内，观众席不多，估计也没多少粉丝会去，真需要你加油。"

男生长眸漆黑，薄唇挺鼻，说话时透露几分诚恳，与他对视几秒，陶音下意识就要开口，却忽然间抽回一丝理智。

江屹杨这人太狡猾了。

还是要事先问清楚，不然说不定又要被他给骗了，陶音清了清嗓子："那，这次的条件是什么？"

话音落下，陶音就后悔了。

她清楚地看见江屹杨眼里闪过一丝诧异，难道他没考虑过要提条件？

陶音："如果你没有……"

"有，"江屹杨眼里划过一丝深意，挑挑眉，"我有条件。"

"……"

恰这时，不远处一个滑手在三层台阶上滑下，同时做了 ollie 动作，稳稳落地，那滑手经过这边时跟江屹杨打招呼："杨哥别说，经你一指点，我这之前一直练不好的 ollie，几天的工夫就成了！"

江屹杨扯了扯嘴角，以示回应。

那人滑开，他转回头来，一双眸子看着她，若有所思。

陶音心里一慌，忙开口："这种我不行的！一周内我肯定练不出来，人家都是有基础在，我只是个初学者，也不算有天分，从三层台阶滑下来……"

她在脑海里想象了下，那要摔成什么样啊，匆匆又道："你要是非让我学这个，那你干脆去找别人给你加油吧，我还想要腿。"

江屹杨听她自己一股脑说了这么多，轻笑了声："我有说条件是这个吗？"

陶音瞥他一眼，小声嘟囔："我这不是怕嘛，你上次那么严格，非要我在一周内练好尾刹，我练得膝盖都肿了好几天。"

"我不怕摔，"她鼓了鼓嘴，"但也是怕疼的。"

况且，三层台阶下 ollie，那可不仅是疼那么简单。

江屹杨盯了她一会儿，声音又低又轻："嗯，不让你学，以后都不逼着你学了。"

闻言，陶音眉眼舒展开来，弯起一个小弧度，顺势道："那你能开个简单点的条件吗？"

江屹杨眼里划过一抹笑："能。"

"很简单。"

他微俯下身，勾唇："陪我看场电影。"

陶音愣了下，心想：就这么简单？

不过想起之前他对看电影的执念，估计是有什么正上映的片子他想看。

见她没直接答应，以为是在犹豫，江屹杨又说："不是我们两个单独去。"

他抬了抬下巴："叫上邵飞他们一起。"

知道江屹杨是在担心她的顾虑，二人对视了几秒。

"好。"陶音用她天生细柔的嗓音，答应了声。

而后她看见江屹杨笑了下，夹杂着浅浅的气音，带着不清不楚的愉悦。

电影院里，相较于邵飞不以为怪的神情，李明司还是蒙着的。下了电梯，他忍不住问："怎么突然就来看电影了？下周有比赛，这不符合我杨爷的性格呀！"

邵飞瞅着走在前面的两道背影，拍了拍李明司的肩膀，语气意味深长："你杨爷已经变啦，你要慢慢学着适应。"

到了前台，陶音正好奇江屹杨究竟想看的是什么片子，那边邵飞突然凑近江屹杨，指了指："哎，这部恐怖片据说很好看，要不咱们就看这个吧。"

邵飞说完，胳膊戳了一下江屹杨，朝他挤眉弄眼，暗示意味十足。

江屹杨瞥他一眼，又侧头看向陶音，往那张小脸上扫了一圈，低声问："害怕？"

陶音看向那张黑长发女鬼的电影海报，卷翘的睫毛颤了颤，眉间不自觉皱起："有点。"

邵飞忙偷偷拽江屹杨的袖子，极小声道："兄弟兄弟，机会来了！"

江屹杨也不知有没有听见，他目光一转，随手指了部爱情片："四张票。"

邵飞："……"

那头李明司乐了："嘿，这部电影好，有我女神！嘿嘿！"

放映厅里人不多，一半都是空位。

陶音抱着一桶爆米花，找到位置坐下来，江屹杨的位置在她旁边，她扫了眼江屹杨右边，眨了眨眼问："邵飞他俩人呢？"

江屹杨朝前排抬了抬下巴。

陶音望过去："怎么去那么前面？"

"他们近视。"

"噢。"

距电影开场还有几分钟，陶音往前面扫了眼，发现有几个女生和几对情侣都在往邵飞和李明司那边看，而后小声议论着什么。

陶音瞬间恍然大悟，转头看向男生，放映厅的灯开着，他的视线微抬落向屏幕，眼尾的线条清隽好看，脖颈一片干净的冷白。

少年唇角透着似有若无的笑，看起来心情不错。

像是留意到她的视线，江屹杨悠悠转过头来，眉眼弯了下："怎么了，这么盯着我看做什么？"

陶音顿了几秒，意味深长地道："江同学，我好像知道你为什么一定要和我来看电影了。"

她清澈的眸子里露出一抹了然，直直地看着男生。

闻言，江屹杨眸光顿住。

恰这时灯光熄灭，只有屏幕里幽暗的光线，陶音看见江屹杨稍倾下身子，侧脸的线条在暗影下添了几分柔和，而后她看见男生的喉结滚动几下，声音传来："为什么？

"我为什么一定要和你……来看电影？"

他反问了一遍，声音低而缓慢，莫名有股暧昧缠绵的气息，透着点点温热刮过耳郭。

陶音大脑空白了一秒，尽量淡定道："你若是和男生来看爱情电影，会被人误会你们是一对情侣，所以你只能找个女生。"

"你身边又没有别的女性朋友，便只能找我了，"她垂着眼，视线落在男生棱角分明的下颌上，耳朵又痒又麻，"不是吗？"

半晌，她听见江屹杨笑了声。

"嗯，"他靠回位置上，声音散漫，"是没有别的女生。"

男生靠近的那一瞬，陶音感觉呼吸都透着不自在，她暗自吁了口气。

空调吹着热风，陶音嗓子有点干，伸手要去拿饮料，刚握住杯子，这时男生修长的手指压在杯盖上，敲了敲，语气慢悠悠道："看在我女生缘这么差的分儿上，以后能再陪我来看电影吗？"

"……"

"你女生缘差？"陶音想起那些成群结队喜欢他的小姑娘，心底"哼"了声，拿起杯子，"你想叫女生陪，还愁没有人愿意吗？"

"那不一样，"江屹杨的声音低沉，透着几分无奈，"她们都窥视我，对我的意图不单纯，我不得保护好自己？"

江屹杨笑了笑："我只能找你了。"

闻言，陶音下意识心虚地咬了咬吸管。

"嗯？"他又问。

她安静了会儿，语气透着勉强道："那我考虑一下吧。"

电影正式开场，她的视线投向屏幕，没再与他聊天，心绪被他扰得有些乱，她敛了敛神，把注意力放在电影上。

散场后，几人从影厅出来，李明司和邵飞走在前头打打闹闹："都怪你，非得坐那么靠前，让我眼睁睁看着我女神和别的男人接吻，我幼小的少男心受到了伤害，你说你怎么补偿我！"

邵飞骚里骚气地挑起李明司的下巴："那我亲你一口，补偿你？"

"滚，别恶心我。"李明司拍开他的手，突然想起了什么，转身刚想跟后面两人说话，就听邵飞又说，"前面有游戏厅，玩不玩？"

一听这话，李明司刚扭过去的脑袋又扭了回来，兴奋地道："走呗！"

游戏厅旁边有两台抓娃娃机，路过时，江屹杨漫不经心地扫了眼，脚步停下。

陶音走在他身侧，留意到他的举动也看了眼，娃娃机里是一堆白绒绒的小兔子，粉色毛耳朵，她正觉得这些娃娃做工差了点，就听江屹杨笑了声道："长得挺像你。"

"……"

"等着。"江屹杨话音落下，转身去兑了币，回来后将币投进娃娃机里，长睫微垂，骨节分明的手指搭在摇柄上，"给你抓一只。"

陶音看了看他在灯光下的侧脸，抿抿唇："我也没说想要啊。"

"嗯。"江屹杨躬下身子，视线盯着玻璃里面的一个目标，声音含笑，"是我想玩。"

娃娃一般不好抓，饶是江屹杨也失败了两次，才成功抓出来一只兔子。

陶音低头看着手里那只圆滚滚、毛茸茸的小白兔，抬眼透过娃娃机玻璃的投影看了眼自己，她穿着一件厚羽绒服，看起来也是白白圆圆的，还真是有点像。

陶音弯了弯唇，想跟这只小兔子在娃娃机旁拍张合影，于是她伸出食指戳了戳江屹杨的胳膊。

见他看过来，陶音双手举着小兔子，挨在自己脸颊边，眉眼弯弯，红润的嘴唇动了动。

陶音刚想开口让他帮忙，江屹杨侧过身，双手插兜，肩膀靠着娃娃机，挑了挑眉："跟它比可爱吗？"

陶音愣了下："不是，没有，我是想……"

她伸手指了指娃娃机。

"噢。"江屹杨瞥了眼里面那一堆兔子，又看她，稍歪下头轻笑道，"都没你可爱。"

第
二
十
六
章

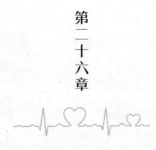

"……"

陶音被他这话弄得脸颊一热，不自然地说道："你干吗……突然这样夸人？"

江屹杨笑了声，唇角的弧度带了几分吊儿郎当："看不出来吗？我在讨好你。

"讨好我唯一的女性朋友，不然以后没人陪我看爱情电影了怎么办。"

他说话时一双眼里带着调侃，陶音捏紧的手指松了松，而后忍不住笑了声："想不到，你这么喜欢看爱情电影。"

江屹杨也笑了笑，没说话。

她抱着兔子，站到娃娃机玻璃柜旁，从兜里掏出手机递给他："帮我拍张照。"

江屹杨没接，而是直起身子拿出自己的手机，在手掌里把玩一圈，扯扯嘴角："用我的拍。"

照片拍好，江屹杨发给她，又把手机揣回裤兜，递出另一个掌心里的游戏币，慵懒地笑问："玩吗？"

陶音点点头，拿过一个币投进投币口，她把抓钩移到一只兔子上方，按下按钮却只钩到兔子的一条腿，连抓都没抓上来，只是稍稍把那兔子挪了个位置。

江屹杨轻笑一声，伸出手："这些都给你玩。"

陶音抬眼："你不玩了吗？"

"嗯，"男生语气傲慢，"抓多了不太好，人家也是要赚钱的。"

"你小瞧我……"

"没有。"江屹杨答得迅速，语气却无一丝诚恳，"哪儿敢。"

"……"

陶音从男生的掌心里捏起一个币，不经意瞥见旁边的一台娃娃机，眼睛眨了眨，指着那台机器，回头笑道："这二哈和江同学你长得倒是挺像的，不对，是一模一样。"

玻璃柜里的哈士奇玩偶做工也不怎么样，眼睛几乎没有对称的，全是大小眼，样子看起来有点呆。

江屹杨顺着她细白的手指望去，挑了挑眉。

她挪步到那台机器旁，不服气道："等着，我抓一只给你。"

江屹杨长腿一伸，慢悠悠跟过去，站在她身后，饶有趣味地盯着女孩突然认真起来的背影。

娃娃机里那个抓钩慢慢地移动，在某个位置停住，陶音不自觉地抿起唇，眼眸里透出一丝紧张，她按下按钮后，一只灰黑色的哈士奇玩偶被钩住脑袋，晃晃悠悠地向上升，到了半空时在陶音隐隐发亮的眼神中，"咻"的一下掉了下去。

陶音也没气馁，又拿上币，继续抓。

币一个个投进去。

娃娃一次次掉下来。

江屹杨瞧着逐渐耷拉下来的小脑袋，无声地笑了笑。

他舔了舔唇，正想说点什么，玻璃前的女孩忽地直起身子，抬手拉开衣服拉链，把羽绒服脱下来，清了清嗓子："这衣服太厚了，影响我发挥。"

陶音刚转过身，江屹杨伸手把她的羽绒服接过去，打量她一眼，唇角的弧度明显："头发需要绑起来吗？可能也会影响到你。"

"……"

"头发没关系，"陶音抿抿唇，垂眼拿起一个币，语气平静，"我只是有点热。"

而后她转过身，又试一次。

一只呆头呆脑的哈士奇玩偶顺利被抓住，一点一点朝着出口的方向移动，眼看着有了成功的迹象，一个晃荡间，又掉了下去。

身后传来男生低低的笑声。

陶音扭过头去，就见江屹杨胳膊上挂着她的外衣，垂着头看不清脸，胸膛微微起伏着，看样子似乎是觉得很好笑。

"……"

"江屹杨。"她声音淡淡的。

江屹杨闻声抬头，对上女孩的视线，笑容随之敛起，靠近她身后，抬手投进一个币，垂下眼："这次一定能行。"

他抬了抬下巴，认真地道："还抓那只，离出口近，只要对准位置就可以了。"

闻言，陶音慢吞吞地回头，手握住遥控杆，极小地挪动抓钩。

"往左一点。"江屹杨站在她身后，耐心地说，"再往后一点。"

声音从头顶飘落，陶音依言转动，可每次都只差那么一点。

她还在调整，身旁突然俯下一道身影，与此同时她的手背落下一抹温度。

江屹杨握上她的手，掌心宽大温热。

江屹杨俯下身时，下巴离她的侧脸很近，一股凛冽的气息传入鼻尖，陶音心脏一跳，周围的空气似被凝住，有点发闷，挨着他那边的半个身子一阵酥麻。

手背上更是，那点点温热触碰到皮肤，很是滚烫。

而后那只修长干净的手轻轻动了下，声音落入陶音耳边，低沉好听："好了。"

江屹杨垂眼，看了眼女生柔和白净的侧脸，松开手，直起身子，懒懒地道："可以按了。"

陶音怔了两秒，才按下按钮。

娃娃机下方传来东西掉落的声音，她蹲下身把玩偶取出来，转过身时与男生对视一眼，他一双眸子淡然深沉，没有什么不对劲的地方，陶音平缓了下情绪，把手里的东西递给他。

江屹杨接过，盯着少女安静地从他胳膊上拿走衣服时的模样，笑了笑："怎么，抓到了还不开心？"

陶音倒没在意这个，只是刚才那抹害羞的异样还没退去，她的脸还是烫的，她只好低着头说："这不相当于还是你抓的？"

江屹杨声音放轻："算咱们一起抓的。"

游戏厅那边，李明司跟邵飞两人玩得热火朝天，一把模拟赛车结束的空隙，李明司往娃娃机那片区域瞅了瞅，挠挠眉道："抓娃娃有什么好玩的，我杨爷这个酷男孩怎么喜欢那个？还玩了那么久？"

邵飞："那不得看是和谁玩？"

李明司转回头来，似乎没听清，表情茫然："什么？"

邵飞刚想开口，琢磨了下，又把话咽了回去。

江屹杨虽对陶音的态度暧昧，也近乎表现出了喜欢，但似乎还没有要说破的意思，李明司这人的嘴就是个大喇叭，藏不住话的。

邵飞又开始一轮游戏，盯着即将开始的游戏界面，笑呵呵地道："没什么。"

李明司一头雾水，又看向娃娃机前面的那对身影，盯了半晌，突然想起了什么，捅捅邵飞胳膊："哎，这个月底杨爷过生日，你说我送一个大娃娃给他怎么样？"

邵飞瞥他一眼，哼笑一声："可以呀。

"你杨爷一定不收。"

"……"

时间一晃而过。

隔周周六，气温回升了几摄氏度。

这天下午，陶音与邵飞和李明司两人一同来到滑板比赛场。

江屹杨这次参赛的是 U 池项目，比赛在一处室内 U 池滑板场地里举行，进到场馆后，灯光下的中央蓝色屏幕 U 池场地十分炫目，不时流换着图案，整个场馆的装点色调以黑金色为主，装饰风格有股扑面而来的酷酷的街头气息。

场馆最上端有一处招眼的牌子，写着一句英文——Born for freedom。

——为自由而生。

而观众席也如江屹杨所说，只有几排位置，现场的气氛很好，场馆里播放着一首流行的动感音乐，观众们也按捺不住兴奋，纷纷凑到栏杆前去给选手加油。

比赛还有一段时间才开始，选手们还未出场。她手搭在漆黑的栏杆上，跟邵飞他们闲聊。

邵飞："这次听说江屹杨要参赛，可把主办方给乐坏了！"

李明司："那必须呀，我杨爷这种高人气选手来参加这种商业性质的活动，得给这个滑板品牌带来多大知名度！而且一定能拿下这场的赞助！"

"主办方怕是想给也给不出去吧，"邵飞不以为然，"江屹杨又不缺钱，拿赞助干吗？"

"况且江屹杨目前还不是职业滑手。"

闻言，李明司若有所思地点点头，想了想，问："那杨爷他究竟打算什么时候走职业？"

邵飞抿唇没答。

陶音听着两人的讲话，忍不住问："一般来说，滑手什么时候走职业比较合适呀？"

"当然年龄越小越好了。搞体育运动的，不论什么项目都有黄金年龄，"邵飞笑了笑，话锋又一转，"不过，江屹杨可说不准的，他天赋太高，晚点估计也没区别。

"他转职业选手的问题呀，主要还是出在他父亲那里。"

场馆里一首音乐结束，安静几秒，接而又响起一首说唱音乐。

"唉，其实也能理解。"邵飞叹了口气，"江屹杨高一时的市联考，考了全市第一，如果成绩稳定，将来高考拿个省状元都不足为奇，在老一辈人的眼里，滑板确实不算是一条好出路。"

李明司皱皱眉，不以为然："可滑板玩好了，也是很厉害的！冠军头衔、开创自己的品牌俱乐部、身价千万的顶级滑手也是有的，这还不算是好出路吗？我杨爷做得到的！"

"我们年轻人是这么想的，可江屹杨他父亲可不这么认为。"邵飞边说，边想起来什么，"我还记得江屹杨十五岁那年，如一匹黑马杀入区域赛拿了冠军，在外鲜花掌声无数，多家媒体报道，回到家后却只得到他父亲的一句不务正业。"

他叹了口气："你们别看江屹杨一副无所谓的样子，其实，他还是挺希望得到家里人的认可的。"

陶音沉默一秒，抬头看了眼场馆上端醒目的牌子，任何领域的佼佼者都值得被认可。

何况，这是他热爱的事，便更值得。

她所在的位置挨着选手出场口，旁边的人群里突然发出一阵骚动，掺杂着女孩子兴奋的低语声，陶音闻声望去。

江屹杨手里提了块滑板，正朝这边走来。

他穿着一件黑色短袖，身形落拓，脖子上戴了条银质项链，头上的黑色鸭舌帽压得低，周身的气质与这场馆很搭，酷酷的，冷冷的。

江屹杨在她面前停下，胳膊挨着她的手搭上栏杆，抬起头来。

他的眉眼生得极好看，饶是已经见了很多次，在他看过来时，陶音仍会不由得心跳漏一拍。

周围人齐齐投来打量又好奇的目光，江屹杨恍若未见，抬了抬下巴问：

"在看那块牌子？"

陶音愣了下，点点头。

"喜欢的话，"江屹杨勾了勾嘴角，"等我赢了比赛，跟主办方说一声，摘下来送你。"

陶音听出来他在开玩笑，也顺着说："牌子是漂亮，上面的那句话我也喜欢，只是太大了，恐怕我抱不走。"

这时李明司凑了过来："哎，杨爷，我喜欢场馆门口那块金色滑板的立牌，你跟主办方要过来送我呗！"

邵飞拍了下李明司的后脑勺："你当主办方是傻子？那么厚一块镀铜立牌，估计比今天的奖牌都值钱，能送你？"

"这不有我杨爷出面吗？"

"我面子不够，"江屹杨说，"只能换块标牌。"

李明司："……"

"听见了吧！"邵飞说完又看向江屹杨，见他还没换护具，问道："你不在后场等着，怎么出来了？"

江屹杨："里面闷。"

他说话时，余光看见不远处的几个男生还在往这边不住地打量，江屹杨唇角不可查地压了压。

小姑娘今天穿了一条米色毛线小裙子，格外好看，披肩长发别在耳后，一双眼睛清亮亮的，听人讲话时眸子里专注的模样愈加显得纯透无瑕。

陶音站在人群里没多会儿，就有男生开始看她，江屹杨在后场边瞧得一清二楚，他实在是忍不住。

他又往栏杆边靠近了些，低声道："比赛要一个小时，结束后想吃什么？"

陶音："哦，我都行……"

闻言，李明司眼睛一亮："杨爷，你还欠我一顿火锅呢！"

邵飞嗤笑一声，而后看向陶音，笑嘻嘻地道："这附近有一家烤鱼店，就是在网上很火的那家，他家的甜品听说也不错，去尝尝呗。"

一听见甜品，陶音眼睛里不觉地亮了下。

江屹杨瞧见了，冲邵飞抬了抬下巴："定个位置。"

"好嘞！"

李明司："杨爷，你真偏心！"

现场广播里传来让选手做准备的通知，江屹杨放下胳膊："我去比赛了。"

"等一下。"陶音叫住他。

江屹杨回过头，对上一双弯作月牙的眼眸。

少女嗓音清脆："江选手，加油。"

江屹杨垂眸，没说话。

余光瞥见那几道明晃晃的视线，他舌尖舔了舔上颌，掀起眼皮往右侧瞥了眼，对视间那几个男生瞬间读懂了他的意思，悻悻地挪开了目光。

江屹杨收起视线，盯着她看了眼。

而后抬手摘下帽子，扣在女孩头上，往下一压。

动作迅速利落，力道却轻。

男生的帽子大，几乎盖住了她整张脸，陶音猝不及防眼前一黑。

"嗯……"她莫名抬手掀开帽子，看向男生已经走开的高挑背影。

"江屹杨！"

第
二
十
七
章

MC[1] 的声音从话筒里传来，现场的气氛被点燃，瞬间热烈起来。

八名选手站在 U 池两端的高台上，每位选手跳下滑道的那一刻，除了现场的观众，选手们也自发地互相加油鼓气，选手每滑出一个大招，现场就响起

---

① MC 全称 Microphone Controller，意为"麦克风的掌控者"，指以说唱形式控场的主持人。

一片掌声。

相较于正规的赛事，这场比赛的氛围更像是滑手的大派对，自由随性，赛场成了选手之间相互切磋的舞台。

江屹杨靠着高台的栏杆，单手插兜，另一只手随意地搭在滑板上，白色头盔下的一张脸英气俊逸，黑眸沉静，望向下方赛道。

一位选手完成了一个一周转体动作，他勾唇，单手拿滑板敲了敲地面，这是滑手之间表示赞赏的意思。

上一名选手的比赛结束，滑回原位。江屹杨似无须准备，撂下手中的滑板，出发前朝下方观众席的某个方向扫了眼，笑了下，而后脚下一踩，冲下了赛场。

一女生喊道："啊啊啊，他笑得太酥了！芳心纵火犯啊！"

女生的同伴是个技术粉①，显得冷静些："咱先灭灭火，先看比赛啊！"

场地里，江屹杨的速度极快，他在U池另一端腾空跃起，以一个漂亮的单手抓板动作帅气开场。

现场观众不由得发出"哇"的一声惊叹。

江屹杨的滑行以及动作有他自己独特的风格，看似轻松随意，同时又不失速度与力道，一个简单的抓板动作也极其亮眼。

开场之后，江屹杨紧接着就做了一个540大招，转体动作流畅自如，毫不费力！

女生的同伴兴奋地喊了声："太酷了！怎么能做得这么轻松！"

滑板这项运动讲究的是动作的创意与多变，江屹杨后面几个动作，停板以及前后抓板，几乎不带重复，动作姿态也极具观赏性。

在最后的十秒钟，他冲向上端，单手后抓板，迅速地完成了一个720旋转，黑色衣角在半空中飞扬，惊艳又炫目！

现场爆发出最热烈的喝彩声，MC的声音也十分兴奋，两边看台的滑手们也是一阵惊呼，有人摇臂欢呼，更有人激动得蹲下双手拿滑板砸地。

"这个动作绝了，真是厉害！"

---

① 指因偶像的能力和技能极高而成为其粉丝的人。

"想不到江屹杨在 U 池也能滑出 720 来，太棒了！"

少年回到上端看台后，其他滑手纷纷过来祝贺拥抱，他被围在人群里，微笑着，肆意却又带着内敛，有灯光落在他身上，镀上一层光辉，耀眼夺目。

在热闹与欢呼声中，陶音盯着那抹身影。

在这一刻，她私心地希望，她的男孩可以放肆地追寻他喜欢的事，同时也可以拥有所有的偏爱。

连光也不例外。

她举起手里的手机，记下这一刻。

按下拍照键的刹那，江屹杨似有所感觉，低头看了过来。

他唇角扯出一抹笑。

…………

颁奖过后，选手要在后场接受采访，陶音三人随着观众散场的人群出了场馆，在场馆门外不远处的廊柱下等着。

对面站了一排女生，全是江屹杨的粉丝，有几个女生手里还提着包装精美的纸袋，一双双眼睛殷切地盯着出口的方向，场面说是追星也不为过。

采访估计还需要一段时间才结束。

邵飞与李明司等得无聊，又开了把游戏。这一侧是背光面，有点冷，陶音手揣进口袋里，摸到手机后手又伸出来，点开相册。

直到对面传来了动静。

陶音抬头间，少年的身影出现在视野中，他套了件黑灰色棒球服，拉链拉到顶端，堪堪遮住他冷峻的下巴。

走出门，江屹杨侧了侧头朝这边瞥了眼，刚要抬脚，粉丝们蜂拥而至，将他围住，这些女生看似热情，却又默契地跟男生保持着一定的距离，不敢逾矩，激动中又带着小心翼翼。

江屹杨低头低眼，接过粉丝的本子，签名的动作干脆利落，不笑时唇角是自然下压的弧度，双手递出签名的态度很礼貌，可就是莫名给人一股生人勿近的疏离感。

但也似乎因此，他身上的那股劲也越让年轻的小姑娘着迷。

更别说他还长了一张能混娱乐圈的脸。

身后邵飞跟李明司游戏打到一半，见江屹杨似乎还得签上一阵子，两人也没停。陶音望着男生低头签字的模样，淡漠又认真，专注的气场里有股不一样的帅气。

她心里一时蠢蠢欲动。

而后她不动声色地抬起手机，把镜头对准男生的侧脸，拉近镜头，那张脸在放大几倍后依旧挑不出瑕疵，趁着没人发现她迅速拍了张照，之后关闭屏幕将手机揣回兜里。

待江屹杨签完名，有女生上前递出手里的礼品袋子，含羞地细声道："江选手，月底是你的生日，这是我们提前为你准备的生日礼物。"

江屹杨颔首，谦逊拒绝："我不收礼物，抱歉。"

"心意领了。"他说完抬脚往左侧走开。

粉丝们见状失落，便也散开了。

到了陶音身前，江屹杨唇角勾起一抹笑，懒懒的，带些痞气道："比赛看得开心吗？"

陶音那句恭喜还未说出口，顿了顿，唇边漾起一抹笑："开心。"

见他过来，李明司边打游戏，边往对街饭店方向走，邵飞拿胳膊挡了下，看了眼江屹杨和陶音，话里有话道："你俩走前面，我俩打游戏，互相不耽误。"

陶音没留意到他的调侃，走在男生身侧，江屹杨突然低下头来，打量她一眼："你是不是偷拍我了？"

闻言，陶音呼吸一室，难道刚才被他发现了？陶音能肯定没被他瞧见呀！

她正诧异呢，就听江屹杨又开口道：

"我比完的时候。"

"……"

陶音心下一松，清了清嗓子："江选手，我那不是偷拍，是替你记录下夺冠时刻。"

"噢，"江屹杨笑道，"那给我看看，你拍得如何？"

闻言，她从兜里掏出手机，一阵风吹得路边的冬青树沙沙作响，陶音缩了缩脖子。江屹杨看她，自然而然地道："衣领扣上。"

陶音手指握着手机去扣领口的扣子，扣子不太好扣，有点麻烦，江屹杨伸手帮她拿手机。

她的手机没设密码，也没在意，随口道："就在相册里。"

拐过路口，午后耀眼的光线照过来，陶音脑袋里一个念头忽地一闪，男生的拇指正轻轻滑开屏锁，陶音绷紧了神经，慌乱之下，伸手去挡手机。

江屹杨下意识手一躲，瞧着女孩紧张的神情，笑问："怎么了，不能看？"

她微睁大了眼睛，手机还停在她偷拍的那个页面，当然不能被他看见了！

江屹杨眸光一瞟，发现女孩白皙的耳垂浮上了一层很浅的红色，他心下越发好奇，侧眸望向手机。

没等他看清，他转头的瞬间，眼周皮肤上倏地覆上一股微凉的触感，柔柔软软的，力道却不轻。

一片漆黑中他听见女孩的声音："我忘了，我手机里还拍了别的照片，不能给你看！"

陶音语气有点急，又带着股莫名的害羞，听起来像是在撒娇。

江屹杨喉结滚了滚。

半秒，二人维持着这个姿势，江屹杨笑道："什么不能给我看？你背着我还拍了别的选手？"

"……"

因为身高差，男生几乎稍稍抬头就能避开她的手，陶音怕他乱动，手上力度加重，死死捂住他的眼睛："不是别的选手，是……是我的自拍照！

"拍得有点傻乎乎的。"

江屹杨被蒙着眼睛，薄唇挑起一点弧度，透着一丝坏笑："听你这么说，我更想看了。"

而后他作势微微抬头，与她的手指错开缝隙。

"你这人怎么……"她咬了咬唇，踮起脚尖抬高了手去够他，"都不知道尊重别人的隐私嘛！"

"是你主动让我看手机的。"

"那我不是忘了嘛！"她急得微微颤抖。

江屹杨听得心一软，他有种再继续逗她会把她逗哭的错觉，随之收起吊儿郎当的态度。

"好好好，我不看，"他语气放轻，带上几分哄人的意味，"你别生气。"

女孩松开手后，江屹杨动了动眼皮，看了眼低着头微微鼓起脸颊的女孩，打趣道："一张自拍照，至于这么紧张？"

他倾下身，笑了笑："你再使点劲，我眼睛都快被你给抠瞎了。"

陶音："……"

初冬的阳光格外柔和温暖，穿过树枝落在两人身上，给他们身上镀上一层金色的光晕。刚才这一幕恰落在身后两人的眼里，李明司与邵飞肩并肩排队地站定在原地的阴影之中，冷风习习。

李明司吸了吸鼻子："飞飞，咱俩站在这儿是不是挺冷的？"

邵飞："嗯。"

李明司："那我为什么迈不开腿？

"为什么不敢朝我杨爷那边去？

"为什么靠近那边一步，都有种自己很多余的感觉？"

邵飞摸摸他的发顶："因为你开窍了。"

入冬以后，气温一天天下降，前几日天气预报说要降雪，临近月底也迟迟未下。

江屹杨的生日在元旦前一天，恰在周末。每年江屹杨的爷爷都会在老家怀市为他办一场生日宴，除了家族亲戚还会邀请江家交好的世家友人，今年也不例外。

江屹杨走之前跟邵飞约好，让邵飞把他邀请的同学接到市中心的一家高级会所，他当晚会赶回来。

夜幕降临，华灯初上。

会所顶楼的露台上，陶音站在玻璃围栏边向对面遥望。远处的高楼鳞次栉比，五彩斑斓的灯光与月色交相辉映，整个城市洋溢着即将跨入新年的热闹气氛。

而视野中央的市大剧院似一只熟睡的天鹅，安静地躺在静谧的湖面上，在夜色的笼罩下，有股包容万物的温柔祥和的气息。

身后传来一阵脚步声，邵飞捧着个暖手宝过来，塞到陶音手里："哎哟，你都在这儿看了二十分钟了，别冻坏了！"

"谢谢。"陶音握了握手心里的暖手宝，视线冲向前方，抬了抬眉，"从这里看去，真的很漂亮。"

邵飞看看陶音，笑嘻嘻道："当然漂亮了，江屹杨就是为了这个绝佳的观赏大剧院的角度才特意挑的这里，你爸爸设计的嘛。"

陶音扭头看他，神色诧异："江屹杨在这里办生日聚会，是这个原因？"

邵飞胳膊搭上栏杆，暧昧地歪了下头："我杨哥有心吧！"

湖风染上低温，扑面而来。

她应该是感觉冷的，但此刻有一股暖流填满心间，丝丝缕缕漫遍全身，她分不清是感动，还是悸动。

抑或两者都有。

她曾跟江屹杨提及过她对这栋大剧院的感情，江屹杨这样做，对她而言，远不是一句有心可以一言蔽之的。

陶音盯着手里的暖手宝，长长的眼睫低垂着，若有所思。

兜里的手机振动两声，她拿出来看了眼。

JYY：刚下飞机，二十分钟后到。

陶音回复：路上注意安全。

她抿抿唇：还有，谢谢你。

JYY：谢什么？

陶音：你选的这里，夜景很漂亮。

几秒，江屹杨发来一条语音。

低沉的嗓音透过电波传来，含着一丝颗粒感，夹杂着浅浅的笑："你开心就好。"

而后又发来一句：

"天冷，进屋等我。"

陶音一愣，转头看了眼旁边的人，见邵飞也正握着手机跟人聊天，她笑了笑，敲出一个字：

好。

从机场行驶出的计程车里，江屹杨靠在后车座上，昏黄色的灯光透过玻璃洒在他身上，光影交错，他低着头，视线落在手机上。

邵飞：兄弟，你这波操作绝了，小姑娘都快被你给感动哭了！

邵飞：我之前还纳闷你喜欢人家，怎么一直不表态，原来是在这儿当个贴心的捕猎者，等着人家小姑娘主动往你布下的柔情网里钻呢！

邵飞：哎哟，佩服佩服！

邵飞又发了个抱拳的表情。

江屹杨掀了掀眼皮，长眸漆黑沉静。

他做这件事未掺半分杂念，只是单纯地想做些什么让小姑娘开心，并无他想。

还有……

捕猎者？等？

他笑了声，那还真不是他的性格。

陶音回到屋里，周身瞬间被室内温暖的气息包裹，空气里飘浮着淡淡的花香，银白色的氢气球浮在天花板上，气氛温馨。

大厅里很热闹，男生们在一旁玩飞行棋，苏敏敏跟姜恬在沙发那边聊天。茶几上摆着各式各样精致的甜点，时间已经是夜里近十一点钟，陶音晚上吃得不多，正有点饿了，她在沙发上坐下，拿起一碟乳酪樱桃咬了一口，味道如预料的好吃。

过了二十分钟，有人推门而入。

江屹杨周身的空气染了一丝寒气，他胳膊上挎着件黑色羽绒服，身穿一套白衬衫黑西裤，肩宽腿长，一张脸清隽英气，整个人多了几分成熟的气质。

他进门后扫了眼，视线落在沙发的方向，眸子里染上一抹温度。

"×，杨爷！"李明司蹿跳到江屹杨身前，殷勤地拿过他手臂上的衣服，"这就是我又长了一岁的杨爷吗！啊啊啊！好帅！"

"你别在那儿骚了，"邵飞把李明司扯到一边，拽着江屹杨的胳膊把他拉到沙发上，"还剩半个小时生日就过去了，得抓紧时间好好过。"

话音落下，邵飞将一杯酒搁到江屹杨面前。

邵飞笑得意味深长："来吧，兄弟。"

江屹杨挑挑眉："灌我？"

"嘻，说啥呢？"邵飞嬉皮笑脸道，"你过生日我这不是开心嘛！"

男生无谓地扯了下嘴角，修长的手指捏起高脚杯，他的衬衫领口开了一颗扣子，脖颈修长干净，酒量似乎不错，仰头一饮而尽。

举手投足间流露出几分多于其年龄的男人气息。

"啧啧啧，"苏敏敏小声咂了咂嘴，"帅哥就是帅哥，连喝酒都这么带劲！"

"你们说，我现在要是给校草拍张照发到学校贴吧里，学校里那些女生会不会疯掉？"

"会不会疯掉不知道，但我知道你一定会被围攻，"姜恬笑着打趣，"你在这么私人的场合发一张校草的照片，那些女生不把你挖出来才怪。"

姜恬看了眼陶音："你又不像音音，有粉丝护着。"

陶音没留意到身旁两个女生说了什么，注意力全放在了男生身上。江屹杨白日里在江家的生日宴也不知道喝了多少，从怀市到这边要坐好几个小时的飞机，现在人应该挺累的了。

在邵飞倒满第二杯酒时，她看了看，轻声开口："邵飞，还没许愿切蛋糕呢，酒就先别喝了吧。"

闻言，邵飞抬头看她，半开玩笑道："呦，陶音，帮江屹杨挡酒呢？"

这时江屹杨也看了过来，长腿撑着地面，整个人透着几分懒散，一双眸子里似笑非笑。

陶音心一跳，下意识解释："这不是快到十二点了，而且……"

她瞥了眼大落地窗前的花架推车："蛋糕放久了，该不好吃了。"

留意到她的视线，江屹杨俯下身，露出一截骨节分明的手腕，推开桌子上的酒杯，声音低沉："那不喝了。

"先吃蛋糕。"

礼物

暗恋有回音 ♥

灯光暗下，邵飞推着三层蛋糕走来，一群人围在沙发边唱着生日歌，在烛火的掩映下，江屹杨许了愿，吹灭蜡烛。

房间里的灯再度亮起时，"砰！"的一声，男生们拉开彩带，漫天金色亮片洋洋洒洒飘落，大家纷纷欢呼鼓掌，气氛欢快愉悦。

李明司不知从哪里弄来一个幼稚的喇叭，跑到江屹杨耳边吹，闹腾得不行："生日快乐！杨爷！"

江屹杨偏头躲开，皱眉笑了下。

瞥见身侧女孩笑得弯起的眉眼，他歪下头，低声问："送我什么礼物？"

陶音清凌凌的眸子眨了眨，而后回身，从包里翻出一个黑色银边的盒子，唇边抿起一对浅浅的梨涡，双手递给他："生日快乐。"

江屹杨接到手里，修长的手指直接拆开丝带，打开盒子的那一刻，他眸光微动。

黑色绒面上挂着一条项链，项链的挂坠是一块蓝黑色的滑板，精致又漂亮，而难得的是，这块滑板竟和他平时比赛用的那块很像。

江屹杨的视线停在上面几秒。

他拇指很轻地摩挲了一下项链，又看向陶音，嘴角弯起："谢谢，我很喜欢。"

陶音动了动唇，还想说点什么，这时周围的人见状也纷纷递上礼物，她不得不往后退了些。

江屹杨把项链盒子盖好，揣进兜里，去接别人的礼物。

苏敏敏送过礼物，凑到陶音身边小声说："我没想到江屹杨也会邀请我，我这个月零花钱剩得不多，我送的东西估计还没人家这甜品贵呢，怪不好意思的。"

陶音笑了笑："送礼物讲究的是心意，江屹杨应该不会在意这些。"

她说完，抬头看了眼男生的侧脸，灯光将他的五官照得立体分明，他嘴角扯着弧度，心情似乎很好。

这时，不知是谁兴奋地叫了声："哇，下雪了！"

众人齐齐望向窗外。

"哎哎哎，那个是怎么说的来着？"李明司手指在空中边摇边想，"在初雪时和喜欢的人一起看雪，两人就可以永远在一起！"

"是不是有这说法，是不是？是不是！"

邵飞嗤笑一声："你知道的还挺多，你又没有喜欢的人，在这儿兴奋个什么劲？"

"我没有，不代表咱们这群人里没有呀，"李明司暧昧地说，往屋子里扫了眼，视线停在江屹杨身上一瞬，而后收起眼，跳到林浩身前，"兄弟，我听邵飞说你喜欢姜恬小同学？"

李明司"啪"地拍了下林浩肩膀："多好的机会呀，初雪啊，去表白啊！"

他说话时自以为小声，声音却极为清晰地落进众人的耳朵里。

林浩忙看了眼对面姜恬害羞躲闪的眼神，捂脸叹了口气。

节奏又被打乱了。

李明司以为林浩在不好意思，扯着他的胳膊往外拽，那边苏敏敏也把姜恬推了出去，一行人纷纷往外头走。

江屹杨把一堆礼物搁在茶几上，双手插兜，打量一眼若有所思的女孩，薄唇动了动："不怕冷的话，出去看一会儿？"

陶音抬头，对上他的视线，耳边是自己轻轻答应的声音。

二人出来，整个露台被漫天纷纷飘落的雪花包裹，像是从天而降的蒲公英，浮在半空中，缓慢而轻柔。

陶音抬头看了眼，视线不自觉落在远处的湖面上，停留一瞬，她伸手拽住男生的衣袖：

"江屹杨。"

男生回过头："嗯？"

陶音迎上他的目光，轻声开口："我送你的那条项链，上面还刻了字的。"

闻言，江屹杨转过身来，从兜里掏出那个黑色盒子打开，指尖钩起项链拿到手里，仔细看了看，抬眼笑问："哪里？"

陶音上前一步。

在滑板的一个小滑轮上轻轻按了下，"嗒"的一声，滑板在他掌心里分成两面，里侧的一面清晰地刻着一行字。

江屹杨盯着，怔了半秒，低声念：

"愿你永远自由且光芒，所愿皆所得。"

陶音原本是打算将这句祝福默默藏在心里的，可当她得知江屹杨是为她选择了在这里办聚会时，突然就很想告诉江屹杨。

把她心里所想完完全全告诉江屹杨。

陶音手指蜷了蜷，又握紧，声音里带着连她自己都未意识到的温柔："我觉得能拥有一件单纯热爱的事很不容易。你对滑板的喜欢、坚持，并且有能力在这个领域做得出色，这听起来就是一件很酷的事。"

"可能我的看法并不是很重要，但我还是想说，我不觉得这是不务正业，"她语气里透着认真，"在我看来，这很了不起！"

她戴了条浅色围巾，白皙的下巴随着微微仰起的头露出来，一字一顿地说道："所以，江屹杨，希望你可以永远不被束缚，一直做你喜欢的事。

"所期望的东西，都能得偿所愿。"

有风吹动他漆黑的碎发，江屹杨缓缓抬眼，深色的眼眸中夹杂着不明的情绪。

白日里在江家的生日宴上，如同每次一样，长辈们夸赞着他的学习成绩，讨论着他以后会多有出息，江林堂更是将给他规划好的未来直白道出，接着再引起一阵连声应和。

他知道那是江林堂在给他施压，他在外一向不拂父亲的面子。

但他决定了的事，任谁也改变不了。

他已经不是小孩子了，对家里的反对已经无所谓。

但女孩一双眼亮亮的，温温柔柔地对他讲出这些话来，江屹杨感觉心底某个深藏已久的地方被什么柔软的东西触碰了下。

身边不是没有人鼓励过他。

但那不一样。

和她不一样。

这是他喜欢的女孩，意义不同。

在这一刻，一个压制不住，也不想再压制的念头翻涌而出。

强烈的，充斥着欲望。

江屹杨握着项链的手指紧了紧，喉结滚动了下，目光笔直地看向陶音。

眼前的一双眸子澄澈纯净，在夜色中异常明亮，嫣红的嘴唇弯着一抹弧度，有一片薄薄的雪花落在她白皙小巧的鼻尖上，慢慢融化。

他盯了会儿，忽然弯下腰来。

他手撑着膝盖，与她平视，眼神直勾勾的："所有期望的东西，都能得偿所愿吗？"

陶音落入男生被灯光染上温柔的目光中，那双眸子能清楚地映出她的脸，她怔了怔，又因这直白的对视，露出一点不自然，轻轻点头道："会的。"

"好。"他笑了下，声音含着说不出的愉悦，他伸出手掌，声音低沉，"帮我戴上。"

陶音一时没反应过来，而江屹杨就这么弓着腰，手停在半空中，安静地等着她。

半晌，她慢半拍地"嗯"了声。

陶音表面看似淡定，心跳却怦怦加快，手指捏着项链，往前凑近一步。

江屹杨随着女孩的动作稍低下头，离近时，女孩的围巾蹭到他脸颊的皮肤，除了柔软的触感，还有一抹淡淡的清甜的味道。

只一瞬，眼前的人往后退开。

陶音看了眼那条落在衬衫领口下方的项链，这项链戴在他身上出奇好看。

江屹杨抬起头，指腹蹭了下项链，低声开口："你……"

陶音抬眼对上他的视线。

而后陶音听他突然问了句："还喜欢季言宇吗？"

江屹杨低垂着眼，眼尾修长内敛，眸子是纯粹的黑色，显得深沉专注。

微风吹过，发丝挠在脸上有点发痒。

陶音不明白他为何突然问起这个，也没多想，只琢磨着，距离她上次说喜欢季言宇到现在不过才两个月，要是直接说不喜欢了，会不会显得她这人太容易变心了？

况且她才说了对喜欢的事要坚持这类话，这么轻易就变了，是不是不太好，江屹杨会怎么想她。

可是她又不想让这个误会加深。

思考了下，她清清嗓子，声音低低的："还……还有一点喜欢。"

江屹杨沉默一秒，笑了声，而后极为傲慢地挑了挑眉："那也不管了。"

话音落下的刹那，露台围栏边响起了少男少女兴奋的倒计时呐喊声。

那句话被掩盖，陶音没太听清，想问时，那头李明司大声喊着两人："杨爷、陶妹妹快过来呀！已经倒计时了！"

远处高楼上的 LED 屏显示着倒计时数字，两人到围栏边，放眼望去，整个城市的新年气氛越来越热烈。

最后几秒，陶音双手握着栏杆，笑容璀璨，跟着一起倒数。

——5、4、3!

——2!

——1!

随着最后一秒落下的瞬间，深蓝色的夜幕中一朵巨大而热烈的烟花炸开，紧接着无数的烟火往上升，绚丽盛放，迎接新一年的开始。

四周响起了欢呼声。

陶音下意识转头看向江屹杨，他也正垂眼看她，那副样子像是盯着她看了很久，少年维持着侧头的动作，下颌骨的线条格外清瘦漂亮。

她抿了抿唇，刚要开口，就见男生在她眼前摊开掌心，声音含笑，在这热闹欢快的气氛中透着几分轻柔："新年快乐，小朋友。"

陶音视线一低，看清了掌心里的东西。

是一颗糖果。

半透明的糖纸两端捏成卷翘的小花。

亮晶晶的，折映着烟花的颜色。

这一瞬间，陶音感觉自己的心脏像是被捏了下，而后有一丝丝甜甜的东西像气泡一样冒了出来。

她将糖接到手里后，心绪飘忽不定。

心跳声被烟花掩盖，她连声音也是飘的："新年快乐……"

元旦假期一晃而过。

这天早自习，因逐渐临近期末考试，学生们都早早来教室复习，陶音到时，苏敏敏在补着物理作业。

她放下书包，看了眼打了个哈欠的苏敏敏，拉开书包拉链，拿出课本，似随口问："敏敏，跨年那天，江屹杨后来有没有给你们……嗯……糖果？"

她那天接了个电话，是奶奶打来的，老人家那头的习惯是过了新年就算长了一岁，奶奶守着时间给她打的这个电话，其间她在屋子里，不知道外面的情况。

"糖果？"苏敏敏一愣，"什么糖果？没有呀。"

她眼睛微微亮了下："哦。"

"怎么了？"苏敏敏问。

陶音抿抿唇，凑近了些距离，嘴唇微张，恰这时有人从后面轻敲了下她的脑袋，她下意识回头。

江屹杨穿着厚校服外套，单肩挎着背包，双手插兜，在她回头的那一刻弯下身，唇角勾起一抹笑，盯着她的眼睛："早。"

一张英气俊逸的面容骤然出现在眼前，陶音呼吸一窒，堪堪勉强忍住向后躲的冲动，睫毛颤了下，怔怔地道：

"早。"

而后她听见一声短促的轻笑，男生领子里的滑板项链从眼前晃过，江屹杨直起身子朝教室后面走，干净的薄荷冷香从鼻尖飘过，一点点淡去。

安静几秒，苏敏敏笑眯眯地凑过来："音音，你脸红了啊。"

"嗯？"陶音手抚上脸颊，磕磕巴巴地道，"有……有吗……"

"嗯。"她轻叹一声，承认了。

苏敏敏瞧她这副模样，笑了声："没什么不好意思的，任谁突然间被那样一张帅脸凑近了打招呼，没点反应才不正常呢。"

"不过，"苏敏敏摸了摸下巴，"音音，我感觉江屹杨好像对你的特别不只是一点，你确定他对你真的只是朋友吗？"

之前还在犹豫的事，因苏敏敏的一句话似在她心里投下一颗小石子，原本波动不稳的心绪又荡起一片涟漪。

半晌，她吞吞吐吐地道："我也……不知道。"

见她纠结的神色，苏敏敏也不敢妄自下结论，毕竟自己之前有过一次自作多情的教训。周围邻桌的同学陆续坐满，苏敏敏仔细考虑了下，小声说："听说，喜欢一个人是藏不住的，你再慢慢感觉一下。"

陶音若有所思地点点头。

说完苏敏敏又想起来什么，说道："对了，音音，你寒假什么时候去你奶奶那边，你介绍给我的那家奶茶店我什么时候能去上班？"

陶音收回神思："我考试结束第二天就走，你随时都可以去。"

闻言，苏敏敏惊讶地道："你走这么早？"

"嗯，"她笑了笑，"奶奶她老人家想我了，我回去多陪陪她。"

距离期末考试没剩下几天，大家都进入了紧张的复习氛围里，陶音这次目标是进年级前十五名，她每天除了吃饭睡觉，余下的时间全部放在复习上。

江屹杨这段时间会主动来给她讲题，和之前一样，耐心又细致，却又莫名有股微妙的不同。

不知道是不是她的错觉。

她在解题时，总感觉头顶那道目光看的不是她笔下的答案，而是在看她。

一月中旬，期末考试结束。

第二天一早，沈慧姝请了两天假，送陶音回平城老家。

高铁站里来来往往很多人，陶音坐的那趟车还有半个小时才检票，沈慧姝去了趟卫生间，她坐在靠窗座椅上，想着要有一个多月见不到江屹杨，心里空落落的。

陶音正盯着手机发呆，突然有一道阴影笼罩下来，挡住了她的光，而后视线里出现一双干净的白球鞋，她下意识抬头。

一双腿修长笔直，比例极佳。

视线上挪。

黑色外套下的肩形宽阔流畅，最后，映入眼帘的是上一秒还在脑海里浮现的脸。

他散漫的神色里挂着淡淡的笑。

她心脏一跳，怔了半秒，问："你怎么来了？"

江屹杨漫不经心地扯了下嘴角："来送你。"

少年将手里拎着的一袋零食搁在藕粉色的行李箱旁，在她旁边的位置坐下，侧过头看她。

"我若是昨天没问你寒假安排，"他眉眼一挑，语气略带指责，"你是不是打算等走了再告诉我？"

陶音动了动唇，想解释说是最近太忙了，忘了告诉他，就听他又开口："什么时候回来？"

她顿了下："开学之前。"

话音落下，她清楚地看见男生有一个抿唇的动作，很快他又露出一抹懒散的笑："过几天成绩下来，我发给你。"

"好。"陶音眼睛动了动，"江同学，再见面就是明年了。"

他掀掀眼皮："所以呢？"

"寒假玩得开心！"

她说完后，男生的脸上没什么反应，一双长睫微垂，阳光透过玻璃落在他发上，漆黑的发梢染上了几分亚麻色，陶音注意到身旁的路人经过时都会朝这边瞥来。

男生太过出挑，没办法让人不注意。

但路人在偷看江屹杨的同时，也会捎带打量她一眼。

眼神里有股意味深明的暧昧情绪。

卫生间的方向偶尔有人出来，陶音想了想，低声开口："等会儿就要检票了，你也送过了，就先回去吧。"

江屹杨淡淡地道："我才坐下不到五分钟。"

"……"

陶音抿抿唇，犹豫着说："我是和我妈妈一起的，一会儿让她看见你在这儿，不太好。"

"怎么不好？"江屹杨眼里划过一丝笑，"我们是同学，我来送送你，哪里不好了？"

"……"

"还是你认为，"他气息悠长地笑了声，顿了几秒，低声问，"我们还有别的什么关系？"

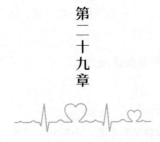

第二十九章

眼前女孩卷翘的睫毛微微发颤，嫣红的嘴唇一张一合，不知是意外还是有别的原因，一时竟没说出话。

江屹杨舌尖舔了下唇角，低笑了声："逗你的。"

他长腿一撑，从座椅上起身："走了。"

陶音抬眸，视线扫过男生有点单薄的外套。

天气这么冷，江屹杨特意跑来送她，身上沾染的寒气还未退，就这么让他走了，陶音心里有点过意不去。

也还有点，舍不得让他走。

江屹杨瞥见她欲言又止的模样，弯下腰，悠悠道："后悔了？"

"那我再坐会儿，等阿姨回来，我跟她解释清楚，不会让你难做。"

他黑眸发亮，扯出一抹笑："就像你之前帮我的那样。"

闻言，陶音脑海里随即想起她在江父面前演的那出戏，脸上忽地浮起一抹不自然，没等开口拒绝，就听男生散漫的声音又传来。

男生脸上的笑容温柔，又调侃道："我就说，是我在追求你，缠着你，而你从未理过我半分，就连这次送你也是，我刚来你就撵我走。

"我还挺伤心的呢。"

男生的嗓音压下来，空气里有股道不明的暧昧气氛，陶音耳根一点一点地变红，而他像是不害臊，脸上的神情弄得真像这回事一样。

虽然这边周围没几个乘客，但毕竟是公共场合。

陶音瞥他一眼，害羞里还掺杂着一丝警告道："你别说了。"

"怎么，"江屹杨失笑，眸子里划过一丝兴味，"你能说，我就不能说了？"

"那不一样。"

"哪儿不一样？"

"我那是在帮你，"陶音语气有点急，"你……你这是在欲盖弥彰！"

"欲盖弥彰是指掩盖事情真相，你是说错了，"江屹杨牵起一边嘴角，"还是故意的？"

"……"

"你语文这么好，应该不会说错。"

"……"

这下她连脖颈上都染了一片粉红，白色毛衣衣领旁的那片皮肤十分明显，见他还在笑，陶音脸上的热意更甚，心里骤然生出一丝燥意。

她忽地站起来，强绷着表情："我就是说错了，不行吗？"

"谁规定语文好就不能说错话了，古代的大文人都有写错字的时候，我说错一个成语，怎么了？"

女孩的身高比他矮了一截，而仰起头这般说话的气势很足，白皙小巧的下巴微微扬起，就这么瞅着他，像一只乖乖软软的小猫被逗得发起了脾气，挥着小爪子在空中虚虚地挠了下，奶凶奶凶的。

江屹杨舔了舔唇，心里不自觉冒起一丝异样的情绪，垂在裤边的手指动了动。

江屹杨想揉揉她的脑袋，给她顺顺毛。

甚至，还有一点更为变态的想法。

想凑上去，真的让她"挠"一下。

陶音见他站在那里发愣，一双眼眸里透着不明的光，黑亮深沉，她感觉男生估计是在酝酿着什么，而后再争辩回去。

陶音正想着一会儿该怎么应对，就听低低沉沉的声音落在耳际。

"你说得对，"江屹杨好脾气地说道，"是我思维狭隘了。"

"……"

男生突然放软的态度，让她有种一拳打在棉花上的感觉。

意外之余，还有那么一丁点暗暗的开心。

陶音清了清嗓子，不自在地瞥开眼："嗯，没事多看看书就好了。"

"知道了。"

"……"

陶音没去看他，只觉得他声音里隐约含着笑，被她说了一通，听起来似乎还挺开心。

江屹杨抬眸，扫了眼周围来往的人。他来之前就知道她妈妈也在，特意等到她单独时才过来这里，原本也是打算见一面就走的。

他双手插兜，低声道：那我走了。

陶音对上他的视线，迟疑一瞬，声音淡淡的："好。"

江屹杨盯了她一眼，手指指节在女孩头顶敲了下："寒假玩得开心。

"到了地方告诉我。"

候车大厅里，男生的背影在来往的人流里消失。

陶音暗吁了口气，心情有点复杂。

她坐回椅子上，从兜里掏出手机，点开微信，手指在输入框里打出一行字。

敏敏，我感觉江屹杨好像有一点喜欢……

她目光顿了顿，半晌，又把字删除。

那边沈慧姝从卫生间的方向回来，拿纸巾擦着手，温声道："厕所排队的人太多了，音音，你不急的话，一会儿到车上再去吧。"

"好。"

"嗯？你去买零食啦？"沈慧姝瞥见行李箱旁边的白色袋子，"妈妈昨晚给你带了一袋，你忘啦？"

陶音眨了眨眼，反应了下说："没忘，就突然想吃这些了。"

说话间她从袋子里随手拿出一盒小蛋糕，撕开包装袋，咬了一小口，奶油夹着甜甜的果酱充斥在舌尖。

樱桃味的。

茗古镇是平城一个历史悠久的小县城，奶奶家在城乡接合部，陶音和沈慧姝坐了半天的高铁，要再转一趟车才到。

傍晚时分天色昏暗，这里比芜城的气温还要低些，下午四点过后太阳便已落下，挨家挨户门前的灯笼亮着暖黄色柔和的光，白日里刚下了雪，母女俩拉着行李箱，鞋底踩在雪地上咯吱咯吱的。

沿着路走，这一片的居民区都是带着庭院的两层小楼。陶音小时候是在这边长大的，小学时因为父亲工作上的变动才搬去了芜市，那时候在这里的所有记忆都是开心且无忧无虑的。

奶奶家在这条街的倒数第二栋。

还没走近，陶音远远就瞧见一道微微驼背的身影站在灯笼下，正往这边看。

陶音扯着行李箱小跑向前，笑着喊道："奶奶！"

下一秒，老人家似才看清了来人，笑容慈爱："哎哟，熙熙呀，慢点跑。"

奶奶高兴地往前迎了两步："地上滑，别摔喽。"

陶音松开箱子，抱住奶奶撒娇："奶奶，我好想你呀！"

"奶奶也想熙熙啦。"

沈慧姝从身后过来，温声道："妈，您怎么出来等了，天这么冷，别再给您冻生病了。"

"我这不是算着时间也快到了，出来迎接你们。"老人家笑眯眯地说，拉着陶音的手往屋子里走，"来来，快进来，奶奶把饭都给你们做好了。"

三人推门而入，客厅里宽敞温馨，装修风格是让人舒适的浅木色，落地窗外就是阳台，摆放着几盆冬天养的松植盆景。

住在镇里的年轻人大多去了大城市发展，留下的都是念旧的老人，他们舍不得走，陶音奶奶身体康复后，在芜城与陶音母女生活了半年便回了这里，一来是住习惯了，二来也是不想给她们添麻烦。

沈慧姝怕老房子年久失修，老人住着不方便，两年前重新装修过，只有家具都还留着，没舍得换。

沈慧姝把行李放好。陶音脱下外套，洗过手，要去厨房里帮忙，突然想起来什么，拿起沙发上的手机，发了条微信。

我到了。

几秒收到回复。

JYY：嗯。

JYY：那边下雪了？

陶音愣了下：下了。

JYY：记得多穿衣服。

陶音：好。

沈慧姝从房间里出来，看见她上扬的嘴角，揶揄道："和谁聊天那么开心啊？"

"是敏敏……"陶音退出聊天页面，怕沈慧姝疑心，很快岔开话题，嗅了嗅说，"好香呀，奶奶都做了什么菜啊？"

老人端着盘子从厨房里出来，笑道："有你最喜欢的虾仁滑蛋。"

陶音放下手机，忙过去接。

餐桌上，老人家给陶音舀了勺虾仁，又去给沈慧姝夹菜，沈慧姝笑道："妈，我自己吃就行，您也快吃吧，等会儿菜该凉了。"

"我这不是看你都没怎么动筷，"老人家笑眯眯地打趣道，"是不是嫌弃我老人家厨艺下降了？"

沈慧姝一向喜辣，除陶音爱吃的几道菜之外，其余的几盘菜都是偏辣的菜系。

"哪里呀，奶奶的厨艺可是没的比，"陶音咽下虾仁，解释说，"是妈妈胃不太好，已经戒辣好久了。"

老人一听，忙关心地问："怎么了？严重不严重，有没有去看医生？"

沈慧姝笑了笑："看过了，就是一些小毛病，您别担心。"

闻言，老人舒了口气："小毛病也不能大意。"

沈慧姝应了声，又开口："妈，我今天在家住一晚，公司那边还有事，明早就得走了，过年再回来好好陪您。"

沈慧姝能吃苦又能干，加上之前工作上积累的经验，转岗之后两个月便升了部门主管，前几日手头接了个大项目，这两天的假都是跟公司硬要来的。

老人叹了声："没事，你忙你的，有熙熙陪我就行，只是你千万要照顾好身体，平时再忙也要注意休息。"

沈慧姝："知道了，妈。"

吃过饭，陶音陪奶奶看了会儿电视，之后简单洗漱便回房间休息了。她的房间在二楼，旅途劳累，她钻进被窝里，很快便进入梦乡。

一夜好眠，其间还做了个梦。

梦里面，男生黑沉的眼眸含着笑，唇角勾起的弧度极为好看，声音低低地刮过耳边，对她说着"寒假玩得开心"。

早上醒来时，她盯着天花板发呆，心里那股空落落的感觉又涌了出来，半晌，她才从床上爬起来。

陶音拉开窗帘，发现昨天夜里又下雪了，外面银装素裹，白茫茫的一片。

沈慧姝要赶中午的那趟列车，一早吃过饭，简单收拾下就得出发了，出门前，陶音奶奶抱着一个袋子，不由分说地往沈慧姝包里塞。

沈慧姝笑道："妈，不用给我再拿特产了，带的那些够给同事分了。"

"不是特产，"老人语气温和，"我昨天晚上去你张叔那儿抓了服治胃病的中药，这是一个疗程的，一天一次，要记得喝。等你过年回来，我再给你抓两服，好好养养。"

沈慧姝一愣。

昨天她陪老人聊完天，回房时已经很晚了，张氏医馆与这里隔了好几条街，走过去要半个多小时，天气严寒不说，昨夜里又下了雪……

沈慧姝盯着老人布满皱纹的手给她的行李包拉上拉链，她鼻尖一酸，哽咽了一会儿。她知道陶音奶奶的脾气犟，有些事劝也劝不住。

当年老人重病时，得知要用陶辰华的抚恤金给她治病，老人不同意，执意要出院，后来还是她跟医生一起劝说，谎称治疗费没那么贵，老人才肯接受了手术。

沈慧姝擦了擦眼角，鼻音浓重，边笑边说："妈，您大半夜的，也不怕打扰人家张叔休息。"

"你张叔他睡得晚，听说你回来了，他本想今天过来一趟看看你的，我跟他说你要早走，这才作罢。"

沈慧姝提上包："嗯，我过年回来去看张叔。"

等沈慧姝走后，陶音抱上老人的胳膊，嗅着老人身上好闻的洗衣液味道，撒娇道："奶奶，下次你别自己出门了，叫我陪你好不好？"

老人捏了捏她的鼻尖："我们熙熙最怕冷了，奶奶哪儿舍得？"

接下来几天气温又降了几摄氏度。

陶音几乎都窝在家里，期末考试成绩出来，她收到江屹杨发来的成绩单。

——年级第十二名。

陶音坐在沙发里愣了下，反应过来后，她开心地捏了下拳。

奶奶在摇椅上织围巾，见状笑问："怎么啦，熙熙？"

她眉眼弯弯："奶奶，我期末考试成绩进步了，年级第十二。"

"哎哟，我们熙熙真厉害，"老人笑眯眯的，"模样长得水灵不说，学习还这么有出息，谁家的娃娃这么优秀呀！"

陶音哭笑不得："谁家的长辈这么夸自己家小孩呀！"

她脑海里浮现一张清隽的脸，扯过一个抱枕抱在怀里，喃喃地道："而且，我还不算很优秀，我有个同学，考试次次年级第一的，长得也特别好看。

"运动厉害，对朋友很仗义，性格也很好。

"总之，都挑不出缺点的。"

奶奶抽了下毛线，边织边说："你这小同学这么厉害呢！"

她手指在抱枕上轻轻划拉了一下，点点头："嗯。"

…………

茗古镇在年前有场灯会，近日一连下了几天的雪，也不知能否如期举行。这里的灯会自来有个传统——来观灯祈福的人都要佩戴一条红围巾。

陶音把奶奶织好的围巾拍了张照，发到朋友圈，配上了文字。

——希望周末会是晴天。

没多会儿，朋友圈收到几条评论。

苏敏敏：围巾漂亮！

姜恬：是手织的吧，我外婆也会织这种花纹。

陶音回复之后，界面又多了条评论，她视线一低。

JYY：是晴天，但也冷。

陶音愣了下，这个时间江屹杨应该在室内滑板场练习，没想到还有空看手机。

她盯着上面那行字，忽然间隐约明白了什么，客厅里开着空调，室温刚好，她却感觉有点热，连周围的空气都变得稀薄了一些。

她手指蜷了蜷，敲出几个字。

她想说近日来的天气预报不太准，预报是晴天仍下了半日雪，她还没点发送，手机页面上方跳出江屹杨发来的消息。

是一条语音。

"周末要出门？"

男生声音沉稳清澈，背景音里隐隐有滑轮滑过地面的摩擦声。

陶音往厨房里扫了眼，奶奶正在里面煮汤圆，她拿上手机到阳台落地窗边，外面零零星星飘着雪花，有渐停的迹象。

她拇指摁住语音键，手机靠近唇边："嗯，要去灯会。"

江屹杨："好玩吗，灯会？"

庭院里梧桐树枝上的积雪似白鹅绒般簌簌掉落，陶音看了眼，清脆的嗓音透着几分愉悦："还好，就是普通的灯会，但寺庙里的祈愿树还挺灵验的，我每次回来都会去逛逛。"

她等了一会儿，江屹杨没回复。

那边，奶奶端着煮好的汤圆来到客厅，喊她过去，陶音琢磨着江屹杨估计是去练滑板了，她轻轻叹了口气，而后收起手机蹦跶着过去吃汤圆。

灯会那日是个好天气，雪后初晴的空气格外清新。

活动安排在晚间举行，来明泽寺的游客从下午陆续增多，每个人脖子上都戴了条红色围巾，喜庆的气氛越发浓厚。

山下寺门外。

陶音裹着羽绒服，厚毛线围巾里的一张脸小巧精致，阳光下的皮肤白出了几分透明感，一双眸子乌亮亮地打量着寺庙外面小摊里的小玩意。

地面积雪未退，奶奶出门不方便，几个镇子里小时候要好的朋友还未回来，她只能自己来逛逛。

明泽寺这几年香火鼎盛，灯会跟寺里祈福的地点不是同一处，身边不时有外地来的游客来找她问路。

她低头看着一个小木雕。

她前一秒刚给一对情侣指了上山的路，此时身侧又过来了人。

"请问……"

低低沉沉的嗓音，含着一股白雪青松的清冽干净之感。

淡淡两个字。

陶音的心脏重重一跳。

抬头间，陶音撞上了一双漆黑纯粹的眼眸。

"听说这寺里有棵灵验的祈愿树，"冬日阳光下，男生笑得肆意又晃眼，"你知道该怎么走吗？"

耳边有细微的风声。

风吹过脸庞时，她闻到了熟悉的味道，干干净净的薄荷清香，淡而生冷，在这冰天雪地之间，却不由得让她心跳加快，体温一点一点上升。

陶音整个人处在恍惚的状态，忘了反应。

眼前的人长眼漆黑，似笑非笑地盯着她。

卖木雕的老板眼珠子在两人之间扫了一圈，心里暗笑：这小伙子长得太俊，都把女娃娃给看迷了。随后他笑呵呵地指了指："你说的那棵祈愿树啊，在寺庙里，得从这里上山。"

江屹杨侧头，点头客气道："谢谢。"

少年又掀眸看她："不过，我好像还是找不到。"

说话间他倾下身："能不能麻烦你，帮我领个路？"

见状，老板这下明白了，原来是这小伙子看上这女娃娃了。

年纪大的人就喜欢见这种事，况且两个娃娃还那么登对，他决定撮合撮合两人，顺便再做个生意。

"小伙子，领路是可以，我们茗古镇的人都乐于助人，不过呢，"老板话里有话道，"你得等人家挑好了木雕。我这里的木雕用的是这寺外上好的香木，寓意也好，就小女娃看中的这只小麋鹿兽，可保全家顺意安康。"

闻言，江屹杨视线一低，心领神会道："老板，这个多少钱？"

老板感慨这小伙子可真上道，忙乐呵呵地报了价。

从小摊往前走，步入山门。

两人踏着长阶而上，沿途的风景很美，阳光从云层洒落，笼罩万物，淋过雪后的雪松白绿相间之中别有一番景致。

陶音的心思却不在风景上。

她手里攥着小木雕，指腹轻轻蹭过上面的刻纹，犹豫地开口："你怎么来了？"

"因为你啊。"

陶音抬头。

"是你说的，这里祈愿很灵，"江屹杨侧头，扯出一抹笑，"我好奇，想来看看有没有那么灵。"

少年薄唇挺鼻，下颌的线条流畅，融合着少年气与棱角感，一双眼低着："也想来看看你长大的地方。"

她握着东西的手不由得攥得更紧，指节泛白。半晌，略过了那句暧昧不明的话，她磕磕巴巴道："那……那你来之前怎么不说一声？我好去接你。"

"还有这待遇吗？我不知道。"江屹杨笑了笑，"行，那下次吧。"

"……"

陶音看了看他，男生高挑的身形穿着白色羽绒服也不显臃肿，脖颈的红色围巾衬得五官越发英俊。

她还是第一次见江屹杨穿戴红色，竟也这么好看。

陶音打趣道："你还知道要戴红围巾的。"

"第一次来，"江屹杨弯唇，"入乡随俗。"

明泽寺在山顶，这个时间来祈福的人也很多，寺里面弥漫着浓郁的香火气，烟雾缭绕，人头攒动，很是热闹。

祈愿的地方在正殿后院。

绕过佛堂，庭院里一棵参天常青树映入眼帘，翠绿的树枝上挂满了系着红线的木牌，丝丝缕缕垂落，牵系着每一个心愿。

一旁卖牌子的地方排了几个游客，陶音二人也过去排队，轮到陶音时她要了三个牌子，写下愿望。

愿母亲工作顺意，幸福安康。

愿奶奶长命百岁，福泽绵长。

愿江屹杨……

她扭头看了眼身旁正弯腰写牌子的男生，漆黑的发落于眉眼间，长睫下的眸子里是专注的神色。

祈愿牌不分类别，可为人祈福，也可为自己而求，不论亲情、友情还是爱情。

陶音沉思一瞬，低头再次落笔。

——万事顺遂，梦想成真。

祈愿树下围着围栏，里面去挂牌子的人很多，她跟江屹杨站在外侧等了会儿。

"写了什么？"江屹杨侧头看她，见她将手里的木牌牢牢握在手心，扣放在胸前，他调笑着道，"还怕我看？"

陶音长睫一眨，动了动唇。

她只是下意识的动作，又没写不能让人看的事情。可江屿杨这样问，她突然就有点不好意思了。

不像送生日礼物，这种祈福牌是称是对朋友的祝福，也不免会让人忍不住遐想。

这时从围栏里出来两个女生，边走边说：

"你求的什么呀，爱情吗？"

"嗯，我希望我暗恋的那个男生可以注意到我，能跟他多一些交集。"

"这么简单啊？"

"简单才容易实现呀！"

"也对。"

女孩子们的欢笑细语声渐远。

江屿杨视线一低，眸光微敛，脸上表情微妙："一个牌子给奶奶，一个牌子给妈妈。"

他抬眼："剩下那个呢？"

陶音手指不动声色地蜷了下，眼珠转了转，低声开口："是给……一个明年要高考的表姐的。"

而后她抬头，目光交汇间，她看见江屿杨散漫地弯起唇，眼角也染上了笑意："那你自己呢，没什么想求的？"

陶音不太明白他这笑意为何，只温暾地解释："我每年都来，愿望太多了怕会不灵，不想太贪心，打算明年高考之前再来求。"

江屿杨很轻地"嗯"了声。

而后他似在自言自语，低声道："没关系。"

进到围栏里，常青树树枝向上延展。陶音瞄了眼身旁的男生，脚下悄悄地往旁边挪了挪，在一枝稍高的树枝上挂上牌子。

女孩一下一下地踮着脚尖，江屿杨打量一眼，悠悠道："需要帮忙吗？"

"不用，"陶音很快地说，"要自己挂才有诚意。"

他散漫地笑了下："偏要挂那么高？"

因为挂低了会被他看见啊！

陶音心里这么想着，眼睛随之在头顶上方扫了扫，对于江屹杨这身高，似乎也并没什么用，好在他好像也没有偷看的意思。

她"嗯"了声，煞有介事地说："以我的经验，挂得越高，愿望越容易实现。"

挂好后，陶音扭头看向江屹杨。

男生的手抬高，在一处更高的枝丫上系着红线，他仰起的侧脸上唇角弯着极小的弧度。

有一束阳光穿枝而过，恰落在他的眉宇间，他漆黑的眸子里被染上了浅色的色泽，神情显得温柔又虔诚。

陶音将视线停留一瞬，而后上移，落于男生修长的指间。

红线缠绕着白皙的手指，被一点一点系紧，男生的动作里有股说不出的耐心细致，那双手垂下时，轻轻擦过木牌边缘。

浮光掠影之中。

她看见了，一晃而过的名字。

灯会的地点在临近半山腰的地方，下山时要从另一条小路走，她带着江屹杨在寺庙里逛了一圈才下山，此时临近下午四点，天色开始渐暗。

陶音盯着脚下的青石台阶，清澈的眼里若有所思。

那个木牌被江屹杨挂得太高，她只看了一眼，没太瞧清，当时后面还有许多排队的游客，她不好耽误时间，便匆匆出去了。

想开口问时，又错过了时机。

何况，万一是她看错了呢，人家说不是，那她多没面子。

这条小路狭窄，只够一人行走。

江屹杨走在前面，走了一会儿，他转回身。

陶音安静地在后面跟着，不知不觉间已经落后了一段距离。她脑袋里一直想着事情，也没注意前面人的动作，等她反应过来时，人已经撞了上去，额头磕到了男生的下颌。

江屹杨抬手，在空中虚扶了下女孩的腰。

只是很轻地磕了一下，没疼，但因为她没反应过来，她很快抬头说："你怎么不看路？”

见她这理直气壮的模样，江屹杨失笑了下，声音里夹杂着浅浅的气音："是谁不看路啊，嗯？

"我一直站在这儿等你，是你自己撞上来的。"

两人站在相邻的台阶上，距离很近，少年温热的吐息拂过耳边，有一点麻，低低沉沉的嗓音有股震荡空气的感觉，惹得她心尖发颤。

她的手还微微抬着，为了稳住平衡，扶着他腰间的衣角，整个人像是靠在了他怀里。

对视间，他眸子里的笑意让她不自觉耳根发烫。

陶音忙放下手，往后仰了仰身子，拉开些距离，虽然理亏，她还是小声说："那你怎么不提醒我一声？"

"没想。"

"嗯？"

江屹杨笑道："没想起来。"

"……"

话音落下，他退了层台阶，朝山下方向抬了抬下巴："走哪条路？"

听他这么一说，陶音才发现原来已经走到了岔路口，她敛了敛神，抬手指着左边："这条。"

而后江屹杨侧过身子，低声道："走我前面。"

天色渐暗之际，半山腰处。

一盏盏灯笼发出柔光，沿着山坡曲折的小径汇聚到一个地点，两人到时，灯会刚好开始。

来参加灯会的人很多，路两旁摆满了各式各样的花灯，熙熙攘攘的人流里夹杂着欢声笑语，气氛不亚于春节之际。

除了传统祈福寓意的花灯、动物灯，今年还多了一些在小孩子群体里流行的卡通人物灯，一个卡通灯摊位前，吸引了一堆小朋友。

陶音随意看了眼，随后身侧落下一道声音："要一只 hellokitty（凯蒂猫）吗，陶音小朋友？"

闻言，陶音回看他，眉眼微抬："要一只奥特曼吗，江屹杨小朋友？"

男生长睫微垂，没有立即回话。

陶音难得噎了江屹杨一回，她忽然起了兴致，伸出细白的手指："除了奥特曼，你要是喜欢，那只机器猫、马里奥，姐姐都可以买给你。"

话音落下，他缓缓一挑眉："姐姐？"

江屹杨微俯下身，打量一眼女孩巴掌大的小脸，慢条斯理道："你多大，还敢自称姐姐？"

后面观灯的人群还在往前走，两个人站着不动有点碍事，江屹杨拉着她往旁边靠了靠。

而后倾身凑近，漆黑微挑的眼眸看她，唇角微勾，声音低又缓："你应该说，都可以买给哥哥。"

"你说一声，我就要了。"

他突然这般凑近，陶音紧张得吸了口气。哥哥这个称呼莫名让她耳热，而听见了后面那句话，她微怔地眨眨眼："我给你买东西，还要叫你一声哥哥，你才肯要？

"江同学，我看起来……有那么上赶着要给你买东西吗？"

江屹杨舔了下唇："有。

"你刚才在那里指着花灯的模样，看起来就很上赶着，热情又主动，"他低低笑了声，一字一顿道，"让我觉得，你很惯着我。"

"……"

男生嘴角上扬的弧度透着明晃晃的愉悦，她甚至从那一声笑里听出了几分莫名的满足感。一时间，陶音感觉周围冰凉的空气似变得胶着起来。

而下一刻，她很快从脑子里抛开这种错觉，咽了咽口水，尽量保持着平静的语气说道："我这只是热情好客而已，你想多了。"

陶音越开他，往前走。

余光里见男生跟了上来，她小声嘟哝着："还有，你也没比我大多少，别总叫我小朋友。"

"行，"江屹杨放缓步调跟着她，声音也低了几分，"你有小名吗？"

陶音微微张口，顿了下，看了眼男生等待的眼神，思虑一瞬，摇了摇头：

"没有。"

身后有兴奋地提着卡通花灯跑上来的小朋友，跑到陶音的身侧，差一点就要撞到她，江屹杨扯着她的手腕把她往自己这边拽了一下。

男生喉咙里莫名发出几声笑，低声道："是什么？"

陶音愣了下，抬起头："什么是什么？"

男生："小名。"

"……"

她瞥开眼，声音低低的："不是跟你说了没有。"

"这样啊，"江屹杨敛着下颌，扯了扯嘴角，"好，那我猜一下。"

"……"

"甜甜？"

陶音莫名其妙地看了他一眼。

他的眉眼微挑，像是饶有兴致般："是叫甜甜吗？你笑起来挺甜的。"

"……不是。"

"啊。"

两人并肩而行，江屹杨忽地歪下头，一双眼深沉又亮，直直地望着她："梨梨。"

"……"

他长睫微垂，盯着女孩的嘴角，抬手轻轻点了一下那里，很轻的触碰，像是羽毛刮过。

"你这里有个小梨涡。"

而后他视线一抬，对上女孩的眼：

"好看的。"

他的声音轻又缓，在喧闹嘈杂的背景音里也格外清晰。陶音心脏一跳，无意识抿了抿唇，路边有一处卖纱灯的摊位，她面色不自然地说道："不是，也不叫梨梨。"

而后没等男生再次开口，她抬脚过去，提起一个做工精巧、薄纱金纹的纱灯，一本正经地上下打量着。

半晌，她才后知后觉地意识到不对劲。

她被江屹杨给绕进去了。

"……"

他真是太狡猾了。

身侧有一道影子落下，安静地看着她的一举一动。

见状，卖花灯的老奶奶和蔼地道："小女娃喜欢，让男朋友给买一个吧。"

闻言，陶音或许因为还沉浸在刚才的情绪里，也像是以为江屹杨会解释，她愣了几秒。

而后她抬头看了眼男生，江屹杨的目光毫不避讳，也直白地向她看来，对视间，他意味深长地挑了下眉，下一秒他回过头去："嗯，这灯我买了。"

陶音一愣："我没说要这灯，还有，你也不是我……"

"不用说了，"江屹杨打断她的话，低笑，"我懂。"

"……"

他懂什么啊？

买了花灯，陶音提着小灯笼，不时看看身侧的男生，没等她问，江屹杨自顾自地开口：

"虽然我对长相这回事不觉得有什么，但从小到大还蛮多人夸我的，"他侧过头，声音松松懒懒，清隽的眉眼盯着她，带了几分调笑，"被误会是你的男朋友，还挺有面子的吧。"

陶音："……"

"江同学。"她说。

江屹杨淡淡地挑眉："嗯？"

"你的小名是不是叫皮皮呀，"女孩仰起头看他，一双眸子清透灵秀，毫不留情道，"脸皮好厚的。"

江屹杨垂着眼，立体的五官在昏黄色的灯光下显得柔和，被女孩这样说他也毫不在意，只漫不经心地笑了下。

漆黑的眼眸含着细碎的光。

那一瞬间，她调侃的话被一下子推翻。

只觉得心脏漏了半拍。

人群里来往的女生都忍不住偷看男生一眼，面含羞意，而他似乎早已习惯了这样的光景，不分半眼余光。

男生眼底映着她的身影，略低了身，语气里透着一丝纵容："怎么都行。

"你想怎么叫我，都行。"

第
三
十
一
章

深冬夜里寒凉，此刻却好像格外热。

那股心脏里咕噜咕噜往外冒泡泡的感觉再次翻涌而出，陶音低下头，手指不自在地摸了摸耳朵，半晌，她小声说："你倒是随意。"

江屹杨扯了扯唇角。

二人继续往前逛。

见男生手里空空的，在经过一处摊位时，陶音帮江屹杨挑了盏漂亮的兔子花灯，而后两人又随着人流来到龙鱼灯的景观区。

入目是五彩斑斓的一片，火树银花之中，龙鱼灯栩栩如生，夜光流转，在此观灯的游客也最为密集，众人纷纷拍照留影。

陶音被一对情侣请去帮忙拍照。

这对情侣看模样像是大学生，女孩子笑得很开心，亲昵地挽着男朋友的胳膊，旁边的男孩子倒是显得腼腆一些。

拍完照，女孩子道过谢后打量一眼她跟江屹杨，似乎不是很确定两人的关系，只笑笑说："需要我帮你们拍吗？"

没等她开口，身旁江屹杨先行掏出手机："好，谢谢。"

一盏一人高的龙鱼灯前，浮华万色之中，少男少女的面容被闪光灯记下。

女孩子小跑过来把手机直接递给了陶音，而后笑意盈盈地凑近了些说：

"你男朋友真帅。"

那对情侣走后，江屹杨低下头来问："她跟你说了什么？"

陶音把手机还给他，看他一眼，摇摇头："没说什么。"

"噢，夸我帅啊。"男生笑道。

"……"

他倒是耳尖，听见了还问。

"人家就是客气一句，"陶音又瞥瞥他，"况且你也不是我男朋友，少臭美了。"

江屹杨扯了扯嘴角："那你怎么又不解释？"

"人家走得急，我这不是没来得及……"陶音看着男生，愣了下，"你笑什么……"

"你干吗这么笑！"

江屹杨唇角的弧度丝毫不收敛，散漫地道："她夸我帅啊。"

"……"

陶音："你不是不在意长相？"

江屹杨："现在开始在意了。"

他挑了挑眉："还挺有用。"

"……"

走过龙鱼花灯区，人流逐渐稀少。

又逛了一会儿，陶音顺着路望了眼："前面就是一些普通的花灯了，没什么特别的。"

说话间她想起来什么，问道："你住在哪儿啊？离这儿远吗？得几点回去？"

江屹杨："清河广场附近。"

"那还好，"陶音掏出手机看了眼时间，"时间也不算很晚，你难得来一次，我们把这儿逛完吧。"

她说话时，下巴不自觉地缩进围巾里，鼻尖被冻得有点红，眸子里泛着淡淡的雾气，而眼角却是弯的，说完这句她抬脚就朝前走。

江屹杨拽住她的胳膊，低声道："我不想逛了，有点冷。"

陶音愣了下，淡淡地"哦"了声。

像是才察觉到似的，她吸了吸鼻子："是有点冷。"

她心里淡淡失落的情绪转瞬即逝，唇边漾起一抹笑："白天旅途劳顿，你应该也累了，早点回去休息也好。"

从山门出来，再走一小段路，就到了能打车的地方，两人并肩站在街边，陶音看了眼男生。路灯的光线从他头顶倾落，少年额前散落细碎的发，英挺的鼻梁被投下一小片暗影。

陶音视线弥留一瞬，轻声问："你什么时候回芜城？"

江屹杨："明天。"

陶音："上午吗？"

江屹杨："嗯。"

后天江屹杨要同父母一起去回怀城老家祭祖，明天他要赶上午的那趟飞机。

他对着那双清凌凌的眼睛，低声问："怎么了？"

"没怎么，"她弯了弯唇，"那我明天去送你。"

恰这时一辆计程车经过，陶音伸手拦下，回过头看他："你先上车吧，明天见了。"

江屹杨低着眉眼："你不回家吗？"

"回家，"她点头，"方向不顺路，你先回酒店休息，我一会儿再打一辆车……"

"我送你。"江屹杨打断她的话，长腿一伸，朝后车位走去，修长的手指打开车门。

陶音眨了下眼，摇摇头："不用，太麻烦了。"

"不把你安全送回家，"江屹杨长睫稍垂，扣住女孩手腕往后车座里拉，神色认真，声音却透着股低柔，"你让我怎么放心休息？"

"……"

进了车里，陶音跟司机师傅报了地址。

江屹杨转过头来，低声问："如果我今天没来，你也自己一个人回去？家里人放心？"

闻言，陶音下意识回道："如果不是你来了，我也不会逛这么久啊。"

她说完这句，瞧见男生似墨点般漆黑的眸子里闪过一丝笑意，意味不明。

车里开了暖气。

二人睫毛上沾染的寒气慢慢退去，对视片刻，陶音眼睫忍不住轻颤了下，而后收起视线，脸朝向窗外。

这时车里的广播放了一首舒缓的音乐，气氛温存，又有股说不出的缱绻。

回奶奶家的那条小路不宽，车子开不进去，两人在路口下了车。

深冬季节，道路两侧的树木枝丫光秃秃的，地面两边堆着积雪，陶音突然想起之前在寺庙里江屹杨说过的，想来看看她长大的地方。

虽然男生可能只是随口一说。

但她还是上了心的。

思考了下，她抬起头来，一双眼泛着莹莹的光："虽然这个季节有灯会，但其实你来得不是时候。"

她把手从羽绒服口袋里伸出来，指了指身侧每户人家连成排的墙面，笑道："夏天的时候，这一排的墙面会布满青绿的藤蔓和紫色牵牛花，比画里还要漂亮。"

"还有那个方向，"陶音给他指，"那边有一片观景湖，也很漂亮的，夏日傍晚偶尔还会飞来几只游水的天鹅。"

江屹杨单手插着裤兜，另一只手里提着两个人的花灯，顺着女孩手指的方向看了眼，而后低下头，一眨不眨地盯着女孩笑盈盈的小脸："嗯，光听听就很美。"

他忽地倾下身："那你明年暑假，带我来看看？"

"嗯？"她愣了半秒，"哦……好。"

再往前走，已经可以看见奶奶家门前的灯光。

陶音掏出手机看了眼时间。

已经是晚上接近九点钟，等江屹杨回到酒店估计也得很晚了。

她下午是吃过饭出门的，现下还不太饿，逛灯会时也没时间吃晚饭，但江屹杨中午下了飞机就赶来灯会，估计还是饿着肚子的。

到了大门口。

她接过男生手里递过来的花灯，几乎是没犹豫，轻声问："要不，你留下来吃完饭再走吧。"

男生应该是有些意外，顿了两秒，唇角随之弯起一抹弧度："不会打扰吗？"

陶音摇摇头："不会。"

闻言，江屹杨把那盏兔子灯也塞到她手里，倾下身说："等我一下。"

风很冷，月色静谧，视线里少年跑开的背影被披上一层皎洁的光影。

大概五分钟后，江屹杨去而复返，手里多了两个白色透明袋子，里面装着茶叶和一些营养品。

"我运气好，那家商店刚要关门。"因奔跑，江屹杨呼吸间微微带着喘息。

陶音浅浅地笑了一声："江同学，你也太客气了。"

"第一次登门，"江屹杨弯唇，"哪儿能空手？"

陶音带着江屹杨进了庭院里，她推门进屋，朝屋子里喊了声："奶奶，我回来了。"

"回来啦，我刚要给你打电话呢，"老人的声音从客厅里传来，随着脚步声，老人的身影出现，看见陶音身旁的人，老人温和地道："这个男娃娃是……？"

陶音才要开口，那边江屹杨清了清嗓子，背脊挺得像竹竿子似的，整个人少见地透着一股乖顺，自我介绍道："奶奶好，我叫江屹杨，是陶音的同班同学。"

他语速不疾不徐，说话时微微含笑："下午我们在灯会遇见了，她一个女孩子夜里单独出行不安全，我便把她送了回来，陶音顺便邀我进来坐一会儿，冒昧打扰到您了。"

说话间，男生弯腰递出手里的东西。

"啊，是熙熙的小同学啊。"老人笑呵呵地说，接过礼品，叹了声，"你这孩子，来就来了，还买东西，来来，快进来暖和暖和。"

江屹杨微笑："好，谢谢奶奶。"

老人把东西拿去放好，让陶音把人招呼进屋。

街坊邻居不时有过来做客的，家里有备用拖鞋，陶音从玄关鞋柜里给他拿出一双新拖鞋，而后自己换上一双。

陶音再次抬起头时，恰对上男生似笑非笑的眼睛，男生唇角漫不经心地勾起，声音低又轻：

"熙熙？"

声音落在女生耳畔，温柔中夹杂着浅浅的气音。

陶音心一跳。

那种发热的感觉再一次觅上心间，一点一点蔓延到耳根。

太犯规了。

她就知道，男生只要随口叫上一声她的小名，自己就很难控制住心绪。

陶音敛了敛神，维持着表面的平静，移开眼："嗯，我小名叫熙熙，你没猜到吧？"

而后她穿着拖鞋进到屋里，像个没事人一样，对老人说："奶奶，我同学要留下来吃饭的。"

"好啊，"老人应着，"难得你小同学来一次，当然得留下吃饭。"

江屹杨跟在陶音身后："麻烦您了。"

"哎哟，不麻烦的，菜都是备好的，"老人笑呵呵地往厨房走，"熙熙，你招呼着你这小同学啊，奶奶先去做饭。"

陶音应了声，让江屹杨去沙发那儿坐，她去茶水台给江屹杨倒水。

二人从外面刚进屋，身上还是冷的，她把水烧热些，身侧突然落下一道影子，而后听见一声短促的笑声："为什么不告诉我小名？"

"……"

陶音眼睫垂着，眸子里流露出一丝淡淡的情绪，缓缓抬眼对上那道视线。

男生的眼型很好看，微微上挑时总是有股说不出的散漫感，眼底的笑意让人看不真切，却有让人瞬间误入其中的魔力。

安静几秒，她坦白道："怕你随便叫。"

半开玩笑地，随意地叫着亲昵的称呼。

就像每次逗她时那样。

惹她心绪混乱。

到最后，只有简单的一句，是朋友吧。

江屹杨敏锐地察觉到女孩那想隐藏起来的纠结情绪，他敛起散漫，低声问："那怎么样，才不算随便？"

陶音心情微妙。

男生没直接保证不会随便叫，而是在迂回之间巧妙地把后路堵上，不给她留有反驳的余地。

玻璃壶里的水咕噜噜地漂浮着气泡，她拿过一个干净的杯子，倒了多半杯热水进去，犹豫片刻，温暾地说："不能在人多的场合叫。"

"嗯。"男生轻声应着。

陶音："不能在我家人面前叫。"

"好。"江屹杨眼皮低垂，透着股耐心，"还有吗？"

"还有，你不能叫得太……"

太亲近、温柔，惹人遐想不说，关键是……还那么好听。

男生盯着她脸上的小表情，舔了下唇，语气认真："不能叫得太什么？"

陶音抬头，话到了嘴边，却根本说不出口，憋了半晌，干脆说了句："太轻浮。"

"你刚才在门口喊那一声，就有点过分。"

似乎是意外。

她瞧见江屹杨明显愣了下，漆黑的眸子流露出茫然，半秒，像是确认般地询问："我……过分吗？"

陶音尽量绷着表情，点了点头。

陶音把水杯塞进男生手里，绕过他走到客厅里。男生也跟了过来，在沙发上坐下，手里的水就那么端着，眼皮略微垂着。

江屹杨这人的教养刻在骨子里，就算是开玩笑也是懂得分寸的，他长这么大，估计是第一次被人这么说。

想到这儿，陶音心里软了几分。

也怕自己让他不开心了。

想了想，陶音伸手把茶几上的果盘朝他那边推了推，轻声开口："我的意思，也不是说你轻浮。"

江屹杨抬眸，眼里叫人看不出情绪。

陶音长呼了口气："我仔细回想了下……也不算过分，只是有点容易让人误会。"

男生长睫一眨："那不让人误会。

"不在人多的地方，不在家人面前叫你小名。"

陶音微微一怔。

"好。"江屹杨视线一低，拾起一个香橙，修长的手指轻轻摩挲，搁在鼻尖嗅了嗅，掀起眼皮看向女生。

薄唇勾起一抹弧度："我知道了。"

陶音盯着那双眸子，见他眼底丝毫不见黯然的情绪，肆意又透着股张扬。

两人的位置隔了些距离，他没凑近，却用只有两人才能听见的声音说："还有，我想问一下，我那样叫你……"

与刚刚一副认真反思的模样判若两人，男生眼里划过一丝坏笑，拖着尾音："陶同学，你误会什么了？"

"……"

第三十二章

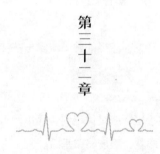

他的眉眼微微扬起，带着几分探究的神色，陶音心跳不受控地加快。

短暂的紧张过后，陶音很快意识到，是他先不清不楚地喊着亲昵的称呼，自己为什么要被他问得心虚？

陶音抿起唇角，微微抬了抬眉，反问道："你说我误会什么了？

"你那么聪明，心里不知道的吗？"

女孩五官精致秀气，小巧的下巴稍抬，讲话时面不改色的，耳边皮肤染上的淡淡红晕却暴露出她在故作镇定。

江屹杨眼里笑意加深，一副饶有兴致的模样："我知道。"

"……"

"我这不是想看看你想的，是不是跟我想的一样，"他似笑非笑，"这样我以后再叫的时候，也好注意点。"

陶音发现自己似乎又被江屹杨给绕了进去，深知自己说不过他。陶音错开视线，声音含糊道："我不想说，你自己先在这儿琢磨吧。

"我去厨房里帮忙了。"

她说完，起身朝厨房方向小跑开了。

江屹杨盯着她的背影，忍不住笑了下。

十分钟后，餐桌上摆上了热气腾腾的饭菜。

室内的灯光是暖色调的，窗外不知何时又飘起了雪，玻璃上凝了一层白雾，为这寻常的夜晚添了几分温馨。

陶音奶奶好客，又一贯喜欢孩子，不停地给江屹杨让菜："熙熙最喜欢吃我做的这道菜了，你也尝尝。"

闻言，江屹杨视线落在那道白瓷盘里，停了一秒，笑道："好。"

江屹杨夹起一块虾仁滑蛋，仔细尝了口，由衷地赞叹道："很好吃，难怪陶音喜欢，奶奶的手艺不一般啊。"

老人一听，脸上笑意更甚，打进门起她就喜欢这孩子，长得俊俏不说，嘴还甜，老人家笑吟吟道："熙熙，你班里的小同学是不是都这么讨人喜欢呀！"

江屹杨敏锐地捕捉到这句话里的关键点，自然而然地接过话："陶音还跟您提过哪个同学吗？"

"啊，是提到过一个小同学，"老人说，"是你们班里次次考年级第一的那个，你应该知道吧。"

闻言，陶音手里的筷子一顿，突然紧张起来。

"知道，"男生意味深长地看了陶音一眼，微微颔首，"是有这么一个人。"

他笑道："我跟他挺熟的。"

"……"

陶音动了动唇，想趁机岔开这个话题，还没开口，就听身旁男生又说："陶音跟那位同学关系也不错，她是怎么跟您说的？"

老人随即道："她说那个小同学呀，特别优秀，长得很好看，对朋友好，性格也好，说是都挑不出一点缺点的。"

陶音："……"

"这样啊，"江屹杨笑道，"嗯，她说得没错。"

"……"

厨房里炖的鱼汤快好了，老人起身去盛，陶音忙搁下筷子："奶奶，我去吧。"

老人摆摆手："哎，不用，你快坐下陪你小同学吃饭。"

待餐桌上只剩下两人，两人安静半秒，空气里传来一声短促的轻笑声，接着江屹杨的声音飘入耳际，语气慢悠悠的，像带了几分玩笑，又像是在认真确认。

"没想到，我在你心里这么完美。"

陶音脸一热，没敢去看他，一时也没办法否认，筷子戳着白米饭，干脆直接地说："您江大校草在全校师生眼里都是完美的，你不是从小被夸到大的吗？这不是很正常？"

话音落下，她指了下男生面前的那道菜，自然而然地转开话题："虾仁凉了味道就不好了，你得趁热吃。"

闻言，江屹杨低头扫了眼，伸手把那盘虾仁滑蛋搁去她面前，手轻搭在桌沿边，手指修长且骨节分明，清冽的嗓音笑意懒散："说得也是。

"是很正常。"

"……"

男生的语气极其自恋。

她刚想说点什么，那边奶奶端着鱼汤回来，这个话题也就此止住。

这顿饭吃得有点久。

老人家难得见从芜城来的陶音的同学，一直在问学校里发生的事，江屹杨也不厌其烦地讲给老人听。

吃完饭，陶音两人一起往厨房里收拾碗筷，陶音端着盘子走在江屹杨身后，视线掠过男生干净的后颈，突然凑前一步，轻轻踢了下他的鞋。

江屹杨一低下头，就见陶音已经凑到他身边，仰起脸看他，一双眸子清透灵秀，唇角微抿着，像是有话要说。

江屹杨打量她一眼，挑眉笑问："怎么？"

陶音眨了下眼："江同学，经过今天呢，我突然发现你这人也不是很完美，你有一个很明显的缺点。"

江屹杨笑容未变，悠悠地问："什么？"

陶音抬起手指，细白的指尖点了点自己脸颊的皮肤。

江屹杨视线一低，似没懂地问："你脸上沾东西了？"

"……"陶音再次提醒，"灯会那会儿我说过的。"

"哦，你让我帮你擦？"

陶音直白道："我是说脸皮。"

"好。"

而后她看见江屹杨抬起手，用指腹极轻地蹭过她的脸，在她刚才指的那里。

像是羽毛刮过。

她还来不及反应，男生已经收回了手。

摩挲两下手指，笑声里夹着浅浅的气音，透着一丝愉悦："擦好了。"

而后他又极其没脸没皮地补了句："下次再有这种事，直接跟我说就行，不需要这么拐弯抹角。"

他低下眉眼："我都帮你擦。"

"……"

陶音望着男生往前走的背影，一时不知是气闷还是别的，总之她的情绪有点复杂。江屹杨之前也会偶尔逗她，但也没见这么厚脸皮过……

她下意识摸了摸自己的脸，后知后觉反应过来，刚刚，江屹杨是碰了她的脸吗？

其实也不算……

那么轻的一下，只是感觉上有点亲昵而已。

饶是这么想，她脸上似乎还能感觉到残余的温度，以及男生手指皮肤微微的粗糙感。

她暗自呼出一口气，才抬脚往前走。

从厨房里出来，这时客厅里的座机响了，陶音过去接，是隔壁家李奶奶打来的，说是有快递送错了，让她过去拿一趟。

陶音撂下电话，套上羽绒服跟奶奶说了声就要出门，江屹杨见状问："需要我帮忙吗？"

"不用，"陶音边换鞋边说，"没几件东西，我一会儿就回来。"

她出门后，江屹杨又回到厨房里，到洗碗池边："奶奶，我来洗吧。"

老人赶他："哎哟，你去客厅看会儿电视等熙熙就好，哪儿能用你干活呀？"

"您还是让我帮忙吧，"江屹杨态度坚决，"不然我过意不去。"

老人一听，想了想放下盘子，把位置让了出来。

江屹杨穿着一件黑色毛衣，袖子撸到手肘，动作有条不紊，气质里的贵气却让他不沾半点烟火气息。

奶奶打量一眼，笑呵呵道："在家里不做这些的吧。"

"是不做。"江屹杨笑了笑，想起了什么，又开口，"我听陶音说，她初中时便学会做饭了。"

"是呀，"老人说，"我记得那是初一的暑假，这小丫头说跟她妈妈学了几道菜，非要做给我吃。当时呀，小丫头个头也没比这灶台高多少，手里拿着小铲子，做起菜来却有模有样的。"

老人穿着素色的衣服站在灯光下，讲话时一脸慈爱："结果呀，味道还真不错呢，哈哈。"

闻言，江屹杨也不自觉地弯了弯唇。

提起这个话茬，老人又忍不住多讲了几句："我家熙熙呀，虽然从小性子乖，但小时候是被她爸爸捧在手心里养着的，脾气还是有点娇惯的。

"从她爸爸意外过世的那年，这孩子像是一下子长大了，更懂事了不说，长这么大凡事也从未让我跟她妈妈操过半点心。"

老人语气平静，却难掩心疼："这样懂事的孩子，虽然省心，却也是最让人挂心的。"

江屹杨垂眸，视线落在洗碗池里的水流上，嘴唇轻抿着，若有所思。

江屹杨从厨房里出来，把几个杯子放去客厅柜架里，红木柜看起来有些老旧，被擦得泛白，江屹杨目光掠过，发现上面还贴了几张照片，都是陶音小时候的照片。

江屹杨低头，一张张看着，眉眼不由得柔和下来。

小姑娘长相基本没变，圆圆的大眼睛，纯净得无一丝杂质，嘴角上翘，从小就很可爱。

最下面那张，是她跟她爸爸的合照。

画面里，陶音穿着一条白色小裙子，站在藤蔓墙边，小手里捏着一朵牵牛花，另一只手拿着一根棒棒糖，唇边的小梨涡很明显，笑得开心。

一副天真烂漫、无忧无虑的模样。

蹲在她身后的男人英俊又儒雅，男人温柔地把小姑娘搂在怀里，眉眼间满是慈爱。

江屹杨不知看了多久，玄关处传来开门的声音。

外面的雪没停，随风钻进来几片雪花，陶音随手把快递包裹放在玄关柜上，换了拖鞋进屋。

她脱下外套，一抬头对上江屹杨的视线。

男生先是看了她一会儿，视线继而又转向她身后的门外，天色已经很晚了，他自顾自地到衣架前，扯过上面的大衣："时间不早了，我该走了。"

恰这时奶奶来到客厅，扫了一眼墙上的挂钟，忙道："都这么晚了，孩子你要是没别的事，就在奶奶家住一晚吧，这雪还没停呢。"

江屹杨："不用了，奶奶，那样太叨扰了。"

"没关系，又不是没地方睡，"老人说着往一个房间的方向走，"奶奶这就去给你收拾一间客房出来。"

吃饭与留宿不同。

他一个男生在一个女孩子家里过夜，总归不太好。

江屹杨将目光从老人的背影上移开，看向陶音，走近几步，盯着她的脸问道："会不会不方便？"

陶音望着那双长眸，漆黑深沉，里面透着股认真，身上不见一点散漫，像是只要她表露出一点为难，他便不会留下。

外面的雪越下越大，似鹅毛般漫天飞舞。

陶音卷翘的睫毛眨了下："不会。

"奶奶家有好几间客房，你要不要自己去挑一间？"

她说话时无一丝犹豫，一双眼瞳孔清透，里面浮着淡淡的笑意。

江屹杨眸光动了动，唇角微微上翘："不用挑，我住哪间都行。"

卷五

听见回音

暗 恋 有 回 音 🖤

第三十三章

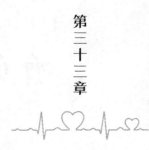

奶奶给江屹杨收拾的房间恰在陶音的楼下，时间不早了，陶音简单地洗漱过后就回房里休息了。

躺在床上时，本来白日里逛了灯会已有些倦意，但她想到江屹杨就住在家里，那点睡意竟然一点一点消散了。

她裹着被子，盯着天花板发了会儿呆，又闭上眼，酝酿着睡意。

到最后，她整个人越发清醒。

她叹了口气，打算下楼去泡杯牛奶助助眠，她掀开被子，套上一件外套出了房间。

经过江屹杨住的房间，她朝房门看了眼，而后轻手轻脚地往客厅里走。到了茶水台，她刚烧上热水，身后传来一声轻微的开门声。

她回过头，见江屹杨从房间里出来。

客厅里没开灯，光线有点暗，陶音借着窗外的光亮，能看清男生脸部清隽的轮廓。男生一双眼透着几分散漫，亦无一丝睡意，黑沉清澈。

陶音嘴角不自觉地上扬，夜里寂静，她声音也放得轻，听起来有点温柔："江同学是认床吗？"

江屹杨轻笑了声，走到她身边，手指搭在额前拨了拨碎发："是有点。"

"你呢，怎么还没睡？"他懒懒地问。

"因为你睡在楼下啊。"

陶音对着那双眸子，这句话差点脱口而出，到了嘴边及时改口："晚饭吃得有点多，想出来坐一会儿。"

"你要喝杯牛奶吗？"陶音又说。

江屹杨勾了下嘴角："好。"

夜里雪终于停了，月光透过阳台洒落到客厅里，两人到那边的落地窗前，陶音拿了两个棉垫放在地板上，二人坐下来。手心里的牛奶很烫，陶音吹了吹，抿了一小口。

江屹杨坐在她对面，沉默片刻，轻声开口："我今天听奶奶讲了你小时候的事。"

"奶奶说了什么？"

"夸你懂事。"

她笑了笑："奶奶真是的，总是夸自己家小孩子。"

江屹杨看着她。其实无须问，可想而知陶音小时候应该是吃过挺多苦的，江屹杨只是遗憾没能早一点认识她。

二人沉默半晌。

他唇边弯起浅浅的弧度，嗓音低沉干净："你知道，你什么时候最可爱吗？"

被他突然这么问，陶音有些猝不及防。

陶音怔了下，手指不自觉捏了捏玻璃杯，温暾地问："什么时候？"

江屹杨眉梢轻挑："发脾气的时候。"

"……"

就知道又是在开她玩笑。

陶音不以为然地说："哪儿有人发脾气还可爱的？"

江屹杨眸子里染着笑，没对此说什么，敛了敛神，眉宇间露出一抹少年意气："陶音，我给你个特权好不好？"

两人视线相撞，女孩清澈的眼底透着一丝懵懂。

江屹杨薄唇上挑，带了点弧度，散漫又认真地说道："你在我这儿，可以不用懂事。

"也可以随时跟我发脾气。"

夜里静得可以听见外面树梢上积雪落下的声音，以及一点点加快的心跳声。

二人对视几秒。

她不自在地瞥开眼，看向窗外的白雪，之后视线又落到手里温度降了几分的牛奶上，心情染上一抹复杂。

若有所思一瞬，陶音小声说："懂事，不是挺好的吗……"

"女孩子不需要太懂事。"江屹杨声音低低柔柔的，"至少，在我面前不需要。"

男生的声音在这安静的空间里格外清晰，语气里莫名带着股怜爱。

陶音低着头，鼻尖不由自主地涌出一股酸意。

虽然从小到大，妈妈跟奶奶把她照顾得很好，她很辛苦时也没觉得委屈，但心底到底还是缺失了一块的，是对她而言很重要的一部分。

女孩长睫低着，遮住眼眸，似不想被人瞧出情绪。

江屹杨喉结滚了滚，一时也不确定是不是自己这话惹她难过了，一股无措感从心底蔓延开来。

他动了动唇，正考虑着说点什么时，看见陶音眨了眨眼，而后轻轻吸了下鼻子，抬起头来，眼角湿意退散，清亮亮的眼眸看向他："江同学，你说话算话？"

她的唇边抿起一对浅浅的梨涡，语气中透着几分正经："我真发起脾气来，可是很厉害的，说不定会吓到你。"

江屹杨反应了一秒，随后那双漆黑漂亮的眼弯起，低低笑了声，舔了下唇角："是嘛，那我还挺期待的。"

说话间，他抬手揉了揉她的头发："期待被我们熙熙吓到。"

回到房间，她钻进被子里。

半晌，她手伸出来，摸了摸自己的头发。

男生宽大的掌心留下的温度跟触感似还弥留在头顶上方，很轻的触碰。

这是江屹杨第二次摸她的脑袋了。

上一次是在考试前，为了给她鼓励，那么这一次呢？

是因为从奶奶那儿听了她小时候的事，了解了她的家庭情况，觉得她可怜吗？

还有那句不掺半点玩笑意味，带上几分疼惜的——"我们熙熙"。

她有些恍惚，半晌，她清亮的眸子在暗色中又多了抹柔色。

不管是因为什么，江屹杨，他真的是一个很温柔的人，出于骨子里的。

值得她喜欢。

时间渐晚，她也有了困意，慢慢进入了梦乡。

这一觉睡得莫名安稳。

醒来时，陶音缓缓睁开眼，视线里阳光透过窗帘缝隙洒了进来，是很足的光线。

她微眯着眼反应了一会儿，头脑还有些混沌，下一秒却倏然意识到了什么，她忙摸过床头的手机看了眼时间。

——九点半。

她愣了一秒，紧接着掀开被子，踩上拖鞋跑下了楼。

她刚下到楼梯口，不期然碰上了从餐厅走来的江屹杨，差一点撞在他身上，陶音的鼻尖轻轻蹭过他胸膛的毛衣，柔软的触感，夹杂着淡淡的薄荷气息。

陶音抬起头，望着他，怔怔地开口："你怎么还没走？"

江屹杨视线扫过女孩那张白净的脸。

她的头发睡得蓬松，散落在肩上，一双眼眸带着刚睡醒的蒙眬，嘴唇是嫣红的颜色，在干燥的气候里竟也很水润，她因跑得急而微微喘息着。

江屹杨目光停了下，喉结缓慢地滚了滚，而后扯了扯嘴角："不跟你打招呼，我怎么会走？"

这时奶奶的声音从餐厅里传来："这孩子非要等你醒了才出发，还不让我去叫你。"

陶音平缓了下呼吸："那你十点的飞机……"

江屹杨："改了航班。"

闻言，陶音心里松了口气，还冒出一丝愉悦。她抿了抿唇，不自在地摸了摸耳朵，有点不好意思地说："我平时不起这么晚的，是昨天睡得晚了点。"

"我知道，"江屹杨笑道，"所以才没叫你。"

奶奶："好啦，正好也起来了，熙熙收拾一下，过来吃早饭。"

她"哦"了一声，又看了眼男生，察觉到他直白的注视，又想起刚才自己跑下来时的情形，那般着急的模样，她耳根忽地一热，转身钻进了卫生间。

进到里面看见镜子里的自己，她才反应过来自己情急之下也没穿个外套，不过睡衣长袖长裤的，领口也熨帖，没什么不妥的，就是头发有点乱。

洗漱过后，她扯过一个小皮套把头发绑了起来。

江屹杨的航班改到了晚上八点。

到了傍晚时分，从陶音奶奶家里出来，老人将二人送到门口，灯笼暖色的光线下，老人笑容和蔼："孩子以后再来茗古镇，有空的话要来奶奶这儿坐坐啊。"

"好。"江屹杨温声道，"一定的，奶奶。"

两人并肩沿着小路而行，此时路上无人，凉风轻轻掠过，吹来几片细细的雪花，落在脸上，冰冰凉凉的。

陶音踩着地面上一层薄薄的雪，抬头问："飞机那么晚，那到芜城不是要深夜了，你怎么没改早一点的？那样我也能送你。"

江屹杨侧过头来，漆黑的眼眸若有所思，回答她："早点的航班没票了。"

陶音轻轻眨了下眼，而后"哦"了声。

两人安静地走了一阵，到了路口，天色越发昏暗，路灯下的雪似被染了色，四周静谧无声。

江屹杨停下脚步，转过身来。

他的眉目干净，长眸漆黑，眼尾的线条格外清隽，盯着她看的模样在这暮色下有股莫名的专注意味，陶音和他对视时，看见他唇边染上笑意。

接着他从衣服口袋里掏出一个四方的小盒子，递到了她面前："新年礼物。"

而后他低下头，声音里含着笑："我第一次送女生礼物，也不太清楚你喜欢什么，挑了好久。"

视线里的盒子包装精致，系着金色丝带，恰有一片雪花落在了上面，陶音感觉也有什么东西落在了自己心上，眼睫颤了颤，心跳也在这一瞬间加快。

"谢谢。"她缓缓接过礼物，嘴唇动了动，因为有点紧张，不敢去看他，只低着头说，"可是，我没给你准备礼物，怎么办？"

话音落下，江屹杨忽地俯下身，与她平视，直直地盯着她的眼睛，不给她躲闪的余地。

男生这猝不及防的靠近，使她不自在地别开眼。

而下一秒，女孩又不由自主地看向他。

她想尽量让自己显得平静些，但她根本做不到，感觉呼吸就快要停滞了。

江屹杨盯着她颤抖的睫毛，心里软了下，而后视线缓缓下移，落在女孩白皙的耳边，他抬手，指尖落下时极轻地刮了下她的耳垂，像是不经意的触碰。

陶音无意识地抖了下，耳边一片酥麻，整个人都僵住了。

江屹杨的手最终落在女孩耳后黑发上的那个小皮套上，倏尔的风吹来，低沉的嗓音也随风飘进她的耳间："那，我想要这个，可以吗？"

"什么……"陶音没反应过来，下意识侧头看了眼，脸就这么贴上男生温热的掌心，她心一紧，忙回过头，耳根跟脸上一片滚烫。

江屹杨唇边弯起一抹弧度，眸光深沉中带着一股不自知的专注，一眨不眨地看着她，低声开口："你的小皮套，我想要。"

这句话落下时，陶音撞上他的视线，心跳漏了半拍，紧张得不知该怎么反应，抿了抿唇说："你要是想要小皮套，我可以给你买新的，这条……我都戴了好久了。"

"我不要新的，只要这条。"他语速稍慢，像是在给女生时间反应，他指腹蹭了蹭皮套上的绒毛以及她柔软的发丝，声音低柔，"从小到大，我想要的东西不多，这个是最喜欢的。"

他的面容被灯光染上暖色，有薄薄的雪花擦过他脸边飘落，他的神色显得格外缱绻，说话时视线一直落在女孩脸上，眉眼间认真又温柔：

"可以给我吗？"

这话无异于表白，饶是陶音反应再迟钝，也听得出来，她感觉自己心脏都快要从胸膛里跳出来了。

周围的空气似变得稀薄。

江屹杨盯着她的反应，弯着身子，耐心地等着她的答案，半点没催促。

他凡事习惯直来直往，唯有眼前的小姑娘能让他这般小心翼翼，在女孩心里有喜欢的人的前提下，他还不想太直接，怕把人给吓跑了。

毕竟她还挺会躲人的。

第三十四章

风吹过，空气安静得能听见雪飘落的声音。

男生的手停在她的脸边，没有因为女孩长时间没反应而要放下的意思，态度很坚决，但周身的气息温和，未给她一丝压迫感。

不知过了多久，陶音回过神，说话的声音很低，却也清晰："可是，这个小皮套只有一个，我也很喜欢……"

她轻咬了下嘴唇，涩巴巴道："不能轻易给你的。"

又怕男孩误会她的意思，她又很快补了句："我是说，不论是谁，我都不会轻易给的。"

话音落下，她清楚地看见男生眼底有淡淡失落的情绪，又在瞬间消失，声音放轻："嗯，你说得对，确实不能轻易给。"

陶音一时琢磨不透他的意思，心里有点慌，可出于女孩子的自尊心，就算是喜欢他，也总不能他开口要一次，自己就给了。

可她又怕江屹杨这人心高气傲的，要是被拒绝了一次，碍于面子就此放弃了怎么办。

想到这儿，她心里突然特别没底，清了清嗓子，正琢磨着再说点什么的时候，江屹杨莫名笑了声。

他声音温柔又克制："我得想想办法。"

话音落下，他缓缓收回了手，直起身子，唇角勾起的弧度隐约透着股放长线钓大鱼的耐心。

他眉眼间少年气肆意，确认着问："开学回芜城？"

男生的话题转得快，陶音脸上表情空白，与男生对视两秒，点点头。

"好。"江屹杨伸手把她羽绒服的帽子扣上，隔着帽子揉了揉她的脑袋，力道不算轻，有股情绪在里面，"还有一个月，我等你回来。"

江屹杨走后，陶音是一路跑着回家的，凛冽的寒风从脸颊上刮过，但她一点也不觉得冷，披着一身寒气回到家里。

奶奶在落地窗边修剪花枝，见状笑说："回来啦。"

她气喘吁吁地应了声，换上拖鞋，怕奶奶瞧出来她的异样，一溜烟跑上了楼。她进到房间，背靠着门缓了好一会儿，情绪才稍稍平复了一点。

而后她嘴角不自觉上扬，捂着脸开始傻笑。

过了良久，她将目光掠过手里，这才想起来要看看礼物。

她脱下羽绒服，走去床边坐下来，解开丝带，打开了盒子，眼睛盯着看了好一会儿。

盒子里是一条精巧的小兔子手链，叶片的花纹装饰，中间嵌了一颗水晶，晶莹剔透的。

她指尖轻轻摸了摸，取下来戴在手腕上。

很适合她。

她好不容易落下的唇角又不受控地弯起。

刚发生的一切像是在做梦一样。

晕头转向间，她脑袋里蓦然冒出来一个十分疯狂的想法。

她现在跑出去，打个车去机场，好像是能追上江屹杨的，至少在他登机前也能赶到。

很快，这股冲动又被理智给拉回。

她忙摇摇头，不行不行，这样一定会被江屹杨嘲笑的。

陶音躺在床上，往被单上滚了一圈，瞥见一旁的手机，伸手摸过来，给苏敏敏拨了个电话。

电话接通后，她先跟苏敏敏大致说了下情况，电话那头安静了几秒，忽然响起兴奋的声音："天哪！音音，江屹杨这是打直球了呀！"

陶音摸了摸嘴角，笑道："是的吧。"

苏敏敏："'吧'字去掉，就是！"

"哦。"陶音扯过身边的抱枕，笑嘻嘻的。

"哎，音音，"苏敏敏说，"不过江屹杨为什么不直接跟你表白呀？不太像他的风格呢。"

陶音眨了下眼："可能，怕我会拒绝吧。"

苏敏敏这一提，她才想起来这点，江屹杨是知道她有一个喜欢的人的，如果没猜错，他应该是在顾虑这个。

她低眼，视线落在手腕上的手链上，这个误会也该找个机会解释清楚了。

"真是没想到，像江屹杨这样的人也会有怕的事情。"苏敏敏觉得不可思议，又笑嘻嘻地问，"那小音音，你喜欢江屹杨吗？"

陶音笑了声："喜欢。"

"啧啧啧，听你这声音，是真的很喜欢啊！"苏敏敏话音落下，又"哼"了一声，"音音，你跟我说实话，你是不是早就喜欢江屹杨了？"

"嗯。"

"你太不够意思了，怎么瞒着我呀？"

陶音抿了抿唇："我以前是觉得，他应该不会喜欢我的，所以也就没跟你说。"

"为什么呀，音音，你长得这么漂亮，各方面又不差。"

"跟这些没关系……"她若有所思，温暾地开口，"敏敏，其实江屹杨他之前对我，一直是当朋友看待的。"

"那，然后呢？"苏敏敏顺着话问。

陶音："然后，我也不太清楚，他为什么会突然喜欢我了。"

听她的声音带着几分不明确，苏敏敏也认真分析了下："我虽然恋爱经验也不多，但我觉得吧，如果一直是以朋友对待的话，那应该是你做了什么事，让他对你产生了不一样的想法。"

做了什么事……

陶音仔细回想了下，脑海里闪过那天在露台的情景，低声开口："嗯，我确实有做过。"

她边思考边说："江屹杨生日那天，我送给他的那份生日礼物还挺用心的，他应该是被感动到了。"

苏敏敏："这样啊，那就对了嘛！"

陶音沉默了下："可是感动，算喜欢吗？"

"我觉得算吧，"苏敏敏听出她的犹疑，想了想问，"你是在顾虑什么吗？"

陶音卷翘的睫毛眨了下，坚定地道："没有。"

就算是感动，也是她自己争取来的。

她那么喜欢江屹杨，和他在一起这件事不存在顾虑。

想到这儿，她忽地又想起江屹杨临走时说的那句话，问道："敏敏，你说……江屹杨他说'得想想办法'是不是就是要追我的意思啊？"

"当然是了。"苏敏敏用好笑的语气回道。

陶音手指捏了捏枕套边缘，似自言自语地说："那我就让他追一下，再答应他。"

苏敏敏："像江屹杨这样的人，想要什么似乎都能得到，音音，你确实得让江屹杨好好追一下你。"

"你看林浩追了姜恬一年，多死心塌地啊。"

陶音"嗯"了声，抿抿唇："那我让他追一个月怎么样？"

下一秒，她又改口："还是半个月吧。"

苏敏敏："音音，我怎么感觉就你这状态，估计一个星期不到，就得被人给拿下了？"

"啊，"她眨了下眼，认真地道，"很有可能呢……"

苏敏敏："……身为你的好朋友，我劝你真的不能答应太早。"

"你说的意思我明白，"陶音声音低低的，"可是，我怕让他追久了，他觉得麻烦了怎么办？"

毕竟她还不太清楚，江屹杨对她的心思究竟到了哪一步，是不是因为感动而一时兴起，时间久了，那点感动万一被消磨掉了怎么办。

苏敏敏不以为然:"才一个月,如果连这点耐心都没有,我觉得你才是要好好考虑一下的。"

陶音若有所思。

目光落在手链上,脑海里浮现出男生那双黑色的眼眸,那眼底的温柔几乎要溢出来。

她心里忽地感觉被什么东西填满,像是有了底气。

她唇边弯起,轻轻笑了声:"嗯,我知道了。"

临近春节,沈慧姝在大年三十前一天回家。奶奶家这边的亲戚少,自从父亲去世后,那些亲戚也很少有往来,陶音每年都是跟妈妈和奶奶一起过年。

大年三十这天,天气特别冷。

吃过年夜饭,外头邻居家的小孩子在院子里放烟花,陶音怕冷,在阳台边看了一会儿,烟火升上夜空,明艳的颜色划过,在某处炸开一簇簇绚丽的光点。

隔着玻璃,声音没那么刺耳。

这时手里的手机响了,她低头一看,是江屹杨发过来的视频请求。

妈妈和奶奶正坐在客厅沙发上看春晚,电视机里洋溢着喜气洋洋的歌声,没人注意她这边的动静,陶音攥着手机,越过客厅悄悄跑上了楼。

怕时间久被迫挂断,她先点了接听。

进到房间里走到窗边,她理了两下跑乱的头发,才拿起手机。

屏幕里出现男生清隽的面孔,长眸漆黑,眉骨深挺,和她对视的刹那间,眼尾顷刻间弯起。

他也站在一处窗边,有烟花在他背后的夜空盛开,时明时暗的光落在他的侧脸上,而后陶音看见男生的视线从她脸上移开一眼,又看向她,笑问:"在房间里?"

本来未觉得有什么,他这么一问,陶音下意识地回头扫了眼自己的卧室。

床单被面铺整干净,书桌上摆着课本,没什么特别的,只是从手机里能看见书架的一角,那里恰放着上次去灯会时买的两盏花灯,还是被她放在了一个木格里,挨在一起。

或许江屹杨都没留意到，她却有点不好意思，不动声色地把镜头移开些，轻声说："嗯，楼下声音大，我回房间了。"

陶音见他身后窗外的庭院里松柏青翠，未落雪，问道："你在哪儿呢？"

江屹杨："外公家。"

江屹杨的外公家在南方，听说他母亲那边的亲戚很多，她下意识地问："除夕夜，你不用陪家人吗，怎么有时间跟我视频？"

"他们不用我陪，"江屹杨唇边弯起一抹弧度，"况且我任何时候都有时间跟你视频，那不是你不接？"

"……"

江屹杨这段时间会找她聊天，视频也发过，只是恰巧奶奶在旁边，她不方便接，而且，现在关系还没捅破，这样好像太暧昧了些。

她随口编了个借口："我是有事，没看到。"

男生漂亮的眸子似笑非笑，一副看破的神情。

陶音清了清嗓子，转移话题："我刚才给你发的祝福短信，收到了吗？"

"嗯。"

"那你怎么没回？"

江屹杨直白道："我想跟你一起守岁，亲口跟你说。"

闻言，陶音攥着手机的手指微微握紧，看了眼时间，温暾地开口："可是，现在才十一点钟，还有一个小时呢，会不会有点早？"

江屹杨："你有事要忙？"

陶音摇摇头："没有。"

他笑："那早什么？"

男生声音低低的，说话时眼睛一直盯着她。

她有点不好意思地别开眼，飘窗上摆着一个粉色抱枕，还有本推理小说，陶音靠着抱枕坐下来："那总不能，这一个小时就干巴巴地聊天吧。"

她伸手把小说搁在膝盖上，随手翻开一页，目光落在书页上。

"也是，"江屹杨懒散地笑了下，"那你看书，我看你。"

"……"

话音落下，江屹杨看见女孩翻书的手指停了下，过了两秒翻过一页。

陶音的语气听起来很随意："那你岂不是很无聊？"

她低着头，长发别在耳后，露出薄而白皙的耳朵，从江屹杨的角度清晰可见，女孩白嫩的耳垂一点点染上了红晕。

他笑了声。

"我不觉得。"

陶音手指捏了捏书页边缘，在心里暗自深深吐了一口气，而后本想故作镇定地说一句"那你看吧"。

一抬眼，对上男生黑如岩石的眼眸，里面映着细细碎碎的光。男生单手托着下巴，嘴角扯着弧度，一副慵懒的模样。

见她看过来，江屹杨眉梢微扬，懒洋洋地道："你很热吗？"

陶音愣了下："？"

他唇边笑意明显，视线缓缓扫过，声音温柔又带着几分调侃：

"耳朵红了。"

第
三
十
五
章

陶音只觉得江屹杨这人真是太坏了。

"嗯，我是有点热。"她尽量淡定地回道。

她低头继续看书时，余光能注意到手机屏幕里的目光，直白又炙热。

她耳边的温度不受控地一点点攀升，漫上脸颊。陶音觉得江屹杨见她这样，恐怕又要坏心眼地说点什么。

她思考了几秒，假装不经意碰了下手机，摁了挂断，接着很快发了条微信过去。

信号不好，掉线了。

JYY：嗯，我知道。

JYY：总不能是你故意挂的。

…………

随后两人打字聊了会儿。

临近零点时，陶音到楼下庭院里，周围邻居家小孩子的欢声笑语不断传来，她点通了视频，视频里也很热闹，烟花声不断。

"新年快乐，江屹杨。"

在漫天绚丽的色彩下，少女清脆欢快的声音传来。

"新年快乐。"

江屹杨笑了下。

不为别的，只为在他那日近乎表白之后，陶音对他的称呼，每一次，叫的都是全名。

没再叫过江同学。

春节过后，寒假也很快结束了。

三月初是七中的周年校庆，开学第一天，班主任便安排文艺委员姜恬组织大家排练个节目。

下午自习课，班级里票选的节目之中，大合唱跟诗朗诵票数参半。

课间时几个班委聚在讲台旁讨论。

苏敏敏："我估计其他班级准备大合唱的一定会很多，咱班得搞个有特色的节目才行，诗朗诵的话就从班里选几个声音好听的同学在前面领读，比大合唱也好排练些。"

苏敏敏转头："班长，你觉得怎么样？"

班长："可以。"

林浩："可是大合唱也可以选个领唱，排练也不费时间吧，而且别的班级就算有领唱也没有姜恬同学唱歌好听。"

班长："合唱也可以。"

"……"

苏敏敏："林浩，姜恬自己还有一个独唱节目，这样的话她相当于撞节目了呀。"

班长："说得也是。"

"班长，咱能不能有点主见？"苏敏敏忍不住说。

"嗯，行。"班长沉吟了下，"我觉得，你们还是……"

"各抒己见吧。"

苏敏敏："……"

苏敏敏："班长，你还是哪儿凉快哪儿待着去吧，这里不劳您费心了。"

姜恬笑了笑，轻声开口："其实，我赞同敏敏的想法，毕竟只有一周的时间，能排练的时间也不多，还是诗朗诵比较好。"

林浩随即附和："好，那就诗朗诵。"

苏敏敏笑了声，想起来什么，回过头："音音，我们定了诗朗诵，你来弹钢琴伴奏吧。"

"好。"陶音坐在位置上，答应的瞬间，身旁经过一个人。

江屹杨躬着身子在饮水机旁接水，初春的日光透过玻璃落在他雪白的校服衣角上。闻言，他抬头望向陶音："会弹钢琴？"

陶音"嗯"了声："会弹。"

细长的水流浸满杯子，随着他松手，声音戛然而止。

江屹杨顺势半蹲在她桌边，漆黑的眸子被光线染得柔和，轻叹一声："我了解得太少了。"

"你没学过吗？"陶音低声说，"不会钢琴又没什么。"

"不是钢琴。"江屹杨淡笑，"我说的是你。"

课间教室里声音嘈杂，没人听见两人的讲话，可江屹杨就这么蹲在人家女生桌边跟人聊天，周围人忍不住往这边瞟，却又不敢明目张胆。

苏敏敏偷看的眼睛都快变成斜视了。

陶音手里捏着一支笔，悄悄移开视线，呼吸都变缓了些："我没跟你提起过，你当然不了解了。"

江屹杨唇边弯起一抹弧度："那你以后多跟我聊聊你的事。"

陶音下意识回道："你想了解一个人，不是应该自己主动点吗？怎么还要别人跟你说？"

话音落下，江屹杨眼里闪过一丝笑："也是，那样太不诚恳了。

"好，那听你的，一会儿放学一起回家。"

陶音愣了愣，小声说："我什么时候说要放学一起回家……"

"刚刚，"江屹杨厚脸皮道，"你让我自己了解。"

"……"

江屹杨盯了她两秒，见她不吭声了，舔了下唇角："放学等你。"

江屹杨起身离开。

苏敏敏见状忙回到座位上，小声问："你俩聊什么了？还有，江屹杨看你的眼神也太……"

陶音看她："太什么？"

苏敏敏忍不住笑："太让人受不了了，就只盯着你看啊。"

"……"

陶音有点不好意思，抿抿唇，换了话题："刚才也没聊什么，就是说要放学一起回家。"

苏敏敏："你答应了？"

陶音："嗯。"

闻言，苏敏敏微微皱了皱眉，换上一副若有所思的表情。

陶音很快明白了她的意思。

"就，顺道不是嘛，"陶音说，"而且，以前也偶尔会一起回家的，我连这都要拒绝的话，会显得太刻意了。"

听了她这番解释，苏敏敏点了点头："你说得也对，但是音音，在他明确告白之前，你还是尽量不要表现出喜欢他，不然他该不认真追你了。"

苏敏敏又补充了句："我知道这很难，但要坚持住啊。"

陶音笑了笑："嗯，知道了。"

周三下午，班里用一节自习课去学校音乐室排练。

选定的朗读题目是一首书写青春的诗歌，同学们手里拿着诗歌本，排练得认真，几遍下来，效果很好。

自习课后是大课间，排练完同学们纷纷回了教学楼，陶音留在音乐教室，打算把伴奏的曲子再练习几遍。

灵动轻柔的钢琴声回荡在音乐教室里，一首曲子的旋律刚落，教室门外有人轻敲了声门。

陶音回过头。

是十一班的学委季言宇。

她愣了下，起身说："你们班下节课有排练吗？我再练一会儿就走，不会占用教室太久的。"

季言宇从门口走来，戴着眼镜下的眉眼清秀干净，脸上始终挂着温和的笑，说话时却透着几分紧张："没有排练，我……我是专程来找你的。"

"找我？"陶音有些意外。

季言宇点头，垂在裤边的手抬起，挠了挠脖颈："我是有些话想跟你说的，上学期的篮球赛上，我第一次见你……"

他顿了下："我就觉得你很漂亮，一直没能找机会跟你表白。"

陶音站在原地，反应了几秒，下意识道："抱歉。"

闻言，他很快又说："陶音同学，如果你觉得太突然了，我们可以先做朋友，以后再多相处相处，行吗？"

陶音摇了摇头。

季言宇："是因为苏敏敏吗？我跟她没什么的……"

"不是。"

陶音想说的是：因为她有喜欢的人了，忽地余光瞥见门外出现一抹高挑的身影，她心里一跳，瞬间把话又咽了回去，想了想，她直白道："这位同学，抱歉，我不喜欢你。"

她的态度温和又明确，季言宇眼里的光渐渐暗下，脸上露出一丝遗憾，而后又笑了笑："我知道了，那不好意思，打扰了。"

陶音目光不由自主地一挪，她看见江屹杨眼里透着股意味不明的神色，与离开的季言宇对视一眼，而后视线朝她投来。

不知为何，她莫名有点慌乱。

江屹杨走到她身前，将手里的一杯果茶塞到她的手心。

温热的温度从掌心传来，陶音抿了抿唇，等着他开口问：你不喜欢他了？

抑或，你是什么时候不喜欢他的？

她在心里酝酿着怎么回答，然而江屹杨半天只盯着她，没开腔，神色也难以揣测。

她正觉得奇怪时，眼前的人忽地低下脖颈，微微歪着头，嗓音低沉："陶音。"

江屹杨站在钢琴边，阳光透过落地窗倾斜下来，他眉眼弯起，眼尾的弧度极好看："你是不是喜欢我呀？"

很轻的一句。

却莫名带了几分看破的意味。

陶音忽地呼吸一窒，瞬间有股缺氧的感觉。

她嘴唇动了动，却讲不出话来。

江屹杨耐心地等了会儿，而后低低笑了声："那我换个问法。"

他倾下身，与她平视："我能追你了吗？"

陶音心脏乱蹦的同时，闻言又觉得莫名其妙。

他不是已经在追了吗？

难道之前的那些……都不算？

她思绪游离一瞬，又很快拉回到眼前，觉得直接说能，就跟答应了他一样，她抿抿唇，琢磨了下，很轻地开口："我要是说不能呢？"

"没区别。"

"？"

"我喜欢你，能与不能，"江屹杨长眸漆黑深沉，神色认真，声音有股震荡空气的意味，"我都追定你了。"

隔天，早自习过后。

窗外天气雾蒙蒙的，像是要下雨，教室里有一半的同学在趁着课间睡觉。

陶音托着下巴，望着外头的天色发呆。

没几分钟，上课铃响。

物理老师准时夹着课本进到教室，苏敏敏去找广播社团的同学，回来得晚了点，物理老师一向很严厉，罚苏敏敏在教室门口站了十分钟。

等她回到座位时，趁物理老师回身在黑板上写公式的间隙，她小声跟陶音抱怨几句。

陶音附和道："老李确实太无情了。"

"不过，你知道第一节是他的课，怎么还回来得这么晚？社团有事？"

苏敏敏："社团没事，我就是回来路上碰见季言宇了，跟他闲搭了几句话而已。"

"哦。"陶音看了眼苏敏敏，极小声说，"敏敏，你还……"

闻言，苏敏敏对上她的视线，摇摇头笑道："没有啦，就是当朋友了。

"我又不差，何必在一棵树上吊死呢，你说对不对？"

陶音弯唇笑了笑。

讲台前物理老师在讲解题思路，似乎听见了这边的动静，稍稍侧头以示警告。

陶音注意到后，立刻坐直身子，碰了碰苏敏敏的胳膊提醒她。

然而等苏敏敏注意力回到课堂上，陶音却不知不觉走起了神。

想起今天早上江屹杨在她家小区附近接她上学。

又想起昨天在音乐教室里，他说的那番话。

窗外不知何时下起了雨，她盯着雨滴落在窗台上溅起的雨点，都觉得十分好看。

看着看着，她一扭头，猝不及防地对上物理老师的视线。

安静两秒。

物理老师唇角抿直："陶音，把这道题的解题思路讲一下。"

"……"

她站起来，扫了一眼题干，挣扎了下，而后直言道："老师，我没听。"

物理老师板着脸，似乎是预料到，用不温不火的语气说道："去教室后面站着听。"

陶音应了声，拿上课本往教室后面走，经过江屹杨旁边时，看了他一眼。

他靠着椅背，一副优哉游哉的模样，四目相对时，陶音看见他唇边极浅地笑了下。

陶音刚到书柜边，就听见身后传来一道低沉的嗓音，透着散漫："老师，我也没听。"

她回过头。

江屹杨已经拖开椅子，拿着书本，朝她走来。

江屹杨转过身，与她并肩站着，一本正经地跟物理老师说："我跟她一起罚站。"

而后，他侧头看了她一眼。

全班的目光都往教室后面看，随即响起一片窃窃私语与隐隐的起哄声。

第三十六章

物理老师扫了一眼教室下方，咳嗽一声，拿着三角尺敲了敲黑板："好了，都认真听课。"

同学们闻言，迫于老师的威严，只能收起八卦好奇的心，纷纷回过头来。

只有邵飞还歪着脑袋恍若未闻地往后瞅。

一截粉笔直接砸在邵飞后脑勺上，他这才缓过神来，转回身子，没等老师开口责罚，赶忙抱起课本从座位上起身。

他灰溜溜地跑到教室前排，靠在墙边，笑嘻嘻道："老师，我就不去后面凑热闹了，在前面听得更清楚。"

物理老师瞥他一眼，倒也没说什么。

一堂课结束。

江屹杨悠悠侧过头："之前那道题，需要我给你讲吗？"

陶音抱着课本，抬起眼："你不也没听？"

江屹杨："我是懂了，所以才没听。"

"……"

又被秀①到了。

"你呢，"他眼里似笑非笑，"因为什么溜神？"

"……"

教室里不时有同学往两人这边偷瞄，而后小声议论着，陶音被看得有点不好意思，同时也被问得心虚，她抿抿唇随口道："我在看雨景。"

话音落下，她朝位置上走去。

刚回到座位，就听苏敏敏冲着窗外嘀咕了句："这场雨下得外面都阴沉沉的，看得我心情都不好了。"

陶音顺势一望。

雨还在下，视野中雾蒙蒙、湿漉漉的一片，好像没什么景色可言的。

"……"

周末清早，陶音跟往常一样去奶茶店上班。

今日店里搞活动，她提前来了半个小时。她刚换好店服，还没到开业时间，突然有人推门而入。

看见来人，她愣了愣。

江屹杨穿着件黑色卫衣，下面搭了条灰色运动裤，身形高挑笔挺，一头短发漆黑利落，整个人看起来神清气爽的。

陶音视线一低，见他没拿滑板，下意识问："你……是来买奶茶的？"

江屹杨走到前台，眼角轻轻一弯："我来上班。"

恰这时店长从后面出来："哎，同学，你来了，店服我放在休息室了，你一会儿换一下。"

江屹杨应了声。

店长转头间，瞧见陶音茫然的眼神，笑了笑说："这两天店里有活动，我怕你自己忙不过来，便又招了一位临时工。"

---

① 表示某人很厉害。

"哎，听说你俩还是同学？"店长问。

陶音眨了下眼，刚想回应，就听江屹杨开口："不只是同学。"

他视线一挪，看着陶音笑了下："我还是她的追求者。"

江屹杨这话说得直白又自然。

店长一听，忽地一笑："原来是这样啊，我说这次的临时工怎么这么好招呢。"

"哈哈哈，行，年轻人谈恋爱挺好的，"店长把围裙解下，"就是不要耽误了工作啊。"

江屹杨："不会的。"

店长点头："我还得去分店一趟，你俩准备一下营业吧。"

店长离开后，陶音瞥他一眼，想起刚才的话，有点不自在地说："你来打工，怎么没跟我说一声？"

闻言，江屹杨胳膊搭上前台："所以，你喜欢事事报备喽？"

"好，我记住了。"江屹杨直起身子，心情看起来格外愉快，抬脚往休息室走。

陶音动了动唇，却又不知该说点什么，垂眼间注意到男生从进门起手里就拎着的一个袋子，不知里面装了什么东西。

过了一会儿，江屹杨从休息室出来。

他穿着店服的样子也格外好看，黑发黑眸，戴着一顶白色帽子，气质干净纯粹，暖色系的围裙又将他身上的清冷退去，多了几分邻家大男孩的亲切感。

在江屹杨视线移过来时，她顿了两秒。

而后她清了清嗓子，装模作样地把活动的规则给他讲了一遍，掩盖她刚刚犯花痴的行为。

到了营业时间，店里陆陆续续来了顾客。

今日的活动主打是买一赠一，不少人看了宣传都是结伴而来的。

来店里的大多是些女孩子，她们进门后不约而同地先往江屹杨脸上看，紧接着跟同伴对望一眼，眼里都带着少女的羞涩。

有位老顾客是临街冰激凌店的经理，今日也来光顾，她笑盈盈地道："你们老板都是在哪里招的员工啊？颜值都这么高，来店里光是看着，心情都变好了。"

没等陶音开口，身旁传来低沉悦耳的嗓音："我是自己主动来的。"

江屹杨目光落在身侧，唇角微弯起，眼神意味深长："有目的的。"

"……"

直觉告诉陶音，江屹杨又要厚脸皮地乱说话了，她忙接过话："我们是同学。"

说话间她瞥了江屹杨一眼："他这人笨手笨脚的，不太会做事，得我带着点他才行。"

她这话把江屹杨说成了个中看不中用的花瓶，等那位顾客走后，江屹杨低下头问："你怎么还污蔑我？"

陶音瞅瞅他："我这不是怕你胡言乱语？"

"说我是你的追求者吗？"江屹杨坦白道，"这哪儿叫胡言乱语？"

陶音轻咳了声："上班时间，要端正态度，顾客没问你，你不要自己讲那么多。"

这时店里又进来了客人，是两个年轻的女生。

两人在前台看菜单时，不时地往江屹杨身上偷看，点的奶茶做好后，两人站在柜台没走。

其中一个女生把手机递向江屹杨，腼腆地开口："那个，可以给个微信号吗？"

江屹杨："抱歉，我有喜欢的人了。"

那女生遗憾地"啊"了声。

江屹杨稍低着头，忽地又笑了笑，不知想到了什么，他抬眼望着那个女生，态度端正又客气地解释："虽然还没追到，但微信号也是不方便给的，希望您理解。"

他说话时声音低缓，故意在"没追到"那三个字上加重了音。

女生的同伴看起来很开朗，闻言眼里闪过诧异，立即问道："小哥哥长这么帅，竟然还有追不到的人？不合理呀！"

江屹杨一本正经又透着无奈的语气道："我虽然长得还行，但做事笨手笨脚的。"

陶音："……"

"跟我喜欢的人比起来还差得远，没办法，她太优秀了。"

陶音："……"

话音落下，那女生盯着男生的俊脸，情不自禁道："好好奇小哥哥喜欢的女生，到底是什么样的啊。"

闻言，江屹杨温和地笑了笑，显得十分好脾气。

见状，那个女生又开口："小哥哥，能说说吗？"

江屹杨勾着唇，懒洋洋地道："可以。"

他掀起眼皮，白色帽檐下的长睫漆黑，眼尾弯起时的线条清隽好看，眸光流转间漫不经心的模样，让那两个女生不由得心跳漏了一拍，而后听他缓缓开口："我喜欢的女生……"

"长得很漂亮，皮肤白，认真做事时很可爱，耍小脾气的时候也很可爱，"江屹杨说着，侧过头，视线落在陶音低着头的侧脸上，眼睛一眨不眨地盯着她，"像现在这样，害羞又假装淡定的模样，也让我觉得非常可爱。"

江屹杨稍弯下腰，声音不轻不重，却极为清晰："是顾客问的，我只能如实形容你了。"

陶音耳根发红的同时，听见面前的两个女生忽地倒吸了一口气，像是忍着兴奋的情绪互相拽着同伴的胳膊。

到了中午，店里一时没人。

陶音到休息室里，把带的午饭放去微波炉加热。脑袋里不由自主地想着江屹杨这从早上到现在，一个个打出的直球，她心里不禁开始摇摇欲坠。

半晌，她暗吁了口气。

像是给自己整理情绪，心里默默嘀咕着：不能这么快又轻而易举地被江屹杨牵着走。

她正做着心理防线，那边江屹杨走进休息室。

陶音回过头，见他走来，却忍不住关心："你中午吃什么，点份外卖吗？"

江屹杨走到她身边，把一旁的米色袋子拎过来："我带了。

"还带了你的份。"

那边陶音热的饭好了，江屹杨打开微波炉，帮她把餐盒拿出来，而后又从袋子里取出一个白色餐盒，打开盖子放了进去。

陶音目光掠过，顿了下。

虾仁滑蛋。

注意到她的目光，江屹杨笑了笑："我说过，练好厨艺，要给女朋友做饭吃的。"

陶音还未完全建立起来的防线像是被瞬间击破，她挣扎了下，硬着头皮低声说："我还不是你女朋友呢。"

江屹杨唇边仍在笑："我知道，我这不是在努力，让你提前感受下做我女朋友的好处？说不定就能早点追到你了。"

陶音没吭声，拼命忍住想上弯的唇角，不自在地后退一步，端着自己的餐盒往桌边走。

等饭热好，江屹杨从她后面过来，手里的两个圆形餐盒放在她桌前。

这时外头店里传来了动静，似乎进来了人，陶音下意识转头，江屹杨抬手揉了揉她的脑袋，低声说："你先吃。"

他抬脚往门外走。

陶音回过头，看了一眼餐盒里卖相不错的菜，夹起一块虾仁放进嘴里。

入口间，她眼睫动了动。

这道虾仁滑蛋除了味道意外地好之外，胡椒味也偏重，是她喜欢的口感。

还有一点，这虾仁是腌制的，味道很特别，而这种腌制方法只有奶奶才会。

陶音舔了下嘴唇，目光定在桌面上。

"……"

在她若有所思时，江屹杨从前台回来，见她呆愣愣地拿着筷子坐在那里，他在对面坐下，抿了下唇角，轻声问："不好吃吗？

"哪里不喜欢？我再改。"

"没有不好吃，"陶音抬眸，想了想说，"你是在茗古镇的时候，跟我奶奶学的吗？"

"嗯，"江屹杨应了声，嗓音里含着若有似无的笑意，"都知道了你最喜欢奶奶做的这道菜，我不得抓住机会学过来？"

江屹杨说话间倒了杯温水，推到她这边。

陶音盯着他提起这事时不怎么在意的模样，心情微妙。

这道菜能做得跟奶奶的有八分像，对像江屹杨这种十指不沾阳春水的公子哥来说，应该是用了一番心思的。

想到这儿，她心里很不争气地软作了一团。

思考了下，她忽地开口："江屹杨，我问你个事。"

江屹杨拿出一双筷子："什么？"

陶音："你以前是不是追过女生啊？"

江屹杨愣了下，眉梢挑了挑，明显是被她问得有些意外。

陶音抿抿唇，没等他反应，又很小声地解释了句："不然，怎么这么会追人？"

这句话多少有点暗示她被江屹杨追得动摇了。

陶音意识到这点，不好意思地低下头，筷子戳着碗里的米饭，默不作声地吃着。

余光里，江屹杨似乎是笑了下，而后倾下身，懒散的态度敛起，语气多了几分正经："只追了你一个，也没喜欢过别人。

"至于会追……"

他顿了下，看了女孩几秒，声音放轻："是因为我想好好追你。"

校庆演出的那天，下午最后一堂自习课结束，各班同学按照节目表演顺序去学校礼堂的休息室换演出服。

这次校庆演出邀请了往届校友，整个礼堂布置得满是欢庆的气息，后台也摆着鲜花和条幅。

十班的礼服，男生是黑西服外套加格子长裤，女生则是格子裙。陶音的钢琴伴奏礼服是苏敏敏特意为她选的一条白色连衣裙。

休息室内，陶音把裙子换好后从隔间出来，裙子是收腰设计，无袖带纱，女孩露在外面的脖颈莹白如玉，锁骨十分漂亮。

整个人看起来乖巧又温婉。

陶音低头扫了眼裙子，微微皱眉，这衣服之前在服装店里试穿过，可如今穿起来，领口跟裙摆处明显不合身，她回头说："敏敏，这衣服尺寸好像大了。"

苏敏敏正掖着上衣衣角，闻言抬眼一看。

"啊，怎么会这样！"

苏敏敏忙到她身后，翻过她的衣服后领，而后叹了口气："糟糕，应该是服务员给拿错了，我去取礼服时也没注意，这怎么办呀？"

陶音折了下衣服领口的地方，想了想说："没关系，你去看看哪里有别针，我把领口收一下就没大问题了。"

闻言，苏敏敏忽地想起来什么："你等我一下，我广播社里应该有，我这就去拿。"

广播社的那栋楼离礼堂有点远，等同学们全部换好了服装，苏敏敏还没回来。

下一个班级还要用更衣室，陶音只好去外面的走廊里等，她捏着领口小心翼翼地往外走，除了怕走光之外，因为尺寸大了一号，裙摆也稍长了些，走起路来不是很方便。

陶音刚出更衣室，恰碰见江屹杨。

他穿着礼服，肩宽腿长，身形格外好看，往走廊里一站，瞬间吸引不少来往女生的目光。

走廊里人来人往，陶音穿着半高跟的小皮鞋，腾出一只手扯扯裙摆，往旁边靠了靠。走近江屹杨身旁时，见他站着不动，陶音抬起头："我们班的位置在前面。"

走廊过道不宽，陶音示意他往前走。

江屹杨垂眸，目光在她身上扫了一圈，视线垂落，而后抬脚绕到她身后。

陶音回头的瞬间，就见江屹杨在她身后弯下腰，修长的手指轻轻拢着她的裙摆，提了起来，抬眸间眼里划过一抹笑意，散漫地弯着唇。

像是带了几分讨好，江屹杨嗓音低沉悦耳："你先走，我帮你提着。"

陶音能感觉到周围落在自己身上的一束束目光越发直接。

没多会儿，苏敏敏回来，帮陶音把衣服弄好，晚会也正式开始。

到了十班的节目，同学们站在幕布后面，领读的同学和陶音则在幕布缓缓拉开时，从两侧登上舞台。

陶音提着裙子正要踏上台阶，身旁伸过来一只手臂。

"扶着我。"

陶音看了眼，没犹豫，手搭上了江屹杨的手臂。

两人上台后，底下如潮的掌声中又传来一阵惊呼。

余光里，陶音似乎还瞥见有人举着手机，冲着她跟江屹杨的方向拍照。

江屹杨似乎也看见了，还往那个方向看了一眼，把陶音送到钢琴前，他转身走到舞台定点位置。

随着底下掌声落下，一缕悠扬的琴音回荡在礼堂中。

伴奏响起，节目开始。

一束光落在江屹杨脸上，照得他五官越发英俊干净，低沉清澈的嗓音瞬间让人进入到诗歌的情境之中，全场鸦雀无声。

除了表演精彩之外，以青春为主题的诗歌很能引起学生们的共鸣。

在十分钟的演绎之下，节目时长虽短，但效果很好，赢得了全体师生的一片掌声。

落幕时，同学们依次走下舞台。

江屹杨再次走在她身侧，而不同的是，这次他直接伸出了手。

陶音顿了一秒，而后把手递给了他。

男生的手心温热，稳稳地把她扶下舞台。

同学们在前面边聊着刚才的表演，边往更衣室走。

到走廊里，陶音慢慢抽回手，觉得跟他道谢太生疏了，她有点不好意思地开口："今天，表现得还挺好。"

他低眼，审视的目光里似有笑意。

而后他略倾下身，漆黑的眼眸里含着碎光，带着蛊惑的力量，用只有两人才能听见的声音，直言道："那跟我在一起吗？"

陶音抬眼，脸颊雪白的皮肤慢慢晕染上了粉红，她敛了下神："你才追我一周都不到。

"而且，你不是说想好好追？"

说话间她稍往前走了几步，江屹杨跟在她身后，不紧不慢，没回应后面那句，只问道："所以，你觉得我应该追多久才合适？"

闻言，陶音回头看了他一眼，犹豫地问："你没耐心了？"

"不是，"江屹杨凑近她一些，眉眼稍弯，"我是想提前高兴一下。"

男生面容英俊，矜贵的气质里散发着一股温柔，长睫下的眸子里是掩不住的期待，直白纯粹。

陶音感觉心里有一股按捺不住的情绪在往外涌，视线不自觉地落到眼前那双眸子里。

恰好到了更衣室附近，从里面出来一批刚换了舞蹈服的学生，陶音看了他一眼，逃跑般地钻进了女更衣室。

更衣室里人很多，她往角落里挪了下，手指捏着裙摆，去一旁等。

差一点。

如果在那里多待一秒，她感觉自己就要顺着他的话说，甚至想直接答应他。

就算是现在，在这一瞬间，她脑袋里也冒出个想法，觉得自己是不是矫情了点。

明明她已经喜欢得不行，却还要人家追。

这时身旁空出来把椅子，她坐过去换鞋子，心绪乱乱的。

周五傍晚放学。

苏敏敏的广播社团纳新，陶音过去帮忙。

社团团长见她做事利落，想邀她入社。陶音来过广播社几次，跟这里的成员们关系不错。她认真思考了下，还是拒绝了。

一来是她对广播兴趣不大，二来是她没有多余的时间。

除了周末要打工，晚上的时间她还要去广场练练滑板，想到这儿，她抬头看了眼墙上的挂钟。

滑板群里说今晚在滑板广场有个小比赛，已经快要开始了。

她把手里的资料收整好，跟苏敏敏打了声招呼，从社团出来。

陶音到了校门口时，江屹杨正站在不远处，见她望过来，江屹杨抬脚走近。

江屹杨伸手从她肩上拎过书包："饿了没有，想吃什么？"

陶音将视线从他手里移开，有点诧异地问："广场那边不是有比赛？"

"嗯，让他们等着了。"江屹杨将视线掠过她清丽的脸，望向对街，"砂锅粥怎么样？"

进到店里，两人在靠里的位置坐下。

没多会儿，两份砂锅粥上齐，陶音吃了几口，桌上的手机突然振动。

她点进微信，是滑板群里的人在聊天。

看样子是人都到齐了，就在等江屹杨了。

陶音吃东西的速度加快。

这时对面伸过来一只手，手指修长干净，指节在桌上敲了敲："吃这么急干吗？"

陶音抬眼，如实道："群里的人在等你。"

江屹杨盯着她透亮的眸子，笑了下："那我跟他们说一声不去了，你慢慢吃。"

陶音愣了下，伸手拦住江屹杨刚拿起的手机，抿抿唇："你别不去，我慢慢吃就是了。"

她还想看江屹杨比赛呢，他不去了怎么行？

同时，她心里还有一股暖暖甜甜的东西，在一点点化开。

两人吃完饭从店里出来，太阳已经落下。

暮色昏暗中，天边的几颗星泛着莹莹微弱的光，街边暖黄色的光线落在地面上，她盯着地面的两道影子看了会儿。

初春的风有点刺骨，她胸膛里却有一股难以压制的兴奋和期待，不受控地牵引着她。

半晌，陶音停下脚步，轻声开口："江屹杨。"

江屹杨双手插兜，闻言侧过头来。

柔和的光线下他的眉眼异常清隽，他漫不经心地笑了笑："嗯？"

少女长长的睫毛眨了下，眸子里闪着细碎的光，似带着一点紧张，她轻吸了口气，看向男生时，唇边漾起一抹浅浅的笑："你把手伸出来。"

江屹杨眼皮动了动，而后依言伸出手。

接着他看见陶音的手伸进校服口袋，从里面掏出个东西，放在了自己手心。

同时听见女生轻柔又带了点害羞的声音，融入暮凉的晚风中：

"我的小皮套，给你了。"

她抬眼，脸上含着期待："江屹杨，你以后可不许欺负我。"

江屹杨愣了好几秒。

他嘴唇动了动，确认地问了句："给我了？"

陶音见他直勾勾地盯着自己，像是还未反应过来一般，她微抿着唇，点点头。

下一刻，她被江屹杨拽着胳膊揽在怀里，力道不重，抱得却很紧，陶音脸颊贴着他的胸膛，似能听见男生有力的心跳声。

急促热烈，和她的一样。

陶音周身被他身上淡淡的薄荷冷香包裹，干净好闻的味道侵占了周围所有的空间。

这个拥抱猝不及防，她不知所措，手指捏着他的校服衣角，整个人身体紧绷，显得有些僵硬，同时耳边传来男生低哑含笑的声音。

扣在她腰上的那条手臂又紧了紧，将她往怀里贴得更紧："不欺负你。"

说话间，他低下脖颈，下巴蹭了蹭她的肩窝。

陶音能感觉到他的胸膛微微起伏着，声音里是明显的愉悦和满足。

意识到这点，陶音心里一软，脸埋在他怀里小声问："这么开心吗？"

江屹杨"嗯"了声，极为亲昵的语气撩过她的耳边，他轻声开口："没办法，好喜欢你。"

温热的气息吐在她后颈的皮肤上，仿若有电流经过，陶音不自觉地耳根一热，又因他的话心脏不受控地跳动，捏着男生衣角的手，忍不住去回抱他。

因为她的举动，江屹杨怔了下，而后手臂越发收紧，轻声开口："怎么突然就答应我了？"

陶音："觉得时间够了。"

"原来是让我追一周啊。"江屹杨笑了声，"这么便宜我。"

陶音抿抿唇，筹措着言语："但是，你不能因为我好追，就对我……"

"我会对你好的。"江屹杨打断她的话。

他感觉到了小姑娘的顾虑，虽然他的喜欢已经表现得明显直接，不过他多少能理解女生的心思。

江屹杨揉了揉她的脑袋，声音放轻："会一直对你好的。"

两人到滑板广场时，几个滑手等得无聊先玩了一会儿，广场里灯光亮眼，男生们穿行在广场中。

江屹杨一出现，瞬间有人围过来。

"杨爷，你可算来了。"李明司视线一转，笑嘻嘻道，"怪不得这么晚，原来是跟陶妹妹在一起呢。"

一个滑手闻言，眼珠子滴溜溜地在两人身上转一圈，心领神会道："江屹杨，你今天看起来心情不错啊，一会儿多比几轮，怎么样？"

今天还有一些从南区来的滑手，几轮比下来，估计时间会挺晚。

江屹杨没立即回答，侧过头，低下身，轻声询问："晚上还有别的事吗？几点得回家？"

"没有事，"陶音下意识说，唇边抿起一对小梨涡，眼里笑得仿佛有一泓月光，"我也想看你多滑几轮。"

闻言，江屹杨微怔了下，唇角随之弯起："好。"

继而转头，漆黑的长眸里含着笑意，他扯下书包："我听我女朋友的。"

话音落下，全场大概安静了两秒。

对面的男生们反应过来后，立即发出一阵兴奋的起哄声，那边邵飞踩着滑板过来，看见像猴子一样蹦跶的李明司，又见陶音低着头，一副不好意思的模样，再看江屹杨眼里快要溢出来、掩都掩不住的愉悦情绪。

邵飞刹住板，哑了哑嘴。

夜里有点凉，江屹杨把校服外套脱下来，垫在长椅上，让陶音坐下看比赛。

到场地那边时，邵飞嬉皮笑脸地钩住江屹杨肩膀："恭喜啊，兄弟。"

江屹杨应和地"嗯"了声，视线抬起，却没在看邵飞。

邵飞："我昨天还跟林浩打赌，我说你江屹杨追女孩这么上心，那一定能很快得手，林浩还不信，还说什么至少得一个月。"

"我是打算追久一点的。"江屹杨唇边一扯，"是女朋友不给机会。"

"……"

马屁拍完，莫名地被秀一脸，邵飞张了张口，还想说点什么，江屹杨却把他往后推了推，望着场边的方向。

"我女朋友看我呢，别挡着。"

"……"

过了会儿比赛开始，滑手们态度很认真，纷纷亮出自己的绝活。

场地里气氛热闹欢乐，满是少年们热血青春的身影。

陶音坐在那里，几轮下来，她看着江屹杨一个个碾压全场的招数，只觉心潮澎湃，直接站起来给江屹杨加油。

江屹杨闻声望去，眉眼下意识弯起，眸子里流露着温暖的情绪，他站在那里笑的样子夺目而耀眼。

陶音不由得想起之前那段只能悄悄在场边偷看他训练的时光，恍然似做梦一般。

江屹杨看了她一会儿，缓缓收起视线，脚下一动，踩着板滑向场地。

他流利的身姿在空中跃起，腾空抓板，极快地完成了一个完美的空中转体动作，在一众人的目光中稳稳落地。

呐喊与掌声瞬间响起。

邵飞见惯了江屹杨玩滑板，对此不足为奇，只谈论着刚才的那一幕："就江屹杨看陶音的那个眼神，移不开眼的模样，我都以为他要去先抱抱小女朋友呢……"

话音未落，就见场地里那抹身影滑到了场边，牵住女生的手往长椅旁边走去。

江屹杨拎起椅子上的衣服，摊开披在陶音身上，而后抬头跟远处的邵飞、李明司示意了下，牵着人就离开了广场。

邵飞："果然不是以前那个满脑子只有滑板的江屹杨了。"

李明司："啊啊啊，我杨爷好温柔啊！"

"……"

从广场出来，陶音的视线落在被他牵着的手上。

他的掌心温热，透过皮肤传来。

"怎么不比了？"陶音抬头问。

"你想什么时候看，我什么时候都可以滑给你看，"他说话间，手指轻轻蹭了下她的脸颊，皮肤冰冰凉凉的，"晚上气温低，怕你冷。"

闻言，陶音抿抿唇，因他亲昵的举动有点不自在，被他的手指蹭过的脸上蓦然发烫。

同时也感叹他的体贴细心。

江屹杨把她送到小区门外，这个时间路边没人。周围的光线昏暗，四处静谧无声。

陶音看了眼江屹杨，其实她有点舍不得回家，但今天母亲下班早，她也不好在外面待太久。

"那我回去了。"她抬手要拿下身上披的衣服，手腕却被男生扣住。

与此同时陶音被他轻轻一扯，带到了他怀里。

江屹杨垂眸，温热的手指轻轻托起她白皙的下巴，视线落在她的眉眼、鼻梁，最后是嘴唇上。

男生像是带着目的性地盯着，眼底的情绪直白又炙热。

男生用指腹蹭了蹭她嘴角梨涡的位置，低哑的嗓音绕上她的耳尖："能亲一下吗？"

陶音脑袋里一片空白，血从脖颈处瞬间往上涌，殷红的嘴唇动了动，一时讲不出话来。

江屹杨手指一挪，碰了下她的唇角，温热粗糙的触感刮过，酥酥麻麻的，江屹杨的声音温柔又似带着蛊惑："怕的话可以逃走。"

陶音害羞又不知所措，感觉有点站不稳，下意识往后缩了下，然而却被他稍一用力，再次搂进怀里，动弹不得。

她诧异地仰起头："你……"

陶音再次对上他的视线时，看见他笑了下，唇边弯起的弧度透着一丝坏意。

下一秒，男生低下头，吻住了她。

男生的手扶着她的后脑勺，动作霸道却不强硬，甚至还有点温柔。男生轻轻地吻着她的唇瓣，一下一下，缓慢得像是在安抚她紧张的情绪。

让人难以抵抗，任由他摆布。

陶音睫毛微微颤抖着，搁在他胸前的手紧紧捏着他的衣襟。

察觉到怀里的女孩身体仍有些不自在的僵硬，江屹杨喉结滚了下，不太甘心又有点心软地亲了下她的唇，停下动作。

男生的手指摸了摸她的秀发，低哑的嗓音覆在她耳边，带着浅浅的笑声："这次就放过你了。"

江屹杨还抱着她，两人的距离近在咫尺，陶音稍稍低下头，平缓些情绪后，小声反驳："你哪儿放过我了，我本来要躲的，是你不讲理地把我拽了回来。"

江屹杨盯着她泛着红晕的脸颊，眼眸微微弯起，低声问："是吗？"

陶音抬眼，眼神里仍带着几分迷茫，卷翘的睫毛眨了眨："是啊。"

"那好，"江屹杨笑道，"是我不讲理了。"

"……"

这人不按套路出牌又极其厚脸皮，陶音说不过他。

四目相对间，在幽暗的灯光下，因为这个距离，她能看见男生漂亮如鸦羽的睫毛，根根分明。

深色的眸子里似染上了一点水光，鼻梁的线条极为好看，而后她的视线忍不住下移，落在刚刚亲了她的嘴唇上。

他的唇形很好看，不知是不是刚刚亲吻的缘故，颜色比平时显得红一些。

就在她看得发怔的时候，她看见江屹杨扯了扯唇角。

江屹杨吊儿郎当道："你再这么看我，我又要亲你了。"

轰的一下，陶音脸边稍稍降下的热意，又因这句话发烫起来。

她忙别开眼，想从他怀里逃脱，抵在他胸前的手推了推："我要回去了。"

这次，江屹杨倒是由着她，忍着笑，顺势松开了手。

陶音后退一步，瞥了他一眼，把校服拿下来塞到男生手里，道了别就匆匆进到了小区里。

她回家进门时，沈慧姝刚好在厨房里，她怕被母亲发现异常，打了声招呼就直接钻进了房间。

刚进到房间里，她兜里的手机就振动了下。

陶音将手机掏出来看了眼，是江屹杨发来的一张照片。

照片里是男生一截白皙的手腕，上面戴着她的小皮套。

这时江屹杨又发来一条消息。

很适合我。

陶音盯着这条消息，几乎能想到江屹杨那副自恋的样子。

她唇角忍不住弯了弯。

想要回复时，身后的房门响了。

陶音很快摁灭手机屏幕，将手机攥在手里。

沈慧姝端着水果进来，放在书桌上，看了眼她，温和地道："音音，妈妈

277

有事要问问你。"

听见这话，陶音下意识心虚了下，不知是不是刚才自己哪里露出了马脚，她表面维持着淡定："什么事呀？"

沈慧姝轻叹了口气："你是不是瞒着妈妈去打工了？"

闻言，陶音心里一松，捏着手机的手指也松开，低声回复："嗯，我是怕您不同意，不是故意瞒着您的。"

沈慧姝有点心疼地说："我知道你懂事，但我现在工作也稳定了，打工那边就别去了，也耽误学习。"

其实陶音这份工作做得还挺开心的，学习也兼顾得过来，不过听母亲这么说，她还是点了点头。

沈慧姝出了房间。

陶音看了眼关上的房门，若有所思，片刻，拿起手机点开。

她坐在床边，扯过一个枕头抱在怀里，手指在屏幕上点着，发了条微信过去。

你家里面，会不会不许你谈恋爱啊？

她想了想，又发一条：

我记得，你爸爸反对你早恋的。

JYY：成年了，不算早恋。

陶音：可毕竟还没毕业呢。

江屹杨发来一条语音：

"所以呢？"

陶音听着手机里低沉的嗓音，转过身趴在床上，抿了抿唇，回了一句：

那我们就偷偷谈。

消息发过去，对面一时没回。

陶音琢磨着江屹杨是不是有什么想法，比如，他不想瞒着父母。

抑或，他之前没考虑到这些，现在后悔了，打算毕业了再谈……

胡思乱想间，手机里跳出一条语音。

男生的声音依稀含着笑："好。

"听起来还挺刺激。"

"……"

陶音也给他回了条语音："你正经一点，我是认真的。"

江屹杨笑意敛了几分："那你说说，我们怎么偷偷谈？"

陶音想了想，脑海里不由自主跳出一个画面，耳朵不争气地红了。

她清了清嗓子，掩盖不自在："至少，以后你不能在我家附近，就……直接那样亲我。"

江屹杨拖腔带调："不直接，那偷着亲。"

陶音压低声音："我的意思是，不能在我家附近。"

江屹杨"噢"了声，忍着笑，配合地应着："好，那我知道了。"

"……"

周六上午。

陶音打算去奶茶店交接好工作，下午去跟江屹杨看场电影，出门时她特意打扮了下。沈慧姝今天休息，见她一副心情很好的样子，笑问："今天要去哪儿啊？这么开心。"

陶音换上鞋子，闻言她翘起的唇角压了压，扯过衣架上的小包，有点心虚地说："跟同学去看电影，是一部我期待很久的电影，终于上映了。"

沈慧姝看着她，笑了下温声说："嗯，天黑了就回来，女孩子不要在外面待太晚。"

"嗯，我知道了，妈妈。"陶音乖乖答应着，放好拖鞋出了门。

江屹杨昨晚提前买了电影票，下午两人坐地铁去电影院。

电影院在一片商业街。到电影院取了票，点了两杯喝的跟一桶爆米花，两人找了个位置坐下。

因为是周末，人格外多，陶音四处扫了眼，问他："你经常来这家电影院吗？"

江屹杨把一杯果茶递到她手里："第一次来。"

陶音戳进吸管，喝了口："那怎么挑这么远的地方？"

话音落下，江屹杨手指在杯盖上摩挲了下，唇角扯着笑，陶音与他对视时，看见他的视线一寸寸下移，定在她的嘴唇上。

凝视了一会儿，像是意有所指，少年抬起眼缓慢地吐出几个字："你说呢？"

她双手握着杯子没动，看着男生暧昧的目光，有点不太正经的样子，不由得想起昨晚手机上的对话。

陶音感觉藏在头发里的耳朵又在发热，她别开视线，岔开了话题："这果茶味道挺好。"

江屹杨单手托着下巴，闻言笑了下。

下一刻他突然凑近，低下身子，握着她的手，喝了一口。

咽下时，少年喉结滚动的线条清晰好看。

而后他低笑了声："嗯，挺甜。"

陶音睫毛颤了下，她明明刚喝过水，对着眼前这张笑得好看的脸，却觉得口干舌燥。

她不动声色地抿抿唇，低声说："那你下次来可以点这个。"

江屹杨脸上挂着笑，目光里像是看出了她在强装淡定。

没几分钟，到了入场时间。

陶音跟着江屹杨来到最后排，找到位置坐下后，她注意到隔了几个空位的一对情侣，正腻歪地互喂爆米花。

这时江屹杨撇过头，把之前在前台要的小毯子摊开，低声问："冷不冷？"

陶音收起视线，摇了摇头。

影厅灯光暗下来，电影开始了。

这部电影的预告片挺有意思的，正片却有点无聊，不觉间她溜了神，目光往一侧扫了眼，虽然光线很暗，但能看清刚才那对情侣正在接吻，并且吻得旁若无人。

陶音忙回过头，转眼间却对上了江屹杨的视线。

他似乎也看见了，气氛一时变得很微妙，忽明忽暗的光影落在他的侧脸上，他的五官显得越发英气。

四目相对时，那双漆黑的眸子盯着她看了会儿，而后朝她倾下身来。

陶音呼吸一窒，手指不由得蜷紧，愣愣地看着他一点一点靠近。

大脑一片空白时，她下意识地低下头，下巴微微含着，犹豫地说："还是不要了吧，公共场合我有点不习惯。"

江屹杨一只手搁在她椅背的位置，闻言他动作顿了下。

低声问："什么不习惯？"

而后陶音看见男生的胳膊动了下，她右手边的扶手被放下。

"……"

陶音此刻有股想钻进地洞里的冲动。

看了眼男生要笑不笑的样子，她硬着头皮干巴巴地解释："我不习惯没有右扶手。"

江屹杨声音带着笑："那先委屈你一下。"

江屹杨把那杯果茶放在自己的右扶手上，又牵起她的手十指交握，拇指在她手背上蹭了蹭："我想牵会儿手。"

电影结束后，二人从商场里出来。

陶音的手还被他一路牵着，见他有目的地往一个方向去，她抬头问："去哪里？"

江屹杨侧头笑了下："到了就知道了。"

绕过一个路口，两人来到一个场馆前。

陶音愣了下："这是你之前训练的那个俱乐部吗？"

江屹杨："嗯，你说过想来看看。"

之前寒假两人在视频时，她觉得这场馆漂亮便随口提了一句，没想到江屹杨还记得。

两人进到场馆内，里面在训练的滑手很多，这个场馆应该是有赞助商的，许多滑手穿着印着一样 logo（商标）的运动衣。

此时有人注意到这边，朝江屹杨滑过来。

"呦，江屹杨，今天怎么有空过来了？"

江屹杨扯了下嘴角："陪女朋友来玩会儿。"

那人随即看向陶音，乐呵呵道："啊，杨哥女朋友啊，你好你好。"

陶音微笑："你好。"

江屹杨跟那人抬了抬下巴："借我两块滑板。"

那人答应着，转身去取滑板。

"滑板广场那边的斜坡高，你不敢下，"江屹杨说，"这边有矮一点的，我教你。"

闻言，陶音眼里一亮，点点头："好。"

斜坡场地上，陶音踩着滑板站在上面，准备往下滑时她注意到了江屹杨。

"你往边上站点，我容易撞到你。"她说。

江屹杨往后面挪了一小步。

"再退一点。"

江屹杨手掐着腰，笑道："再退，我就接不到你了。"

陶音愣了下，随即反应过来："这个坡度我还是可以的，应该不会摔。"

饶是她这么说，江屹杨也没动，陶音见状，倒也没再坚持，踩着滑板滑了下去。

下坡时很稳，但滑到下面时速度有点快，她还是有点失衡，从滑板上摔下来，还是被江屹杨接了个满怀。

短促的笑声从头顶传来。

陶音抬头瞅他。

江屹杨眉眼弯着："滑得挺好。"

又悠悠道："摔得也挺好。"

"……"

"我刚才是没准备好。"陶音从他怀里起来，强调着，"而且，我是第一次下坡。"

江屹杨把滑板取回来递给她："嗯，再试一次。"

陶音抱着滑板上去后，江屹杨突然开口。

"滑下来时，不要只盯着脚下，这样会影响平衡感。"江屹杨嘱咐着，"还有，胳膊要适当张开。"

陶音眨了眨眼："你刚才怎么不说？"

江屹杨脸上扬起笑，带着几分吊儿郎当，直白道："我刚才不是想抱你嘛。"

"……"

陶音顺利地滑下，又玩了一会儿，她去了趟卫生间。

陶音回来路过走廊时，看见江屹杨站在不远处，旁边还站了一个女生，穿着俱乐部的服装，看来应该也是这家俱乐部的签约滑手。

她刚要过去时，那女生从口袋里拿出一个小盒子，走廊里没有其他人，陶音离他们不近，却能清楚地听见他们的讲话声。

女生："这是我前一阵子托我国外的朋友帮我买的，上面有你喜欢的滑手的签名，我不知道你什么时候会过来，所以一直带在身上，想着找机会送给你。"

江屹杨声音没什么情绪："抱歉……"

"我知道你一向不收人礼物，我只是想告诉你我的心意，"那女生打断他的话，继续说，"我知道你为什么一直没转职业，我送你这个礼物没别的意思，是希望你可以继续坚持滑滑板，跟你的偶像一样，成为一名优秀的滑手。"

女生的话句句真心实意，陶音站在原地，脑海里不由得浮现一幕相似的画面。

她心底涌出一股复杂的情绪，还带着点不安。

她一点也不怀疑江屹杨会拒绝对面的那个女生，也没有在吃醋。

只是，那个女生和她当初太像了。

江屹杨对她的好，她也全都清楚明白。

可是，如果他的喜欢是源于感动。

那么渐渐地，他发现，她并不是唯一那个会对他付诸真心的人。

会不会觉得，她也没什么特别的？

"……"

她知道他们已经在一起了，就不应该再烦恼这些。

或许是因为喜欢一个人会自卑，她总忍不住胡思乱想。

在她失神的片刻，视线里，江屹杨说了句什么，而后她看见那个女生眼里的光一点一点暗下去，拿着盒子的手放下，转身离开了。

江屹杨背对着陶音，回头看见她后，抬脚走来。

他弯下腰，双手撑在膝盖上，与她平视，盯着看了几秒，轻笑道："看见了？"

陶音没回答，只问道："那个女生送你的是什么？"

江屹杨如实道："签名勋章。"

"哦。"陶音语气淡淡的，又问，"有你偶像的签名？"

"啊。"

陶音抿抿唇，面无表情地越过他往前走。

江屹杨轻松地跟上，握住她的手腕，声音带了几分哄意："我没收啊。"

陶音语气不冷不热道："我看到了。"

她不太知道该怎么调解心里刚才浮出的那个念头，她心情有点乱，也有点不太好受，现在这副不理人的模样，看起来就像在吃醋。

江屹杨舔了下嘴角，意味深长地笑了笑，刚要开口哄哄，陶音突然停下脚步，转过身面向他：

"我有个发小在国外念书。"

江屹杨被她这话题带得一时没反应过来。

陶音看着他，眼眸里清澈又认真："你要是想要偶像的签名勋章，我可以找她帮忙。"

她顿了下，态度却没一丝犹豫："你喜欢的，想要的，我也可以给你。"

只要她比别人多做一些。

比别人对他更好。

他应该……眼里便再装不下别人。

就能一直喜欢她了吧。

江屹杨倾下身，缓慢道："不需要。"

陶音愣了下："不需要签名，还是，不需要我送的……"

江屹杨轻声说："不需要你因为这种事送我东西。"

"……"

江屹杨盯着她看了会儿，挑了挑眉："还有，在你心里我有那么不靠谱吗，一个签名就能让人给勾走了？"

"……"

陶音抿抿唇，想了想，编了个借口："那女生长得也挺好看的。"

"没觉得，"江屹杨低声道，"你最好看。"

听见这话，陶音忍不住弯了下唇角。

江屹杨歪下头看她，笑了下："不吃醋了？"

陶音干巴巴地辩解："我没吃醋啊。"

"行，你没吃醋，"江屹杨眼里含着光，慢条斯理地问，"那说话算话？"

她没反应过来，眨了下眼："什么？"

"我喜欢的，想要的，"江屹杨凑近，拇指蹭过她的脸颊，"你可以给我。"

"可算话？"

他的声音低而缓，带了几分暧昧的意味，指腹像是带着电流，一碰上她的肌肤，就让她感觉发麻。

陶音手指蜷了蜷，小声回着："算话……"

"那我想要，"江屹杨低沉的嗓音绕上她耳边，含着浅浅的笑声，"亲一下。"

陶音饶是猜到了他的想法，仍被他这不正经的模样弄得耳根发热，有些不自在。

江屹杨目光扫过她薄而白皙的耳朵，耳垂染着粉红，他眸色一软，手指忍不住捏了捏，低声道："都亲过一次了，怎么还这么害羞？"

她的耳朵比较敏感，被江屹杨一碰，她下意识抖了下，声音因羞涩多了几分撒娇的感觉："你以为，谁都像你呢？"

说话间，走廊拐角处传来了脚步声，陶音慌忙推开江屹杨，与他拉开距离，而后往前走。

江屹杨也不在意，悠悠地跟在后面，脸上露出温柔又调侃的笑容。

从滑板俱乐部出来时，天色阴沉沉的，像是要下雨。这附近正好有家超市，两人进去买了把伞，往地铁方向走。

路上经过一处公园，没走一会儿，细细绵绵的雨丝落下，空气里弥漫着青草和泥土的香气。

伞面不大，江屹杨撑着伞，大半边倾斜向她这侧。

陶音抬头时，见他肩膀的衣服都被雨淋到了，她忙把伞往他那边推了推："你衣服都湿了。"

"没事，"江屹杨仍歪着伞，漫不经心道，"我一大男人不怕淋。"

"都怪我，买伞的时候也没注意大小。"陶音自责地说，视线再次落到他肩头，"要不，你背我吧，我来打伞。"

江屹杨视线一低，落在她脸上，眼皮微动："好。"

公园里没有人，四周只有雨落下的声音，视野里雾蒙蒙的，虽然气温比较低，气氛却让人有股说不出的温存。

半晌，江屹杨突然开口："觉不觉得，这个场景有点熟悉？"

他不必说，陶音也早已想起江屹杨第一次背她时的情景。

她下巴搭着男生的肩膀，轻轻笑了下，打趣道："当然，你上次背我，差一点把我摔下去，我还记得呢。"

江屹杨侧过头，看着她的模样笑了。

"还有呢？"他问，语气意有所指，"还记得你当时问了我什么吗？"

"……"

她当然记得。

当时她脑袋一抽，说错了话，问江屹杨：你是不是一个正常的男的？

因为这件事，陶音还郁闷了好几天，那阵子几乎都没脸见他了。

见她没说话，江屹杨这次没有要放过她的意思，吊儿郎当地道："是不是该跟我解释一下？"

他缓慢地扯了扯唇："嗯？"

"你当时没问，"陶音绞尽脑汁地想理由，跟他东拉西扯，"现在怎么又突然想起来问了呀？"

江屹杨睐着她，长睫动了动，顺着她的问话答道："当时你躲着我，我怕问了你跟我相处会觉得别扭。"

"现在你是我的女朋友，我是不是应该弄清楚你对我的看法？"江屹杨顿了下，舌尖舔了下上颌，暗示道，"尤其是这方面的。"

"……"

陶音看了看他英气的侧脸，下巴的线条极为好看，漆黑的眸子里透着探究和耐心，她犹豫了下说："我是见你也没有别的女性朋友，就……随口问的。"

江屹杨眉眼一抬，似笑非笑："随口问的？"

"我怎么记得你当时好像酝酿了很久？"

"……"

她记得可真清楚。

见他这副执意要问到底的架势，想着这对他来讲，可能关系到一个男人的面子问题，陶音干脆如实道："是我说错了。"

"我当时是想问你，是不是没拿我当女生，"她解释着，"可能是我有点紧张，就说成那样了。"

闻言，江屹杨似乎有点意外。

而后他悠悠地吐出几个字："没拿你当女生。"

话音落下，江屹杨把她往上背了背，让她离自己近一点，带着几分责问地笑道："小姑娘，我什么时候没拿你当女生了？"

"你说说看，我是对你不温柔了，还是没特殊照顾你，你见我对邵飞他们什么样?"

陶音对这些不置可否,可那是因为他这个人骨子里的教养。但当时两人在传绯闻时,他没有避嫌,可能潜意识里还是将她看得跟邵飞他们是一样的。

提到避嫌,无疑又会牵扯到季言宇,她琢磨了下,还是把话咽了回去。

陶音没什么底气地反驳道:"嗯,你对邵飞也挺温柔的。"

闻言,江屹杨被气笑了。

雨势渐大,雨滴重重地拍打着伞面。离地铁口还有一段距离,路边有个凉亭,两人去那里暂时避雨。

亭子里的木椅潮凉,江屹杨坐下来后,拉住陶音手腕,让她坐到自己怀里。

而后江屹杨把外套脱了下来,给她披上。

陶音衣服穿得多,现在气温又真的挺低,她下意识伸手去拦:"我不用。"

江屹杨收了收领口,动作不轻不重,不由分说地把她裹起来。

江屹杨手掌上移,摸了摸她的脸颊,眼底有浅浅的笑意:"还说不用。"

"⋯⋯"

男生的手掌温热舒服,陶音没忍住往他掌心里蹭了蹭,轻声说:"我不是也怕你会冷?"

江屹杨盯着她,女生巴掌大的小脸贴着自己的掌心,微凉柔软的触感令他微微怔了怔。

女生乖巧温软的模样里透着一丝懵懂,还有那份对他直白的眷恋情绪,让他感觉自己的心像是软作了一团,又像是被什么东西挠了一下,痒痒的,有些难耐。

他喉结滚了滚,把人往怀里搂紧,拇指轻轻擦过她眼下的皮肤,嗓音含着丝丝低哑:"想关心我,也可以换个方式。"

陶音睫毛颤了下,而后感觉自己的脸被捧起,眼前的人一点点靠近。

男生眼里的欲望毫不掩饰,眼底漆黑深沉,眼尾微勾,神色专注中还透着股诱惑。

近在咫尺又令人沉沦的距离。

陶音有一瞬间的迷离，整个人落入那双眼眸之中，大脑空白时忽地冒出来一股冲动。

在他有下一步动作之前，她想也没想，大胆凑近，贴上了他的唇。

温热柔软的触感。

一触即离，如蜻蜓点水，却让她的心怦怦跳不停。

陶音忍着羞意紧张，眼神没有避讳地直视他，微抿着唇说："是这样吗？"

四目相对间，她看见江屹杨漆黑的眸顿了一秒，而后他嘴角缓慢地勾起一抹好看的弧度，眼睫一低，视线落在她的唇上。

男生的手捏住她的下巴，在她殷红的唇张开的一瞬间吻了下去。

他的声音糅在亲吻中："还不够。"

与上次不同，他的动作不温柔，含着女生的唇，强势又细致，带了侵略性，他的呼吸变得滚烫，手臂的力度也收紧了，像是要将女生搂进胸膛里。

女生稍抬着头，被动地被他吻着，有不知所措，却也似期待已久，意识迷迷糊糊之间，女生心里涌出一股踏实的感觉。

那种被喜欢着的踏实感。

周围的雨幕像是一层屏障将两人包裹在其中，她所有的感知都被男生凛冽的气息覆盖，干净的、淡淡的薄荷味道，熟悉又让她沉醉。

二人下地铁时，雨已经停了。

江屹杨送她回家，二人在小区门口道了别。陶音回去时恰碰见沈慧姝从楼门口出来。

陶音心里一紧："妈妈。"

沈慧姝看她，温声道："回来了，淋雨了没？"

"没有，我在路上买了伞。"说话时她用余光往小区那边扫了眼，确认江屹杨已经走了才松了口气。

陶音跟妈妈去门卫处取了快递，往回走时，沈慧姝突然问："电影好看吗？"

"还行。"

沈慧姝："今天是和谁一起看的呀？"

陶音笑了笑："就是……班上的同学。"

沈慧姝"哦"了声，而后没再问什么。

不知为何，陶音却隐约感觉妈妈像是察觉到了什么。

陶音到家就上了楼，回到了房间。

陶音从口袋里掏出手机，坐在椅子上想了想，给江屹杨发了条信息。

以后，你还是不要送我到家门口了吧。

JYY：怎么了？

陶音叹了口气：我怕被我妈妈发现。

JYY：阿姨反对你谈恋爱？

陶音：我不知道。

她从小到大没做过什么出格的事，虽然就像江屹杨说的，成年了也不算早恋，她也有信心不会耽误学习，可她还是感觉不安，不敢跟沈慧姝坦白。

等过一段时间，等她跟江屹杨交往一段时间，其间她把成绩再提升一些，就算被发现了，妈妈应该也不会阻拦吧。

这样计划着，同时她又善解人意地提议：你家附近我们也不要去，免得被你父母发现，以后约会就去远一点的地方。

陶音弯了弯唇：好不好？

另一边，江屹杨回到家里，在玄关换过拖鞋，收到信息后点开扫了眼，眼里划过一抹柔色。

江屹杨经过客厅时，江母正坐在沙发上看电视。

他看了眼，停下脚步："妈，跟您说个事。"

闻言，江母的视线移过来看向他。

江屹杨眉眼微微笑了笑："我有女朋友了。"

手机里，陶音收到了肯定的回复，放心了许多。

晚上跟江屹杨聊了会儿天，本来今天有点累了，但她临睡觉之前还是爬起来做了套数学卷子。

新的一周来临，气温逐渐变暖，初春的微风掠过窗台，空气里浮荡着淡淡的花香。

午休时间，陶音坐在座位上，整理上次周考的错题。苏敏敏从外面回来，带回来一个让她一直隐隐担心的消息。

"音音，我刚才路过教导处，听见老师在给你妈妈打电话，好像是因为你跟江屹杨谈恋爱的事！"

她笔尖一抖，抬起头刚要问些什么，唐洪礼出现在教室门口，随后把她跟江屹杨叫了出去。

陶音真的因谈恋爱被叫了家长，下午的课她的注意力都不太集中。傍晚的自习课，她偷偷溜了出去，到学校门口等沈慧姝。

事情来得太突然，打乱了她的计划。不过江屹杨是学校里的风云人物，这件事早晚会传到唐洪礼的耳朵里。

她往路边遥望，想着待会儿跟母亲好好解释一下，或许母亲不会太生气。

心情正忐忑时，身后突然有人轻拍了下她的肩膀。

她一回头，看见江屹杨站在那儿，与她不同，男生低垂着眼睫，眸子里含着笑，整个人气定神闲的。

"在等阿姨？"他说。

陶音点点头，琢磨了下江屹杨现在这个样子，也不知道他是真的不担心，还是在故意保持淡定。

注意到她的眼神，江屹杨温声说："我陪你。"

闻言，陶音想了想："这样不好吧。"

江屹杨低下声来："我是你男朋友，又是我追的你，阿姨要责怪也应该由我来承担。"

江屹杨揉了揉她的脑袋："不用怕。"

说话间，校门外停下辆计程车，沈慧姝从车里出来。

听见动静，两人看向那边。

沈慧姝抬眼间，先看了一眼陶音，而后视线一挪，注意到女儿旁边的男生。

男生身姿挺拔，校服穿得端端正正，模样长得极好，气质也出挑，是那种一眼就能看得出来，是个很出色的男孩子。

沈慧姝神态温和地走了过来。

陶音见状，心里一松，仍小心翼翼地开口："妈妈，您来了。"

沈慧姝应了声，又看向江屹杨："你是小江同学？"

"是，"江屹杨颔首，"阿姨，您好。"

沈慧姝微笑："你好，之前听陶音的奶奶提起过你，老人家一直在夸你。"

江屹杨态度谦和："之前是我打扰奶奶了。"

陶音眼睛在两人之间徘徊，意外于这微妙的气氛。

沈慧姝见陶音呆愣愣地看着自己，问她："现在不是上课时间吗，你怎么跑出来了？"

陶音如实道："我怕您生气。"

沈慧姝看着她，依旧温声道："你先回去，别耽误上课，有事回家再说。"

陶音"哦"了声。

教导处跟高二教学楼不在一处，江屹杨主动上前："阿姨，我给您领路。"

沈慧姝打量他一眼，点了点头："好。"

临走时，江屹杨投给陶音一个放心的眼神，她看着两道走开的背影，慢吞吞地往教学楼方向走。

陶音回到教室后，过了一会儿，江屹杨回来了。

陶音忙从书桌抽屉里拿出手机，偷偷给他发信息：我妈妈没说什么吧？

JYY：没有。

JYY：你妈妈好像不反对我们谈恋爱。

陶音：啊？

JYY：她好像还挺喜欢我的。

…………

陶音像是想起了什么，又发了条：你家里人来了吗？

JYY：我妈上节课时已经到了。

陶音：来得这么快。

JYY：嗯，她有点着急。

陶音盯着屏幕，觉得事情有点不妙，想了想问：你妈妈她……会揍你吗？

江屹杨眼里闪过一丝意味不明的笑，回道：可能吧。

陶音皱了下眉，紧接着看见另一条消息。

不过她看见了你，就不会揍我了。

陶音愣了愣：为什么？

JYY：因为对儿媳满意。

陶音看见那两个字，心里微微一跳，手指落在屏幕上继续打字：我们才在一起不久，你扯得也太远了吧。

江屹杨盯着屏幕，意味深长地笑了下。

见他没回，陶音觉得江屹杨是在逗她开心，视线又在"儿媳"两个字上扫过，她不自觉又想起江屹杨见沈慧姝时那副自如的模样，忍不住问：对了，你刚才见我妈妈，不觉得紧张吗？

JYY：紧张。

陶音：可江大校草明明看着挺淡定的啊。

江屹杨坦白：我装的。

另一栋楼的教导处办公室，云清容虽然提前到了，但其间有事出去打了个电话，回来时沈慧姝已经在办公室里了。

唐洪礼见人回来，起身给两人介绍。

云清容看见沈慧姝，目光先顿了下，而后像是意外地问："您是……陶太太吗？"

"我是。"沈慧姝打量着眼前气质优雅的女人，也觉得有些眼熟，"您是……？"

"我是云清容，十几年前临城那场学术研讨会上，我们见过一次面的，"云清容说，"当时我跟我先生一起，还和您与陶辰华设计师一起探讨过一个项目的建筑理念。"

闻言，沈慧姝随即想了起来，笑道："是您啊，好久不见了。"

云清容眉眼含笑："是啊，没想到会在这儿见面，真是缘分呢。"

唐洪礼见眼前的情况，莫名有股插不进话的感觉，在两人寒暄的间隙，他开口："这样，两位家长坐下聊吧，我去给两位倒杯水。"

等唐洪礼出了办公室，云清容转过身，虽然称不上是很熟悉的朋友，但当年相处的愉快，仅一面之缘也让云清容对陶辰华夫妇印象颇深。她脸上露出好友相见般的亲切："多年未见，您还好吗？"

沈慧姝微笑着点点头。

陶辰华意外去世的消息云清容之前听说了，她怕提起会惹沈慧姝伤怀，想了想没有开口，只笑笑说："我之前听小屹说他有女朋友了，没想到竟是您的女儿。"

见江母这态度，看来是对孩子们的事不反对了，沈慧姝心里稍稍松了口气。

陶音从小做事有自己的主意，她能看得出女儿是真的很喜欢那个男孩子，高中阶段只要不耽误学习，她也不是那么古板的家长。

沈慧姝："我在来时见过令郎了，是个懂事的孩子。"

对方毕竟是女孩子的家长，考虑得会多一些，云清容原本还有点担心，闻言，眉眼弯起来："还好，就是平时他爸爸管得严厉些。"

二人又聊了几句，云清容直接进入话题："其实我今天来的目的是想说，我跟我先生并不反对孩子们谈恋爱。不瞒您说，我和我先生就是在上学的时候认识的，听小屹说陶音是个很好的女孩子，今日见了您，我更放心了。"

沈慧姝笑了笑，语气温和："陶音是我捧在手心里养大的，她喜欢的，我也不会反对，只要不影响学习。"

话音落下，云清容笑意更甚。

办公室门口，唐洪礼端着两个杯子进来，见到这和谐又莫名带着一股喜气的氛围，愣了愣。

他走过去，刚要说话，江母转过头来："唐老师，我和陶音的妈妈商量过了，我们同意两个孩子交往，而且会好好管教，不会让他们影响学习的，您放心吧。"

沈慧姝也接言："让您费心了。"

唐洪礼："……"

"啊，好。"唐洪礼把杯子放下，没反应过来，却顺着话说，"应该的……"

傍晚放学，江屹杨两人走在路边，夕阳洒落下来，视线里一片柔和的色泽。

江屹杨低下脖颈，看她："我妈妈说今天没见到你，有点遗憾，让你有时间去我家玩。"

陶音对上他含笑的眸子，歪着头问："你妈妈还没见到我，怎么就满意了呢？"

江屹杨："因为我的眼光好，我喜欢的，她也一定会喜欢。"

啧，真会说话。

陶音在心里嘀咕着，仍忍不住抿唇笑了笑。

视线扫过两人相牵的手，像是没从这么顺利的情况里反应过来。

陶音觉得周围的空气里都荡漾着一股美好，能这样和他毫无顾忌地并肩走在路边，牵着手，去哪里都行。

"想什么呢？"江屹杨低笑了声，手指轻轻刮了下她的鼻尖。

陶音眨了下眼，轻声说："我在想，好幸运。"

江屹杨挑眉。

陶音唇边抿起一对小梨涡，灵气的眼眸转了转："你好幸运，以后都可以送我回家了。"

"啊，"江屹杨笑了下，"确实。"

送陶音回去后，江屹杨回到家里时江父已经下了班，江父听云清容说了今天的事，江屹杨一进屋便被叫去了客厅。

许是想起之前的那次误会，江父一直认为是陶音追的江屹杨，江父语重心长又稍带严厉地说了一些要对人家女孩子用心，要对人家负责的话。

江屹杨也没解释，一一应着。

等江父嘱咐完，他似想起来什么，笑意稍敛，神色流露出认真："爸，有件事我觉得是时候跟您谈一下了。"

闻言，江林堂也随即知晓江屹杨想说的是什么，如每次一样，提起这件事，两人就会不愉快。

江林堂声音冷了几分："你想转职业？"

"是。"

"你玩滑板，"江林堂拧着眉，"将来能有什么发展？你会后悔的。"

江屹杨神色淡淡的，手指摸了下衣领处的项链，语气坚定："不会。"

"因为我喜欢。"

少年眉眼奕奕，态度坚决而强硬："不管您同不同意，我都会转职业。"

话音落下，江林堂并没有像以往那般直接生气，二人僵持半晌，他似微微叹了口气，低声开口。

"也不是不行，"江林堂退了一步，"但是，你要参加高考，学业不能荒废。"

江屹杨从来没想过要放弃学业，他有自信可以兼顾好学习跟梦想。

他看了眼父亲，点头："您放心，我会参加高考。"

而后像是不自觉地，他唇边缓缓勾起一抹弧度，声音也轻了几分："我还会和陶音考同一所大学。"

第
四
十
二
章

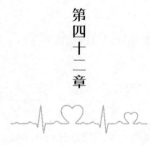

伴随着气温回升，天气越来越热。

端午节过后，一天自习课上，唐洪礼进教室占用些时间开了个班会。

他站在讲台上，脸上看不出情绪，虽然还没开口，学生们已经大致知道了班会内容。

上周的年级篮球赛上，十班赢了球，林浩当众给姜恬送了花。

前几日，苏敏敏在广播社时，不小心将班长跟她的表白给播了出去，一时间在学校里传得沸沸扬扬。

因为这件事，副校长还特意找唐洪礼谈了话。

教室里鸦雀无声，安静半晌，唐洪礼语重心长道："还有几个月，你们就是高三的学生了，高中的生涯也过去了一大半，这个阶段是你们人生中最美好的年华。"

他说着忽然笑了笑："老师也年轻过，懂你们的心思，但老师也是过来人，有些事跟经历，该跟你们说一声。"

唐洪礼将视线扫过教室下面一张张年轻而充满朝气的面孔，语气难得温和："与其在高三轰轰烈烈地谈一场恋爱，不如拿两张一模一样的大学录取通知书，这样，你们的青春才算不留遗憾，没有耽误自己，也没有辜负别人。"

留下这句话，唐洪礼没再说什么，让大家继续上自习，而后出了教室。

这一节自习课教室里的学生们都出奇地安静，没人再讲话，直到下课铃声响起。

陶音跟江屹杨到走廊里。

她手搭在栏杆上，看了眼江屹杨，犹豫地问："你想过要考哪所大学吗？"

江屹杨侧头，看着她清澈漂亮的眸子，笑道："还没想好。"

陶音点头："那你想好了，告诉我一声。"

江屹杨胳膊搭上栏杆，眼里似笑非笑。

"我努努力，看能不能跟你考同一所。"她继续说，"虽然会很难，我想报的建筑学专业分数线也都不低，但我会很努力地去试试的。"

江屹杨垂着眉眼，瞳孔漆黑清透，闻言眼底闪过一抹柔色。

从认识陶音以来，她就是这种性格，努力、坚定，下了决心的事再困难也不会退缩。

"没关系。"

可江屹杨还是不忍心："如果觉得太难了，我来跟你报同一个学校。"

原本他就是这样打算的。

陶音摇了摇头。

她喜欢的人优秀、耀眼，需要仰望。

她不要他低下头来迁就她，她要一步一步朝他走去，与他并肩。

陶音抬起下巴，模样有点俏皮："江学霸，你是不是不相信我啊？"

江屹杨轻笑："没有。"

"那是瞧不起我？"

"哪儿敢。"

"那你就放心好了，还有一年呢，"陶音像是在给自己打气，"我可以的。"

她话音落下，江屹杨盯着她看了一会儿，而后摸了摸她的脑袋，像是给她鼓励："好，我听你的。"

"不过，要让我帮你复习，"他凑近了些，声音放低，"我想为你效劳。"

好好的一个学习，也被他说得染上了暧昧，陶音推了推他："你离远一点，在学校呢。"

男女生的力量悬殊，江屹杨视线掠过她白皙秀丽的小脸，低笑了声，之后依着她，靠后站了些。

傍晚放学时，江屹杨被老师叫去了办公室，上周的考试江屹杨是第一名，学校那边有关表彰的事情要跟他核对一下。

陶音在教室里看了会儿书，就去教学楼楼下等他。

这个时间学生们都走光了，教学楼里很安静，陶音走到一楼的拐角处，看见门口站着一个女人，仪容端庄，气质温和，在她看过去时，女人也朝她看来。

对视时，女人先是顿了下，而后脸上露出笑意，走了过来。

"你是陶音吗？"女人声音亲和。

陶音点头："我是。"

云清容弯着眉眼："我是江屹杨的妈妈，今天路过学校，想着顺道来接你们放学。"

陶音一愣，随后礼貌地打招呼："阿姨，您好。"

此时她才注意到，江屹杨与眼前女人的相貌有几分相似，尤其是那一双眼睛，笑起来时温柔又有亲切感。

在她看向云清容的同时，云清容也在不动声色地打量着她。

小姑娘长得白净漂亮，气质又恬静乖巧，让人见一眼就打心里喜欢。

云清容脸上笑意加深："我之前在小屹的手机里看过你的照片，本人更可爱呢。"

陶音被夸得有点不好意思，对方又是江屹杨的妈妈，她难免有些不自然，但面上尽量不显局促："谢谢阿姨。"

云清容笑了笑："上次来学校，我原本是想见一下你的，可小屹他没让，说是在被叫家长的情况下见面太突然了，怕你会觉得不舒服，我想了想也是。"

听见这话，陶音目光微微一顿。

她没想到，江屹杨考虑得这么周全，连这点小情绪都要照顾她。

"所以，今天刚好路过学校，我就过来了。"云清容看得出小姑娘还是有些不自在，又温声道，"你别怪阿姨冒昧。"

"不会，"陶音忙摇摇头，"阿姨，我没这样想。"

这时江屹杨从另一边的楼梯口出来，看见这边，抬脚走过来。

江屹杨先看了眼陶音，见她乖顺地站在那里，还透着几分落落大方，他唇边微微弯了下，转头看向云清容："妈，您怎么过来了？"

云清容看见儿子这般护着人的模样，她忍着笑说："我来接你们放学。"

从教学楼出来，云清容走在前面。

江屹杨将视线落在陶音肩膀上，习惯性地去帮她拿书包。看见他的动作，陶音躲开，而后对上他的视线。

给他一个"你妈妈在呢，我自己背"的眼神。

江屹杨眸子动了动，眼睫一低，撂下的手又轻轻蹭过女生细白的手背。

果然，那只纤细的小手一缩，握起来，放在身前。

像是小动物因胆怯收起小爪子。

好笑又可爱。

他无声地笑了几下，忍不住抬手揉了揉她的脑袋。

把陶音送回了家，回去的路上，江母从后视镜里看了一眼坐在后面的江屹杨："妈妈就是好奇，想见见这孩子。"

江屹杨没太在意："没事。"

安静了一会儿，云清容又开口："我听你父亲说，你要跟那孩子考一所大学？"

江屹杨垂眼，手指随意滑了几下手机："对。"

云清容"嗯"了声："那孩子成绩怎么样啊？"

"挺好的。"

闻言，云清容筹措着言语："我跟你父亲当年没有考去同一所学校，甚至还是异地，也没有耽误感情，我觉得还是要看成绩来报考吧，不一定非要念同一所。"

江屹杨将视线从手机上移开，抬起眼，语气平静："妈，您放心吧，我有打算。"

说话间，他的脑海中闪过一张白皙的小脸，那女孩微微扬着下巴，目光清澈而坚定。

江屹杨眉眼舒展，似在呢喃："可以的。"

端午节过后，很快迎来期末考试。

两日的考试结束后就是高中生涯中最后一个可以放肆的假期了。

教室里，邵飞临时抱佛脚地背了几个物理公式，又回头跟江屹杨闲聊。

"哎，假期有什么安排，要去哪儿玩啊？还参加比赛吗？"

江屹杨手里转了圈笔，吐出两个字："学习。"

邵飞："这还没到高三呢，能不能别这么拼啊？"

"不行呢，"江屹杨掀起眼皮，懒散中透着一丝炫耀，"得陪女朋友学。"

"……"

有女朋友真了不起。

…………

期末考试结束后，大概一周的时间成绩出来了。

陶音的名次又提升了几名，进了年级前十，可分数与江屹杨还是差了几十分。

假期这段时间，她跟江屹杨几乎都泡在图书馆的自习室里。

这天，来图书馆学习的人很多，馆里没了位置，两人打算去附近可以自习的咖啡店，结果很不巧地赶上咖啡店临时停业。

盛夏烈日炎炎，两人走在路边，空气里浮动着花草被晒干的味道。

陶音想了想，提议道："要不去我家里学吧，我妈妈出差了，家里正好没人。"

江屹杨看着她，似乎想到了什么，唇边扯出一抹笑："好啊。"

路上经过便利店，陶音进去买了几支笔。

进到店里，江屹杨去冰柜那边买水，她到文具区域，一抬眼，遇见个熟人。

季言宇看见她，先是愣了下，之后微笑着打招呼："好巧，你也来买东西。"

陶音也回以微笑："对。"

打过招呼，她将视线落在笔架上，寻找她平时常用的水笔。

她抽出两支黑色水笔，身旁的季言宇又开口："你这次期末考试成绩进步了很多，恭喜。"

"谢谢。"

季言宇张了张口，又想说点什么，突然看见女孩身侧出现一抹身影。

江屹杨个子很高，倾下身的动作温柔又霸道，像是将女孩罩在怀里，嗓音也极温和："买好了？"

陶音回头："买好了。"

闻言，江屹杨视线抬起，轻飘飘又带着股傲慢地扫了眼对面的男生，意味深长。

季言宇没别的意思，就是随便聊两句，见人家男朋友在，便识趣地走开了。

两人从便利店出来，陶音瞄了眼身侧的江屹杨。

他穿着一件白短袖，黑发黑眸，睫毛微垂着，看不出情绪，跟平时一样，又好像不太一样。

陶音琢磨了下，扫了眼他手里拎的袋子，主动搭话："你买这么多零食，我吃不完的。"

江屹杨低眼看她，眼尾的线条浅淡清隽，带着稍稍弯下的弧度："又不是让你一天吃完，吃不完可以放冰箱里。"

"噢。"她答应了声。

看样子，是没什么问题。

第
四
十
三
章

回到家里，陶音给江屹杨拿了双新拖鞋。江屹杨进到客厅放下东西，他扫视了一眼整间屋子。

光线从阳台的落地窗照进来，客厅里宽敞明亮，装饰温馨舒服。

陶音平时都是在房间里学习，她不好意思把江屹杨往自己的卧室里领，于是把茶几收拾了下，把书本都放在上面。

招呼着江屹杨坐，她转身去厨房里洗些水果。

她正洗着草莓，江屹杨进来，接过她手里的玻璃盘："我来。"

陶音笑："哪里有让客人自己洗东西吃的啊？"

江屹杨挑挑眉："我是客人？"

陶音眨了眨眼，认真道："不是。"

江屹杨像是被她的模样逗笑了，低声说："你不是那个快来了？不要碰冷水。"

闻言，陶音点点头，往后退了点，盯着他的侧脸看了会儿。

他的动作慢条斯理的，表情也温和，还会跟她有说有笑的。

可陶音还是莫名觉得他有点不对劲。

陶音扯了扯他的 T 恤衣角，犹豫地问："你是不是……不开心了啊？"

男生看过来："为什么觉得我不开心？"

陶音如实说："因为刚才碰见季言宇了。"

江屹杨没说话，眸子里有些瞧不出情绪。

见他这副模样，陶音凑过去，胳膊搂着男生的腰，笑着问："你是不是吃醋了呀？"

江屹杨看着钻进自己怀里的女孩，眼皮动了动。

隔了几秒。

"嗯。"

他承认了。

他现在已经跟陶音在一起了，不想让自己显得那么小气。

吃醋是有的，还掺着一些别的情绪，无法忽视。

江屹杨扫过那双清凌凌的眼睛，没沾水的手捏了捏她的脸，声音里含着几分无奈："我还有点羡慕。"

陶音怔了怔。

江屹杨似乎笑了一声。

指腹轻轻抚过她的下巴，他懒洋洋地说："羡慕他，让你那般放在心里喜欢过。"

"不过呢，那都是过去了，"江屹杨敛起情绪，脸上是一贯的散漫，眼里染上笑意，"你现在是我的。"

陶音抿了抿唇，没想过江屹杨会有这样的想法，会因为她而羡慕别人……

陶音盯着男生，沉默一瞬，像是决定了什么，忽地从他怀里出来，拉着他的手腕往客厅方向去。

"你等着。"陶音撂下这句，转身进了房间。

出来时，她手里拿着一个本子，双手捏着，朝他走近。

"给你。"她递过去。

"这是什么？"

陶音对上他的视线，轻声开口："我的日记。"

"我没有喜欢过季言宇。"她说。

"从始至终我喜欢的都是你，那张写满了名字的白纸，是你，"陶音顿了下，"我学滑板，也是因为你。"

不是有多喜欢看比赛，是喜欢看他在赛场上恣意耀眼的样子。

找他讲题，也是存了想靠近他的私心。

她不经常受伤，书包里的创可贴都是为他准备的。

她所有的少女心事，暗恋、喜欢的人全部是他。

江屹杨愣在原地，盯着手里浅色的日记本，喉结上下滚动。

"所以，"陶音轻声开口，"你不需要羡慕。"

"没有别人，我只喜欢你。"

房间里安安静静的，女孩的声音温柔而清晰。

江屹杨沉默良久，抬起眼眸，声音像是压着情绪，还有几分郑重在里面："我能看看？"

"能。"她点头。

陶音想把自己的心思全部告诉他，同时，又觉得有些难为情。

她将视线往一旁扫了眼，指着男生身后："那你坐在沙发上看，我先去学习会儿。"

她说完这话，没再看他，走到茶几边扯过一条软垫坐下来，翻开眼前的书本，视线落在上面。

余光里，男生缓缓坐在沙发上，翻开了日记本。

陶音眼睛盯着书上的函数公式，注意力却完全不在上面，耳边是纸张翻动的声音。

只是江屹杨看得很慢，好久才翻一页。

陶音捏了捏手里的笔，也根本没心思学习，想了想，她放下笔，起身坐在另一边的沙发上。

她从零食袋子里拿出一袋薯片，撕开包装。

像是听见了身边的动静，又像是看见了什么，江屹杨偏过头看向窝在沙发里的女朋友，似笑非笑："你竟喜欢我这么早？"

陶音咬下一口薯片，目光扫过日记本翻开的那页，回忆了下："或许，比这还早。"

"我那时在做什么？"

"满脑子都是滑板啊。"

江屹杨沉思半晌，在心底骂了自己一声：蠢货。

见他继续往后翻，陶音回想了下日记里的内容，她好像写了几句犯花痴的话，搞不好要被江屹杨嘲笑的，想到这儿她心里一窘，感觉没脸再待在这儿了。

把薯片搁在一边，她抽了张纸巾擦手，边收拾书本边说："茶几有点矮，你慢慢看，我进屋里去学。"

而后她慌忙进了房间。

陶音在书桌前坐下来，静了静心思，心里后知后觉地闪过一丝后悔。

她好像有点冲动了，就这么把自己全部交出去了。

把误会解开就好了，干吗要给他看日记啊？

陶音叹了口气。

算了，反正也没什么不能让他知道的。

她打开书，翻过一页草稿纸，开始做题。

在纸上慢慢写着算式，她盯着自己的字迹，刹那间想起了一件事，手上动作停住。

她忘了，确实有不能让江屹杨看的东西。

那次下雨天，两人在凉亭里。

她在日记里写下了一句话。

——他好会吻。

陶音脸一热，极为强烈的羞耻感涌上心头。

她下意识起身就往门外跑，想趁着江屹杨看见之前，把日记抢回来。

然而刚跑到门口，就撞到一个胸膛里，淡淡的薄荷味道扑面而来。

江屹杨弯腰，顺势把陶音抱在怀里，脸贴在她的耳边，声音低哑："对不起。"

陶音没反应过来，讷讷地问："什么？"

"是我不好，让你难过了。"

陶音琢磨着他的意思，抿唇笑了笑："这跟你没关系。"

暗恋是她自己的选择，与被喜欢的人无关。

"那个，"她此刻的心思没在这儿，又开口道，"日记，你看完了吗？"

"还没。"

陶音心里一松，想出去把日记收回来。

而江屹杨把她抱得紧，她一动，耳边皮肤就能蹭到一抹温热的触感，湿润又柔软。

江屹杨像是故意的，见她缩了下，又贴了上来，嘴唇似有若无地刮过她的耳朵，热气哈在她的脖颈间："怎么？"

陶音脸颊发烫，那阵酥麻感像是电流，从脖颈传到了她心里。

她清了清嗓子："没怎么，我就是觉得你该学习了，后面……也没什么可看的了。"

"我觉得挺有意思的，"江屹杨把她从怀里拉开些距离，视线落在那殷红的嘴唇上，低笑了声，"尤其是夸我的那句。"

说话间，他指腹覆上她的嘴唇，举止轻而缱绻，眼底的情绪直白充斥着欲念："你要是喜欢，我就多吻你几次。"

话音刚落。

一道温热的触感落下，江屹杨低头吻住她。

像是带着怜惜，还有明显的愉悦。

温柔又细致。

从房间里出来的时候，陶音的嘴唇还是麻的，脑子里全是刚才让人耳热的画面。

瞥见沙发上的日记本，她走过去拿起来，听见身后的脚步声，她立刻将日记本抱在怀里。

江屹杨见状，唇角勾了下："我还没看完呢。"

"……"

"不给你看了。"陶音越过他，快步进了房间。

身后依稀传来男生带着浅浅气音的笑。

等她再出来时，江屹杨已经坐在茶几旁的地板上，随意打开了书本，像是要准备学习。

陶音平缓了下情绪，也拿着书本坐过去。

安静地看了会儿书，她不经意地抬眼，看见江屹杨单手托着脸，视线落在习题册上，像是在发呆。

阳光下，男生的侧脸干净英气，脖颈处一片漂亮的冷白，嘴角微微上弯着，与刚进家里时的那种笑完全不同，看起来心情极好。

她盯着看了几秒，默默收回视线。

她心里意识到了什么，唇角也随之弯了弯。

暑假结束，迎来了忙碌的高三生活。

十班是学校里的重点班，学生们全部被要求住校，每天的日子过得都很紧凑。

不知是不是因为唐洪礼的那番话，总之，班里的学习氛围愈加浓厚。

随着教室黑板上方的高考倒计时一天天逼近。

终于，在盛夏时节，两日的高考顺利结束。

出成绩的那天夜里，陶音跟沈慧姝坐在电脑前，守着零点一到，点开查询页面，输入了考号。

之前估算过分数，她心里是有底的，但当分数出来的那一刻，陶音仍感觉松了口气。

她跟妈妈开心地庆祝了下，桌上的手机振动两声，是江屹杨发来的消息。

我在楼下。

陶音愣了下，而后跟妈妈说了声，很快跑下了楼。

推开楼门，陶音一抬眼看见不远处路灯下站着的人，身材笔挺落拓，英俊的五官在暖黄色的光线下染上了几分柔和。

陶音跑过去，扑到男生怀里，声音里是掩饰不住的开心："你怎么来了？"

"来祝贺你。"

陶音胳膊钩着他的脖子，抬头看他："你知道我的成绩了？"

江屹杨单手搂着她的腰，另一只拿起手机："刚查到的。"

男生揉了揉她的脑袋，真心夸道："我们熙熙好厉害。"

陶音眉眼弯弯，唇边漾起一抹弧度："江老师也功不可没啊。"

"对了，你考多少分？"

"709 分。"

"哇。"陶音感叹了声，"学霸就是稳定啊。"

夜里微风吹过，路边的香樟树叶沙沙作响。

江屹杨盯着那双漂亮的眉眼，抬手帮她拨了下额前的碎发，随后转了个话题："那就按我们之前约好的，后天一早的机票，去你奶奶家。"

陶音眨了眨眼，有些好笑地说："你怎么比我还着急回去看奶奶啊？"

江屹杨没说话，只笑了笑。

陶音觉得江屹杨有点古怪，倒也没多想，又在楼下待了会儿，才上了楼。

第四十四章

到茗古镇时，已经是傍晚。

太阳下山，晚风清凉，整个小镇被暖橘色的夕光笼罩，路边一排墙面布满青绿的藤蔓和紫色牵牛花，入目的画面宛如一幅写意油画般静美。

耳边是不时跑过的小朋友们的嬉笑声，伴着淡淡的花香流连在小路间。

"夏天确实更漂亮。"江屹杨脚步放缓，视线从远处落回到陶音脸上，低声道，"想和你一起在这里长大。"

陶音手指碰了碰墙边的紫色小花，闻言，她想起了自己小时候："嗯，在这里长大真的很开心。"

话音落下，她忍不住问："你的童年是什么样的？"

"学习。"江屹杨看着她，似不经意地一提。

听见这话，陶音觉得江屹杨的童年应该是挺枯燥的，有点能理解他的想法了。

她笑了笑，打趣道："所以，你是省状元，而我只是一个能勉强跟省状元考同一所学校的优秀学生。"

她安慰般地拍了拍男生的肩膀："努力没有白费。"

见她这副样子，江屹杨失笑，声音低下来："我的意思是，我想早点认识你。"

陶音怔了下，唇角忍不住微微上翘，回过头，视线落在青石小路上："那，早点认识的话，我们长大后出去念书时，可能就会分开了。"

而且，她大概率会从小时候就喜欢上江屹杨。

接着再是一段长达很久的暗恋，运气好的话，可能会再遇见。

运气不好的话……

忽地，她又抬起头，清凌凌的眼睛含着笑："我还是觉得现在这样比较好。"

江屹杨看了她一会儿，低笑了下，点点头。

这时身旁跑过来一个小朋友，江屹杨叫住了她，弯下腰问："小妹妹，可以帮大哥哥一个忙吗？"

小女孩穿着一条小裙子，头发带着漂亮的自来卷，因奔跑还微微喘着气，仰起头见到眼前的人，像是愣住了，圆圆的眼睛一眨不眨地盯着江屹杨看，之后才反应过来，点点头。

江屹杨从口袋里掏出手机，点开相机，递给小女孩："帮哥哥姐姐拍下照，点这里就好。"

小女孩双手接过："好。"

她举着手机，对准站在藤蔓花墙前的男女，奶声奶气道："不要眨眼睛啊，我要拍喽。"

江屹杨答应了声，与此同时抬起一只手，捏住陶音的脸。

"拍好啦！"小女孩笑嘻嘻地说，"捏脸脸也拍进去啦！"

江屹杨走过去，蹲下身接过手机："谢谢你。"

他一凑近，小女孩眼里亮晶晶的，看了看他，又看了看陶音，睫毛扑闪扑闪的："大哥哥，那个漂亮姐姐是你的女朋友吗？"

离得不远，陶音也听见了，同时她看见江屹杨回过头看了眼自己，唇角缓缓勾起，紧接着低头跟那个小女孩说了句什么，像是故意压低着声音。

小女孩听了后，小手捂住嘴巴，玻璃珠似的眸子里满是笑，像是听见了什么新奇的事物，之后一溜烟地跑开了。

"……"

等他走近，陶音瞅瞅他："你跟她说什么了？"

"我说，你是我老婆。"江屹杨懒散道，模样带着几分吊儿郎当。

男生看起来一副开玩笑的样子，陶音却忍不住心跳漏了一拍，回过了头："你别胡说，也不要教坏小朋友。"

而后她抬脚往前走。

江屹杨跟在后面，无声地笑了笑。

到了家，推开庭院大门，恰好遇见老人从门口出来。

"奶奶。"陶音跑过去。

"回来啦，"老人笑眯眯地搂住她，又看向后面提着行李箱的男生，满眼慈爱，"小江也来啦，一年没见，好像长高了一些呀。"

江屹杨微笑上前："奶奶，您身体还好吗？"

"好好好，我都挺好的。"

陶音和江屹杨在一起的事还没跟奶奶讲，她有点意外奶奶见到江屹杨的反应，想了想，她挽着老人的胳膊："奶奶，我得跟您重新介绍一下，这是我男朋友，江屹杨。"

奶奶点头乐呵呵道："我知道的。"

陶音一愣："您怎么知道的，是我妈妈跟您说的……"

"是我自己瞧出来的。"老人边说边拉两人进屋，"上次小江来的时候，说是要跟我学做你喜欢吃的虾仁滑蛋，还主动跟我打听了好多你的事，当时我就猜到了。"

闻言，陶音与江屹杨对视一眼，后者朝陶音笑了笑。

陶音抿了抿唇，回过头挨在老人身边坐下来："那奶奶，您怎么就知道我们会在一起呢？"

"小江比你爸爸年轻时追女孩要主动得多，态度又认真，最主要的是呀，"老人伸手拍了拍陶音的手背，"你不是也很喜欢小江嘛。"

陶音："……"

她表现得有那么明显吗？连奶奶都瞧了出来。

老人家笑意盈盈："所以呀，两个互相喜欢的人，是一定会在一起的。"

江屹杨放好行李箱，走过来，看了她一眼，而后道："奶奶说得没错。"

"……"

听了这些，陶音突然想起来，那时候她故意让江屹杨追她一段时间才肯同意，也不知道江屹杨在看了她的日记后是怎么想的。

他会不会觉得这个小姑娘好矫情？

那边江屹杨拎过几个盒子："奶奶，这些是给您带的补品。"

"还有这些，是我母亲知道我要来，给您准备的。"

"哎哟，你这孩子，又让你破费了，"老人接过，"那帮我谢谢你母亲。"

江屹杨笑道："您别客气。"

一天的路途疲累。吃过晚饭，两人在客厅里陪老人说了会儿话，便各自回到房间休息。

陶音洗过澡，在床上躺了会儿，手机振动两声。

JYY：睡了吗？

陶音：还没。

JYY：那来我房间？

陶音眨了下眼，没等她回复，又收到消息。

JYY：就聊聊天，不做别的。

"……"

江屹杨的房间在一楼，她下楼时像是心虚，踏下楼梯的脚步都放轻了些。

到了房门口，她敲了敲门。

门打开，江屹杨穿着一件短袖，下面是一条休闲裤，像是也刚洗过澡，头发半湿着随意散在额前，有股凌乱慵懒的好看，唇色发艳，微微带着水光。

她愣怔一瞬，移开视线，握了握手里的杯子，像是暗示："我就在你这儿待一会儿，喝完这杯牛奶我就回去。"

江屹杨盯着她白皙的小脸，以及那躲闪的眼神，扯了扯唇角："好。"

陶音进到房间里，江屹杨顺手把门关上，忽地笑了声。

"真好骗。"

陶音抬起头："……"

他低下脖颈，言辞暧昧又缠绵："你都进来了，什么时候回去，那不是我说了算？"

陶音微睁大了眼睛，像惊讶又像是害羞，动了动唇，说不出话来。

江屹杨盯着她，舔了下唇角，把她往身前拽了拽，亲昵地揉了揉她的脑袋："逗你的。"

陶音绷紧的身体放松下来，瞥了男生一眼："你还能再坏一点吗？"

江屹杨垂下眉眼，似笑非笑："你想试试？"

"……"

喝完这杯牛奶，她一定得回去。

不然太危险了。

陶音往房间里扫了一眼，虽然是客房，但房间里放着江屹杨的行李跟物品，到处都沾染着他的气息。

空间里透着说不出的暧昧气氛。

她想了想，像是随便走动着慢慢朝阳台那边挪去。

经过书桌时，她看见上面放着一个精致的小盒子，看起来像是个首饰盒，今天在飞机上时她也无意中在江屹杨的包里看见了，她还以为是江屹杨送给奶奶的。

所以，是给她的吗？

可她的生日还没到呢。

她胳膊搭在阳台围栏上，琢磨着。

难道是因为她成绩考得好，送她的礼物？

有可能。

除此之外，她也想不到别的。

阳台是露天的，正对着庭院，外头的栀子花正值花期，清清淡淡的花香随着微凉的晚风拂过。

江屹杨走过去，伸出手摸了摸她的脸，低声问："冷不冷？"

陶音摇摇头。

江屹杨勾了下唇，从身后抱住她："那我有点冷。"

男生温热的胸膛贴上她的后背，女生周身被他干净的气息包裹住，而后，陶音感觉他的下巴挨上自己的脑袋，在她的发上蹭了蹭。

莫名有种黏人的感觉。

陶音搞不清楚他这种状态，估计是在飞机上没睡好，有些累了，她抿了口牛奶，仰头望向天空。

小镇夜里的天空很美，夜幕中点点繁星泛着柔和的莹光。

"等开学了，打算住校吗？"江屹杨低声开口。

陶音不明白他为什么突然问起这个，学校在外地，当然要住校了。

她没太在意地点点头："不然呢？"

江屹杨声音落在她头顶，不疾不徐："我外公留给我一套房子，离学校不远，前些日子我找人收拾出了一间书房，专门留给你做设计课业时用。"

话音落下，他又说："如果你觉得住校更方便的话，也可以周末过来用。"

陶音明白了："哦，好。"

"除了这套房子，我外公的公司我也有些股份，不是很多，但这些年积攒下来的存款也不是一笔小数目。"

陶音抿抿唇："你干吗突然跟我说这些？"

江屹杨笑了声："没有突然，很早之前就想说了，当时你满心都是学习，我怕你会多想。"

"我觉得现在是时候跟你说一下我的情况了。"

陶音睫毛眨了眨："我不在乎这些。"

"我知道。"江屹杨声音低柔，"可是我想给你，我有的，都想给你。"

听见这话，陶音心里软了下，因他这似带着承诺一般的言语，心里头像是抹了蜜。

江屹杨的家庭条件优越，但她觉得那些都是属于他自己的东西，也从来没有过窥视的想法。

可听见他这么说，陶音心里还是会觉得很开心。

安静片刻，陶音嘀咕了句："我有你就够了。"

"什么？"江屹杨没听清。

陶音突然莫名地害羞，舔了舔唇："我说，牛奶凉了。"

闻言，江屹杨低笑了声，从她手里拿走杯子："那不喝了。"

江屹杨转身回到房间里，将杯子搁在桌上，视线一挪，落在旁边的小盒子上。

今晚夜色很美，又因为人的心情愉悦，看见什么都觉得极为好看。

陶音弯着唇，欣赏着眼前一簇簇在嫩绿中盛开的纯白色栀子花，空气里都似乎被这股清香酝酿出了丝丝甜味。

她轻轻吸一口气，下一秒，又被一抹温柔的怀抱包裹。

"陶音。"

"嗯？"

"熙熙。"

她笑："干吗？"

江屹杨嗓音低柔，含着一丝郑重："我们订婚好不好？"

话音落下，陶音心脏重重一跳。

她的呼吸都像是停住了。

她的大脑里一片空白。

她下意识地说："我们才刚毕业，会不会太早了……"

她不是没想过，只是觉得有点意外。

"我觉得不早，"江屹杨声音带着浅浅的笑，认真又温柔，"我们先订婚，等年龄够了就结婚，这个想法，我在去年的今天就决定了。"

"为什么是去年的今天？"

"因为那天，我看了你的日记。"

那本日记，一页页，字里行间都是女孩对他纯粹的爱恋。

那天他才知道，原来，他才是那个先被喜欢上的人。

所以，她才会想要一些类似于安全感的东西，想要他能够，再多喜欢上她一点。

以至于后来，才会在答应时说——江屹杨，你以后可不许欺负我。

也是在那天，他想起了很多事，那些以前没留意、没发现的细节，也意识到自己错过了很多。

所以，他不想再等了。

陶音没想到会是这个原因，这个瞬间，她不知道该怎么形容，有种酸酸涩涩的情绪涌出，又顷刻间被温柔甜蜜所包裹。

陶音整个人像是处在幻梦之中。

见她半天没反应，江屹杨舔了舔唇，像是有点紧张，手指摸了摸女孩的手背，低笑着问："喂，给个话啊。"

"啊。"陶音这才反应过来，"哦。"

她背对着江屹杨，脸上微微泛着粉红，轻轻地，极为清晰地应了声："好。"

话音落下，背后的人安静一秒，而后牵起她的手，一抹冰凉的触感落在她的中指上。

陶音低头，看见了一枚精美的戒指，银色镶着细钻，漂亮得让人移不开眼。

而后，男生含笑的嗓音落在她的耳畔："下次，我给你戴在这里。"

江屹杨在陶音的无名指上摩挲两下，声音透着愉悦："但从现在开始，你就是我的了。"

陶音低着头，眼角忍不住泛起点点湿润。

在模糊的视线中，他看见男生的左手上不知何时也戴上了一枚戒指。

熟悉低柔的嗓音再次落下：

"我也，只属于你。"

安静的夜晚，温柔的月光。

曾经那些暗恋的心事，被人视如珍宝地捧在了手心里。

想靠近的人，也向她奔赴而来。

开花，结果。

在茗古镇待了一周。

走的时候，江屹杨两只手被塞满了奶奶准备的特产，老人家笑呵呵地说："不是什么贵重的东西，但这些点心是老手艺了，味道在别的地方是吃不到的，拿回去给你爸爸妈妈尝尝。"

江屹杨笑道："谢谢奶奶。"

陶音挽着奶奶的胳膊："那说好了，等我开学了，您就搬过去跟我妈妈一起住，您年纪大了，自己住这里我和妈妈还是不放心。"

老人家拍了拍陶音的手："好好，奶奶会过去的。"

说完这话，老人家又嘱咐："熙熙呀，你跟小江好好交往，你是个懂事的孩子，但偶尔还是有小性子的，别欺负小江啊。"

陶音眨了眨眼，小声道："奶奶，为什么是我欺负他啊？"

她瞥了眼身边的江屹杨："您不是应该向着我……"

奶奶眉眼弯弯，乐呵呵："因为喜欢对方多一些的人，容易被欺负呀。"

陶音怔了下，动了动唇想说什么，身侧江屹杨忽地开口，清澈的声音透着笑："嗯，奶奶说得对。"

他视线一挪，落在陶音白皙的侧脸上，声音低了几分。

"我喜欢你多一些，容易被欺负。"

陶音抬眼，对上他的视线后，抿了抿唇。

江屹杨弯了下唇，而后抬头："奶奶，那我们走了，您注意身体。"

老人把陶音的手松开，把她推到江屹杨那边："好好，该走了，别错过了飞机。"

从小镇转了趟车，二人到机场时，飞机晚点一个小时，陶音不喜欢吃飞机餐，两人到机场里一家餐厅简单吃了些东西。

餐厅里人不多，二人坐在靠里面的位置，陶音吃了半份意面，桌边的樱桃果汁没怎么喝。

江屹杨看了眼，抬了抬下巴，笑问："不喜欢？"

陶音："有点太甜了。"

闻言，江屹杨朝餐台的方向摆了下手，陶音随即说："不用，这杯还剩这么多，怪浪费的……"

那边服务员已经拿着菜单过来了，江屹杨随手把那杯樱桃汁拿到自己这边："这杯我喝，你再点杯别的。"

而后陶音点了杯半糖的百香果果茶，又在服务员的推荐下要了一份活动套餐里搭配的甜点。

她咬了口小蛋糕，舌尖舔了下嘴角的奶油："味道不错。"

江屹杨几口把樱桃汁喝完，目光掠过对面，停在女孩红润的唇上，顿了顿，他放下杯子，稍低下头盯着陶音："那我也尝尝。"

闻言，陶音把蛋糕碟子推到桌子中间，勺子递给男生。

江屹杨没接，唇边弯起一抹弧度，暗含深意。

陶音藏在头发里的耳朵有点热："周围有人呢。"

男生笑道："我知道。"

她睫毛动了动："可我不好意思。"

安静两秒。

对面的男生轻叹了口气："陶音。"

女孩看向他。

江屹杨额前的碎发垂着，眼尾细长清隽，眼神里流过一抹不明的情绪，抬了抬眉。

"你欺负我。"

"……"

陶音张了张唇："我这哪儿是欺负你？"

"怎么不是？"江屹杨悠悠笑道，"我又没让你亲，就喂口蛋糕也不肯，还说不是？"

"……"

江屹杨漆黑的眼眸含着细碎的笑，挑了挑眉梢。

陶音余光往周围看了眼，而后伸手叉了一块蛋糕递到对面，男生唇角一弯，低头吃下蛋糕。

脸上透着愉悦。

桌上手机振动几声，是一个群聊里发的消息，大家商量着下周去海边毕业旅行的计划。

陶音、苏敏敏和姜恬三人还有一个小群，苏敏敏在群里发来一张沙滩裙的图片，问适不适合她。

姜恬：好看的。

陶音：之前不是不想买这件？

苏敏敏：这不周书文那头呆鹅说这件好看嘛，我看他就是觉得这件布料多。

陶音盯着屏幕，想起来购物车里存的裙子还没买，随手也发到群里让两人帮挑下颜色，而后低头把蛋糕吃完。

她余光瞥见对面的男生一直在低头看手机，她抬起眼，见江屹杨眉眼间流露出的笑意，下意识地问："你在看什么呢？"

这时，手机振动起来，有人在大群里喊陶音。

她拿起手机扫了眼。

不到十人的群里一下子多了几十条消息。

点开一看，大家都很兴奋。

邵飞：不愧是你！兄弟，速度太快了！

李明司：呜呜呜呜，我杨爷和陶妹妹要幸福啊！

林浩：这才刚毕业啊，江屹杨，你真行！佩服佩服！恭喜恭喜！

姜恬：恭喜恭喜呀！

周书文：这应该是咱班里第一对了吧，真好。

苏敏敏：啊啊啊！啥时候的事呀，你咋不通知我们？！

陶音愣了愣，继续往上翻聊天记录，而后看见群里的两件沙滩裙图片，这才意识到刚才自己发错了群。

她视线一低，看见图片下面的回复。

JYY：都好。

JYY：我未婚妻穿什么都好看。

"……"

陶音将视线从手机上移开，江屹杨也抬眼看向她，笑着认真重复了一遍："你穿哪件都好看。"

陶音看着男生的模样，心脏怦怦地跳起来，心里有股说不出的舒服，以及一种满足感在心口蔓延开来。

"噢。"她嘴角忍不住弯了弯，不太自然地喝了口果茶。

毕业旅行的那天，天朗气清。

毕业旅行的地点在一处滨海度假区，到了地方，清风拂面，远远就能望见风光旖旎的蔚蓝海岸。

众人到地方时是中午，一行人在酒店简单地吃过午饭，到订好的房间换过泳衣，三个女生住在一间大套房。

陶音接了通妈妈的电话，从房间出来得晚些。到酒店门口，她看见站在不远处椰树下的江屹杨。

男生白T恤、黑裤子，利落的短发被斑驳的光影映上淡淡的金色，站在那里，高挑又落拓。

注意到她的身影，男生看过来，脸上随即漾起一抹笑，似阳光化开般的感觉。

陶音忍不住心一跳。

陶音抬脚走近后，见男生的目光一直停留在自己身上，她明知故问："怎么了？"

江屹杨视线缓慢地自上而下移动，女孩穿着一件细肩带蓝色沙滩裙，露出漂亮的锁骨和雪白的双肩，腰身纤细，盈盈在握，裙摆下的一双腿又白又直。

他将视线一抬，笑问："怎么不是群里发的那两件？"

陶音一双眸子清凌凌的，轻声问："这件不好看吗？"

她是存了点小心思的，之前的裙子被他看见了，觉得穿出来可能没什么新鲜感，所以又临时买了一套。

"不是不好看，"江屹杨低头笑了笑，伸手把她脸边一缕发丝别在耳后，盯着她，"是太漂亮了，我可能会移不开眼。"

"……"

陶音脸一热，不自觉地低下头，低声打趣："江屹杨，我发现你这人好像特别会说情话。"

江屹杨的视线未动，眼里带着点逗弄的笑："有吗？"

"可我说的不是情话，"他眸子里出于真情，语速不紧不慢，"都是真心话。"

盛夏的风带着滚烫的温度拂过脸颊，陶音感觉有点受不住，不自然地朝海边的方向指了下："大家都在那边了，我们过去吧。"

瞥见女孩转头时偷偷翘起的嘴角，江屹杨笑了下，抬脚跟了上去。

下午两点钟日头正热，苏敏敏跟姜恬坐在遮阳伞下吃水果，远处的海面上，林浩和周书文在玩摩托艇。

浅水边，邵飞跟李明司两人请了教练在学冲浪，两人都有滑板的功底，学得比较快。

陶音看了眼坐在身侧的江屹杨："你不去玩吗？"

江屹杨散漫地道："晒。"

陶音看出来男生的心思，知道男生是在怕她无聊，温声说："你不用陪我，我和敏敏她们聊聊天，而且……"

她眉眼弯弯："我还挺想看你冲浪的样子的。"

闻言，江屹杨眼眸微动，而后笑了，语气中透着一丝宠溺："行。"

江屹杨起身离开。

苏敏敏在一旁咂咂嘴："看看，这就是人家对象跟自己对象的区别呀。"

姜恬抬手放在眉眼间遥望："是呢，摩托艇都不见影了呢。"

苏敏敏："人家的赶都赶不走呢，一听女朋友想看冲浪，这才舍得离开。"

陶音忍不住笑了笑，装作没听见两人的打趣，视线落在海边。

蓝天碧海之间，金色的光线将海水照得波光粼粼，少年在随风卷起的海浪里，起身踏上冲浪板，身形高瘦修长，动作利落而干净。

碎发被海风吹动，日光落在他的眉眼间，肆意飞扬。

海盐味的清风呼啸而过，陶音望向那道身影，只觉得挪不开眼。

白色的海浪拍到沙滩边，江屹杨提起冲浪板，回身等下一场浪时，那边邵飞从海水里爬起来："不是，我说你怎么什么运动都一学就会啊！"

"没办法，"江屹杨扯了扯唇，傲慢地道，"天生的。"

那头李明司抹了一把脸上的沙子，嬉皮笑脸地说："不这么厉害那还叫我杨爷吗？飞飞，你就跟着我一起叫杨爷吧！"

邵飞瞥他一眼："我还没说你呢，我们毕业旅行你非得跟着干什么？"

李明司一本正经道："我来祝贺你们顺利毕业呀！"

说话间，李明司抓上一把沙子，朝邵飞的脸上一扔："哈哈哈！毕业开心呀！小飞飞。"

"李明司，你敢弄你爸，看我不灭了你！"邵飞扔下冲浪板，一记扫飞腿把李明司按到沙滩上摩擦。

"啊啊啊，杨爷救我！"李明司喊道。

邵飞"哼"了声："你杨爷忙着讨老婆开心呢，哪儿有空理你？"

远处一道浪又起，江屹杨拿上冲浪板进到海里。

沙滩那边，陶音拿着手机，对准海浪里的那道身影，耀眼的阳光在他身上落下光晕，随便一拍都好看得像是一张时尚画报。

到了岸边，江屹杨抬手把湿发拢到额后，上身的白半袖被海水打湿，半透着贴在身上，少年宽肩窄腰，还可见线条流畅匀称的腹肌，清晰而极具张力。

他抬眼朝陶音这边看过来，对视间，脸上一笑。

而后，陶音看见，海边不远处有几个女孩子也在看江屹杨，脸上透着羞涩，目光却很直接，还不时雀跃地聊什么。

陶音唇角的弧度忍不住微敛，又瞅了眼江屹杨，给了他一个眼神，示意他回来。

江屹杨回到遮阳伞下时，像是故意直接坐在陶音身后，把她环在身前，低沉的嗓音里含笑："怎么了？"

陶音神色如常："我拍了照片，你看看怎么样？"

江屹杨没看手机，只低头饶有兴味地盯着她，而后莫名地低笑一声，拿沾了水的下巴去蹭女孩子的颈窝："好，我知道了。"

陶音被他弄得有些痒，缩了下脖子，下意识地问："你知道什么了？"

江屹杨嘴角弯起："我回去换衣服。"

"……"

等从酒店里出来，岸边有一些卖小饰品的摊位，看见那道纤细漂亮的身影，他抬脚过去。

身侧忽然落下一道阴影，陶音抬头，江屹杨额发半干，薄唇挺鼻，脖颈处一片冷白，注意到他身上换了一件黑色的 T 恤，她抿了抿唇："你出来得还挺快。"

江屹杨没错过她脸上有点意外又隐着开心的小表情，笑了下，视线一挪，看见陶音手里的贝壳手链，低声说："喜欢这个？"

陶音"嗯"了声，很快她眼眸动了动，从摊位上又拿起一条一模一样的手链，看了眼江屹杨："我们一人戴一条好不好？"

江屹杨没犹豫，弯唇："好。"

买了手链，沿着岸边的摊位随意逛了逛，阳光热辣而刺眼，在经过卖沙滩帽的摊位时，江屹杨拿了顶帽子盖在陶音脑袋上，看着她微红的小脸，低声说："要是觉得太晒，回酒店待一会儿，晚些再出来。"

陶音摇头，露出一个温温软软的笑："我不想回去，就是有这么热烈的阳光，来海边才有趣。"

江屹杨看着陶音。

她瞳孔清透，眸子笑起来如一湾微甜的泉水，微红的脸颊又添了股娇媚，唇是红润的颜色，微微发艳。

他喉结上下滚动几下。

往沙滩那边回去的路上，路过几株椰树，江屹杨忽然把她拉向一边，抵在树干上。

陶音抬头间，江屹杨轻柔的吻印在了她的唇上，浅尝辄止。

被松开后，她的神情略微茫然，看向神色柔和的男生，有些不好意思地问："你怎么突然就……亲我？"

江屹杨低着眉眼，漆黑的长眸深沉而专注，言语直白又温柔："想亲。"

而后，他拇指指腹轻轻摩擦女孩的唇角，眉眼间带着几分调侃，坏笑道："而且，你不也喜欢吗？"

男生的嗓音轻而缓地落下，染上了一丝欲念，落在陶音耳边，陶音脸上还没退去的热意，又瞬间蔓延开来。

她轻咳了一声，怕他因日记里那句话而误会，低声解释了句，声音细软："我不是因为你会吻，才喜欢的。"

话音落下，江屹杨眸光动了动。

感受到他直白热烈的目光，那眸中还透着晦暗的渴求，陶音忍不住想低头，江屹杨却伸手抬起她的下巴，而后他俯身低头，埋入帽檐之下。

江屹杨强势又霸道地再次吻了下来。

盛夏清爽微咸的海风拂过，夹杂着男生淡淡的凛冽的清香，唇上传来的柔软触感，让陶音有种类似于中暑的感觉，脑袋晕乎乎的，一片空白。

随着男生一下一下地含住她的唇瓣，她的身体也逐渐发软，到最后，她只能乖乖地依偎着他。

从树下出来，江屹杨低头，看了眼脸颊的红晕比之前还要明显的小姑娘，揉了揉她的脑袋。

他声音里含着一丝满足，轻声细语道："我去给你买椰汁。"

陶音嘴唇还微麻着，瞥了一眼江屹杨："要冰的。"

江屹杨笑道："好。"

回到沙滩那边，两人去海边走了会儿。

傍晚时分，落日霞光浸染了满天的橙粉色，气势磅礴又浪漫，美得扣人心弦。

所有人也都回到海边，望着海天一线的方向。

李明司忽地提议："这么漂亮的景象，我给你们拍张照吧！算是毕业留念。"

说话间，李明司拿起手机跑向后方沙滩，镜头对准大家。

七月盛夏，吹着海风。

海天一线的夕阳美景之间，少年们的身影被记录下，青春永不落幕。

毕业快乐！

陶音和江屹杨决定去领证的那天是在大三上学期。

这天早上，陶音醒来，迷迷糊糊地睁开眼睛。

视线里光线有些暗，一缕细微的阳光透过窗帘缝隙落进房间里。

她动了动胳膊，从床上坐起来。

房间的浴室里传来洗澡的声音，她低头扫了眼，身上的银色丝质睡裙被揉得起了皱，昨晚她累得不行，一动也不想动，最后是江屹杨给她穿上的衣服。

她揉了揉脖子，感觉有些口渴，伸手拿过床头柜上江屹杨照常给她准备的一杯蜂蜜水，喝了口，舒服了许多。

与此同时，她脑海里闪过昨晚的事。

昨晚，她本来是在书房里画图纸的，有前车之鉴，她提前跟江屹杨说好，不许他进书房，不然，他这人太狡猾了，到后面图纸一定是画不完的。

其间江屹杨进来又说要拿本书看，保证会安分，而后不知道怎么就说到他想今天去领证的计划。

陶音有点意外，在得知今天是四年前两人相遇的那天后，她感动于江屹杨的用心。

毕竟，连她也没有特意去记这个日子。

再后面，陶音心一软，便又被他给哄住了。

…………

浴室里的水流声停止，她的思绪也收起。

过了一会儿，浴室门开了，男生从里面出来，下面穿着一条休闲长裤，光着上身。

男生身形修长而结实，宽肩窄腰，流畅的肌肉线条极为好看，一直沿至腰腹处。

男生肤色白皙，带着淡淡的冷感，有一股迷人的禁欲气息。

朝她看过来的瞬间，男生脸上浮起一抹笑："醒了？"

"……"

江屹杨走到床边，拉开半面窗帘，屋子里一下子亮起来。

他回过身，看向坐在床上的女孩。

陶音眼睛还带着刚睡醒的蒙眬，散着长发，乌眸红唇，露在睡裙肩带外的皮肤透着一股水灵灵的莹白。

他盯着看了一会儿，视线费力地挪开，走过去坐在床边，声音温柔低哑："还没清醒呢？"

"我在想事情。"陶音盯着他说。

江屹杨缓慢地扯了扯唇："在想什么？"

"我在想，"她眼睛雾蒙蒙的，长长的睫毛眨了下，"你给我准备书房，是不是一开始就藏着私心。"

闻言，江屹杨眸子动了动："一开始没有。"

而后他坦白道："是你第一次来的那天才有的。"

"……"

两人面对面坐着，陶音的视线免不得会看见男生的身体，他的身上还带着洗发水和沐浴露的香味，惹得她有些不自在。

她没再继续这个话题，她想从床上下来："你让让，我要去洗澡了。"

江屹杨没错过女孩眼里的躲闪，都在一起这么久了，她还会因为不好意思看他的身体而害羞。

江屹杨觉得自己真的是捡到了个宝贝，她怎么会这么可爱？

男生伸手揉了揉她的脑袋，依言起身，下一刻掀开了被子，没等陶音自己有动作，直接弯下腰把人从床上抱了起来。

陶音胳膊下意识搂住他的脖子，微眯大了眼，像是警告："江屹杨，一会儿还得出门。"

抱着她的人似乎在笑："放心，今天特别，我舍不得耽误时间。"

这天的天气格外好，白云轻卷，天空呈现出清澈的湛蓝色。

二人上午去领了证，回来的路上，陶音坐在车里，手里捧着两个红色小本子看了很久。

江屹杨开着车，余光不时留意着身旁，不由自主地弯起眉眼："这么喜欢看？"

"就是觉得，有点不太真实。"陶音似在喃喃自语，她盯着照片，随后又轻叹了口气，"我应该再涂些口红的，妆太淡了。"

前方路口红灯，车子停下。

江屹杨转过身来，伸手轻轻转过她的脸，手指蹭了蹭她的唇角，认真又缱绻的语气："我老婆不化妆也漂亮，这样正好。"

陶音听见这个称呼，睫毛颤了下。

江屹杨清楚地看见她的反应，又凑近些，低声问："现在觉得真实了吗？"

"老婆。"

她声音低低的："好一点了。"

江屹杨唇角勾起一抹笑："那你叫声老公，应该能更好。"

"……"

陶音动了动唇，余光里信号灯闪烁，她看了眼："你还是先开车吧。"

江屹杨收回手，回过身的瞬间，唇角的笑带着几分不正经："好，那留着晚上再叫。"

"……"

陶音下午有课，江屹杨送她回了学校。

江屹杨在发过朋友圈后，邵飞他们得知了消息，特意都从外地赶过来庆祝。

聚会的地方定在一家高档屋顶酒吧，江屹杨特意找人布置了下，天台上的花全部换成了红玫瑰，橙色的灯光给四处增添了温馨又缱绻的意味。

以至于其他人到了一看，纷纷忍不住觉得，这气氛，他们这些人像是来当电灯泡的。

只有李明司看起来更兴奋了，嚷嚷着："我杨爷好浪漫！"

毕业也有两年了，大家平时也没时间总见面，这次主要也是趁这个机会来聚一聚。

不过姜恬跟林浩在南方上学，今天实在赶不过来。

大家寒暄了会儿，不免有人要感慨一番。

"啧啧啧，这就结上了，不愧是你江屹杨，可真速度！"邵飞说着又看向男生身旁，"我说陶音，你也不让江屹杨再等个两年，这家伙从追你到订婚，再到娶你，也太顺利了吧！"

他这话音一落，江屹杨掀起眼皮，声音淡淡地道："你今天是来干吗的？"

"当然是来恭喜你的，"邵飞嬉皮笑脸道："恭喜你得偿所愿啊，兄弟。"

闻言，江屹杨眉眼舒展，手里的酒杯碰了下对面的："谢了。"

邵飞视线一低，注意到江屹杨的酒杯，惊讶地道："不是，今天这日子你不喝酒？！"

没等江屹杨开口，陶音解释道："他这周有比赛，明天还要训练，不能喝酒的。"

"哦，对，我把这事给忘了，"邵飞拍了拍脑门，"你现在转职业了，酒也确实不能随便喝了。"

那边陶音拿起酒杯："还是我来敬大家一杯吧。"

陶音酒量不错，江屹杨点的酒也都是低度数的。

见状江屹杨也没拦着。

等陶音喝下一杯，他伸手把一碟蜂蜜奶酪放在她面前，抬起眼："今天就先敬这一杯，剩下的，我下次再给大家补上。"

陶音身旁坐着苏敏敏，见状她碰碰陶音的胳膊，真诚地笑道："还是这么护着你，真好。"

陶音轻轻"嗯"了声。

说话间苏敏敏看见了陶音手指上戴的钻戒，眼睛亮了亮："真的，非常好……"

而后苏敏敏往身旁瞥了眼，对自己的男朋友开玩笑地说："周书文，看见了吗？我们结婚时，也得这样才行。"

闻言，班长看向那枚戒指，认真又郑重地点点头："我努力。"

苏敏敏"扑哧"笑了声，回过头来："你看他多呆！"

陶音也笑了笑，低声道："班长对你挺认真的。"

苏敏敏抿唇，脸上满是笑意："嗯，我知道。"

过了会儿，桌上的酒剩得不多，江屹杨下楼去点，邵飞要去趟卫生间，也跟着一起下去了。

李明司倒了杯酒，像是有些喝多了，语重心长道："陶妹妹，我真羡慕你跟杨爷，这么早就认识了，还互相喜欢。"

"你不知道，爱情这东西能有回应，有多幸运。"李明司晃了晃手里的酒杯，唉声叹气，"我就没那么幸运了。"

听见这话里似有故事，陶音忍不住问："怎么了，你有喜欢的女生了？"

"就一个玩滑板时认识的女生，"李明司有点不好意思，又有些无奈，"可是人家姑娘就拿我当一朋友，对我没那个意思。"

陶音抿了口酒："你表白了？"

"没有，我哪儿敢啊，"李明司又给自己倒了杯酒，顺手帮陶音斟满，"表白不成的话，那不是连朋友都做不成了？"

"也对。"陶音点点头，眸子里含着笑意，"不过，先做朋友待在她身边，也不是没有机会。"

苏敏敏听见这话，也加入进来："对啊，明司哥，我家这位就是跟我做了两年的朋友才在一起的，你不用灰心。"

"你真心对人家好，她会感受得到的。"酒的味道不错，陶音又喝下一杯，眼睛里有淡淡的迷离以及一抹柔色，"我和江屹杨也是这样，要对他好，能感动到他，就有机会了。"

她说着唇边的弧度加深，手托着脸，倒上酒跟李明司碰杯："你也可以的。"

闻言，李明司被她们的话提起了劲头，后知后觉又忍不住好奇地问："那陶妹妹，你的意思是我杨爷喜欢你，是因为你感动到他了？你怎么做到的呀？我也想学一学。"

"生日礼物。"

"生日礼物？"李明司眨了眨眼，"哦，就是杨爷整天戴在脖子上，舍不得摘下来的那条项链？"

她点点头，像是因为这话而开心，舀了一勺蜂蜜奶酪吃下，声音里半含着醉意，言语却清晰："多亏了那条项链……"

酒桌上的聊天还在继续，门口那边，江屹杨站在那里，垂着眼眸，片刻后抬脚走了进去。

散场时已是夜里。

回去的路上，江屹杨看了眼副驾驶上的人，伸手摸了摸她的额头，轻声问："难受吗？"

男生的手指微凉，贴在皮肤上很舒服，陶音摇了摇头："不难受。"

江屹杨声音带着些许责怪："我就出去那么一会儿，你就偷喝。"

陶音懒懒地靠在座椅上，眼皮缓慢地眨了下，又轻轻闭上，笑了声："好喝。"

见她这有点憨憨的样子，江屹杨唇角勾了勾。

车开到家楼下，江屹杨下车走到副驾驶，打开门把陶音抱了出来。

他进到屋子里，把她放到床上，给她脱下了鞋子。

而后江屹杨蹲在床边，盯着她的睡颜。

脑海里想起在酒吧听见的那些话，他沉默半晌，俯下身，在陶音的额头上落下一吻。

眼眸里流动着情绪，手指轻柔地抚过她的眉眼和脸颊。

嗓音在安静的房间里清晰温柔，江屹杨轻叹了声：

"小笨蛋。"

周日的滑板比赛是在晚间进行的。

赛场里灯光熠熠，场下人头攒动，所有人的目光都聚集在台上那个肆意耀眼的男人身上。

陶音站在人群之中，望向江屹杨。

两年前他在赛前训练时意外受伤，错失了比赛。待他伤后复出，在之前参加的所有赛事上一路夺魁，所以今天的这个冠军，江屹杨是很看重的。

陶音将目光落在台上进行的颁奖仪式上，又想起一个小时前，江屹杨说比赛后有话要跟她说。

也不知道是什么。

十分钟后，颁奖过后的赛后采访。

领奖台旁，记者递出话筒："请问江选手，今天拿下这个奖杯，还有没有什么觉得遗憾的事？"

这是一个众所周知的答案，不过是上届比赛他因伤退了赛，错失了领奖台。

安静片刻。

江屹杨却不期然开口："没对我太太一见钟情。"

场下人被塞了狗粮，一片哗然。

现场还在直播，身为一名"正经"的体育频道记者，只得照着台本继续念："那你的下一个目标是……？"

"比昨天更爱她。"

全场观众炸开一片。

见现场气氛控制不住，记者干脆扔了台本，切换到娱乐八卦频道："江太太此刻就在现场，你有没有什么话想对她说的？"

男人俊逸的眉眼看向人群中的某一个位置，声音放轻："其实，我从来没告诉过你，在你不知道的一段时光里，我也曾……

"暗恋过你。"

目光中，那张漂亮的面孔愣住，江屹杨眉眼弯下，像在对所有人宣告，却又似只对着她说，字字清晰：

"不是感动，是单纯地，喜欢着你。"

话音落下，江屹杨下了领奖台，走向她。

在众人的目光之中，紧紧拥她入怀。

全文完

番外

你是未来

暗 恋 有 回 音 ❤

番外 1

大三寒假回到芜城，相较两人念书的城市，这里的冬天要温暖一些。

自从江母得知江屹杨带着陶音已经把证领了，以前觉得年轻人谈恋爱，作为长辈不好打扰，这下子成了一家人，江母隔几日便让陶音来家里吃饭。

江母对这个儿媳妇的喜欢之情溢于言表，每次见她都眉开眼笑。

这天中午在饭桌上，江母又照例聊起等两个孩子毕业后办婚礼的事情，还习惯性地边说边给陶音碗里夹菜。

冬天是个长肉的季节，陶音从学校回家的这段时间胖了点，昨天还和江屹杨念叨着自己要减肥，江屹杨倒是没觉得，说她现在这样挺好的。

捏她脸的时候手感很软，他喜欢。

陶音把碗里的鸡翅吃完，看着碗里来自婆婆满满的喜爱，她不动声色地瞥了身旁的江屹杨一眼，在桌下拿鞋子踢了踢他。

江屹杨侧头看向她，注意到她"求救"的眼神，嘴角淡勾。

而后他目光一挪，望着云清容："妈，婚礼的事等我们毕业之前再商量也来得及，也许我们到时候还会有些新的想法。"

说话间，江屹杨给云清容碗里添菜："今天这鱼阿姨做得不错，您尝尝。"

陶音也顺势给云清容舀了一勺汤："这汤很鲜，您不用只照顾我，自己也吃。"

云清容随着两人的举动，伸出的筷子又收回吃起菜来，笑吟吟道："确实不是很急，那行吧，按你们年轻人的想法来，毕业之前再决定。"

而另一边，江父想起来什么，忽地开口问："那你们毕业后，是打算留在那边，还是回芜城？"

江屹杨签约的职业俱乐部在学校那边，之前陶音也考虑过这个问题。

江屹杨抬眼："回芜城。"

"陶音的母亲和奶奶都在这里，"他声音温和，眼底染上笑，"我们当然要回来。"

江屹杨说话时的样子像是早有决定，陶音心里意外了下，她望着男生清俊的侧脸，心里如同被冬日暖阳包裹。

暖暖的，还掺杂着丝丝的甜。

对面的江父看着儿子的模样，面上似笑非笑："除了这个，就没别的原因了？"

江屹杨与父亲对视，半晌，像是想起来什么，微笑道："当然有。

"您二老也在这里。"

"……"江林堂点点头。

之后江父看向陶音，神色欣慰，意味深长道："孩子，谢谢你和我们住在一个城市了。"

"……"

这时玄关处门铃响了，云清容放下筷子："应该是我买的空气净化器到了。"

云清容起身，拍了拍江林堂的胳膊："老江，过来帮忙。"

等人离开餐厅，陶音把碗里的肉分给江屹杨一半，让他帮忙解决。陶音目光抬起，看了看他，犹豫地说："我们要是回芜城的话，你俱乐部那边怎么办啊？"

江屹杨接过她夹过来的东西："那边的签约也快到期了，我不打算续约了。"

他笑了笑："我准备成立自己的滑板俱乐部。"

话音落下，陶音睫毛微颤："你自己的滑板俱乐部吗？"

"嗯。"

陶音眼眸动了动，清亮的眼底透着期待。

江屹杨与她对视几秒，悠悠低下脖颈，忽然开口："婚礼的事不急，那蜜月有想好去哪儿吗？"

他突然提起这个话题，陶音还真没考虑过。

那边江父江母回到餐厅，她看着男生，凑近了些，弯唇笑道："我等下想想。"

吃过饭，下午的时候，江屹杨的表弟许明轩放寒假来家里玩。

二楼的房间里，许明轩和以前一样，来了先摆弄江屹杨的滑板，也和以前一样喜欢和陶音说话。

"陶音姐姐，现在的哥哥姐姐们上大学了，就可以结婚吗？"

陶音坐在江屹杨的床边，认真解释："不是上大学，是到了法定结婚年龄才可以。"

许明轩脚踩着滑板，眼里充满好奇："那姐姐，你和我哥……"

话音未落，许明轩后脖颈忽然被一股力道拎起，拽去旁边，与此同时一道低沉的声音响起："叫嫂子。"

江屹杨端着一盘樱桃，在陶音旁边坐下，手松开许明轩时，动了动无名指："你哥我结婚了。"

许明轩："……"

许明轩只好乖乖地问："嫂子，你和我哥是一到年龄就去结婚了吗？"

没等陶音说话，江屹杨瞥了小朋友一眼："嗯，怎么？"

许明轩眨了下眼，忽地笑起来："好酷啊！等我长大了也要在大学里结婚！"

江屹杨拿了颗樱桃喂到陶音唇边，淡淡地"哼"了声："那也要先交到女朋友。"

许明轩信心满满："我好好练滑板，会滑板的男孩子很讨女孩子喜欢的。"

这话说完，江屹杨扯了扯唇："只会滑板可不够。"

陶音咽下樱桃，瞄了一眼江屹杨，对许明轩笑道："你哥学习也是很厉害的。"

许明轩发怔。

江屹杨盯着女生："还有吗？"

陶音目光又挪回，看着江屹杨英气的脸："长得很帅。"

她唇边弯起弧度："性格好，很温柔……"

许明轩下意识地说："我哥温柔？"

陶音似没听见，还在继续，她笑得有点甜："阳光，坦荡，有梦想有追求……

"哦，对，厨艺也非常好。"

江屹杨盯着她说话的模样，眼眸里含着笑。

许明轩若有所思地点头："所以我要像哥这样，才能找到女朋友吗？"

陶音分一个眼神给小朋友："轩轩，这对你来说有点难，不过你把成绩提高起来，还是很有希望的。"

江屹杨目光没动，温声问："蜜月想去哪儿？"

他之前见陶音在房间里一直在用手机查着什么，忍不住好奇地问。

闻言，陶音再次对上男生的视线，把手机递给他。

其实陶音并没有特别想去的地方，只要和江屹杨在一起，去哪里都好，但在网上搜到几个蜜月热门的景点，又觉得这些地方都想和江屹杨一起去看看。

陶音抿抿唇："这些地方都太漂亮了，我有些选不出来，你挑一个吧。"

许明轩踩着滑板滑到阳台那边，回过头："蜜月就是结婚后夫妻一起出去玩吗？"

江屹杨："喜欢的话，这些地方我们都去。"

陶音抿了抿唇："都去的话，估计要用上两个月呢。"

许明轩试图插嘴："所以，是去旅游吗……"

江屹杨笑道："时间长些不挺好的？反正那时候也毕业了，刚好有空。"

"也对，"陶音弯唇，"那我们都去？"

"都去。"

房间里阳光充沛，两人穿着同色系的毛衣，暖色的光线将他们的身形镀上金色的轮廓，他们在商量时有说有笑，眼睛互相对望着。

小朋友看着那对身影，过了会儿，脚下的滑板不自觉地朝门边移动。

等计划好了蜜月旅行路线，陶音抬头扫了一眼屋内。

"哎？轩轩呢？"

江屹杨："去学习了吧。"

陶音："哦。"

芜城过了十五，气温开始慢慢回暖。这天陶音和江屹杨在去室内滑板馆的路上，经过一家花店，透明的玻璃窗内摆放着一束白雏菊，黄蕊白花瓣淡雅又漂亮。

陶音忍不住看了几眼，抬头望着江屹杨："还记得我们第一次见面吗？"

江屹杨将目光从花店里挪到她脸上，眼里掠过一丝笑，淡淡地挑眉："嗯，你拿花打我。"

陶音笑容略带俏皮："说来，我们还是因花结缘。"

江屹杨声音带着调笑的意味："所以我要感谢你打了我？"

陶音只看他不说话。

江屹杨捏了捏她的脸，低下头："好，谢谢你。"

陶音忍不住笑起来。

江屹杨牵着她的手往前走，随口问："你那次去买花，也是送给你妈妈的吗？"

陶音"嗯"了声："帮我爸爸送的。"

江屹杨动了动唇，想说些什么，这时陶音兜里的电话响了，是陶音奶奶打来的。

陶音的奶奶在她读大学时搬来芜城，一直和沈慧姝一起生活，今早出门时，沈慧姝说要陪奶奶一起去超市。

她接通电话，听筒里传来老人家着急无措的声音："熙熙，你妈妈她……她刚刚被车撞到了，现在正在去医院……"

陶音忽地停下脚步，声音紧张："我妈妈怎么样？奶奶，你们去的是哪家医院？"

问过了地址，江屹杨很快在路边拦住一辆计程车，到了医院时，沈慧姝十分钟前刚被送进手术室处理伤口。

和护士问过情况，沈慧姝是被撞到了腿，伤情不严重，但是出血过多。

严重的是，沈慧姝是稀少的 Rh 阴性血型，医院里并没有储备这种血型，给附近的医院打了电话询问过，有存血的也不充足，而且还需要时间调度，恐怕来不及。

也许是某种安排，陶音在医院里遇见了当年被陶辰华救下的那个孩子。

那孩子陪着她父亲来医院看病，她的父亲认出了陶音和奶奶。

而意外又惊喜的是，那个被救下的孩子恰巧也是 Rh 阴性血型。

听说了沈慧姝的情况，她主动过来帮忙。

在安排了输血后，病房里，沈慧姝因虚弱还没醒来，被救孩子的父亲在帮着照顾陶音奶奶。

江屹杨陪了一会儿陶音，注意到时间，他摸了摸陶音的脑袋："饿了吧，我出去买饭。"

陶音坐在病床前摇摇头，声音很低："我不想吃。"

"得吃些，听话，"江屹杨柔声道，"而且奶奶也还没吃饭。"

闻言，陶音点点头。

江屹杨："我很快回来。"

等他离开后，陶音想到什么，起身离开房间。

沙发那边，孩子的父亲看着面前头发花白的老人，问道："这么多年，您过得怎么样？"

陶音奶奶看了眼病床上脸色有些憔悴的沈慧姝，笑了笑："我挺好的，儿媳和孙女把我照顾得很好。"

男人面露愧疚："她们这些年，应该也很辛苦吧。"

老人家没回答，只笑着感谢："今天谢谢你们了。"

男人微低着头："应该的。"

老人家面色慈爱："那个孩子我刚才看见了，有好好长大。"

男人眼眸微动，轻叹了声，而后抿了抿唇，也笑道："对。"

"嗯，"老人家眼底流露出温和而真切的目光，"真好。"

走廊里，陶音走到献血休息室，那个女孩坐在长椅上休息，陶音到一旁的饮水机前，接了杯热水递给她。

陶音坐在她身旁，温声问："有哪里不舒服吗？"

女孩握着纸杯，稍坐直了身子，认真道："没有，我身体很好，没关系的。"

"那个，"女孩直视着陶音，"我今年念大一，学的建筑学，以后想当一名建筑设计师。"

陶音安静了下，微笑道："是因为你自己喜欢吗？"

"嗯，我喜欢，"女孩用力点头，"也崇拜像陶叔叔那样的设计师。"

陶音眉眼温柔："那祝你梦想成真，还有……"

她顿了下说："你可以单纯做你喜欢的事，一直都可以。"

女孩眼睫颤动。

过了会儿，她笑道："姐姐，我很开心今天能帮到阿姨，帮到你们。"

陶音唇边含笑："谢谢。"

从医院出来，楼下的花园阳光很好，陶音一抬眼看见江屹杨正迎面过来，他手里拎着一个快餐袋子，另一只手拿着一束花。

走到近前，陶音看着男生手里的白雏菊，微怔地说："这是……"

江屹杨："帮你爸爸买的。"

陶音忽然鼻尖一酸。

她上前抱住江屹杨，脸埋在他怀里，在他面前，她所有的情绪也终于忍不住了。

"之前我一直觉得，我爸爸当年救下那个孩子，就算自己发生了意外，也不会后悔。"

"但现在，"陶音眼角的泪滑落在弯起的唇边，声音哽咽又开心，"我相信我爸爸一定很庆幸自己救了那个孩子。"

"嗯，是的。"江屹杨温柔地搂着她，"因为他救了自己心爱的人。"

番外 3

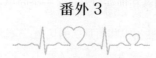

大学的最后一个学期，陶音选了一家建筑设计公司实习，平时她工作比较

忙，周末偶尔还会加班。

周六的早上，陶音洗漱收拾好后，从房间里出来，空气里弥漫着早餐的香味，她循着味道去到厨房里。

看见江屹杨的身影，陶音过去抱住他。

仰起头时，一双眼清凌凌的："明天我来做早餐。"

江屹杨低头看着怀里的女孩，意味深长道："明天早上你起得来？"

明天两个人都没事情要忙，会在家休息……

她抿了抿唇："那你今晚别到太晚，我还是能早起的。"

话音落下，江屹杨唇边的弧度透着一丝坏，低头靠近她，悠悠道："恐怕不行，你最近太忙了，留给我的时间太少。"

他吻了下她的唇，嗓音含笑："你舍得这么亏待我吗？"

"哦，"陶音手指碰了碰他衬衫的扣子，小声说，"那就，早餐还是你来做吧。"

江屹杨笑了声，低沉浅浅的气音掠过她耳边。

陶音对江屹杨完全没有抵抗力。

喜欢看他笑，听他笑，在一起这么久也结婚了，她还是会心动。

她看着男生好看柔和的眼眸，心里忍不住想：我可能要心动一辈子吧。

"在想什么？"江屹杨低眉问。

男生放在她腰上的手动了动，饶有兴味道："你继续这么看我的话，一会儿上班可是要迟到的。"

听出他话里的深意，陶音忙从他怀里出来，想起昨晚在书房画好的图纸还没整理，她往厨房外走："我去收拾东西，今天上班要用的。"

逃到书房里，陶音把图纸收到背包里，出来去餐厅吃过早餐，江屹杨开车送她去公司。

快到公司附近时，陶音在地铁口看见了一个同事："我在这儿下车吧，那边有我公司的前辈。"

江屹杨把车停在路边，往窗外看了眼："是你说很照顾你的那个前辈？"

"对，"陶音解开安全带，"你回去开车小心。"

她说完便开门下了车。

这段时间她的工作很忙，和在学校的节奏完全不同，但陶音没说过一句辛苦，而且每天下班回家，江屹杨都能感觉到她的充实和对工作的喜欢。

他看着女生小跑开的背影，不自觉地笑了笑。

中午休息的时候，听说今天晚上难得不用加班，陶音给江屹杨发了微信，说晚上想去附近的一家网红餐厅吃饭。

JYY：好，带你同事一起。

陶音：你想请她们吃饭吗？

JYY：一直都想请，没找到机会。

她的项目组一共有四个人，除了项目组长，也就是那个前辈，还有两个女生，问过她们的时间后，陶音让江屹杨在那家餐厅订了位置。

傍晚的时候，众人来到那家餐厅，陶音的同事在见到江屹杨时都很惊讶。

听说了陶音的老公是她同学，但没想到竟然是那个很厉害的职业滑板手，而且本人比在那些媒体照片里还要好看。

江屹杨气质高贵，身形挺直，也许因为是运动员，他举手投足间，除了沉稳，还带着干净而落拓的少年气。

即便他如此低调地坐在这家餐厅里，也让人觉得很耀眼。

江屹杨："这段时间，谢谢几位对陶音的照顾。"

组长接过江屹杨递过来的茶，笑道："没什么的，小音做事努力，是我带过最优秀的实习生，平时都不需要我太费心。"

"对对，而且我有忙不过来的时候，都是小音帮我的。"对面的女同事说。

组长惋惜道："要不是小音毕业后不留在这边，公司一定会把她留下的，我也会把她留在我组里。"

"谢谢组长喜爱，"江屹杨侧眸看了眼陶音，"陶音也时常跟我提起你们，如果不是打算回芜城，她也很想留在您的组里。"

另一位女同事打量着对面的两人，她对滑板不熟悉，但家里念小学的弟弟很喜欢江屹杨，经常提起这位运动员。

看见江屹杨衬衫领口的滑板项链，女同事不由得想起她弟弟说过，他的偶像是个好老公，比赛的时候都要戴着老婆送的项链，据说他的老婆还是他的初恋。

当时听着觉得还挺浪漫，像是偶像剧一样，没想到这份浪漫的主人公就在眼前。

女同事手托着脸，笑盈盈道："小音，你之前怎么没说你老公是江屹杨啊？我弟弟特别喜欢你老公呢，还说以后也想像他偶像一样，当一名职业滑板手。"

"他要是知道我现在和他偶像一起吃饭，该羡慕坏了。"

"哦，我不知道你弟弟也喜欢滑板。"陶音抿了口果汁，看向江屹杨，"那下次再见见你的小粉丝？"

江屹杨随即答应："好。"

虽然陶音和江屹杨看起来是真心的，但女同事也不好意思麻烦人家，想了想说："那以后就看你们时间，那个，今天能帮我签个名吗？我带回去给我弟弟。"

江屹杨："可以。"

女同事没带笔记本，江屹杨主动说："我车里有块滑板，可以签好名送给他。"

"真的吗？那太谢谢了！"女同事惊喜地道。

"不客气。"

吃过饭，把同事们送回家，陶音坐在车里，想起刚才江屹杨签字的那块滑板，忍不住想到以前江屹杨收到自己偶像签名滑板时的样子，感慨道："玲姐的弟弟一定特别开心。"

江屹杨笑了下，而后侧头看了她一眼，悠悠道："之前，真的一次也没和你同事讲过我吗？"

陶音对上他的视线，眨了下眼："哦，就说过你是我同学。"

她留意到江屹杨意味深长的眼神，又开口："我是觉得我老公太优秀了，说出来像是炫耀似的，被人嫉妒了可不好。"

陶音往他旁边凑近，弯唇笑道："你说是不是？"

江屹杨看着她眉眼弯弯的模样，忍不住扯了扯唇："嗯，也是，还是我老婆考虑得周到。"

"不像我，整个俱乐部都知道我老婆太优秀，人漂亮又能干，性格又可爱，"江屹杨目视前方车道，浅浅地笑，"估计，我已经被他们嫉妒死了。"

"那就让他们嫉妒好了，"陶音伸手理了理他的衬衫领口，"又不能让你忍着不提我。"

江屹杨顺势牵起女孩的手，吻她手指："说得对。"

几个月的实习结束，毕业后两人回到芜城，在城北区买了一套婚房。因为陶音怀念在大学校外公寓生活的那段日子，婚房便按照公寓的风格来装修。

在婚礼前几天，江屹杨说有事情要和她说，带她到婚房那边，房间为婚礼提前布置过了，有红玫瑰装点的客厅浪漫而温馨。

陶音换上鞋子，看着眼前英俊的男人，她笑问："什么事这么重要，一定要到这里说？"

江屹杨握住她的手，领她到阳台落地窗前，这栋公寓是城北最高档的住宅区，窗外有一条漂亮的光景河，到了晚上，远处零碎的夜灯与河岸的灯光交相辉映，景色极美。

夜晚的风微凉，轻柔地吹进来。

江屹杨抬了抬下巴："河对岸那边，我的滑板俱乐部会建在那里。"

陶音愣了下，朝那个方向望去："就在这儿吗……"

她视线定住，弯了弯唇，不由得感叹："那等建好了一定很漂亮。"

"嗯，"江屹杨低眸望着她的侧脸，握住她的手，"所以，需要你来设计。"

话音落下，陶音抬起头，神色微怔："你是说，让我来设计你的滑板俱乐部？"

江屹杨点头。

"可是我才刚毕业，设计经验也不足……"

"那些都没关系，"江屹杨认真道，"你在学校里拿过大学生设计奖，对建筑有自己独特的见解，有创意、有实力，实习时的项目也完成得很优秀。

"但除了这些，最重要的是……"

江屹杨微笑，声音低柔："我希望是你来设计。"

他目光灼热："我希望我的梦想，能有你的参与。"

陶音怔怔地看着他，心里有一股暖流在涌动。

其实，这相当于是江屹杨给了她一个梦想成真的机会，但他这么说，就让陶音有种难以言说的感动。

江屹杨一直都是这样。

为她所做的一切，不以付出为名，心甘情愿。

见她眼睫微动着，江屹杨低头笑了笑，盯着她："可以吗，陶设计师？"

陶音眼角湿润，握紧江屹杨的手，回望他的眼眸清透而明亮："那我们就互相参与对方的梦想。"

"好。"江屹杨笑得温柔。

月光轻柔地笼着两人的身影，男人的声音也染上令人心动的音色。

"余生，也要参与。"

图书在版编目（CIP）数据

暗恋有回音 / 花间佳酿著 . -- 长沙：湖南文艺出版社，2023.8

ISBN 978-7-5726-1222-0

Ⅰ . ①暗… Ⅱ . ①花… Ⅲ . ①长篇小说－中国－当代 Ⅳ . ① I247.5

中国国家版本馆 CIP 数据核字（2023）第 099312 号

上架建议：畅销·青春文学

ANLIAN YOU HUIYIN
暗恋有回音

著　　者： 花间佳酿
出 版 人： 陈新文
责任编辑： 刘雪琳
监　　制： 邢越超
策划编辑： 郭妙霞
营销支持： 文刀刀
装帧设计： 梁秋晨
插图绘制： M 咸鱼会长　carrrrrie 加里　视觉中国
内文排版： 百朗文化
出　　版： 湖南文艺出版社
　　　　　（长沙市雨花区东二环一段 508 号　邮编：410014）
网　　址： www.hnwy.net
印　　刷： 三河市中晟雅豪印务有限公司
经　　销： 新华书店
开　　本： 680 mm×955 mm　1/16
字　　数： 351 千字
印　　张： 22
版　　次： 2023 年 8 月第 1 版
印　　次： 2023 年 8 月第 1 次印刷
书　　号： ISBN 978-7-5726-1222-0
定　　价： 49.80 元

若有质量问题，请致电质量监督电话：010-59096394
团购电话：010-59320018